명화와 함께 읽는

셰익스피어 20

옮긴이 **김기찬**

서울대 법대와 서울대 대학원(서양 철학 전공)을 졸업했다. 전문 번역가로 활동하면서, 인문학과 문화에 관련된 작품들을 주로 번역했고, 여러 해 신학교에서 기독교 문화에 관한 강의를 맡기도 했다. 역서로는 『서양 사상의 황혼에서』, 『중세의 세계』 등이 있다.

현대지성 클래식 **4**

명화와 함께 읽는
셰익스피어 20

TALES FROM SHAKESPEARE

윌리엄 셰익스피어 원저 | 찰스 램 외 편집

존 에버렛 밀레이 외 그림 | 김기찬 옮김

현대
지성

〈윌리엄 셰익스피어〉, 1610, 존 테일러

목 차

윌리엄 셰익스피어 William Shakespeare 1564 – 1616

　윌리엄 셰익스피어에 관해서는 알려져 있는 것이 많지 않다. 본디 인간의 호기심이란 공백을 그냥 두고 보지 못하므로, 사변과 전설로 없는 사실을 채워넣었다. 심지어 셰익스피어는 실제 희곡을 쓴 사람이 아니라 진짜 저자를 은폐하기 위한 교묘한 음모의 일부였다고 생각하기까지 했다. 그러나 그 시대에는 이와 같은 정보 결핍이 흔하다. 가령 존 웹스터는 훨씬 더 베일에 가려진 인물이다.

　이는 공백을 채워 넣을 만한 재료들(서신과 일기)이 남아 있지 않거나 결코 존재하지 않았던 데도 이유가 있다. 그러나 그것은 글쓰기의 본질에 속하는 것이기도 하다. 토머스 하디(Thomas Hardy)가 군중들이 그의 말에 환호하고 숨가쁜 실황 중계가 진행되는 만원 사례 체육관에 앉아서 「원주민의 귀환」(*The Return of the Native*)을 썼다고 상상하는 그런 설명도 있다. 우스운 것은, 완성된 작품에 뒤따르는 공적인 위상이 아무리 높다 해도 실제의 글쓰기 과정은 흥미롭지 못하다는 점이다. 작품은 공적 세계로 들어가겠지만, 창작자는 반드시 작품들을 따라가지 않는다.

물론 셰익스피어는 공적 세계에 들어섰다. 연극 시즌 때는 일주일에 여섯 번 배우로 활약했다. 그러나 그의 생애와 작품의 통일성을 발견하려는(혹은 고안하려고) 빅토리아 왕조의 학계가 더없이 뛰어난 활동을 벌였지만, 각자가 셰익스피어에 관하여 우리에게 제공하는 이미지는 상이하다.

생애

스트래트퍼드. 윌리엄 셰익스피어는 스트래트퍼드어펀에이본에서 존 셰익스피어의 장남이자 (여덟 명 가운데) 세 번째 아이로 태어났다. 그의 아버지는 장갑 제조인이었는데, 양모와 잡화를 거래하기도 했고 가끔씩은 고리대금업도 했다(당시에는 고리대금업이 위법이었기에 벌금을 물기도 했다). 한때 사업이 번창하여 존 셰익스피어는 시 참사위원이 되어 지방 정부에서 관직을 가졌다. 어린 윌리엄은 1564년 4월 26일에 세례를 받았고, 그 가정은 성공한 중산 계급이었다. 대략 오늘날의 중산층에 해당한다. 그러나 곧 경제적 여건은 나빠졌고 번영은 계속되지 못했다. 1570년 중반 이후로 존 셰익스피어가 곤경에 빠졌다는 표징이 여럿 있다. 물론 빈곤 상태에 떨어진 것은 절대 아니다. 하지만 1591년에는 존이 부채로 체포될까봐 교회에도 감히 가지 못할 지경이었다.

어린 윌리엄은 아마 지방의 문법학교에서 교육받았을 것이다. 그는 대학을 다니지 않았다. 그리고 윌리엄보다 나이 어린 동시대의 극작가인 벤 존슨(Ben Johnson)은 나중에 제일 이절판 전집(First Folio)의 서문으로 붙인 찬사에서 그의 "변변찮은 라틴어와 모자라는 그리스어"를 비꼬듯이 말하곤 했다. 그러나 미국 학자 볼드윈(T. W. Baldwin)이 입증했듯이, 문법학교의 교과과정은 엄청난 어학 교육과 상당한 문학 교육을 제공하곤 했다. 셰익스피어는 라틴어를 읽을 수 있었던 게 분명하고, 프랑스어와 이탈리아어도 아마 읽을 수 있었을 것이다. 이 학교는 기계적인 학습을 대단히 강조했지만, 가령 유명한 역사적 인물에게 어울리는 연설문을 만드는 등의 작문 교육도 있었다. 엘리자베스 시대의 교육과 사회에서는 웅변이 매우 중요시되었고 수사학도 중요한 위치를 차지했다.

가정에서는 구어(口語)가 훨씬 중요했을 것이다. 존 셰익스피어는 문맹이었을 가능성이 있다. 그는 공문서에 자기의 이름 대신 부호(장갑 제조인의 컴퍼스 한짝 혹은 겹친 것)를 사용했다. 14세기는 읽고 쓰는 능력을 발전시키려는 태도가 형성되는 결정적인 시기였다. 1500년에도 글쓰기는 모든 사람이 마스터해야 할 것으로 기대되지 않았던 기술이다. 마치 오늘날 수도관 부설 기술을 모든 사람이 할 수 있어야 한다고 기대하지 않는 것과 마찬가지이다. 그런데 1600년이 되자 읽고 쓰는 능력이 여전히 소수에 국한되어 있었지만 누구나 읽을 줄 아는 체했다. 물론 영어가 아니라 라틴어와 아마도 그리스어이다. 고전 교육은 지위의 상징이었다.

학습에 관한 이와 같은 태도 변화는 14세기의 좀 더 광범위한 문화 변화라는 맥락에서 보아야 할 필요가 있다. 종교개혁이 전통 문화를 대대적으로 휩쓸어 버리거나 억제했다. 그 가운데 주목할 만한 것은 신비극(神祕劇)이다. 고전 세계에서 새로운 탐구의 시대로 개화하면서 인문주의 교육이 만개했다. 급속한 문화적 변화의 와중에서 옛것과 새것에 모두 발을 디디게 된 것은 셰익스피어의 행운 혹은 민첩한 판단력이었다.

세례 받은 후, 셰익스피어에게 그 다음으로 확실한 사실은 그의 결혼이다. 1582년 11월 27일에 그는 통상적인 결혼 예고문의 낭독 없이 앤 해서웨이(Ann Hathaway)와 결혼할 수 있는 허가증을 얻었다. 그는 18살이었고, 신부는 26살이었다. 그들이 결혼을 서두르게 된 데는 이유가 있었을 것이다. 그들의 첫 아이 수잔나가 1583년 5월 26일에 즉 결혼한 지 5개월 만에 세례를 받았던 것이다. 1585년 2월에는 쌍둥이 함네트(Hamnet)와 주디스(Judith)가 태어났다.

다음 7년 동안 셰익스피어는 역사의 시야에서 완전히 사라진다. 이 시기를 일러 "잃어버린 시절"이라고 한다. 그렇다고 우리는 그 이전 시기에 관해서 더 많이 알고 있는 건 아니다. 일설에 따르면 그는 학교 선생으로 지냈다고 한다. 어떤 이야기에 따르면 그는 군인이었다. 하지만 또 어떤 이야기에 따르면 그는 랭커셔에서 일단의 개인 배우들과 어울려 다녔다. 도무지 알 길이 없다. 하지만 좌우간 1592년에 셰익스피어는 스트래트퍼드에서 런던으로 이사갔고, 배우와 극작가로서 극장에서 활동을 시작했다.

그는 평생 스트래트퍼드와 관계를 유지했던 것 같다. 그는 거기서 태어나고 묻혔다. 그가 런던에서 일할 때 그의 가족은 그곳에 살았던 것 같다. 그가 돈을 벌기 시작하자, 스트래트퍼드나 그 근방에서 투자했다. 함네트가 1596년에 죽어 묻힌 곳도 스트래트퍼드였다. 동향인 리처드 퀴니(Richard Quiney)는 1598년 10월에 셰익스피어에게 편지하며 "사랑 많고 선량한 친구이자 동향인(同鄕人)인 윌리엄 씨"에게 돈을 빌려 달라고 부탁했다. 그후에 그는 1602년 토지를 구매했던 스트래트퍼드의 지주 존 콤(John Combe)의 유언장에 등장한다. 셰익스피어의 자녀들의 결혼식은 스트래트퍼드 등록 명부에 올라 있다. 수잔나는 1607년 6월 5일 존 홀에게, 주디스는 1616년 2월 10일 토머스 퀴니에게 시집갔다.

셰익스피어가 런던에서 활동하고 돈을 벌었지만 그곳에 정착하지 않았다고 할 때, 셰익스피어와 스트래트퍼드의 지속적인 관계를 특별한 감정을 담아 이해할 수 있으면 좋을 것이다. 확실히 고향에 대한 그의 애정은 고향 캔터베리를 떠나 런던으로 떠난 말로우 등의 다른 작가들과 구분된다. 그러나 셰익스피어의 애향심은 당시에는 흔한 것이었다. 그때는 애향심이 강했고, 많은 사람이 돈을 벌러 임시로 런던에 체류했을 뿐, 언제나 자신의 출신지를 잊지 않고 그 지방 사람으로 자처했다.

17세기의 존 오브리(John Aubrey)는 셰익스피어가 일년에 적어도 한 번 워릭셔로 가곤 했다고 기록했다. 1608년 어머니가 죽자(아버지는 1601년에 죽었다), 그곳이 사업상 더욱 관심을 끌었을 수 있다. 그리고 사업은 확실히 성공적이었다. 그가 어떤 감정을 갖고서 가족의 재산을 다시 벌충하고 1596년에 헤럴즈 칼리지가 수여한 젠틀맨 지위를 아버지를 위하여, 따라서 자신을 위하여 확보했는지를 알면 흥미로울 것이다. 그것이 그에게 대단히 중요했을까? 그는 속물이었을까? 혹은 그는 단지 관습적인 인물이었을까? 그 점에 관해서는 아무도 말할 수 없다.

사용할 수 있는 자료가 별로 없으므로, 아마 셰익스피어의 생애 가운데 상당 부분이 그의 배경과 시대의 표준에 비추어 볼 때 관습적인 것으로 보인다고밖에 말할 수 없다. 어쩌면 그의 이런 면은 일반적으로 입증되는 그의 성품의 한 특징인 안정성 즉 그의 친절한 마음씨를 암시할 것이다. 그러나 이는 사업가로서 그의 감각과 결부되어 있었다. 우리는 셰익스피어의 천재성에 압도되어 있지만, 그는 자기의 재산과 가문의 존속에 더욱 관심을 갖고 있었던 것 같다. 그러나 속을 알 수 없는 그의 유언장의 조항들은 그것들을 얻고자 했지만 실패했다.

셰익스피어가 젊은 시절 토머스 루시 경의 재산을 슬쩍했다는 둥 그가 로마 가톨릭 신자였을 것이라는 둥 출처가 의심스러운 이야기들은 제외하고, 그의 활동과 관련하여 알려진 것은 거의 없다. 생전에도 높은 존경을 받긴 했지만, 셰익스피어는 그후로 세인들에게 더욱 큰 찬사를 받았다. 보스웰이 훗날 존슨 박사에 관하여 기록한 방식으로 셰익스피어에 관한 특별한 기록을 남긴 사람은 없다. 혹은 남긴 사람이 있더라도, 아직 빛을 보지 못했다. 명백히 불충분한 자료에 비추어 볼 때, 셰익스피어의 예술 활동 바깥에서 비치는 그의 모습은 사랑받고 성공한 사업가의 모습이다.

활동

런던. 1592년에 셰익스피어는 런던 극장에서 배우로서나 극작가로서 자리를 잡은 인물이었다. 왜냐하면 그해에 그는 로버트 그린이라는 작가의 질투심 어린 노여움을 샀기 때문이다. 대학 교육을 받은 그린은 대졸 작가들에게 그들의 권리가 한낱 배우에게 잠식당하고 있다며 경고하는 팜플렛을 작성했다. 그린은 동료들에게, 배우들이 그들의 자리를 대신 차지하려고 나섰다고 경고한다.

그렇다. 그들을 신뢰하지 말라. 우리의 깃을 달고 아름다워져서 갑자기 출세한 까마귀가 있는데, 그의 배우의 가죽에 감싸인 호랑이의 가슴[헨리 6세 제3부 1막 4장 137의 인유]은 그가 여러분 가운데 누구 못지않게 무운시(無韻詩)를 늘어놓을 수 있는 것처럼 생각한다. 그리고 그자는 자기 혼자서 천지를 진동할(Shake-scene) 수 있는 양 몽상한다.

그린은 1592년 말에 이 글을 썼다(소문에 의하면 죽어 가면서). 셰익스피어가 당시에 명성을 얻은 게 분명하다.

벤 존슨과 같이 많은 작가들은 여러 극단을 위하여 글을 썼다. 흥행주이자 극장 경영주인 필립 헨슬로의 일기를 보면, 엄청난 작품을 만들어야 하는 광적인 상황을 암시한다. 거대한 양의 대본이 있었는데, 그중에 많은 것은 여러 사람이 달라붙어 대단히 빠른 속도로 쓴 것이었다. 거기에 비하면 셰익스피어는 한 극단과 흔치 않은 안정된 관계를 향유했다. 그는 가장 초창기에는 여러 극단에서 일했지만, 1594년에는 체임벌린 경의 극단에서 주도적인 구성원이었다. 성탄절에는 궁정에서 상연했고, 지불 명령서에는 구체적으로 리처드 버비지, 윌리엄 켐프, 셰익스피어의 이름이 기록되어 있기 때문이다. 버비지와 켐프는 각각 극단의 주도적인 비극 배우와 희극 배우였다. 셰익스피어는 (역시 배우이자 극작가인 몰리에르와 달리) 배우로서 주로 활동을 한 것 같지 않다. 그래서 그가 이런 주도적인 구성원이 된 것은 그의 작품 때문이었다고 추론하는 것이 공정하다. 아마도 1594년경, 확실히는 1599년경 극단이 런던시의 북쪽인 시어터 극장을 떠나서 강 남쪽의 글로브로 내려갔을 때, 셰익스피어는 극단의 주주가 되었다. 이는 그의 재능을 반영한다고 볼 수 있다. 혹은 그가 주식을 사는 현금을 모을 수 있었던 것에 불과할 것이다. 그는 끝까지 극단에 남았다(1603년에 극단은 제임스 1세가 왕립 후원단체로 삼았을 때 국왕 극단이라고 개명되었다).

그가 런던에서 묵었던 숙소에 관하여 몇 가지 표시가 있다. 쇼어디취에 있는 시어터(Theatre) 근방 비숍스게이트의 세인트 헬렌 여관과 나중에는 (아마) 템스 강 남쪽 글로브(Glove) 극장 근처이다. 1612년의 소송 사건을 보면, 그가 1604년 경에 실버 스트리트에 있는 크리스토퍼 마운트조이라는 위그노 교도와 함께 살았던 것으로 보인다. 마운트조이의 도제인 스티븐 벨롯은 그의 딸과 결혼했으며, 나중에 결혼 지참금 때문에 그의 친척들과 싸움을 벌였다. 셰익스피어는 증인으로 소환되었다. 왜냐하면 마운트조이가 "셰익스피어 씨를 원고(벨롯)에게 보내 그의 딸과 결혼할 의사가 있는지 떠보라"고 했기 때문이다. 그리고 법정은 어떤 조건이 합의되었는지 그가 증언할 수 있기를 원했던 것이다. 아마도 밝은 처세술에 따라 셰익스피어는 벨롯의 착한 성품을 증언하고 재정적인 합의 조건은 기억할 수 없다고 했다.

우리는 그가 다른 연극에서도 배우로 활동했다는 것을 안다. 가령 존슨의

「각인 각색」(*Everyman In His Humour*)과 「세자누스」(*Sejanus*)의 대본이 그를 배우로 기록하고 있기 때문이다. 그러나 1610년 이전의 어느 시점에 아마 그는 배우 활동을 중단했을 것이다. 극작가로서 그의 작품도 출간 속도가 느렸다. 그는 스트래트퍼드에서 많은 시간을 보냈을 것이다. 1613년 그는 그곳에 은거했다. 물론 국왕 극단의 주주로서 계속 돈을 벌었다.

이는 셰익스피어의 런던 생활의 골격이다. 그것의 살 부분은 그의 작품에서 찾아야 한다. 그러나 작가로서 그의 발전을 추적하는 것은 작품의 연대기가 확실치 않기 때문에 까다롭다. 체임버스(E. K. Chambers)는 1930년에 증거를 재검토한 이후 대체로 그의 결론이 받아들여졌다가 최근에 옥스퍼드 셰익스피어 판에 의하여 재평가되었다(Stanley Wells and Gary Taylor, *William Shakespeare; A Textual Companion*, Oxford, 1987을 참조하라). 그리하여 몇 가지 중요한 정정이 생겼다. 그럴지라도, 셰익스피어의 작품 활동을 대체로 네 단계로 나누는 것은 여전히 통한다.

첫째 단계는 셰익스피어의 가장 초창기 희곡(언제 쓰여졌는지 상관없다)부터 출발하며 흑사병 발발로 끝난다. 스탠리 웰스는 그의 현존하는 초창기 희곡이 상당한 언어 능력을 보여 주므로 셰익스피어가 그것들을 출간한 때까지 상당 시간에 걸쳐서 글을 썼을 것이라고 지적한다. 아마 그는 엘리자베스 시대의 극장이 대량 생산했던 많은 공동 작품에 참여했을 것이다. 그의 가장 초창기 작품들은 대단한 야심을 보인다. 영국 사극(史劇)은, 셰익스피어가 손대기 전에 존재했는지 확실치 않다. 그러나 그가 영국 사극을 창안하지 않았더라도, 그것을 독창적으로 만든 것은 사실이다.

이 첫번째 시기는 장미 전쟁에 대한 그의 극화(劇化)가 두드러진다. 아마 그는 4부작을 쓰려고 시도한 적이 없지만, 「리처드 3세」를 완성한 시기에 동시대인에게 엄청난 영향을 끼친 비범한 후속작을 만들어 놓았다. 4부작(「헨리 6

세 제1, 2, 3부」와 「리처드 3세」)은 당시 군림하던 여왕의 할아버지인 헨리 7세의 승리로 끝난다. 이는 셰익스피어의 관객들이 함께 호흡한다고 느끼는 사건들이었다. 셰익스피어의 조상들은 이 시기의 사건들에 관한 기억을 회상했을 것이다. 존 셰익스피어의 문장(紋章) 수여장은 그의 "부모와 작고한 조부가 그의 충성스럽고 용맹한 봉사로 지극히 사려 깊은 군왕 헨리 7세에게 추서되어 상을 받았다"고 기록했다.

이 시기의 다른 작품들은 다소 시험적이다. 이는 「베로나의 두 신사」와 「말괄량이 길들이기」라는 희극과 「타이터스 앤드로니커스」라는 유혈 비극에 나타나는 셰익스피어의 초창기 실험작이다(오늘날은 「실수 연발」을 좀 더 나중에 나온 작품으로 생각한다). 이 가운데 처음 작품과 마지막 작품의 기교 때문에 오늘날은 이 작품들이 까다롭게 여겨질 수 있다. 물론 그것들이 이 시기에는 모두 성공적인 작품이었다. 말괄량이는 익살스럽지만, 페트루키오가 카타리나를 길들이는 것은 기분을 상하게 하지 않는다 해도 독창적으로 해석되어야 할 필요가 있다.

셰익스피어는 그처럼 전도양양한 첫걸음을 내딛었지만 극장을 포기하지 않을 수 없었다. 전염병이 도처에서 창궐하였고, 이웃의 가장 큰 소도시에 비해 인구가 여러 배였고 공중 위생 시설이 형편없었던 런던은 특별히 취약했다. 전염병 사망자의 수가 어떤 수준(보통 일주일에 30명)을 넘어섰을 때, 극장은 폐쇄되곤 했다. 1592년 6월에 전염병 명령이 하달되면서, 극장은 폐쇄되었고, 1594년 여름이 되어서야 다시 열었다. 이때까지 대략 11,000명의 런던 시민이 사망했다.

가능한 한 사람들은 런던을 벗어났다. 배우들은 긴 여행을 떠났다. 셰익스피어는 아마 펨브록 극단의 소속이었을 것이다. 그들의 여행은 점차 힘들어졌다. 전염병이 창궐하는 동안 셰익스피어는 이야기 시(narrative poem)

인「비너스와 아도니스」,「루크리스의 능욕」을 썼다. 아마도 이 시기에 그는 가장 초창기 소네트를 썼을 것이다. 이 말은 그가 좀 더 명확한 문학의 영역으로 옮겨갔음을 뜻하며, 또한 고급 시장으로 올라갔음을 뜻한다. 이야기 시들의 헌정사가 보여 주듯이, 셰익스피어는 자신의 후원자를 확보했다. 즉 사우샘프턴 백작이다. 그는 어쩔 수 없이 무대에서 물러나야 했던 시절에 귀족들 사회를 출입했을 수 있다.

셰익스피어의 그 다음 활동기에 속하는 작품들은 그가 비희곡적 시작(非戱曲的 詩作)으로 잠시 빠진 것을 보여 준다. 그의 언어가 이제는 서정적이며 궁정적인 세련미를 발휘할 능력을 갖춘다. 이런 점에서「리처드 2세」는 이전의 사극과 뚜렷한 대조를 이룬다. 이는 명백히 언어에 매료되어 있는 작품이다. 언어가 가능하게 만드는 것과 언어가 감추는 것에 매료되어 있는 작품이다.

「로미오와 줄리엣」도 이 시기에 속한다. 이 작품의 언어는 더욱 다양해져서 당시에 부상하던 서정시풍이 곧장 좀 더 세속적인 언어로 바뀐다. 셰익스피어는 다양한 숙어를 혼용했듯이, 다양한 장르를 결합했다.「로미오와 줄리엣」은 비극이지만, 희극적인 요소도 담는다. 일반적으로는 비극적 등장인물 하면 군주나 통치자를 예상했다. 몬터규 가와 캐풀렛 가는 유복한 가문이다. 전체 구성(두 명의 연인과 대립하는 두 가문)은 희극에 자연스러운 재료이다.

비극은 여전히 희극만큼 셰익스피어에게 중요하지 않았다. 이 시기는「사랑의 헛수고」(이 시대에 속할 것이다),「한여름 밤의 꿈」,「베니스의 상인」,「윈저의 명랑한 아낙네들」,「헛소동」이 나온 때이다. 좀 더 일찍이는「실수 연발」,「뜻대로 하세요」가 나왔다. 셰익스피어 희극의 대부분은 느슨한 의미에서 로맨스이다. 주제에서도 그렇고 그가 풍자를 별로 사용하지 않는 점에서도 그렇다. 그는 또한 동시대 세계에 관하여 직설적으로 쓰기를 좋아하지 않았다.

「한여름 밤의 꿈」,「베니스의 상인」,「뜻대로 하세요」는 등장인물들을, 법률이 적용되는 일상 세계에서 자유와 자기 발견의 다른 세계(두 개의 숲과 포샤의 벨몬트)로 데리고 갔다. 셰익스피어는 자신이 사용하는 장르의 통상적인 한계를 넘어서곤 하지만, 죽음이라는 최종적인 한계라는 가능성이 그의 희곡에 항상 존재한다. 셰익스피어의 희극의 한 가지 특징은 죽음과 상실의 가능성을 종종 야기시켜야 한다는 점이다.

몇몇 희극에서는 한편으로 법률과 일상 생활 그리고 상상과 사랑의 유쾌한 세계 사이의 협상이 팽팽히 진행되었다. 「베니스의 상인」은 특별히, 샤일록의 율법주의적인 구약적 가치관이 벨몬트에서 이루어지는 포샤의 마법과 자비를 호소하는 그녀의 태도와 대립하는 방식으로 후기 희극의 교란적인 성격들을 미리 보여 준다. 포샤가 승리한 것은 그녀의 가치관이 아니라 샤일록의 율법주의적 관점에서 그를 압도하는 그녀의 능력이다.

그러나 이 핵심 쟁점의 가장 복잡하고 일관된 논의 방법은 「헨리 4세」의 1-2부에서 발견할 수 있다. 헨리는 자신이 타락한 세상을 다스리고 있는 것으로 생각한다. 이 세상에서 그는 결코 자신의 권위를 명확히 세울 수 없는데, 이는 그가 그 권위를 얻는 수단 때문이다. 정치적 음모의 질서정연한 전개는 나머지 왕국 생활이 등장하면서 무너진다. 우리는 명예에 대한 그의 생각과 더불어 반역자들과 홋스퍼를 본다. 웨일스 사람을 본다. 시골 생활의 반복되는 한가로움에 사로잡힌 섈로우 판사, 무엇보다 치프사이드에 잔치를 주재하는 실정(失政)의 귀족 폴스태프를 본다.

반면에 폴스태프의 심기 불편하고 낙담한 반대자 왕은 하늘의 노여움을 진정시킬 수 없어서 왕궁을 걷고 있으며 나라를 통일시키려고 고심한다. 전개되는 삶의 다양성은 예술적 승리이지만, 어떤 의미에서 그것이 많은 관심을 끈다는 바로 그 사실이 이 세계를 규율해야 하는 파쇄되고 쪼개진 위계질서를 보여 준다. 핼은 폴스태프와 헨리 사이에서 끼여 왕위에 오르는 돌파구를 찾고 시대를 구제해야 한다. 「헨리 4세의 제2부」에서는 문제가 다급해진다. 거기서도 삶의 차원은 동일하지만, 그 생동감은 노령과 질병으로 바뀐다. 노섬벌런드, 폴스태프, 왕이 모두 병든다. 좌우간 이는 종국을 기다리는 극이다.

헬은 친교와 축제의 주재역을 선택하고 폴스태프를 거부한다. 그에 관한 극 「헨리 5세」는 결실을 보고 그의 성공을 확인해 주는 듯이 보인다. 그는 왕국을 통일했다. 이는 그의 군대가 잉글랜드 사람뿐만 아니라 웨일스와 스코틀랜드와 아일랜드의 사람들을 포함하는 데서 표상된다. 그는 프랑스를 무찌를 수 있다. 이 희곡은 캐더린에 대한 그의 구애로 희극처럼 끝난다. 그러나 「헨리 6세」를 보면, 그것이 계속되지 않는 것으로 나타난다. 셰익스피어는 모든 막 앞에 해설자를 등장시키는데, 이는 마치 소재와 그것에 대한 우리의 반응을 형성하려는 시도처럼 보인다. 결말의 한 의미는 소재에서 이끌어 내야 하는 것이다. 왜냐하면 헨리 포드가 표현하듯이 역사란 본질상 저주스런 일의 연속에 불과하기 때문이다. 역사가 계속 중단할 이유는 없으며, 따라서 사극의 결론은 우연적일 수 있을 뿐이다.

셰익스피어의 전반기 활동과 후반기 활동을 엄밀하게 구별하는 것은 어려운 일이지만, 몇 가지를 고려할 때 세기의 전환이 유익한 표지로 사용된다. 체임벌린 경의 극단은 1599년 글로브 극장으로 옮겨갔다. 또한 1599년에 추밀원은 풍자시의 출간을 금지했으며, 따라서 대중들에게 인기있는 풍자 작가들이 희곡으로 방향을 선회하는 바람에 극장은 이익을 봤다. 이로써 극장의 풍경이 바뀌었다. 1600년 이후 어린이 극단의 부활처럼 말이다.

17세기의 처음 8여 년 동안 셰익스피어는 주로 비극 작품을 썼다. 고대 브리튼을 무대로 한 「리어 왕」을 제외하면, 영국 사극은 더 이상 나오지 않았다. 영국 역사는 정치적으로 불편했고, 좌우간 셰익스피어는 최고의 소재를 써먹을 만큼 써먹었던 것이다.

그러나 그는 넓은 의미에서 역사 작품을 계속 썼다. 제일 이절판 전집은 셰익스피어의 희곡을 비극, 사극, 희극으로 분류하였지만, 특별히 처음 둘의 구분선이 명확하지 않다. 「맥베스」와 「리어 왕」은 홀린셰드의 「연대기」에 상당한 빚을 진다. 이 책에서 셰익스피어는 영국 사극을 위한 소재를 추렸다. 반면에 세 권의 로마 희곡인 「줄리어스 시저」, 「앤토니와 클레오파트라」, 「코리올레이너스」는 로마 사극으로 간주될 수 있다. 로마 희곡을 보면서, 동시대의 관객은 자기의 세계와 상연된 세계의 문화적 차이를, 특별히 영국 군주제와 로마의 공화제의 차이를 참작해야 했다. 로마가 공화국에서 제국으로 변하고(「줄리어스 시저」), 그 가치관이 클레오파트라의 이집트의 상이한 문화와 대립할 때처럼(「앤토니와 클레오파트라」), 그와 같은 가치 충돌이 이 희곡들의 핵심이다. 「앤토니와 클레오파트라」에서 우리는 핵심 등장인물의 전혀 화해될 수 없는 이미지를 만난다. 클레오파트라와 앤토니는 매춘부와 그녀에게 빠진 사람이며 또한 영웅적인 연인이다. 당혹스럽게도 그들은 가치 저울의 상극에 동시에 있는 자들이다.

다른 희곡들에서는 전혀 상이한 가치 체계들의 완벽한 갈등을 보여 준다. 「리어 왕」에서는 모든 등장인물이 리어의 폐위에 뒤따르는 싸움에서 어느 한 편을 들지 않을 수 없다. 한 편에는 에드먼드, 고너릴, 리건의 이기주의적 정치가 있고, 다른 한 편에는 켄트, 에드거, 코델리아의 전통적인 충성심이 있다.

「오셀로」의 비교적 가정사(家庭事)적인 세계에서도 그런 양극화가 있다. 이아고는 오셀로와 데스데모나의 사랑, 그리고 그 사랑이 상징하는 모든 것을 반대한다. 진짜 이방인은 베니스 토박이인 이아고이며, "여기서든 어디서든 터무니없고 떠돌아다니는 나그네"인 오셀로는 그와 대립된다. 오셀로와 관련된 두려운 점은, 이질적이고 파괴적인 성격이 속에 잠복한다는 것이다. 내부인(內部人)인 이아고가 극 전체를 오염시키는 악을 담고 있다.

「햄릿」은 전적으로 엘시노어 성을 배경으로 삼는다. 하지만 햄릿의 정신은 자신의 세계의 물리적 한계를 넘어서 사색의 영역으로 탐색해 들어간다. 망령이 그에게 부가하는 복수자의 구태의연한 역할을 넘어선다. 여기서 갈등은 불만스런 배우처럼 자신에게 할당한 역할에 이의를 제기하는 주인공에게서 가장 강력하게 느껴진다. 햄릿의 자기 의식과 그의 사회와 도리가 요구하는 것 사이의 이와 같은 깊은 골이, 현상과 실재의 골치 아픈 관계를 탐구하는 극의 일부이다. 햄릿은 마지막 행에서 말하는 마지막 침묵에서만 갈등을 화해시킬 수 있다.

이 시기에 등장하는 셰익스피어의 작품의 다른 흐름은 희극이지만 역시 음울한 희극이다. 비극에서와 마찬가지로 희극의 갈등도 심각하며, 때로는 너무 심각해서 해결될 성싶지 않아 보인다.

가령 「십이야」는 극단과 연출자에 따라 로맨스와 소극(笑劇)의 흥미로운 혼합극으로 등장할 수도 있고 혹은 겉보기에는 행복한 결말이지만 상실과 이별의 가능성을 흔히 떨쳐 버릴 수 없는 비통한 희극으로 등장할 수 있다. 다른 희곡은 훨씬 더 음울하다. 가령 「법에는 법으로」는 「베니스의 상인」에서 매우 불안정하게 보이는 법률과 욕망의 긴장으로 되돌아간다. 「트로일러스와 크레시다」는 무익한 갈등에 갇혀 있고 믿을 만한 이념이 박탈된 세계를 보여 준다.

셰익스피어의 작품의 마지막 단계는 국왕 극단이 도미니크회 실내 극장을 얻은 후부터 시작된다. 이는 이전 단계와 상당히 겹치지만 서로 견주어 보게 만들 만큼 주목할 만한 유사성을 갖고 있는 네 개의 희곡이 나온 시기이다. 「페리클레스」, 「겨울 이야기」, 「심벌린」, 「폭풍우」가 그것이다. 이제는 술책이나 마법에 의하여 해결이 성취된다. 프로스페로는 「폭풍우」에서 재난을 돌리기 위하여 자신의 마법을 사용하며, 의전 장관으로 극을 지배한다. 「심벌린」도 역시 마법적이다. 「겨울 이야기」는 술책에 의존한다.

레온테스는 급작스런 질투로 자기 아내 헤르미오네를 죽였다고 생각했고, 이것이 1-3막을 지배한다. 그런 다음 세월이 지나간다. 레온테스의 잃어버린 아이는 양치기의 딸로 성장했다. 그녀는 레온테스에게 돌아간다. 그러나 퍼디타가 대표하는 전원 생활과 소생의 세계는 연극을 해결하기에 충분치 못하다. 결국 헤르미오네는, 자신의 조각상인 체하다가 조각상이 기적적으로 생명을 얻는 방법으로써 레온테스와 오랫동안 잃어버린 딸에게 다시 살아 와야 한다. 이 후기 희곡에는 소망의 요소도 있지만, 그런 해결을 매우 바람직한 것으로 만드는 인간의 슬픔에 대한 통렬한 표현도 있다. 파울리나가 헤르미오네를 살아나게 하기 전에 레온테스에게 엄숙하게 "먼저 신앙을 일깨우셔야 합니다" 하고 명령하는 것은 모든 사람을 위한 모토인 듯하다.

프로스페로가 인간 세계에서 다시금 자신의 도리를 행하러 돌아가려고 자신의 마법을 포기하는 것과 셰익스피어가 마지막에 스트래트퍼드로 돌아가는 것의 유사성을 이끌어 냄으로써 셰익스피어의 작품의 개관을 마치는 것은 일반적인 일이다. 그러나 셰익스피어는 실제로 스트래트퍼드를 떠난 적이 없었으며, 「폭풍우」를 쓸 때에도 프로스페로는 마법을 버리려고 각오했지만 셰익스피어는 전혀 일을 매듭짓지 않았다.

그는 이후로 세 개의 희곡을 더 쓰게 된다. 소실된 희곡 「카드니어」, 「헨리 8세」(「모든 게 참되다」로도 알려져 있다), 「고상한 두 친척」이 그것이다. 이 모든 작품에서 그는 존 플레처와 협력했고, 존은 국왕 극단의 중요한 극작가로서 일을 이어받게 된다. 이것이 아마 덜 감상적이긴 해도 더욱 참된 셰익스피어의 최후 모습이다: 동료와 함께 계속 일하는 극장 전문인의 모습 말이다. 확실히 스트래트퍼드 사업가라는 초기의 인상과 마지막의 모습을 조화시키기는 더욱 쉽다. 그러나 두 개의 인상은 그의 재능과 예술적인 업적에 관한 신비를 고스란히 남겨 놓는다. 또한 결국 그래야 마땅하다.

제1부
셰익스피어 4대 비극

1. 햄릿

덴마크의 왕비 거트루드는 햄릿 왕의 급작스러운 죽음으로 과부가 되었는데, 남편이 죽고 두 달이 되지 못해서 시동생 클로디어스와 결혼했다. 그런데 당시 클로디어스는 무분별하고 무감각하고 괴상한 행동으로, 아니 그보다는 더 사악한 일로 온 백성들에게 악명 높았다. 왜냐하면 이 클로디어스는 인품이나 지성에서 형님을 전혀 닮지 않았고, 외모는 한심하고 성품은 비열하고 하찮았기 때문이다. 그리고 어떤 사람들은 그가 형수와 결혼하고, 죽은 왕의 아들이며 왕위의 합법적인 승계자인 젊은 햄릿을 제치고 덴마크의 보좌에 오를 심사로 선왕(先王)인 형을 몰래 처치했다는 혐의를 떨칠 수 없었다.

그리고 왕비의 경솔한 행동에 젊은 왕자만큼 깊은 충격을 받은 사람은 없었다. 그는 돌아가신 아버지를 사랑했으며 우상 숭배라고 생각될 정도로 그를 경모했으며, 경의감을 가지고 더할 나위 없이 예의를 실천하는 사람이므로 어머니 거트루드의 이 적절하지 않은 행동을 마음 아프게 생각했다. 아버지의 죽음에 대한 슬픔과 어머니의 재혼에 대한 수치 사이에서 젊은 왕자는 깊은 우울증에 빠져 모든 환희와 환한 표정을 잃어버릴 지경이었다. 그는 평소 책을

〈햄릿〉, 1801, 토머스 로렌스

즐겨 읽었지만 이제는 삼갔고, 젊은 시절에 어울릴 만한 왕자로서의 신체 단
련과 운동을 더 이상 즐기지 않았다. 그는 점차 세상에 염증을 느끼게 되었고,
세상이 잡초로 무성하여 몸에 좋은 꽃들이 질식당하는 뜰처럼 보였다. 자신

이 합법적으로 이어받아 보좌에 오르지 못하리라는 전망에 그의 마음이 압도당한 것은 아니었다. 물론 젊고 고결한 왕자에게 그런 일은 쓰린 상처이며 가슴아픈 모욕이었다. 그러나 그를 화나게 만들고 즐거운 기분을 몽땅 사라지게 만든 것은 아버지의 추억을 완전히 망각한 듯이 처신하는 어머니의 태도였다.

그 아버지가 어떤 아버지였던가! 아내를 끔찍이 사랑하고 온화했던 남편이 아니었던가? 그리고 그때는 그의 어머니도 항상 그의 아버지에게 사랑 많고 순종하는 아내처럼 보였고 남편에 대한 사랑이 날로 커지는 듯이 그에게 의지하곤 했다. 그런데 두 달 만에 (젊은 햄릿에게는 두 달이 되지 않은 듯이 느껴졌다) 그녀는 재혼했고, 그것도 죽은 남편의 동생과 결혼했다. 참으로 근친간에 도의를 크게 벗어나고 불법적인 결혼이었다. 게다가 그것은 꼴불견처럼 서둘러 행해진 결혼이었고, 그녀가 왕위와 침실의 동반자로 택한 사람은 군왕답지 못한 성품의 소유자였다. 열 개의 나라를 잃은 것보다 서글픈 이 일 때문에 이 덕망 높은 젊은 왕자의 심기는 땅에 추락했고 그의 마음에는 먹구름이 끼었다.

그의 어머니 거트루드나 왕이 그의 마음을 돌리려고 온갖 일을 생각해 내었지만, 모두 허사였다. 그는 여전히 죽은 아버지의 죽음을 슬퍼하는 듯 짙은 검은색 옷을 입고 궁정에 모습을 나타냈고, 그 옷차림을 절대 벗지 않고 심지어 어머니가 결혼하던 날에도 인사하지 않았으며 (자기에게는) 수치스러운 날의 행사나 축하 잔치에 참석할 수 없었다.

그를 가장 괴롭게 한 것은 아버지의 석연치 않은 죽음이었다. 클로디어스는 뱀이 그를 물어 죽였다고 설명했다. 그러나 젊은 햄릿은 클로디어스가 바로 그 뱀이라고 날카로운 혐의를 품고 있었다. 쉬운 말로 클로디어스가 왕위를 노리고 선왕을 살해했으며 자기 아버지를 죽인 뱀이 지금 보좌에 앉아 있다는 생각이었다.

그의 추측이 얼마나 정확하며, 어머니에 대하여 어떻게 생각해야 마땅하며, 그녀가 이 살해 사건을 얼마나 알고 있으며, 그 사건이 그녀의 동의에 의해서인지 아니면 그녀가 알고 있었는지 아니면 이것도 저것도 아닌지 이런 의문들이 계속 그를 괴롭혔고 그의 마음을 어지럽게 만들었다.

그런 중에 젊은 햄릿의 귀에 소문이 들려 왔는데, 이삼 일 동안 한밤중에 궁궐 앞의 망대에서 경계를 보는 군인들이 그의 아버지 죽은 왕을 빼다박은 유령을 보았다는 것이었다. 그 유령은 머리에서 발까지 죽은 왕이 입고 다녔다는 그 갑옷을 항상 입고 나타났다. 그리고 그것을 본 자들(햄릿의 가장 사랑하는 친구인 호레이쇼도 그 한 사람이다)은 유령이 나타나는 시간과 모습에 관하여 일치된 증언을 했다. 유령은 12시 정각에 나타나며 그 모습은 창백하여 분노보다는 슬픔의 얼굴을 하고 있으며, 그 턱수염은 소름끼치며, 그 빛깔은 그의 생전에 보았던 대로 검은 담비빛의 은색이었다. 그들이 말을 걸어도 유령은 묵묵부답이었다. 하지만 한 번은 유령이 머리를 쳐들고 마치 말하려는 듯이 몸짓으로 표현한다는 느낌을 주었다. 그러나 그 순간 아침 수탉이 울자 유령은 순식간에 몸을 움츠리며 사라졌다.

젊은 왕자는 놀라울 정도로 그들의 이야기가 너무도 일관되고 일치하므로 믿지 않을 수 없어 그들이 자기 아버지의 유령을 보았다고 결론짓고, 그날 밤에 아버지의 유령을 보려고 군인들과 함께 경계를 서기로 결심했다. 왜냐하면 그는 속으로 그런 유령의 출현이 그냥 있는 게 아니며, 뭔가를 전해 주려고 그러는 것이라고 추론했기 때문이었다. 그리고 지금까지는 유령이 침묵을 지켰지만, 자기에게는 이야기할 것이라고 생각했다. 그리고 그는 인내하며 밤이 오기를 기다렸다.

밤이 오자 그는 호레이쇼와, 경계병 가운데 하나인 마셀러스와 함께 망대에 섰다. 그 곳은 이 유령이 출현하곤 하던 곳이었다. 밤기운이 차가웠고 공기는 평소와 달리 으스스하고 살을 에는 듯했기 때문에 햄릿과 호레이쇼와 일행은 밤기운의 차가움에 관하여 이야기를 나누게 되었다. 그런데 갑자기 유령이 다가온다는 호레이쇼의 말에 대화는 중단되었다.

햄릿은 아버지의 유령을 보자 갑자기 두려움과 공포에 사로잡혔다. 처음에 그는 천사들과 하늘의 사역자들을 불러 자기들을 보호해 달라고 했다. 왜냐하면 이것은 선한 영인지 아니면 악한 영인지, 선한 일을 위하여 왔는지 나쁜 일을 위하여 왔는지 알지 못했기 때문이었다. 그러나 그는 점차 용기를 갖게 되었다. 그리고 (그의 눈에 비치는 대로) 그의 아버지는 그를 아주 불쌍하게 쳐다보는 듯했고, 그와 이야기를 나누고 싶어하는 것 같았다. 그리고 어느 모로 보나 생전의 모습과 흡사하므로, 햄릿은 그와 이야기를 나누지 않을 수 없었다. 왕자는 그를 햄릿, 왕, 아버지라고 불렀고, 왜 고요하게 누워 있던 무덤을 떠나 달밤에 다시 세상을 찾아왔는지 그 이유를 말씀해 달라고 부탁했다. 그리고 자기 마음에 평안을 얻기 위하여 할 수 있는 일이 있으면 알려 달라고 청했다.

그러자 유령은 햄릿에게 손짓했고, 햄릿은 단둘이 있을 만한 다소 떨어진 곳으로 그를 따라갔다. 그리고 호레이쇼와 마셀러스는 젊은 왕자에게 따라가지 말라고 설득했다. 왜냐하면 그것이 악한 일이라면 그를 유혹하여 근처의 바다나 두려운 절벽 꼭대기로 이끌고 가서 왕자가 이성을 잃게끔 무시무시한 모습을 보이지 않을까 두려웠기 때문이다. 그러나 그들의 충고와 간청에도 햄릿의 결심은 바뀌지 않았다. 그는 생명을 잃는 것 따위는 전혀 개의치 않았던 것이다. 그리고 그는 자신의 영혼에 대하여 말하기를, 자기의 영혼이 불멸적 존재이므로 영들이 그것에게 무슨 일을 할 수 있겠는가라고 했다. 그리고 그는 사자처럼 대담해짐을 느끼고, 가능한 한 그를 붙들려고 했던 그들을 박차고 유령이 이끄는 곳으로 따라갔다.

단 둘만 있게 되었을 때, 유령은 침묵을 깨고 자기가 처참하게 살해당한 그의 아버지의 유령이라고 말했다. 그리고 유령은 그가 어떻게 죽었는지를 이야기해 주었다. 햄릿이 이미 큰 의혹을 품고 있었듯이, 아버지를 죽인 것은 아버지의 침실과 왕관을 노리던 햄릿의 숙부 클로디어스였다. 그가 관행대로 오후에 뜰에서 잠자고 있었을 때, 그의 배신자 동생이 몰래 들어와 그의 귀에 독초 즙을 부었던 것이다. 이 독초 즙은 사람의 생명에 매우

"햄릿은 유령을 따라갔다."
―조지 소퍼(George Soper)

치명적인 것으로서 수은처럼 모든 혈관을 신속히 돌아다니면서 혈관을 부풀어오르게 하고 온 피부에 빵껍질 같은 문둥병을 퍼뜨린다. 선왕은 잠을 자는 도중에 동생의 손에 의해 곧바로 왕관과 왕비와 생명을 잃었다. 그리고 그는 햄릿에게 여전히 아버지를 사랑한다면, 이 더러운 살인을 복수해 달라고 요구했다.

그리고 유령은 햄릿의 어머니가 덕행에서 크게 떨어져서 첫남편에게 부정한 태도를 보였고 그의 살인자와 결혼했다고 자기 아들에게 일러주었다. 그러나 그는, 햄릿이 사악한 숙부에게는 복수할지라도 어머니에게는 아무런 폭력을 행사하지 말고 고이 하늘로 가게 하고 양심의 바늘과 가시에 찔리게 내버려 두라고 주의를 주었다. 그리고 햄릿은 모든 일에 유령의 지시를 따르겠다

고 약속했고, 유령은 사라졌다.

그리고 혼자 남은 햄릿은 기억에 남아 있는 모든 것, 책이나 관찰로 배운 모든 것을 즉시로 잊고 유령이 자기에게 행하라고 말한 것만 머릿속에 남게 하겠다고 엄숙히 결심했다. 그리고 그는 일어난 일의 자세한 내용을 사랑하는 친구 호레이쇼에게만 알려 주었다. 그리고 그는 호레이쇼와 마셀러스에게 그날 밤에 본 것을 죽을 때까지 비밀로 간직하라고 명령했다.

그렇지 않아도 유약하고 기가 약한 햄릿은 유령을 보고 놀라서 마음을 진정시키지 못했고, 이성을 잃을 지경이었다. 그리고 그는 이런 증세가 계속되어 사람들에게 발각되어 숙부가 자기를 경계하면서 자기가 숙부를 해칠 생각을 하고 있지 않은지 혹은 숙부 자신이 알린 것보다 아버지의 죽음에 대하여, 실제로 더 많이 알고 있지 않는지 의심할까 두려워서, 그때로부터 정말로 미친 사람의 시늉을 하겠다는 이상한 결심을 품었다. 숙부가 자기를 심각한 계획을 꾸밀 수 없는 자로 여기면 의심의 대상이 되지 않을 것이며 실제로 미친 사람으로 가장하면 마음의 동요가 가장 잘 숨겨지고 은폐되겠다고 생각한 것이다.

이때부터 햄릿은 아무렇게나 이상하게 옷을 입고 말을 하고 행동을 취하는 척했고, 너무도 미친 사람 흉내를 잘 내는 바람에 왕과 왕비는 깜빡 속고서 아버지의 죽음을 슬퍼하는 마음 때문에 정신 이상 상태가 되었다고 생각했다. 그들은 유령의 출현에 관하여 전혀 아는 바가 없었기 때문에 그의 병이 부친에 대한 연모 때문이라고 결론짓고, 그게 그의 질병의 원인이라고 생각했던 것이다.

햄릿은 방금 이야기한 우울한 행동을 취하기 전에, 국사와 관련하여 왕에게 간언하는 고문인 폴로니어스의 딸 오필리아라는 아리따운 아가씨를 매우 사랑했다. 그는 그녀에게 편지와 반지를 보냈고, 사랑의 선물을 많이 보냈다. 그리고 덕망높은 태도로 그녀의 사랑을 구했다. 그리고 그녀는 그의 맹세와 끈덕진 태도에 신뢰를 표시했다. 그러나 최근에 햄릿은 우울증에 빠지자 그녀를 소홀하게 대하게 되었고, 미친 사람 흉내를 내려고 생각한 때부터 그녀를 몰인정하게 그리고 무례하게 대하는 척했다.

그러나 착한 아가씨는 자기에게 불성실하다며 그를 질책하기는커녕 그의 마음이 병들었다고 확신했다. 그리고 그가 이전보다 자기에게 관심을 보이지 않게 되었지만, 몰인정한 마음이 굳어져서 그런 것은 아니라고 믿었

"햄릿은 그녀를 몰인정하게
그리고 무례하게 대하는 척했다."
—존 시몬즈

다. 그리고 그녀는, 마음을 짓누르는 심각한 우울증으로 손상된 그의 고결한 마음과 탁월한 지성을, 가장 절묘한 음악을 만들 수 있지만 화음이 맞지 않거나 함부로 다루어 귀에 거슬리고 듣기 싫은 소리만 내는 아름다운 종에 비유했다.

아버지의 살인자에게 죽음의 복수를 가하는 힘든 일이 즐거운 구애와 어울리지 않기에 햄릿이 사랑의 한가로운 교제를 허용하지 않지만, 오필리아에 대한 다정한 생각이 끼어드는 것은 막을 수 없는 일이었다. 그리고 이 다정한 아가씨를 야박하게 홀대했다고 생각될 때, 그는 열정의 격렬한 말과 터무니없는 표현으로 가득한 편지를 썼다. 이런 말과 표현은 그의 미치광이 흉내와 아주 잘 어울리지만 거기에는 부드러운 사랑의 표시가 뒤섞여 있었기에, 이 덕망높

〈오필리아〉, 1875, 토머스 프랜시스 딕시

은 아가씨는 그의 마음 깊은 곳에 자신에 대한 뜨거운 사랑이 있다고밖에 볼 수 없었다. 그는 오필리아에게, 별이 불이 아닌지 의심하고, 태양이 움직이는지 의심하고, 진실이 거짓말이 아닌지 의심해도 자기가 사랑하는 것은 의심하지 말라고 했다.

그런 터무니없는 표현이 많았다. 오필리아는 이 편지를 아버지 폴로니어스에게 착실히 보여 드렸고, 폴로니어스는 왕과 왕비에게 보여 드려야 한다고 생각했다. 그때부터 그들은 햄릿의 광증을 일으킨 진짜 이유가 사랑 때문이라고 생각했다. 그리고 왕비는 다행히도 오필리아의 미모가 그의 광포함의 원인이었으면 하고 바랐다. 왜냐하면 그녀의 덕행으로 그가 이전의 모습으로 돌아와 왕과 왕비의 체면을 살려주기를 또한 소원했기 때문이다.

그러나 햄릿의 광증은 왕비의 생각보다 훨씬 심해졌고, 고칠 수 없을 지경이 되었다. 그가 보았던 아버지의 유령은 계속 그의 상상 세계에 출몰했고, 살인자에게 복수하라는 신성한 명령을 이루기까지 그는 쉬지 못했다. 복수가 연기되는 모든 시간이 일종의 죄를 짓는 것처럼 느껴졌고, 아버지의 명령을 어기는 처사로 생각되었다. 하지만 왕에게는 항상 호위병이 둘러싸고 있으므로 그를 죽이는 것은 쉬운 일이 아니었다. 기회를 잡더라도 햄릿의 어머니 왕비가 있어서 장애물이 되었다. 햄릿은 이 장애물을 결코 뚫고 지나갈 수 없었다. 게다가 왕위 찬탈자가 어머니의 남편이라는 사실 때문에 그는 깊은 연민이 우러나와서 목적하던 일에 대하여 결심이 무디어졌다. 다른 사람을 죽이는 행위 자체가 햄릿처럼 천성적으로 다정다감한 성품에는 증오스럽고 두려운 일이었다.

오랫동안 우울증과 낙담에 빠져 지낸 까닭에 우유부단해지고 목적이 흔들거렸다. 그래서 햄릿은 극단적인 행위를 취하지 못했다. 게다가 그는 마음으로 주저하지 않을 수 없었다. 그가 본 유령이 진짜 자기 아버지인지, 혹은 그가 들었던 목소리의 유령이 자기 마음대로 모습을 취할 수 있고 아버지의 모습을 가장하고는 자신의 유약함과 우울증을 이용하여 가망 없는 살인 행위를 저지르게 만드는 마귀가 아닌지 하고. 그리고 그는 속임수일지 모르는 환상이나 유령보다 확실한 근거를 얻어야겠다고 결심했다.

그가 우유부단한 태도를 보이는 동안 궁정에 배우들이 찾아왔다. 전에 햄릿은 그들을 보고 즐거워했고, 그들 가운데 하나가 트로이의 왕 프리암의 죽음과 왕비 헤쿠바의 슬픔을 묘사하며 비극적인 대사를 읊조리는 것을 특별히 좋아했다. 햄릿은 옛 친구들인 배우들을 환영했고, 이전에 그들의 대사가 즐거움을 준 것을 추억하고 그 배우에게 다시 그것을 연기해 달라고 부탁했다. 배우는 힘빠진 늙은 왕을 잔인하게 죽인 것과 불로 그 백성과 성을 파멸한 것과 늙은 왕비가 맨발로 궁궐을 이리저리 달리며 왕관이 있던 머리에 형편없는 천조각을 쓰고 왕비의 옷을 둘렀던 그 허리에 담요만 급하게 대충 걸치고는 미친 듯이 슬퍼하는 것을 아주 생동감 넘치게 묘사했다. 배우의 연기를 보며 옆에 서 있는 사람들은 너무도 생생하게 연기하여서 실제로 벌어진 일을 보는 듯이 눈물을 흘렸을 뿐만 아니라 배우 자신도 목멘 소리를 내고 진짜로 눈물을 흘리면서 연기했다.

이를 본 햄릿은 배우가 단지 연극 대사로 격정에 복받쳐 수백년 전에 죽은 허큐바를 보지 못하고도 그를 위하여 눈물을 흘리는데, 격정에 복받칠 만한 진짜 이유와 단서가 있으면서도, 진정한 왕이자 사랑하는 아버지가 살해를 당했는데도 마음이 별로 움직이지 않고 내내 둔하고 멍청하게 망각하며 복수심을 잠재우고 있는 듯한 자신이 얼마나 무감각한 사람인지 생각하게 되었다. 그리고 배우들의 연기를 보고 깊은 생각에 빠져 실제처럼 연기하는 멋진 연극이 관객에게 미치는 강력한 효과를 깊이 살피는 동안, 그는 무대에서 살인 사건을 보고 그 장면의 힘과 상황의 유사함에 깊은 영향을 받아 자신이 저지른 범죄를 극장에서 고백한 살인자의 경우를 기억해 냈다.

그리고 그는 이 배우들이 숙부 앞에서 자기 아버지의 살인과 비슷한 연극을 연기하게 하려고 마음을 먹었고, 그것이 숙부에게 어떤 효과를 미치는지 면밀히 관찰하여 그의 표정에서 그가 살인자인지 아닌지 좀 더 확실한 증거를 얻으려고 했다. 이를 위하여 그는 무대를 준비하게 하고 거기서 상연할 왕과 왕비의 역을 생각해 냈다.

연극의 줄거리는 비엔나에서 일어난 한 공작의 살인 사건에 관한 것이었다. 공작의 이름은 곤자고이며 그의 아내는 밥티스타였다. 연극은 공작의 가까운 친척인 루시아너스라는 사람이 그의 재산을 노리고 정원에서 공작을 독살하는 것과 곧 살인자가 곤자고의 아내에게 사랑을 얻는 것을 보여 주었다.

왕이 자신을 걸려들게 할 덫인 줄 모르고 이 연극을 보러 참석했고 왕비와 모든 신하들도 참석했다. 햄릿은 왕 가까이에 앉아서 그의 표정을 조심스럽게 살폈다. 연극은 곤자고와 그의 아내의 대화로 시작되었다. 부인은 갖가지 사랑을 다짐하고 곤자고보다 오래 살더라도 두 번째 남자와 절대 결혼하지 않겠다고 했다. 만일 재혼하면 저주를 받고 싶다고 말했고, 첫 남자를 살해한 사악한 여자가 아니라면 아무도 그런 짓을 하지 않는다고 덧붙였다. 햄릿은 이 대사에 왕인 숙부의 표정이 바뀌는 것을 목격했다. 그리고 이 장면이 숙부와 왕비에게 쑥같이 쓴 것임을 목격했다. 그러나 대사에 따라 루시아너스가 정

〈왕과 왕비 앞에서 펼친 연극〉, 1897, 에드윈 오스틴 애비 (1852-1911)

원에서 잠자는 곤자고를 독살하러 왔을 때, 선왕에게 사악한 짓을 한 것과 너무도 비슷한 장면인 것을 본 왕위 찬탈자 숙부는 양심에 큰 찔림을 받아 연극의 나머지 부분을 더 이상 볼 수 없으니 갑자기 자기의 침실에 불을 밝히라고 명령하고 갑자기 몸이 아픈 척하며(어쩌면 실제로 그랬을 것이다) 극장을 황급히 떠났다.

왕이 떠나자 연극은 중단되었다. 그런데 햄릿은 유령의 말이 사실이며 환상이 아님을 만족할 만큼 확인했다. 그리고 큰 빚이나 양심의 가책을 갑자기 덜어낸 사람처럼 갑자기 즐거운 마음이 들어서, 호레이쇼에게 유령의 말이 천 파운드만큼 값어치 있다고 했다. 그러나 숙부가 자기 아버지를 죽인 자라는 것을 분명히 알고 어떻게 복수할 것인지 결심을 굳히기 앞서, 그는 왕비의 부름을 받아 그녀의 방에서 은밀하게 만났다.

왕의 소원을 받들어 왕비는 햄릿을 불렀다. 지난번 아들의 행동이 왕과 왕비의 심기를 참으로 불편하게 만든 것을 알려주기 위함이었다. 그리고 왕은 또 왕비가 편파적인 이야기를 늘어놓아 왕에게 의미심장한 의미를 많이 담고 있을 햄릿의 말을 편들 것이라고 생각하고, 모자 간의 이야기를 모두 알기를 바랐다. 국사 고문이자 오필리아의 아버지인 폴로니어스에게 왕비의 방 커튼 뒤에 있다가 몰래 그들의 대화를 엿듣고 오라고 명령했다. 이 술책은 폴로니어스의 기질에 딱 맞는 것이었다. 그는 국가의 부정한 원칙과 정책에 도가 튼 사람이었고 간접적으로 교활하게 문제를 알아내는 것을 좋아하는 인물이었다.

햄릿이 어머니에게 오자, 그녀는 아주 우회적으로 그의 행동과 처신을 비난하기 시작했다. 그리고 그가 아버지(즉 그의 숙부인 왕을 뜻한다)에게 큰 심려를 끼쳤다고 말했다. 햄릿은 왕비가 그토록 소중하고 존귀한 아버지라는 이름을 숙부에게, 자기 친아버지의 살인자에 불과한 비열한 자에게 사용하는 것이 매우 화가 나서 매섭게 대꾸했다. "어머니, 어머니야말로 내 아버지께 큰 심려를 끼쳐드린 것입니다."

왕비는 그런 말도 안되는 대답이 어디 있느냐고 했다. 그러자 "질문에 적절한 대답입니다." 하고 햄릿이 말했다. 왕비는 누구에게 말하고 있는지 잊었느냐고 그에게 물었다.

"차라리 잊을 수 있었으면 좋겠습니다. 어머니는 왕비, 시동생의 아내이십니다. 그리고 나의 어머니이시기도 합니다. 이것이 사실이 아니면 오죽 좋겠습니까?"

"아니 네가 나를 무시한다면 너를 꾸짖을 수 있는 분을 부르겠다." 하고서는 왕이나 폴로니어스를 부르려고 나가려 했다. 그러나 햄릿은 그녀를 가지 못하게 하고 그녀에게 부정한 삶을 직시하게 하려고 애를 썼다. 그리고 왕비의 손목을 꽉 잡고 자리에 앉혔다. 왕비는 그의 진지한 태도에 겁을 먹고 그가 미쳐서 자기에게 해코지를 하지 않을까 두려워 소리쳤다.

그러자 커튼 뒤에서 "도와라, 왕비가 위험하다." 하는 목소리가 들렸다. 햄릿이 그 소리를 듣고 왕이 숨어 있다고 생각하고 칼을 빼고는 그리 도망친 쥐를 찌르듯 소리가 나는 곳을 찔렀다. 소리가 그칠 때까지.

그리고 그는 그 사람이 죽었다고 믿었다. 그러나 몸을 끄집어내어 보니 그것은 왕이 아니라 참견 잘하는 고문 폴로니어스였다. 왕이 그를 커튼 뒤에 첩자로 심어 두었던 것이다.

왕비는 소리쳤다. "네가 무모하게 피를 흘렸구나!"

"피를 흘렸어요, 어머니. 그러나 왕을 죽이고 숙부와 결혼한 어머니의 죄보다는 나쁘지 않아요."

햄릿은 이미 그 자리를 떠나지 못할 지경이 되었다. 이제 그는 어머니에게 속시원히 말하고 싶은 기분이 들었고, 그렇게 했다. 그리고 자녀들이 부모들의 잘못을 부드러운 마음으로 대해야 하는 법이지만, 그 죄가 심각하다면 설사 어머니라고 해도 매서운 말로 이야기할 이유가 있을 것이다. 그게 어머니의 유익을 위한 것이라면, 그리고 비난할 목적이 아니라 어머니를 사악한 길에서 돌이키기 위한 것이라면 말이다. 그리고 이 덕망 높은 왕자는 감동적인 말로 왕비의 잔인무도한 죄를 이야기했다. 자기 아버지, 죽은 왕을 쉽게 잊어버리고 살인자라는 혐의를 받는 숙부와 그렇게 빨리 결혼한 죄를 이야기했다.

어머니가 첫남편에게 맹세한 맹세에 비추어 보면 그런 행위는 여인의 모든 맹세를 의심스러운 것으로 만들기에 충분했고, 여인의 모든 덕을 위선으로 간주하고, 그 약속을 노름꾼의 맹세보다 못한 것으로 여기고, 신앙을 조롱거리와 말장난에 불과하게 만드는 것으로 보기에 충분했다. 그는 왕비가 그런 짓을 저질렀으며, 하늘이 그 일에 얼굴을 붉히며 땅이 그 때문에 왕비를 메스꺼워한다고 말했다.

그리고 햄릿은 두 개의 그림을 보여 주었다. 하나는 그녀의 첫남편 선왕의 그림이며, 다른 하나는 두 번째 남편인 현재 왕의 그림이었다. 그리고 왕비에게 그 차이를 지적해 보라고 했다. 자기 아버지의 눈썹은 참으로 덕이 흘러넘쳐서 신과 같은 모습이며, 머리카락은 아폴로의 곱슬머리 같고, 이마는 주피터의 것과 같고, 눈은 마르스의 것과 같고, 자태는 산꼭대기에 내려 선 머큐리의 것과 같았다. 그는 이 사람이 틀림없이 왕비의 남편이었다고 말했다.

그런 다음 그는 왕비가 옆에 두고 있는 사람을 보여 주었다. 그리고 그 사람이 해충이나 곰팡이처럼 보인다고 했다. 왜냐하면 건강한 형님을 독살했기 때문이다. 왕비가 너무 수치스러워하자, 햄릿은 그녀의 눈을 그 영혼으로 돌리게 했다. 이제 왕비는 자신의 영혼이 참으로 시커멓고 흉한 것을 보았다. 그리고 그는, 왕비가 이 사람과 어떻게 계속 살 수 있으며, 첫남편을 죽이고 도둑처럼 야비하게 왕관을 찬탈한 그의 아내가 될 수 있는지 물었다.

그가 말하고 있는 그 순간에, 생전에 보았던 모습 그대로 아버지의 유령이 방에 들어왔다. 그러자 햄릿은 너무 놀라 무슨 일이냐고 물었다. 유령은 햄릿이 잊은 듯이 보여 약속한 대로 복수할 것을 그에게 상기시켰다. 그리고 유령은 왕비가 슬픔과 공포로 자칫 죽게 되겠으므로 그녀에게 고민을 덜어 주는 말을 하라고 했다. 그러자 유령은 사라졌다. 유령은 햄릿에게만 보였다. 그래서 그는 유령이 서 있는 곳을 가리키면서 무슨 설명을 해도 자기 어머니에게 유령이 있다는 것을 알려 줄 수 없었다. 왕비는 아들이 누군가와 이야기를 나누는 것을 듣는 동안 내내 겁에 질려 있었다. 그녀에게는 아무것도 보이지 않았기 때문이었다. 그리고 그녀는 그것을 아들의 정신 이상 탓으로 돌렸다.

그러나 햄릿은 자기 아버지의 영혼이 지상에 다시 나타난 것이 왕비의 죄 때문이 아니라 자신의 광증 때문이라고 편할 대로 생각하지 말라고 했다. 그리고 정상적으로 뛰는 자신의 맥박을 만져 보라고 했다. 그것은 미친 사람의 것이 아니었다. 그리고 그는 왕비에게, 지난날의 잘못을 하늘에 고백하고, 앞으로 왕과의 결합을 피하고 더 이상 그의 아내가 되지 말도록 눈물을 뿌리며 간곡히 부탁했다. 그리고 왕비가 아버지의 추억을 존중하여 어머니의 모습을 보여 준다면, 아들로서 그녀의 복을 빌겠다고 했다. 그리고 왕비는 아들의 뜻을 따르겠다고 약속했고, 이야기는 끝났다.

그러자 햄릿은 이제 마음의 여유를 얻어 불행히도 자신이 무모하게 죽인 자가 누구인지를 살펴보았다. 그리고 그가 폴로니어스, 즉 자기가 끔찍이 사랑하는 오필리아의 아버지인 것을 알고 시체를 따로 두었고, 이제 마음이 조금 가라앉았지만 자신이 한 일을 두고 슬퍼했다.

폴로니어스의 불행한 죽음으로 왕은 햄릿을 나라에서 쫓아낼 구실을 찾아냈다. 그는 햄릿을 위험 인물로 두려워하여 그를 죽이고 싶었지만, 햄릿을 사랑하는 백성과 아들의 온갖 잘못에도 왕자를 총애하는 왕비가 무서웠다. 그래서 이 교활한 왕은 햄릿이 폴로니어스의 죽음에 대한 책임을 지지 않도록 햄릿의 안전을 도모한다는 구실로 그를 영국행 배에 태우고 두 명의 시종을 딸려 보냈다. 그리고 왕은 그들 편으로 영국 궁정에 편지를 보냈다. 당시 영국은 덴마크에 예속되어 조공을 바치고 있었는데, 그 편지는 햄릿이 영국 땅에 도착하는 즉시 그를 죽이라는 요구를 담고 있었다. 햄릿은 왕의 배신 행위를 의심하고 밤에 몰래 편지를 보았고 재주 좋게 자기 이름을 지우고 대신에 자신을 감시했던 두 시종들의 이름을 써서 그들을 죽게 만들었다. 그런 다음 편지를 봉인하고 원래의 자리에 갖다 놓았다.

갑자기 그의 배가 해적의 공격을 받자, 해전이 시작되었다. 그러는 도중에 햄릿은 용맹을 보여주고 싶어서 혼자 칼을 들고 원수의 배에 승선했다. 덴마크의 배가 겁을 먹고 도망가면서 햄릿을 내팽개치자, 두 명의 시종은 햄릿이 고쳐 놓은 내용이 담긴, 자신들의 처형 내용이 담긴 편지를 간직하고, 있는 힘

〈오필리아가 실성한 것을 발견하는 레어티즈〉, 단테 가브리엘 로세티 (1828~1882)

을 다해서 영국으로 항해했다.

　왕자를 사로잡은 해적들은 알고 보니 착한 원수였다. 그리고 자기들이 잡은 죄수가 누구인지 알아보고 자기들이 왕자를 후대했으니 왕자가 궁정으로 돌아가면 보상으로 선물을 줄 것이라고 기대하면서 덴마크에서 가장 가까운 포구의 해안에 내려다 주었다. 그 곳에서 햄릿은 왕에게 편지를 썼다. 이상한 일이 생겨 본국으로 돌아오게 되었다는 소식을 알리고 다음 날 폐하 앞에 알현하겠다고 했다. 집으로 돌아갔을 때, 그의 눈은 슬픈 광경을 목격했다.

〈오필리아〉, 칼 트라우트숄트 (1815~1877)

한때 끔찍이 사랑하던 젊고 아리따운 오필리아의 장례식이었다. 젊은 아가씨의 맑은 정신이 가련한 부친의 사망 이후 흐트러지기 시작했던 것이다. 부친이 처참하게 죽임을 당했고, 게다가 자신이 사랑하던 왕자의 손에 죽임을 당한 것 때문에 이 다정다감하던 젊은 아가씨는 큰 충격을 받아 잠시 후 정신이 완전히 이상해졌다. 그래서 궁정의 여인들에게 꽃을 나눠주며 그 꽃이 자기 아버지의 장례식용이라고 말했으며, 또 사랑과 죽음에 관한 노래를 불렀고, 이따금씩 아무 뜻도 없는 노래를 불러 마치 자기에게 일어난 일을 전혀 기억하지 못하는 사람처럼 보였다. 시냇가에 버드나무 한 그루가 비스듬히 자라며 시냇물에 그 잎사귀가 반사되었다.

오필리아가 하루는 아무도 몰래 이 시냇가에 와서 데이지와 쐐기풀, 꽃과 잡초를 뒤섞어 화관을 만들고 버드나무 가지에 화관을 걸려고 올라갔다

〈오필리아〉, 1894, 존 윌리엄 워터하우스 (1849-1917)

가 가지가 부러지자 아리따운 젊은 아가씨와 화관과 그녀가 쥐고 있던 모든 것이 물 속으로 풍덩 떨어졌다. 잠시 동안 그녀는 옷 때문에 물 위에 떠 있으면서 자신의 괴로움을 모르는 사람처럼 혹은 물을 자연스럽게 여기는 생물인 듯이 태평스럽게 옛날의 노래를 불렀다. 그러나 오래지 않아 그녀의 옷은 물에 젖어 무거워졌고 그녀는 아름다운 노래를 부르면서 물 속으로 가라앉아 비참한 죽음을 맞이했다.

이 아리따운 아가씨의 장례식에는 그녀의 오빠 레어티즈와 왕과 왕비와 모든 중신이 참석했는데, 그때 마침 햄릿이 도착했던 것이다. 햄릿은 웬일인지 몰라, 장례식을 방해하지 않을 의도에서 한 편에 서 있었다. 그는 처녀의 장례식의 관행대로 그녀의 무덤에 꽃이 흩뿌려지는 것을 보았다. 왕비도 꽃을 뿌리고 있었다.

〈물에 빠진 오필리아〉, 1852, 존 에버렛 밀레이 (1829-1896)

그리고 그녀는 꽃을 뿌리면서 이렇게 말했다. "고운 처녀에게 고운 꽃을! 네가 햄릿의 아내가 되기를 바랐건마는, 그리고 이 꽃으로 네 신방을 장식해 주려고 생각했건만 이렇게 네 무덤에 뿌려 줄 줄이야."

그리고 햄릿은 제비꽃이 무덤에서 피어나기를 바란다는 오빠의 말을 들었다. 그리고 그가 슬픔에 미친 듯이 무덤으로 뛰어가 자기에게 흙을 산더미처럼 뿌려 그녀와 함께 묻히게 해 달라고 했다. 그러자 이 아리따운 아가씨에 대한 사랑이 햄릿에게 되살아났다. 그래서 햄릿은 그녀의 오빠가 슬픔에 빠져 있는 것을 참을 수 없었다. 왜냐하면 자기가 4만 명의 오빠보다 오필리아를 더 사랑한다고 생각했기 때문이다. 그러자 그는 완전히 미친 듯이, 아니 레어티즈보다 더 미친 듯이 오필리아가 있는 무덤으로 달려갔고, 레어티즈는 그가 아버지와 누이를 죽게 한 햄릿인 것을 알고 하객들이 떼어놓을 때까지 원수의 멱살을 잡듯 그의 멱살을 잡았다.

그리고 햄릿은 장례식이 끝나자 레어티즈를 무시하듯 무덤으로 돌진한 성급한 태도에 대하여 용서를 빌었다. 그러나 그는 다른 사람이 아리따운 오필리아의 죽음을 자기보다 더 슬퍼하는 것을 참을 수 없었다고 말했다. 그리고 얼마 있지 않아서 두 귀족 젊은이는 화해한 듯했다.

그러나 레어티즈가 아버지와 오필리아의 죽음으로 슬퍼하고 분노하는 것을 보고, 햄릿의 사악한 숙부인 왕은 햄릿을 파멸할 계략을 짜냈다. 그는 평안과 화해의 표시로 레어티즈에게 우정의 검술 시합을 겨루도록 사주했다.

햄릿이 그 제안을 받아들여 시합을 벌일 날짜가 정해졌다.

경기하는 날에 모든 중신이 참석했으며, 레어티즈는 왕의 사주대로 독을 묻힌 칼을 준비했다.

중신들은 이 경기에 많은 내기돈을 걸었다. 왜냐하면 햄릿과 레어티즈가 뛰어난 검술 실력으로 유명했기 때문이다. 햄릿은 레어티즈를 의심하거나 그의 칼을 조사해 보지 않고 연습용 칼을 집어들었다. 그러나 레어티즈는 검술 경기의 규칙대로 연습용 칼이나 끝이 뭉툭한 칼을 쓰지 않고 끝이 뾰족한 독칼을 사용했다. 처음에 레어티즈는 장난 삼아 햄릿이 우세하도록 당해 주는 척했다.

그러자 왕은 시치미를 떼며 그것을 도에 지나치도록 칭찬하며, 햄릿의 성공을 위해 축배를 들었고 그 경기에 많은 내기돈을 걸었다. 그러자 잠시 후에 달아오른 레어티즈는 독묻은 무기로 햄릿에게 치명적인 칼끝을 날렸고, 치명적인 타격을 주었다. 햄릿은 날카로운 칼끝을 사용한 데 대하여 화가 났지만 독 묻힌 배신 행위에 대하여 알지 못했고 난투를 벌이다 자신의 독 묻지 않은 칼과 레어티즈의 독 묻은 칼을 바꿔 쥐게 되었다. 그리고 이번에는 레어티즈가 독 묻은 칼로 맞았으니, 자신의 배신 행위에 자기가 당한 꼴이었다.

이때 왕비가 독을 먹고 비명을 질렀다. 그녀는 왕이 검술 경기로 목말라 햄릿에게 먹이려고 준비한 잔을 무심결에 마셨던 것이다. 비겁한 왕은 레어티즈가 실패할 경우 햄릿을 확실하게 죽이려고 이 잔에 치명적인 독을 집어넣었다. 그는 왕비에게 그 잔을 마시지 말라고 주의하는 것을 잊어버렸다. 왕비는 그 잔을 마시고 마지막 숨을 거두며 독이 들었다고 외치고는 즉시 죽어버렸다.

햄릿은 배신 행위를 알아채고 문을 닫으라고 명령했고, 그러면서 원인을 찾았다. 레어티즈는 그에게 자신이 배신자라고 자백했다. 그리고 햄릿이 자기에게 상처를 입혀 목숨이 얼마 남지 않은 것을 느끼고 자신의 배신 행위를 고백하고, 어떻게 해서 음모의 희생자가 되었는지를 고백했다. 그리고 그는 햄릿에게 독이 묻은 칼끝에 관하여 말하고 햄릿도 30분이면 죽을 것이라고 했다. 고칠 약이 없기 때문이었다. 그리고 햄릿에게 용서를 빌면서 이 불행한 일을 꾸민 왕을 비난하며 숨을 거두었다.

햄릿은 자기의 종국이 다가옴을 알고는 칼에 독이 남아 있었기 때문에 갑자기 더러운 숙부에게로 달려들어 그의 심장에 칼끝을 꽂았고 아버지의 유령에게 한 약속을 지켰다. 이제야 그 명령이 성취되었고, 처참한 살인으로 살인자에게 복수가 이루어졌다. 그러자 햄릿은 숨이 가빠지고 목숨이 사라지는 것을 느껴 사랑하는 친구 호레이쇼를 보았다. 그는 지금까지 이 운명적인 비극의 목격자였다. 그리고 죽어가면서 그는 호레이쇼에게 살아서 자기의 이야기를 세상에 전해 달라고 부탁했다. (호레이쇼가 죽음으로 왕자를 동행하려고 자기의 목숨을 끊으려는 행동을 보였기 때문이다).

그러자 호레이쇼는 모든 사정을 아는 자로서 충실히 전하겠다고 약속했다. 그리고 그 대답에 만족한 햄릿의 고결한 심장은 멎었다. 그리고 호레이쇼와 옆에서 지켜보던 사람들은 눈물을 흘리며 아름다운 왕자의 영혼에 대하여 천

"햄릿은 자기의 종국이 다가옴을 알고 숙부에게로 달려들었다." ─ 존 시몬즈

사의 가호를 빌었다. 햄릿은 사랑 많고 다정다감한 왕자였고, 고결하고 왕자다운 품성으로 큰 사랑을 받았던 것이다. 그리고 그가 살아 있었다면 의심할 나위 없이 덴마크의 가장 훌륭하고 완벽한 왕이 되었을 것이다.

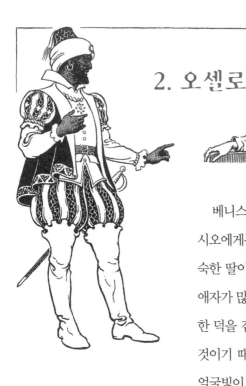

2. 오셀로

베니스의 부유한 원로원 의원 브라반
시오에게는 데스데모나라는 아리땁고 정
숙한 딸이 있었다. 데스데모나에게는 구
애자가 많았는데, 그녀가 여러 가지 훌륭
한 덕을 겸비한 데다 큰 유산을 물려받을
것이기 때문이었다. 그러나 같은 나라의
얼굴빛이 같은 구애자들 가운데서 그녀는
사랑할 수 있는 구애자를 발견하지 못했다. 왜냐하면 사람의 외모보다 정신
을 높이 생각하며, 흉내 내기보다는 존경할 만한 개성을 가진 사람을 좋아하
는 이 고결한 아가씨는 흑인 무어인을 사랑의 대상으로 선택했다. 그런데 이
사람은 그녀의 아버지도 좋아하는 사람이었으며 종종 집에 초대받던 인물이
었다.

　데스데모나가 선택한 사람이 그녀와 어울리지 않는다고 비난할 수는 결코
없었다. 무어인 귀족 오셀로는 흑인이라는 점만 빼면 아무리 뛰어난 아가씨의
사랑이라도 능히 받을 만큼 부족한 점이 없었다. 그는 군인이었고 용맹한 사
람이었다. 그리고 투르크인과 피비린내 나는 전쟁에서 훌륭한 공을 세워 베니
스군의 장군이 되었고 국가로부터 존경과 신뢰를 받았다.

　그는 여행을 많이 한 사람이었으며, 아가씨들이라면 흔히 그렇듯이 데스데모나는 그가 아주 젊었을 때부터 겪은 모험담을 듣기를 좋아했다. 그가 겪었던 전투와 포위 공격과 교전들, 그가 바다와 육지에서 당했던 위험들, 성벽을 뚫고 지나거나 대포 구멍까지 기어올라갔다가 구사일생한 일들, 거만한 적군에게 포로로 잡혀서 노예로 팔린 일, 그런 상황에서 처신하다가 탈출한 일들, 게다가 그가 외국에서 보았던 진기한 일들, 광활한 사막과 낭만적인 동굴, 채석장, 구름으로 덮인 바위와 산, 야만적인 식인종, 어깨 아래서 머리가 자라는 아프리카의 인종에 관한 이야기들……

여행자들의 이런 이야기에 데스데모나는 마음이 온통 팔려서, 혹시나 집안일로 호출되면 황급히 그 일을 처리하고 돌아와서는 귀를 쫑긋 세워 오셀로의 이야기를 들었다. 그리고 한 번은 오셀로가 여유로운 때를 타서 자신의 인생 역정에 관한 이야기를 해 달라는 부탁을 그녀로부터 유도해 내었다. 데스데모나는 오셀로의 인생 이야기에 관하여 많이 들었지만 단편적으로만 들었던 것이다. 그래서 그는 그러겠다고 하고, 젊은 시절 겪었던 비참한 일을 이야기하면서 의도적으로 그녀의 눈에서 눈물이 쏟아지게 만들었다.

그의 이야기가 끝나자, 데스데모나는 그의 고생에 깊은 한숨을 몰아쉬고 나서, 참으로 이상하고 가엾고 놀라울 정도로 딱한 일이라고 단언했다. 그리고 차라리 듣지 않았으면 좋았겠다고 했다. 하지만 그녀는 하늘이 자기를 그런 남자로 만들어 주기를 소원했다. 그런 다음 그녀는 오셀로에게 감사하며, 자기를 사랑하는 친구가 그에게 있다면 오셀로처럼 이야기하는 법을 가르쳐 주면 그녀의 사랑을 얻게 될 것이라고 말해 주었다. 매혹적인 자태와 붉어진 얼굴로 솔직하지만 오히려 수줍은 듯이 말하는 이 암시에 오셀로는 용기를 내어 좀 더 솔직하게 사랑을 고백했고, 이 황금 같은 기회에 너그러운 데스데모나에게 자기와 몰래 결혼하겠다는 승낙을 얻어냈다.

오셀로의 피부색이나 그의 재산으로는 브라반시오의 사위가 되기에는 역

부족이었다. 그는 딸을 자유롭게 놓아주었지만 베니스의 귀족 아가씨들의 관행대로 원로원급의 지위나 재산을 가진 남편을 조만간 선택할 것으로 기대했다. 그러나 이 점에서 그의 기대는 어긋났다. 데스데모나는 흑인인 무어인을 사랑했고, 그의 용맹한 자질에 마음과 운명을 모두 바쳤다. 그처럼 그녀의 마음은 남편으로 선택한 남자에게 완전히 바쳐졌기에, 이 사려깊은 아가씨는 누구나가 넘을 수 없는 장애물이라고 생각했을 그의 피부색을 자신의 구애자들인 젊은 베니스 귀족들의 흰 피부와 깨끗한 용모보다 높이 평가했다.

그들의 결혼식은 비밀리에 올렸지만 얼마 가지 못해서 세간에 알려졌고 마침내 나이 많은 브라반시오의 귀에 들렸다. 그는 원로원의 엄숙한 회의에 무어인 오셀로의 고소인으로 출석했고, 오셀로가 마법과 마술로 아리따운 데스데모나의 마음을 홀려 부친의 동의도 없이, 그리고 평소 환대를 받던 은덕을 저버리고 자기와 결혼하게 만들었다고 주장했다.

이때 베니스에는 오셀로의 도움이 절실히 필요한 사건이 생겼다. 투르크인이 강력한 군사력을 준비하여 함대로 사이프러스 섬으로 돌진하여 베니스가 장악하던 튼튼한 요새를 되찾으려고 한다는 소식이 당도한 것이다. 이 긴급 상황에 베니스 국(國)은 오셀로에게 눈을 돌렸다. 오직 오셀로만이 투르크인과 맞서서 사이프러스를 방어할 수 있는 적합한 인물로 간주되었던 것이다. 그래서 오셀로는 이제 중대한 나랏일의 후보자로서, 그리고 베니스 법에 따라 사형에 해당하는 범죄의 혐의를 입은 피고인으로서 원로원 의원들 앞에 소환당한 채로 서 있었다.

나이 많은 브라반시오는 연륜이나 원로원 의원으로서는 엄숙한 모임의 이야기를 꾹 참고 경청해야 했다. 그러나 아버지로서는 화를 참지 못하고 그럴법한 이야기와 심증을 증거로 대면서 거칠게 오셀로를 고소해 댔다. 그러자 오셀로는 자신의 변론을 위하여 소환받은 처지인데도 자신의 사랑 이야기를

〈데스데모나〉, 프레더릭 리튼 (1830~1896)

소박하게 진술할 뿐이었다. 그는 아무 꾸밈 없이 위에서 밝힌 대로 자신의 구애 전모를 이야기했다. 그리고 그가 매우 고결하게 자신의 이야기를 솔직히 진술하였기에, 재판장으로 앉아 있던 공작은 이야기를 들으니 브라반시오의

"오셀로는 자신의 사랑 이야기를 소박하게 진술했다." — 노먼 M. 프라이스

딸이 감동할 만하다고 고백하지 않을 수 없었다. 그리고 오셀로가 구애하면서 사용했다는 마법과 주문은 다름 아닌 사랑에 빠진 사람들의 솔직함이었던 게 분명했다. 그리고 그가 사용한 유일한 마법은 숙녀의 마음을 얻을 만하게 조용하게 이야기하는 능력이었던 것이다.

오셀로의 진술은 데스데모나의 증언에 의해 사실로 확증되었다. 데스데모나는 법정에 출두하여 낳아 주고 길러 주신 아버지에게 효도하는 것이 마땅하다고 말하면서도, 자기 어머니가 외할아버지보다 아버지(브라반시오)를 더욱 사랑한 것처럼 주인이자 남편을 섬겨야 할 더 높은 의무가 있지 않겠느냐고 주장했다.

나이 많은 원로원 의원은 계속 항변할 수 없어서 무어인을 불러 여러 번 슬픔을 표하며, 어쩔 수 없이 그에게 딸을 주었다. 그리고 그는 딸을 주지 않을 수 있다면 추호도 오셀로에게 딸을 주지 않았을 것이라고 말했다. 덧붙여서 그는 다른 자식이 없어서 다행이라고 했다. 왜냐하면 데스데모나의 행동을 보고는, 만일 다른 자식이 있으면 폭군이 되어 자식들에게 족쇄를 채우려 들었을 것이기 때문이다.

이 난관이 해결되자, 군인으로서의 고된 생활이 음식과 휴식처럼 몸에 밴 오셀로는 즉각 사이프러스 전쟁의 임무를 맡았다. 그리고 데스데모나는 신혼부부들이 그렇듯이 한가한 즐거움으로 탐닉하기보다 (위험이 따르긴 해도) 부군의 명예를 존중하여 그의 출정에 흔쾌히 동의했다.

오셀로와 그 부인이 사이프러스 섬에 도착하자마자, 투르크 함대가 지독한 폭풍우로 산산조각 났고 섬이 즉각적인 공격을 받을 염려 없이 안전하다는 소식이 당도했다. 그러나 오셀로가 치러야 할 전쟁은 지금부터였다. 악의적인 생각으로 죄없는 오셀로 부인을 모함하는 적이 낯선 사람들이나 이교도들보다 지독했던 것이다.

장군 오셀로의 친구들 가운데 카시오만큼 전적인 신임을 받는 사람은 없었다. 마이클 카시오는 피렌체 출신의 젊은 군인으로 쾌활하고 명랑하며 듣기 좋은 말을 잘하고 여성들에게 호감 가는 성품을 가진 사람이었다. 그는 잘생긴데다 말이 유창하여, 젊고 아름다운 아내를 둔 나이 든 남자라면(오셀로도 그런 축에 들었다) 질투할 만한 바로 그런 인물이었다. 그러나 오셀로는 성품이 고결하여 질투심이라곤 없었고 비열한 행동을 저지를 수 없는 것만큼 의심도 할 수 없었다. 그는 데스데모나와 연애할 때 카시오를 끌어들여 도움을 얻었고, 카시오는 일종의 중매쟁이였다. 오셀로는 숙녀의 마음을 즐겁게 하는 부드러운 대화술이 부족한 것을 두려워했는데 친구에게 그런 재주가 있는 것을 발견하고는 종종 카시오를 보내어 자기 대신 구애하게 했다. 그와 같이 순수하고 단순함은 용맹한 무어인의 인품에 흠이라기보다는 명예였다.

그래서 데스데모나가 (정숙한 부인답게 큰 차이는 나지만) 오셀로 다음으로 카시오를 좋아하고 신뢰했던 것도 이상한 일이 아니었다. 이 연인은 결혼했어도 마이클 카시오를 대하는 태도가 다르지 않았다. 카시오는 그들의 집을 자주 방문했고, 그의 자유롭고 거침없는 말은 오셀로에게 갖가지 기쁨을 안겨다주었다. 사실 오셀로는 다소 진중한 기질이었던 것이다. 그런 기질을 가진 사람은 성격상 과도하게 짓누르는 긴장에서 벗어나기 위하여 자신과 상반되는 성품을 좋아하는 경우가 많은 법이다. 그리고 데스데모나와 카시오는 예전에 카시오의 친구 오셀로를 대신하여 구애할 때처럼 둘이서 이야기하고 웃어대곤 했다.

최근에 오셀로는 카시오를 장군에게 가장 가깝고 신임 받는 자리인 부관으로 승진시켰다. 카시오가 승진되자 이아고는 크게 상심했다. 이 나이 든 장교는 자기가 카시오보다 자격 있다고 생각했고, 카시오를 가리켜 숙녀들의 모임에나 어울리는 친구이며 전쟁 기술이나 전투를 위하여 군대를 배치하는 법에 관하여 소녀만큼 모르는 자라고 조롱하곤 했다. 이아고는 카시오를 미워했고, 카시오를 총애한다는 이유뿐만 아니라 오셀로가 자기 아내 에밀리아를 너무 좋아한다며 경솔하게 부당한 의심을 마음에 품었기 때문에 오셀로도 미워했다. 이처럼 터무니없는 생각에 화가 나서 음모를 잘 꾸미는 이아고는 무시무시한 복수극을 생각해 냈다. 카시오와 무어인 오셀로와 데스데모나를 한 번에 파멸시킬 계획이었다.

이아고는 교활했고 인간 본성을 깊이 연구한 터라 사람의 마음을 괴롭히는 모든 고통 가운데 (신체적 고통을 훨씬 초월하는) 질투의 고통이 가장 참을 수 없는 것이며 가장 매서운 가시를 갖고 있음을 알고 있었다. 오셀로가 카시오를 시기하게 만드는 데 성공하면, 절묘한 복수극이 될 것이며, 카시오든지 오셀로든지 아니면 둘 다의 죽음으로 막을 내릴 것이라고 생각했다. 어떻게 되든지 그로서는 상관없는 일이었다.

장군과 부인이 사이프러스에 도착하고 적 함대가 지리멸렬해졌다는 소식이 전해지자 섬에서는 일종의 축제가 벌어졌다. 모든 사람이 잔치 분위기에 젖어 즐거워했다. 포도주가 흘러 넘쳤고 흑인 오셀로와 그의 아리따운 부인 데스데모나의 건강을 비는 축배가 줄을 이었다.

카시오는 그날 밤에 오셀로로부터 군인들이 과도히 술을 먹어 싸움이 벌어져서 주민들이 위협받거나 방금 진주한 군대에 대한 혐오감을 느끼지 않게 하라는 명령을 하달하고 경계 지시를 내렸다. 그날 밤 이아고는 마음속 깊이 숨겨 둔 이간질 계획을 실행하기 시작했다. 장군에 대한 충성과 사랑이라는 미명 하에 카시오에게 지나치게 많은 술을 마시도록 유혹했다. 이는 경계 근무를 맡은 장교로서는 커다란 과실이었다. 카시오는 얼마 동안 사양하였지만 곧 이아고가 익히 아는 대로 솔직하고 자유분방한 마음을 뿌리치지 못하고 계속 술잔을 비워 댔다(이아고는 권주가를 부르며 카시오에게 자꾸 술을 권했다).

〈오셀로와 데스데모나〉, 다니엘 매클라이즈(1806-1870)

그러자 카시오는 데스데모나 부인을 칭찬하는 말을 늘어놓았고, 계속 그녀를 위하여 축배를 들면서 너무도 뛰어난 여자라고 단언했다. 마침내 그는 입안으로 쏟아 부은 원수 같은 술에 정신을 빼앗기고 말았다. 그래서 이아고가 데려다 놓은 친구에게 버럭 화를 내더니 칼을 뽑아 들었고, 싸움을 진정시키려고 끼어든 훌륭한 장교 몬타노가 난투 끝에 부상을 당했다. 이제 소동이 커지자, 이간질을 시작했던 이아고가 맨 먼저 비상 사태가 벌어졌다고 소문을 퍼뜨려 종소리를 울리게 했다. 마치 가벼운 술판 싸움이 아니라 위험한 폭동이 일어난 듯이 말이다. 경고의 종소리를 듣고 오셀로는 잠에서 깨어나 허겁

지겁 옷을 입고 문제의 장소로 가서 카시오에게 원인을 추궁했다.

　이제사 카시오는 포도주 기운이 약간 가신 바람에 정신이 들었지만, 너무 부끄러워 차마 대답하지 못했다. 그러자 이아고는 카시오를 비난할 마음이 전혀 없는데 어쩔 수 없는 듯한 태도를 취하면서 진상을 알아야겠다고 하는 오셀로의 요구대로 사건 전모를 설명했다(실은 그 자신도 책임이 있지만, 그 점에 관해서는 카시오가 술에 취해 잊고 있었다). 그런데 그는 카시오의 잘못을 두둔하는 척하면서도 실은 더 크게 보이도록 해명했다. 그 결과, 규율을 엄격히 준수하는 오셀로는 카시오를 부관직에서 해임시키지 않을 수 없었다.

　그래서 이아고의 첫번째 계략은 완전히 성공했다. 그는 이제 미워하던 경쟁자에게 손해를 끼쳤고, 자리에서 내쫓았다. 그러나 앞으로 이 참혹스러운 밤의 사건을 좀 더 유용하게 써먹을 일이 남아 있었다.

　이 불행한 사건으로 완전히 술이 깬 카시오는 친구인 척하는 이아고에게 자기가 짐승으로 바뀔 정도로 바보가 되었노라고 한탄했다. 그는 망했다. 어떻게 다시 부관을 시켜 달라고 장군에게 요구할 수 있겠는가? 장군은 그에게 술주정뱅이라고 말할 것이다. 그는 자신을 경멸했다.

　그러자 이아고는 그 일을 대수롭지 않게 여기는 체하며, 살아 있는 사람이라면 누구든지 가끔 술 취할 수 있다고 말했다. 이제 비싼 값을 주고 산 물건을 가장 잘 활용하는 방법이 남아 있다고 했다. 즉 장군의 아내가 이제 장군이나 다름없어 오셀로를 마음대로 할 수 있으니, 데스데모나 부인에게 청을 드려 부군께 자기편을 들어 달라고 하는 게 최상이라고 했다. 그리고 데스데모나 부인은 솔직하고 남을 잘 돌봐 주는 성격이라 이런 좋은 일을 곧바로 살펴주고 카시오가 다시금 장군의 호의를 얻게 할 것이며, 그렇게 되면 이번에 금이 간 그들의 관계가 이전보다 더욱 견고해질 것이라고 했다. 앞으로 드러나겠지만 이아고의 충고는 사악한 목적만 아니라면 훌륭한 것이었다.

카시오는 이아고가 충고한 대로, 데스데모나에게 간청했다. 데스데모나는 정직한 간청에 마음이 쉽게 넘어갔다. 그래서 그녀는 남편에게 잘 말씀드리겠다고 약속했고, 죽는 일이 있더라도 그의 청을 저버리지 않겠다고 했다. 그녀는 아주 진지하고 훌륭하게 일을 추진했고, 카시오에게 생각하기도 싫을 정도로 실망한 오셀로이지만 그녀의 청을 뿌리칠 수 없었다. 오셀로가 그런 중죄를 너무 빨리 용서할 수는 없는 일이니 조금 두고 보자고 했을 때, 그녀는 물러나지 않고 오히려 내일 밤이나 모레 아침이나 아니면 그 다음 날 아침까지 그를 용서해 주라고 고집했다. 그런 다음 그녀는 가련한 카시오가 얼마나 참회하고 부끄러워하는지를 말해 주었고, 그의 과실이 그렇게 심한 처벌을 받을 만한 게 아니라고 했다. 그리고 오셀로가 여전히 주저하자, 그녀는 이렇게 말했다.

"주인님, 내가 카시오, 당신을 위해 구애하러 다니고 내가 당신을 헐뜯었을 때마다 당신 편을 들었던 마이클 카시오를 위하여 그렇게 간청했는데! 이런 부탁을 드리는 게 대단한 일이라고 생각하지 않아요. 내가 당신의 사랑을 참으로 시험할 생각이라면 더 심각한 일이라도 부탁하겠어요."

오셀로는 그렇게 간청하는 사람을 물리칠 수 없었고, 마이클 카시오에게 다시 호의를 보이겠다고 약속했으니 다만 데스데모나가 자기에게 시간을 달라고 청했다.

그런데 오셀로와 이아고가 우연히 데스데모나가 있는 방에 들어갈 일이 있었는데, 마침 데스데모나에게 간청하고 반대편 문으로 나가는 카시오를 보았다. 교활한 이아고는 마치 혼잣말하듯이 낮은 목소리로 말했다. "저러면 안 되는데."

오셀로는 그의 말을 대수롭지 않게 여겼다. 사실 방금 아내와 이야기를 나누는 통에 그 말을 잊었던 것이다. 그러나 나중에 그는 그 말을 기억해 냈다. 데스데모나가 자리를 비웠을 때, 이아고는 그저 생각이 나서 물어본다는 듯이 오셀로가 부인에게 구애할 때 마이클 카시오가 그의 연애 사실을 알고 있었느냐고 물었다. 이 물음에 장군은 그렇다고 대답했고, 카시오가 연애 기간에 두 사람 사이를 오간 적이 아주 많았다고 덧붙였다.

그러자 이아고는 상당히 두려운 일을 새삼스럽게 알게 되었다는 듯 이맛살을 찌푸리며 "그랬군요" 하고 소리쳤다. 이 말에 오셀로의 마음에는 이아고가 방에 들어서면서 카시오와 데스데모나가 함께 있는 것을 보고 흘린 말이 떠올랐다. 그래서 그는 이 모든 일에 상당한 뜻이 있다고 생각하기 시작했다. 왜냐하면 그는 이아고를 공정한 인물이며 사랑과 정직함으로 가득 넘치는 사람으로 생각했기 때문이다. 그리고 몹쓸 악한의 계략이 그에게는 정직한 사람이 자기도 모르게 내뱉은 말로 여겨졌고, 말로 표현하기에는 아주 큰 일이 담겨 있는 것처럼 보였다. 오셀로는 이아고에게 알고 있는 바를 말하고, 그의 우려하는 바를 말로 표현해 달라고 부탁했다.

이아고가 이렇게 말했다. "제 마음에 비열한 생각이 뚫고 들어왔다면 어쩌죠? 하긴 몹쓸 일이 궁전에 들어가지 못하라는 법도 없으니까요." 그러자 이아고는, 자기의 어설픈 말로 오셀로에게 무슨 괴로운 일이 생긴다면 얼마나 딱한 일이겠냐고 말을 이었다. 그리고 자기의 생각을 알아봐야 오셀로의 심기가 불편해질 것이며, 사소한 의심 때문에 사람들의 평판이 나빠져서는 안 된다고 했다.

이아고는 이러한 암시와 이런저런 말로 오셀로의 평정을 참으로 위하는 것처럼 하고는 실제로는 오셀로의 호기심을 자극하여 정신을 빠지게 만들었고, 덧붙여 그에게 질투를 조심할 것을 당부했다.

이 악한은 그처럼 교묘한 술책을 사용하여, 의심을 경계하라고 말하는 척하면서도 오히려 경솔한 오셀로에게 의심이 일어나게 했다. "내 아내가 아름답고 사람 사귀고 잔치하는 것을 좋아하며 말과 노래와 연극과 춤에 관하여 자유자재한 것을 알고 있지. 그러나 덕이 있다면 그런 것들이 다 덕스러운 일이야. 아내가 부정하다고 생각하기에 앞서 증거가 있어야 해."

그런 다음 이아고는 오셀로가 아내를 나쁘게 생각하지 않는 것이 기쁘다는 듯이 자기에게는 아무런 증거가 없다고 솔직히 밝혔다. 하지만 그는 오셀로에게 카시오가 옆에 있을 경우 부인의 행동을 주의 깊게 살필 것을 당부했다. 또한 질투도 하지 말고 안심도 하지 말라고 당부했다. 왜냐하면 이아고는 동족인 이탈리아 여인들의 기질을 오셀로보다 잘 알고 있는데, 베니스에서는 부인들이 남편들에게 감히 보여 주지 못할 희롱을 잘한다고 했다.

그런 다음 그는 넌지시 데스데모나가 아버지를 속여 오셀로와 결혼하였고 노인이 마법을 썼다고까지 생각하게 만든 것을 교활하게 드러냈다. 오셀로는 정곡을 찌르는 이런 추론에 마음이 몹시 흔들렸다. 왜냐하면 아버지를 속였다면 남편이라고 속이지 말라는 법은 없기 때문이다.

이아고는 그의 심기를 흔들어 놓았다며 용서를 빌었다. 그러나 오셀로는 사실 이아고의 말에 속으로 큰 슬픔에 빠져 동요하면서도 덤덤한 척하면서 그에게 계속 말해 달라고 부탁했다. 그래서 이아고는 카시오를 친구라고 부르면서 그에게 나쁜 말을 하고 싶지 않은 것처럼 하면서 많은 변명을 쏟아 냈다. 그런 다음 그는 핵심을 찔러 말했다.

데스데모나가 자신과 동족이면서 피부색이 같은 많은 적절한 구혼자들을 물리치고 무어인인 오셀로와 결혼한 것을 상기시키면서 그녀가 자연스럽지 않은 태도를 취한 것이 바로 고집세다는 증거라고 말했다. 그리고 그녀의 판단력이 다시 돌아오자, 오셀로를 동족인 이탈리아 청년들의 멋진 생김새 하며 깨끗하게 흰 얼굴과 비교하게 된 게 틀림없다고 했다.

그리고 그는 마지막으로, 오셀로에게 카시오와의 화해를 조금 연기하고 그러는 동안 데스데모나가 얼마나 열심히 그의 편을 드는지 예의주시하라고 충

〈이아고, 데스데모나, 오셀로〉, 헨리 먼로 (1791~1814)

고했다. 그렇게 되면 충분히 알게 된다는 것이었다.

불길하게도 이 교활한 악한은 이 죄없는 여인의 정숙한 성품을 이용하여 그녀를 파멸의 구덩이로 집어넣을 계략을 짰고, 그녀의 착한 마음을 가지고 그녀를 사로잡을 그물을 만들었다. 먼저 카시오가 데스데모나의 중재를 부탁하게 하고, 그 다음에는 데스데모나의 중재를 이용하여 그녀를 파멸로 밀어넣을 전략을 구상한 것이었다.

이아고가 오셀로에게, 좀 더 결정적인 증거를 얻을 때까지 아내가 결백하다고 믿으라고 부탁하는 것으로 두 사람의 이야기는 끝났다. 오셀로는 인내하기로 약속했다. 그러나 그 순간부터 오셀로는 마음의 평정을 이루지 못했다. 양귀비도 맨드레이크의 즙도 세상의 어떤 수면제도 달콤한 휴식을 그에게 다시 가져다줄 수 없었다. 어제까지만 해도 그는 잘 잤는데 말이다. 직업에도 싫증이 났다. 더 이상 무기가 좋아 보이지 않았다. 군대와 깃발과 전투대형을 봐도 흥분되고 북소리나 나팔 소리나 군마의 울음소리에도 심장이 두근두근 뛰었던 가슴이 군인의 덕목인 자부심과 야망을 죄다 잃어버린 듯했다. 그리고 군대에 대한 열정과 지난날의 즐거움이 모두 시들해져 버렸다.

때로는 아내가 정직하다고 생각했다가, 때로는 그렇지 못하다고 생각했다. 때로는 이아고가 공명정대하다고 생각했다가 때로는 그렇지 못하다고 생각했다. 그래서 그는 그 일을 아예 몰랐더라면 하고 바라곤 했다. 아내가 카시오를 좋아한다는 것을 몰랐을 때는 상관없었다. 정신을 흩뜨려 놓는 이런 생각에 마음이 천갈래 만갈래 찢어진 오셀로는 이아고의 멱살을 쥐고 데스데모나의 범죄에 대한 증거를 대라고 요구하기도 했고, 그렇지 않으면 아내의 품행에 대해 거짓으로 고자질한 이유로 죽이겠다고 위협하기도 했다. 이아고는 자신의 솔직함이 악덕으로 오해받아 기분 상한 척하며 오셀로에게 부인의 손에서 딸기 모양의 수를 놓은 손수건을 혹시 보지 않았느냐고 물었다. 오셀로는 그런 것을 본 적이 있다고 했고 그것은 자신의 첫선물이라고 대답했다.

"마이클 카시오가 오늘 그 손수건으로 얼굴을 닦더군요."

"네 말이 사실이라면 그들을 당장에 복수하고 말겠다. 먼저 너의 충성에 대한 표시로 카시오를 삼일 안으로 죽일 것이다. 그리고 저 아리따운 마귀(그의 아내를 뜻한다)는 조금 기다렸다가 신속히 처결해 버리겠다."

공기처럼 가벼운 사소한 일이 질투 어린 증거가 되면 성경처럼 강력한 법으로 변한다. 아내의 손수건을 카시오가 들고 있었다는 사실은, 기만당한 오셀로에게 어떻게 해서 카시오가 그것을 얻게 되었는지를 한 번 알아보지도 않고서 두 사람에게 사형 선고를 내리게 만들 정도로 충분한 이유였다. 데스데모나는 카시오에게 그런 선물을 준 적도 없고, 이 절개 있는 부인은 다른 남자에게 남편의 선물을 선사하여 남편에게 부당한 일을 하지 않았다. 카시오와 데스데모나는 오셀로에게 아무런 잘못을 저지르지 않았다. 악한 일을 꾸미는 데 결코 지치지 않는 사악한 이아고가 자기 아내를 시켜서 오셀로의 아내의 손수건을 본뜨겠다는 구실을 대고 훔쳐 오게 했고, 그것을 카시오가 가는 길에 떨어뜨려 놓았다. 그리하여 카시오가 그것을 줍게 하고는, 데스데모나의 선물로 받은 것처럼 이아고가 오셀로에게 암시할 수 있게 하는 구실을 만들려 했다.

오셀로는 곧 아내를 만나 두통이 생겼으니(사실일는지도 모른다) 이마를 동여맬 수 있게끔 손수건을 빌려 달라고 했다. 물론 데스데모나는 손수건을 빌려 주었다. "이것 말고 내가 당신에게 선물한 손수건으로 주시오." 데스데모나는 그 손수건을 갖고 있지 않았다(이미 이야기했듯이 실제로 도둑맞았기 때문이다).

"어떻게 된 일이오? 그건 참으로 잘못한 일이오. 그 손수건은 한 이집트 여자가 나의 어머니에게 드린 것이오. 그 여자는 마녀인데 사람의 마음을 읽어 낼 수 있소. 그녀는 어머니께 그것을 드리면서 어머니가 손수건을 갖고 있는 동안에는 사랑스러운 사람이 되어 아버지의 사랑을 받을 것이지만 그것을 잃어버리거나 남을 주어 버리는 날에는 아버지의 마음이 변해서 어머니를 사랑했던 것만큼 미워하실 것이라고 했소. 어머니가 돌아가시면서 그것을 내게 주시면서 이렇게 당부하셨소. 내가 결혼하면 그것을 며느리에게 주라고 말이오. 그래서 내가 그것을 당신에게 주었던 것이오. 조심하시오. 당신의 눈처럼 귀하게 여기시오."

"세상에 그럴 리가?" 하며 놀란 부인이 말했다.

그러자 오셀로는 말을 이어갔다. "사실이오. 그것은 마법의 손수건이오. 200년 전에 세상에 한 무당이 살고 있었는데 귀신이 들린 채로 그것을 짰던 것이오. 명주실을 제공한 누에도 신성했고, 물감도 미라가 된 처녀의 심장에서 물들인 것이오."

데스데모나는 손수건의 기이한 힘에 관하여 듣고 겁에 질려 죽을 뻔했다. 왜냐하면 그것을 잃어버린 것이 분명했고 아울러 남편의 사랑을 잃어버릴까 두려웠기 때문이다. 그러자 오셀로는 무모한 일을 저지르는 사람처럼 손수건을 계속 요구했다. 데스데모나는 그 손수건을 내놓을 수 없으니 남편의 마음을 지나치게 심각한 생각에서 돌려놓으려고, 그가 손수건을 고집하는 이유가 마이클 카시오에 관한 자신의 청을 연기하려는 술책에 불과하다며 재미있게 이야기했다. 그리고 데스데모나는 (이아고가 앞서 말한 것처럼) 카시오를 계속 칭찬해 댔고, 마침내 오셀로는 제정신을 완전히 잃고 방을 박차고 나갔고, 데스데모나는 그런 생각을 하긴 싫었지만 남편이 질투하지 않는지 의심하기 시작했다.

데스데모나는 남편이 어떤 이유로 질투하게 되었는지 알지 못했고, 그래서 고결한 오셀로를 비난하는 자신을 질책하며, 베니스에서 나쁜 소식이 왔거나 심각한 나랏일이 터져 그의 심기가 흐려져서 이전과 달리 성질이 난폭하게 되었다고 확신하게 되었다. 그리고는 이렇게 말했다. "남자들은 신이 아니야. 결혼하던 날 우리에게 해주던 것을 여전히 바랄 순 없지." 그리고 그녀는 남편의 불친절한 태도를 그렇게 매몰차게 비난한 자신을 저주했다.

　오셀로와 데스데모나는 다시 만났다. 오셀로는 그녀가 부정하고 다른 남자를 사랑한다며 좀 더 분명하게 비난했지만, 그 남자가 누구라고는 말하지 않았다. 그리고 오셀로는 울었다. 그러자 데스데모나는 "슬픈 날이로군요! 왜 우시는거예요?" 하고 말했다. 오셀로는 가난과 질병과 수치 등 온갖 나쁜 일을 꿋꿋하게 참아 낼 수 있었지만 아내의 부정에는 자기의 마음이 무너져 버렸다고 그녀에게 말했다. 그리고 아내를 일러, 보기에는 아름답고 냄새는 달콤하지만 통증을 주는 잡초라고 불렀다. 그리고 그녀가 세상에 태어나지 않았더라면 좋았을 것이라고 말했다.

　오셀로가 데스데모나를 버리고 떠나자, 죄없는 이 여인은 터무니없는 남편의 의심에 놀라 정신이 멍해지면서 무거운 잠이 쏟아졌다. 그래서 그녀는 하녀에게 잠자리를 준비하여 그 위에 신방 이부자리를 펴 달라고 했다. 사람들이 아이를 가르칠 때 부드러운 방법과 쉬운 일로 가르치는 법인데, 오셀로도 자신을 그렇게 가르쳤더라면 좋았을 것이라고 말했다. 자기가 야단을 맞을 때 아이와 같았기 때문이다. 정숙한 부인의 불만은 그것뿐이었다.

　데스데모나는 남편이 바로 돌아올 거라고 생각하고 잠자리에 누워, 심기가 불편한 탓에 곧 깊은 잠에 떨어졌다. 그때 오셀로는 아내를 죽이려고 온갖 나쁜 생각을 꾸미면서 방에 들어왔다. 그러나 아내가 잠들어 있는 것을 보자 그는 아내의 피를 흘리거나 설화석고보다 흰 살갗에 상처를 입힐 수 없다고 생각했다. 그러나 아내를 반드시 죽여야 한다고 작정했다. 그렇지 않으면 아내가 살아 있으면 자기를 배반했듯이 다른 남자들을 배반할 것이라고 말했다. 그래서 마지막으로 그녀에게 입맞추었고, 그 입맞춤은 너무도 달콤하여 다시금 입맞추지 않을 수 없었다. 그리고 그는 눈물을 흘렸다. 하지만 그의 말대로 그것은 잔인한 눈물이었다.

〈잠든 데스데모나를 보는 오셀로〉, 1880, 안토니오 뮈네즈

데스데모나는 그의 입맞춤에 잠에서 깨어 오셀로를 바라보았다. 오셀로는 아랫입술을 깨물고 눈알을 굴리고 있었고, 남편이 그런 표정을 지을 때면 언제나 심각하다는 것을 그녀는 알았다. 그리고 오셀로는 그녀에게 죽을 준비를 하고 기도를 드리라고 했다. 왜냐하면 그녀의 영혼은 죽을 마음이 없기 때문이었다. 그러자 죄없는 부인은 그의 자비에 호소하며 동정심을 부탁했고 자신의 잘못을 알려 달라고 했다.

그러자 오셀로는 카시오의 이름을 거명하며 그녀가 그에게 주었다고 하는 손수건을 말했다. 그리고 결백한 부인이 자신의 혐의를 계속 부인하려 하자, 갑자기 그는 더 이상 듣지 않고 이불로 그녀를 덮어 죽을 때까지 목을 졸랐다.

바로 이때 카시오가 상처를 입고 피를 흘리며 집으로 실려 왔다. 이아고가

〈데스데모나의 목을 조르는 오셀로〉, 테오도르 샤세리오(1819~1856)

자기의 부하를 시켜 암살을 시킨 것이다. 그러나 그 자는 카시오에게 상처를 입혔지만 죽이지는 못했다. 이아고가 비밀 누설을 방지하기 위하여 그 자를 죽였는데, 그의 호주머니에 편지가 들어 있었다. 그것은 이아고의 범죄와 카시오의 순결을 명명백백하게 풀어 주는 글이었다. 이제 카시오는 오셀로에게 용서를 빌었고, 어떻게 해서 자기가 오셀로의 심기를 불편하게 만들었길래 이아고를 시켜 자기를 죽이려 했는지 물었다.

이 사실을 듣고 오셀로는 벼락을 맞은 듯했다. 이제 오셀로는 자신이 한낱 살인자에 불과하고 아내(가련하고 죄없는 여인)가 지금까지 자기에게 순결을 지켰음을 알게 되었다. 엄청난 괴로움에 삶을 더 이상 부지할 수 없게 되자, 오셀로는 자기 칼 위에 꼬꾸라지고, 마음에 상처를 입고 죽은 아내의 몸 위에 쓰러져 죽었다.

이 무모한 행동을 본 주위의 사람들은 두려움과 놀라움에 사로잡혔다. 왜냐하면 오셀로는 평판이 좋은 사람이었으며 고결한 성품에도 불구하고 악한의 술책에 넘어가 아내를 의심하기 전까지는 사랑 많고 애정 깊은 남편이었기 때문이다. 오셀로는 지혜롭게 사랑하진 않았지만 뜨겁게 사랑했다. 그리고 그의 남자다운 눈은 사소한 일에는 눈물을 흘리지 않았지만 (자신의 잘못을 알았을 때) 아라비아 나무가 수액을 흘리듯이 눈물을 떨구었다.

그리고 그가 죽자, 그의 모든 공로와 용맹한 행동은 사람들의 기억에 남았다. 남은 것이라곤 그의 후계자가 이아고에게 준엄한 법의 심판을 시행하여 끔찍한 벌을 내리는 것과 유명한 장군의 통탄할 만한 죽음을 베니스 정부에 보고하는 일뿐이었다.

3. 리어 왕

브리튼의 왕 리어에게는 딸이 셋 있었는데, 올버니 공작의 아내인 고너릴과 콘월 공작의 아내인 리건과 젊은 처녀 코델리아였다. 코델리아에게는 구혼자들이 있었는데 프랑스 왕과 부르고뉴 공작이었다. 그들은 서로 경쟁을 벌이며 코델리아의 사랑을 구했고 마침 이 목적을 위하여 리어 왕의 궁전에 체류하는 중이었다.

나이 많은 왕은 80세가 넘는 노경에다 국사로 인한 피로에 지쳐서 더 이상 국사를 돌보지 않고 좀 더 젊은 사람들에게 나랏일을 맡기고는 얼마 있지 않아 찾아올 죽음을 준비할 시간을 갖고자 했다. 그런 의도로 그는 세 딸을 불러 누가 자기를 가장 사랑하는지 알아보고 자신에 대한 애정에 걸맞게 자기 나라를 나누어주려고 했다.

장녀 고너릴은 말로 형언할 수 없을 정도로 아버지를 사랑하며, 아버지가 자기 눈빛보다 소중하고 생명과 자유보다 소중하다고 떠벌렸다. 그러나 그따위 많은 고백은 참된 사랑이 없는 데서 속기 쉬운 것들이었다. 고너릴에게는 확신있게 전달되는 몇 마디 진솔한 말이 없었다. 왕은 그녀에게서 사랑을 다짐하는 말을 듣고 그녀의 마음도 틀림없이 그럴 것이라고 생각하고 즐거워하며 순간 아버지의 사랑이 솟구쳐 그녀와 그녀 남편에게 자신의 넓은 왕국의 삼분지 일을 주었다.

그런 다음 그는 둘째 딸을 불러 할 말을 하라고 했다. 언니처럼 거짓으로 가득한 리건은 그런 고백에 둘째가라면 서러워할 사람이었다. 그러나 언니의 말에는 아버지의 고매함을 담을 만한 사랑이 없다고 했다. 그녀는 부왕을 사랑하는 일에서 느끼는 즐거움에 비할 때 다른 모든 기쁨은 없는 거나 다름없다고 했다.

리어는 속으로 그처럼 애정 깊은 자녀를 둔 자신이 자랑스러웠다. 그리고 리건의 훌륭한 고백을 듣고 난 다음 고너릴에게 이미 준 것과 똑같이 나라의 삼분지 일을 그녀와 그녀의 남편에게 하사했다.

그런 다음 자신의 기쁨이라고 불렀던 막내딸 코델리아 차례가 되자, 그는 틀림없이 이 딸도 언니들처럼 사랑의 말로 자기의 귀를 즐겁게 할 것이라고, 아니 좀 더 정확하게 말하면 막내딸은 언제나 귀여워하는 딸이며 언니들보다 더 총애하던 자식인지라 그 표현이 언니들보다 뛰어날 것이라고 생각하고는 할 말을 하라고 했다. 그러나 코델리아는 말과 마음이 서로 다른 언니들의 아첨이 싫었고 그들의 온갖 감언이설이 나이 든 왕을 속여 나라를 얻으려는 심사에서 나온 것에 불과하며 그들과 그들의 남편이 부친의 생전이라도 왕 행세를 할 것이라는 것을 알고는 다음과 같이 대답했다. 자식의 도리로 전하를 사랑할 뿐 그 이상도 그 이하도 아니라고 말이다.

왕은 총애하는 자식이 언뜻 배은망덕한 태도를 보이는 것 같아 충격을 받고는 자신의 말을 잘 살핀 다음 바로 고쳐서 불행을 당하지 않도록 하라고 했다.

그러자 코델리아는 그가 자신의 아버지이며, 아버지가 자기를 키우고 사랑하셨으며, 거기에 가장 합당한 도리를 자신이 아버지께 해드렸고 아버지의 말을 복종하고 아버지를 사랑하며 누구보다 아버지를 존경한다고 말씀드렸다.

〈리어 왕의 막내딸, 코델리아〉, 아서 래컴

그러나 언니들처럼 허풍떨 줄 모르니까 아버지 외에는 세상에 다른 어떤 것도 사랑하지 않겠다는 약속도 할 수 없다는 것을 말씀드렸다. 만일 언니들이 아버지 말고 다른 이를 사랑하지 않는다면 왜 남편을 얻었단 말인가? 코델리아는 만일 자기가 결혼하면 자신을 부탁한 남편이 아내의 사랑과 배려와 의무를 바랄 게 틀림없다고 했다. 그리고 언니들처럼 아버지만 사랑하려고 결혼을 하지 않을 수는 없었다.

언니들의 거짓 사랑에 비할 수 없을 정도로 아버지를 참으로 끔찍이 사랑했던 코델리아는 다른 경우라면 다소 버릇없이 들리는 이런 조건들을 붙이지 않고 아버지를 사랑한다고 부드러운 말투로 말했을 것이다. 그러나 자기가 보기에 터무니없이 많은 보답을 받으려는 언니들의 교묘한 아첨을 듣고 나니, 코델리아는 자신이 할 수 있는 가장 멋진 일이란 사랑하되 침묵하는 것이라고 생각했다. 이로써 그녀의 사랑은 돈과 상관없는 것으로 밝혀졌으며, 아무런 대가를 바라지 않은 사랑으로 입증되었다. 그리고 그녀의 고백이 언니들처럼 허식적이지 않고 훨씬 진실되고 참된 것임이 입증되었다.

리어 왕은 이를 오만하다고 했다. 그녀의 진솔한 말은 늙은 군왕을 격노케 했다. 그는 한참 때도 언제나 심술궂고 경솔했으며, 노경에 접어들면서는 노망기가 겹쳐 그의 이성이 심히 가려진 탓에 진실과 아첨을 분별할 수 없었고 입발림의 말과 가슴에서 나오는 말을 분간할 수 없었다. 그는 불같이 화를 내며 코델리아의 몫으로 남겨 놓은 삼분지 일의 영토를 두 언니와 그들의 남편인 올버니 공작과 콘월 공작에게 나눠주었다. 왕은 그들을 자기에게 부르고 모든 신하들이 있는 데서 그들에게 보관(寶冠)을 하사하였고 아울러 모든 권력과 세입과 행정권을 주었으며, 다만 왕의 이름만은 자신이 가졌다. 왕권의 나머지 모든 것은 포기한 것이다. 그리고 백 명의 기사를 자신의 수행원으로 삼아 매달 두 딸의 궁전을 차례로 찾아가서 기거하겠다고 했다.

〈리어 왕과 딸들〉, 폴 팰커너 풀 (1807~1879)

이성을 따르지 않고 감정에 휩쓸려 왕국을 터무니없이 처분하니, 모든 신하들은 놀라움과 슬픔에 휩싸였다. 그러나 켄트 백작을 제외하고는 그들 가운데 분노한 왕에게 진언할 용기를 가진 자가 없었다. 진언을 그만두지 않으면 사형시키겠다고 격노하는 리어 왕의 명령에도 켄트 백작은 코델리아를 두둔하기 시작했다. 그는 언제나 리어 왕에게 충성을 다했다. 그는 리어를 왕으로서 존경했고 아버지로서 사랑했고 주인으로서 따랐다. 그리고 자기의 생명일랑은 국왕의 원수와 대적하는 일에 매인 볼모로밖에 생각하지 않았고, 리어 왕의 안전이 문제되었을 때에는 생명에 연연하지 않았다. 그런데 리어 왕 자신이 리어의 적이 된 이상 왕의 충직한 신하는 이전의 원칙을 잊지 않고 리어 왕에게 선한 일을 하려고 남자답게 왕의 처사에 반대했다. 그리고 리어 왕이 미쳤기 때문에 켄트는 예절 없이 굴었던 것이다.

과거에 왕의 충직한 고문이었던 그는 (이전에 많은 중대한 문제에서 그랬던 것처럼) 왕에게 눈을 떠서 보고 자신의 충언을 따르라고 간청했다. 뛰어난 분별력을 발휘하여 이 소름끼치는 경솔함을 깨달으라고 간청하였다. 켄트 백작은 리어 왕의 막내딸이 왕을 사랑하지 않는 게 전혀 아니며 그 목소리가 낮아 쩡쩡 울려 대지 않는다 해도 진심이 결여된 말이 아니라는 자신의 소견을 말했다. 권력이 아첨에 넘어갈 때, 명예는 평범해진다. 리어 왕이 아무리 위협한들 이미 목숨을 그의 처분에 맡긴 켄트에게 두려운 일이 무엇이겠는가? 분명 위협은 직언의 의무를 가로막지 못했다.

이 착한 켄트 백작의 직언은 왕의 진노를 다시 한 번 불러일으켰을 뿐이었다. 의사를 죽이고 자신의 치명적인 병을 좋아하는 미친 환자와 같이, 리어 왕은 충신을 추방했고 그에게 5일간 여유를 주면서 떠날 준비를 하라고 했다. 그러나 여섯째 되는 날 미운털 박힌 켄트 백작이 브리튼 영토에서 발견되면 즉시 사형당하게 되었다. 그래서 켄트 백작은 왕에게 작별을 고하고, 왕이 그런 태도를 취했으므로 이 나라에는 추방만 있을 뿐이라고 말했다. 그리고 떠나기 전에 아주 정당하게 생각하고 사려깊게 말한 코델리아에게 신들의 가호를 빌었다. 그리고 그 언니들의 거창한 말이 사랑의 행동으로 실행되기만을 바랐다. 그런 다음 그는 새로운 나라에서도 예전의 방식대로 살겠다는 말을 남기고 길을 떠났다.

프랑스 왕과 부르고뉴 공작이 막내딸에 관한 리어 왕의 결정을 듣고 코델리아에게 계속 구애할 것인지 여부를 알기 위하여 왔다. 왜냐하면 이제 그녀는 국왕의 노여움을 샀으며 홀홀 단신이었기 때문이다. 부르고뉴 공작은 구애를 단념했고 불행에 처한 그녀를 아내로 맞이하지 않으려 했다. 그러나 프랑스 왕은 그녀가 부친의 사랑을 잃게 된 잘못의 실상이 그저 마지못해 말한 것이며 언니들처럼 아첨의 말을 할 수 없었던 것뿐임을 알고 이 젊은 처녀의 손을 붙잡고, 그녀의 덕행이 한 왕국보다 뛰어난 지참금이라고 말하며 코델리아에게 언니와 부왕에게 작별을 고하라고 했다. 그리고 그녀는 그와 함께 가서 그의 왕비, 아름다운 프랑스의 왕비가 되어 언니보다 더 아름다운 나라를 통치하게 되었다. 그리고 그는 부르고뉴 공작을 물 같은 사람이라고 조롱했다. 왜냐하면 이 젊은 처녀에 대한 그의 사랑은 물처럼 순식간에 사라져 버렸기 때문이다.

그러자 코델리아는 눈물을 지으며 언니들과 작별했고 그들에게 아버지께 효도하고 공언한 대로 실천할 것을 간청했다. 그러자 그들은 자기네 할 일을 알고 있으니 자기들에게 지시하지 말라며 퉁명스럽게 말했고, (욕하는 투로) 그녀를 동냥하듯 아내로 받아 준 남편의 비위나 잘 맞추라고 했다. 그리고 코델리아는 무거운 마음을 안고 떠났다. 그녀는 언니들의 계략을 잘 알았고 아버지를 더 좋은 곳에 맡겼더라면 하고 바랐다.

코델리아가 떠나자마자 언니들의 악마 같은 성품이 본색을 드러내기 시작했다. 리어 왕이 약정에 따라 장녀 고너릴과 함께 보내기로 된 첫째 달이 끝나기도 전에, 늙은 왕은 약속과 실제 행동이 다른 것을 알아차리기 시작했다. 이 비열한 딸은 자기 아버지로부터 물려받을 것을 모두 챙겼기 때문에, 심지어는

〈코델리아의 작별인사〉, 1898, 에드윈 오스틴 애비

왕관을 아버지의 머리에서 벗기기까지 했기 때문에, 늙은이가 여전히 왕이라는 생각으로 만족하기 위하여 보유하고 있는 왕권의 나머지 부분까지도 못마땅해했다. 즉 그녀는 왕과 100명의 기사들을 눈뜨고 볼 수 없었다. 아버지를 만날 때마다, 그녀는 찡그린 얼굴을 했다. 그리고 노인이 그녀와 이야기를 나누고자 했을 때, 병든 체하거나 그의 시선을 피하기 위하여 일을 꾸미곤 했다.

그녀는 나이 든 아버지를 쓸모없는 짐으로 여기며 그의 수행원들을 돈이나 허비하는 불필요한 사람들로 생각하는 게 분명했다. 그녀는 왕에게 행하기로 약속한 일을 게을리 했을 뿐만 아니라, 그런 그녀를 본받아 그리고 그녀의 은밀한 지시를 따라(이는 두려워할 일이다) 그녀의 종들도 왕을 아무렇게나 대하게 되었고, 그의 명령을 따르지 않거나 심지어 경멸스런 태도로 그의 명령을 못 들은 체했다. 리어 왕은 딸의 행동에서 이런 변화를 눈치채지 않을 수 없었지만, 할 수 있는 대로 눈감아 버렸다. 사람들이 흔히 자신의 실수와 고집으로 생긴 유쾌하지 못한 결과를 받아들이지 않으려는 것처럼 말이다.

허위와 위선이 선한 태도와 타협할 수 없는 것처럼 참된 사랑과 절개는 악한 태도로도 떼어놓을 수 없는 것이다. 이는 선량한 켄트 공작의 경우에서 특히 잘 드러난다. 그는 리어 왕에 의해 추방되었고 브리튼에서 발각되면 목숨이 달아나는데도 주군에게 봉사할 기회가 있는 한, 조국에 남아서 모든 결과를 달게 받으려 했다. 가련한 충신이 때때로 얼마나 비천하게 변장하고 태도를 가장해야 하는지를 살펴보라. 하지만 그것은 하지 않으면 안 되는 일이므로 비천하거나 무익한 게 아니었다.

이 선량한 백작은 자신의 훌륭하고 당당한 품위를 제쳐 두고 시종으로 변장하여 왕을 섬기게 해 달라고 했다. 왕은 그가 변장한 켄트임을 알지 못했지만 그의 시원시원한, 좀 더 정확하게 말하면 투명한 대답이 마음에 들었다(백작은 왕의 딸이 약속대로 행하지 않는 것을 보고 신물나는 기름처럼 매끄러운 아첨을 꼬집는 듯 그렇게 대답한 것이다). 그리고 곧 왕은 그것을 허락하고 카이어스라는 이름을 가진 켄트를 자신의 부하로 삼았다. 하지만 한때 총애하던 고결하고 강직한 켄트 백작이라고는 생각하지 않았다.

이 카이어스는 곧 자신의 충성과 공경을 임금께 보일 방법을 발견했다. 틀림없이 여주인에게 은밀히 사주를 받은 바가 있어서 고너릴의 청지기가 그날 리어 왕에게 무례하게 처신하고 건방진 표정을 짓고 건방진 말을 건네는 것을 보고 카이어스는 폐하께 대한 그처럼 노골적인 모욕을 그냥 듣고 있을 수 없어서 그의 발꿈치를 걸어 넘어뜨리고 개집에 무례한 종을 처박아 버렸던 것이다. 이처럼 우호적인 태도를 본 리어 왕은 카이어스에게 더욱 호감을 갖게 되었다.

리어 왕의 친구는 켄트뿐만이 아니었다. 당시 왕이나 귀족들은 심각한 일을 처리한 다음 긴장을 풀기 위하여 광대를 데리고 있는 것이 관례였는데, 리어 왕이 궁전에 있었을 때 그의 궁전에 소속되었던 가련한 광대 혹은 어릿광대가 낮은 신분에도 불구하고 지극히 왕을 사랑했다. 이 가련한 광대는 리어 왕이 왕관을 벗은 다음에 그를 따랐고, 재치 있는 말로 왕의 기분을 좋게 하곤 했다. 물론 그는 왕이 경솔하게 왕위를 빼앗기고 딸들에게 모조리 주어 버린 것을 서슴지 않고 조롱하곤 했다. 그가 운치 있게 표현했듯이,

> 그의 딸들은 갑자기 기뻐서 울고
> 그는 슬퍼서 울었지.
> 그런 임금님이 숨바꼭질하면서
> 광대들 틈에 끼시다니.

그리고 이 유쾌하고 솔직한 광대는 속에서 넘치도록 솟구치는 그런 자유분방한 말과 노래로 고너릴이 있는 데서도 자신의 마음을 토로했다. 때로는 골수를 찌르는 통렬한 조롱과 농담으로, 때로는 뻐꾸기가 충분히 자랄 때까지 어린 뻐꾸기를 먹이고 그런 다음 뻐꾸기에게 먹히는 바위종다리에 왕을 비유하면서, 수레가 말을 끌면(당연히 아버지 뒤에 있어야 하는데 지금은 아버지 앞에 있는 리어 왕의 딸들을 뜻한다) 바보도 안다는 둥, 리어가 더 이상 리어가 아니라 리어의 그림자라는 둥 말했다. 광대는 이처럼 거침없이 입을 놀려, 한두 번 채찍질당할 뻔했다.

리어 왕은 자신에 대한 존경심이 냉담하게 떨어진 것을 보기 시작했으나, 이 어리석은 아버지가 몹쓸 딸에게서 당할 일은 그것으로 그치지 않았다. 이제 딸은 아버지가 백 명의 기사를 계속 데리고 있겠다고 우기는 한 자기 궁전에 머무는 것이 마땅치 않다고 노골적으로 말했다. 그 만한 병력은 과다하며 비용이 많이 들며, 자신의 궁전에 소동이나 일으키고 잔치나 벌일 뿐이라고 했다. 그리고 그녀는 아버지더러 숫자를 줄이고 아버지에게 걸맞는 나이 지긋한 노인들만 두시라고 간청했다.

처음에 리어 왕은 자기의 눈과 귀를 믿을 수 없었고, 그렇게 함부로 말하는

것이 자기 딸이 아니라고 생각했다. 그는 자신에게 왕위를 물려받은 딸이 자신과의 연줄을 끊고 노인에게 공경심을 표하지 않으려 하는 것을 믿을 수 없었다. 그러나 그녀가 부당한 요구를 계속하자, 노인의 마음은 분노가 가득 일어나 딸을 보기 싫은 욕심쟁이라고 불렀으며 딸이 거짓말을 한다고 말했다. 그리고 실제로 그녀는 그렇게 했다. 왜냐하면 백 명의 기사들은 모든 책무에 능숙하며, 빼어난 거동과 건전한 예의범절을 갖춘 인물들이었고, 그녀의 말과 달리 소란이나 잔치판을 벌이지 않았다. 그래서 그는 말들을 준비시켜 놓을 것을 명령했다. 백 명의 기사와 더불어 자기 딸 리건에게 가기 위함이었다.

그리고 그는 딸의 배은망덕을 말하고 목석 같은 심정을 지닌 마귀와 바다 괴물보다 더 극악무도한 그 배은망덕이 자식에게서 보였다고 말했다. 그런 다음 그는 듣기에도 끔찍한 저주의 말을 장녀에게 퍼부었다. 즉 그녀가 아이를 갖지 못하게 되었으면, 혹시 갖게 되더라도 아이가 살아서 그 어미가 자기에게 보여 준 그런 조롱과 경멸을 그 어미에게 쏟아 부었으면, 그녀가 배은망덕한 자식을 두는 것이 뱀의 이빨보다 더 고통스러운 일임을 느끼게 되었으면 하고 바랐다.

리어 왕이 몰인정한 처사를 당했다고 느낀다고 하니 고너릴의 남편인 올버니 공작이 그 점을 변명하려 했지만, 리어 왕은 그의 말을 듣지 않으려 했고 오히려 화를 내며 말을 대령하라고 하고는 자기 딸 리건의 거처를 향하여 추종자들과 함께 길을 떠났다. 그리고 리어 왕은, 그 언니의 잘못에 비하면 코델리아의 잘못이 얼마나 사소한 것인지 생각하고 울었다. 그런 다음 그는 고너릴과 같은 것의 태도에 짓눌려 대장부다운 태도를 견지하지 못하고 눈물을 흘리게 된 자신이 수치스러웠다.

리건과 그 남편은 대단히 호사스럽고 화려하게 궁전을 유지하고 있었다. 리어 왕은 종 카이어스를 시켜 자기 딸에게 편지를 전달하게 했다. 내용인즉슨, 왕과 왕의 일행이 곧 당도할 테니 영접할 준비를 갖추라는 것이었다. 그러나 고너릴이 선수를 쳐서 리건에게 편지를 보내어, 아버지의 완고함과 괴팍함을 비난하고 아버지가 대동하는 많은 수행원들을 환영하지 말라고 충고했다. 고너릴이 보낸 심부름꾼이 카이어스와 동시에 도착하는 바람에 둘이 마주쳤다. 그리고 그 심부름꾼은 리어 왕에게 건방진 태도를 보였다가 카이어스에게 정강이가 걸려 넘어진 바로 그 청지기였다. 카이어스는 그 친구의 표정이 못마땅한데다 무슨 일로 왔는지 의심스러워서, 대뜸 그를 욕하고 결투를 신청했다. 그 친구가 거절하자 카이어스는 티없이 순수한 마음에 욱하여, 마치 문제만 일으키고 못된 소식을 전달하는 자를 때리듯이 그를 요란하게 두들겨 패 주었다. 그 소리를 들은 리건과 그녀의 남편은 카이어스를 차꼬에 재우라고 명령했다. 그가 부왕이 보낸 심부름꾼이며 따라서 최고의 경의로 영접받아야 하는데도 말이다. 그래서 왕은 성채에 들어서자마자 자신의 충직한 카이어스가 그처럼 수치스러운 형편에 처해 있는 것부터 보았다.

이는 리어 왕 자신이 받게 될 대접이 어떤 것인지를 보여 주는 불길한 징조였다. 그러나 더 나쁜 일이 기다리고 있었다. 딸과 사위가 마중나오지 않은 이유가 뭐냐고 그가 질문했는데, 하인들은 그들이 밤새도록 여행하느라 지쳐서 잠잔다고 대답했다. 그리고 마지막으로 그가 계속 화를 내며 그들을 나오게 하라고 다그치자, 그들이 나와서 영접했다. 그런데 보기 싫은 고너릴이 자기 이야기를 하고 동생과 부왕을 이간질하려고 그 틈에 서 있었다.

이 광경을 본 노인은 부아가 끓어올랐고 게다가 리건이 고너릴의 손을 잡는 것을 보고는 부아가 한술 더 떴다. 그러자 리어 왕은 고너릴에게 자신의 흰 수염을 쳐다보는 게 부끄럽지 않느냐고 물었다. 리건은 리어 왕에게 고너릴과 같이 돌아가시고 시종을 절반으로 줄이고 언니에게 용서를 구하고 함께 잘 지내시라고 조언했다. 이유인즉슨 아버지가 나이 많아 분별력이 떨어졌으니,

총기 있는 사람의 인도와 보호를 받아야 한다는 것이었다. 그러자 리어 왕은 자기가 무릎을 꿇고 딸에게 음식과 옷을 구걸한다니 그 얼마나 터무니없는 일이냐고 하고, 그처럼 어처구니없이 얹혀 살지 않겠으며, 고너릴과 함께 절대 돌아가지 않고 100명의 기사와 더불어 리건과 함께 지내겠다고 공언했다.

그는 리건이 하사받은 나라의 절반을 잊지 않았을 것이며 그녀의 눈이 고너릴의 눈보다 사납지 않고 유순하고 다정하다고 말했다. 그리고 시종을 절반으로 줄이고 고너릴에게 돌아가느니 차라리 프랑스로 가서 상속받지 못한 막내딸과 결혼한 그곳 왕에게 비참하게 생계비를 구걸하는 편이 낫겠다고 말했다.

그러나 리건에게서 언니 고너릴보다 더 친절한 대접을 기대한 것은 그의 실수였다. 리건은 언니 못지않게 불효막심한 태도를 보이려는 듯이, 아버지를 시중드는 데 50명의 기사는 너무 많다고 생각하노라고 단언했다. 25명이면 충분하다는 것이었다. 그러자 리어 왕은 비탄에 잠겨 고너릴을 보며 그녀와 함께 돌아가겠다고 대답했다. 왜냐하면 고너릴은 50명 정도면 된다고 했으니 그녀의 사랑이 리건의 사랑보다 두 배 많기 때문이었다. 그러나 고너릴은 죄송하다며, 25명이나 왜 필요하냐고 심지어 10명이나 5명도 왜 필요하냐고 물었다. 자신의 종들, 동생의 종들에게 시중을 받으면 된다고 생각한 것이다. 두 명의 간악한 딸은, 자신들을 그토록 선대했던 나이 든 아버지에게 누가 더 무자비한지 내기라도 하는 듯이 아버지의 시종의 수를 조금씩 줄이려 했다.

100명의 시종은 한때 군왕이었던 리어에게 남아 있는 명예의 전부였으며, 그 정도의 수라 해도 한때 한 나라를 호령하던 리어에게는 결코 충분하다고 볼 수 없었다. 화려한 행렬이 행복의 본질적인 조건은 아니지만, 왕의 처지에서 걸인의 처지로, 수백만을 호령하는 지위에서 한 사람의 수행원도 없는 처지로 떨어지는 것은 감당하기 힘든 변화였다. 그리고 가련한 왕의 심장을 터지게 했던 것은 변변한 수행원이 없어서 겪을 일이 아니라 수행원을 거부하는 딸들

〈폭풍우 속의 리어 왕〉, 1788, 벤저민 웨스트

의 배은망덕한 태도였다. 이중으로 당하는 푸대접에다 어리석게 나라를 나눠 준 것이 원통하여 리어 왕은 정신이 흐려지기 시작했다. 그는 무엇을 해야 할지 모르겠다고 말하며, 이 부도덕한 마녀들에게 복수하되 온 세상이 벌벌 떨만큼 복수하겠다고 맹세했다.

그가 연약한 팔로는 결코 실행할 수 없는 일을 하고 말겠다고 헛되이 위협하고 있을 때, 밤이 찾아 왔고 천둥과 번개를 동반한 지독한 폭풍우가 몰아쳤다. 그리고 그의 딸들이 아버지의 수행자들을 허용하지 않겠다는 뜻을 굽히지않자, 그는 말을 대령시켰고 배은망덕한 딸들과 한 지붕 아래 머무느니 차라리 바깥에 무섭게 몰아닥치는 폭풍우를 맞는 편을 택했다. 그리고 딸들은, 괴팍한 사람들은 사서 고생하는 법이라고 말하며 그런 역경 속으로 들어가는 아버지를 외면하며 문을 닫았다.

바람은 드세져 갔고, 비와 폭풍이 심해졌다. 노인은 자연의 세력들과 싸우려고 당당하게 나아갔다. 자연의 세력이 아무리 심해도 딸들의 몰인정함보다는 덜 했던 것이다. 주변에는 수 마일에 걸쳐 수풀이라곤 찾기 힘들었다. 어둔 밤 황야에서 맹위를 떨치는 폭풍우에 노출된 채로 리어 왕은 떠돌아다니며 바람과 천둥에 맞서 싸웠다. 그는 바람에게 땅을 바다로 던져 버리라고 외쳤고, 바다의 파도에게 일어나 땅을 삼키라고 했다. 사람처럼 배은망덕한 동물의 자취일랑은 남지 않도록 말이다. 이제 늙은 왕의 곁에는 불행을 농담으로 웃어 넘기려고 유쾌하게 자만심을 드러내는 가련한 광대 외에는 아무도 없었다. 광대는, 수영을 하기에는 몹쓸 밤이라 말했다. 그리고 차라리 왕이 돌아가서 딸들에게 은혜를 구하는 편이 낫겠다고 했다.

지혜가 모자라는 사람이라도
바람이 부는 날도 비오는 날도
운명이겠거니 만족하라.
날마다 비만 내린다 해도.

그리고 여인의 오만을 싸늘하게 식히기에 멋진 밤이라고 했다.

그런데 초라한 시종 하나를 데리고 가던 지난날 위대한 군주를, 항상 그의 충직한 신하 켄트 백작이 발견했다. 물론 왕은 알지 못하지만 그는 지금 카이어스로 변장하여 왕의 곁을 항상 따랐다. 켄트 백작이 말했다. "아니 폐하께서 여기 계십니까? 밤을 좋아하는 동물들도 이런 밤은 좋아하지 않겠습니다. 이 두려운 폭풍이 짐승들을 그 처소로 내몰았습니다. 사람의 본성은 이런 밤이 주는 괴로움이나 공포를 견딜 수 없는 법입니다."

그러자 리어 왕은 그를 꾸짖으며, 더 큰 병이 도졌으니 그보다 못한 이런 해악은 느껴지지 않는다고 했다. 마음이 평정할 때, 몸이 예민해질 여유가 있다. 그러나 리어 왕은 마음에 불어닥치는 폭풍으로 모든 감각을 잃어버렸고, 그 폭풍만이 느껴질 뿐이었다. 그리고 그는 딸의 불효에 관하여 이야기하며, 입이 음식을 넣어주는 손을 도리어 무는 격이라고 했다. 부모는 자식에게 손이며 음식이며 모든 것이기 때문이다.

그러나 선량한 카이어스는 왕에게 횡한 들에 계시지 말라고 계속 간청하면서, 황야에 서 있는 작고 쓰러질 듯한 헛간으로 들어가자고 설득했다. 광대가 맨 먼저 그곳에 들어가서는 갑자기 대경질색한 표정으로 다시 달려와서는 유령을 보았노라고 말했다. 그러나 다시 살펴보니, 이 유령은 가련한 베들럼의 거지로 밝혀졌다. 그도 피할 곳을 찾아 이 버려진 헛간에 들어왔던 것이다.

미쳤든지 아니면 시골의 자비심 많은 사람들에게 자선받기가 더 좋아서 미친 척하며 자신을 가련한 톰 혹은 가련한 털리굿이라고 부르는 이 가련한 미치광이는 피를 흘리려고 핀과 못과 로즈메리 가지를 자기 팔에 찌르면서 "이 가련한 톰에게 누가 동냥 좀 해주시오" 하고 말했다. 그는 그처럼 무시무시한 행동을 하고 더러는 애원하고 더러는 미친 저주를 퍼부으면서 무지한 시골 사람들을 감동시키거나 겁나게 하여 적선하게 만들었다.

그리고 왕은 그토록 비참한 처지에서 헐벗은 몸을 덮을 담요 하나만 허리에 걸친 그를 보고 이 사람이 딸에게 모든 것을 주어 버리고 그런 지경에 이른 아버지라고 생각하지 않을 수 없었다. 고약한 딸을 두지 않았으면 그처럼 비참한 지경에 떨어질 리가 만무하기 때문이었다.

그리고 왕이 이런저런 말을 함부로 하는 것을 보고, 선량한 카이어스는 그가 제정신이 아니며 딸들의 푸대접으로 정말 미쳐 버렸다는 것을 분명히 알아차렸다. 그러자 이제 훌륭한 켄트 백작은 충성심을 발휘하여 지금까지보다 더욱 적절하게 왕을 모셨다. 여전히 충성스러운 몇몇 수행자들의 도움을 받아 켄트 백작은 동틀 무렵 왕을 도버 성으로 모셨다. 이곳에는 켄트 백작과 같은 왕의 친구들도 있고 왕의 영향력이 여전했다. 그리고 켄트 백작 자신은 프랑스로 가는 배를 타고 속히 코델리아에게 가서 매우 감동적인 말로 부왕의 가련한 형편을 전하고 언니들의 비인간적인 처사를 생생하게 알렸다. 그러자 이 착하고 사랑 많은 딸은 많은 눈물을 뿌리며 남편인 프랑스 왕에게 충분한 병력을 주어 영국으로 돌아가 잔인한 언니들과 그 남편들을 정복할 수 있게 하고 나이 든 왕을 다시 복위할 수 있게 해 달라고 간청했다. 코델리아는 남편의 승낙을 받아 왕의 군대와 더불어 도버에 닿았다.

리어 왕은 켄트 백작이 정신 이상에 빠진 왕을 돌보라고 배치한 보호자들에게서 벗어날 기회를 잡아 달아났다가, 도버 근처의 들에서 가련한 몰골로 배회하며, 밀밭에서 주운 짚과 쐐기풀과 거친 잡초로 만든 관을 머리에 쓰고 단단히 미쳐 혼자서 크게 노래를 부르다가 코델리아의 수행원들에게 발견되었다. 코델리아는 아버지를 지성으로 간호하고 싶었지만 의사들의 조언대로, 아버지가 잠도 청하고 의사들이 처방한 약초를 먹고 평정을 찾을 때까지 만남을 연기하기로 결심했다. 이 솜씨 좋은 의사들의 도움을 받아 리어 왕은 곧 딸을 알아보는 상태에 이르렀다. 코델리아는 나이 많은 왕을 회복시킨 상으로 금은보화를 주겠다고 의사들에게 약속했다.

이 아버지와 딸의 만남은 보기에 흐뭇했다. 이 가련하고 나이 많은 왕이 한때 애지중지하던 딸을 다시금 보며 기뻐하는 것과, 아주 사소한 잘못을 불쾌하게 여기고 버렸던 딸에게서 극진한 효도를 받으면서 부끄러워하는 것을 번갈아 보는 것도 흐뭇한 일이었다. 그러면서도 왕은 아직 정신이 온전히 돌아오지 않아 누가 자기에게 그토록 다정하게 입맞추고 이야기했는지 기억하지 못했다. 그런 다음 리어 왕은 옆에 서 있는 자들에게, 자기가 이 여인을 자기

"이 아버지와 딸의 만남은 보기에 흐뭇했다." — 아르튀스 샤이너

딸 코넬리아로 착각하더라도 조롱하지 말라고 부탁했다. 그러고는 무릎을 꿇고 자기 딸에게 용서를 빌었다.

그러자 선량한 딸은 무릎을 꿇고 아버지에게 축복을 구하며, 아버지가 무릎을 꿇는 것은 어울리지 않는 일이며 도리어 그의 친자식 코넬리아 자신이 무릎을 꿇어야 한다고 말씀드렸다. 그리고 그녀는 언니들의 배은망덕을 자신의 입맞춤으로 지워 버리겠다며 아버지에게 입맞추었다. 그녀는 원수의 개가 자기를 물더라도 그렇게 차가운 날씨에는 불가에서 몸을 데우게 하는 법 인데도, 흰 수염을 휘날리는 늙으신 아버지를 차가운 바깥으로 내몬 그들은 부끄러움을 당하게 될 것이라고 말했다.

그리고 그녀는 왕을 도우려고 프랑스에서 온 것을 이야기했다. 그러자 리어 왕은 자기가 늙고 어리석었으니 지난 일을 잊고 용서해 달라고 했고, 자기가 무슨 일을 했는지 모르겠다고 했다. 또한 리어 왕은 코넬리아는 아버지를 사랑하지 않을 이유가 충분하지만, 언니들은 그럴 이유가 없다고 했다. 그러자 코넬리아는 자신도 그들처럼 그럴 이유가 없다고 말씀드렸다.

그래서 나이 많은 왕은 효심깊은 딸의 보호를 받았고, 코넬리아와 의사들은 수면도 취하게 하고 약도 들게 하여 결국 딸들의 잔인한 처사로 심히 뒤흔들렸던 왕의 마음을 진정시켰다. 이제 잔인한 두 딸에 관하여 한두 마디 해보자.

나이 많은 아버지에게 그토록 몹쓸 짓을 한 천하의 배은망덕한 딸들이 자기 남편에게 신실한 사람일 리가 없었다. 그들은 아내의 도리와 사랑을 보이기가 귀찮아지고, 노골적으로 다른 사람에게 애정을 쏟았다. 우연히도 그들이 부정하게 사랑한 대상은 같은 인물이었다. 그는 작고한 글로스터 백작의 사생아인 에드먼드였다. 그는 사악한 책략으로 적법한 상속자인 형 에드거를 속여 유산과 백작 지위를 빼앗았다. 이 사악한 인물은 고너릴과 리건이라는 역시 사악한 자들의 사랑을 받기에 어울리는 대상이었다. 이때 리건은 남편 콘월 공작이 죽게 되자, 즉시 글로스터 백작과 결혼할 뜻을 알렸고, 그것 때문에 리건 못지 않게 백작에게 여러 차례 사랑을 고백해 왔던 언니 고너릴은 질투심에 불타서 독으로 동생을 죽였다. 그러나 사악한 계획이 들통나서 남편 올버니 공작은 독살과 백작에 대한 불륜적 사랑을 이유로 그녀를 감옥에 가두었고, 그녀는 좌절된 사랑과 격노에 갑자기 목숨을 끊어 버렸다. 이렇게 하늘의 공의는 결국 사악한 두 딸 모두에게 임했다.

모든 사람이 이 사건을 보고, 죽어 마땅한 그들에게 정의가 시행된 것을 감탄하였다. 동시에 젊고 덕스러운 코델리아 부인마저 슬픈 운명에 처하게 되자 하늘의 신비한 뜻을 알다가도 모르겠다고 했다. 그녀의 선한 행실은 더욱 행복한 보상을 얻을 만했다. 그러나 이 세상에서 순결과 효심이 항상 승리하는 게 아닌데 참으로 두려운 진리가 아닐 수 없다. 고너릴과 리건은 몹쓸 글로스터 백작에게 영국군의 지휘권을 넘겼는데 영국군이 승리를 거두었고, 코델리아는, 자신의 등극을 아무도 방해하기를 원치 않았던 이 사악한 백작의 계략에 의하여 감옥에서 운명을 달리했다. 그래서 하늘은 그녀를 효도의 찬란한 표상으로 만인에게 알린 직후 이 젊은 부인을 데리고 가 버렸다. 리어 왕 역시 착한 딸이 죽고 얼마 후에 세상을 떠났다.

왕이 죽기 전에 선량한 켄트 백작은 카이어스라는 이름으로 딸들에게 푸대접받은 날로부터 이 서글픈 몰락에 이르기까지 나이 많은 주인의 발자취를 한결같이 따랐던 사실을 왕에게 알리려고 애썼다. 그러나 번민으로 정신이 이상해진 리어 왕은 어떻게 그럴 수 있는지, 혹은 켄트와 카이어스가 어떻게 동일인일 수 있는지 이해하지 못했다. 그래서 켄트는 임종을 앞둔 그런 시간에 설명으로 왕을 괴롭히는 게 무익하다고 생각했다. 리어 왕이 곧 숨을 거두자, 왕의 충직한 종이었던 그는 연로한 데다 왕의 원통한 일로 괴로워하며 그를 따라 무덤에 들어갔다.

〈코델리아의 죽음〉, 요한 하인리히 퓌슬리 (1741~1825)

하늘의 공의는 몹쓸 글로스터 백작에게도 임하여, 그의 반역죄가 들통나고 합법적인 공작인 형과 일대일 결투에서 죽임을 당했다. 그리고 코델리아의 죽음과는 무관하고, 부친에게 사악한 짓을 하지 말라고 줄곧 충고했던 고너릴의 남편 올버니 공작은 리어 왕이 죽자 브리튼의 왕이 되었는데, 이 이야기는 여기서 언급할 필요가 없다. 리어 왕과 그의 세 딸이 모두 죽은 이 사건만이 우리의 이야기의 골자이니까 말이다.

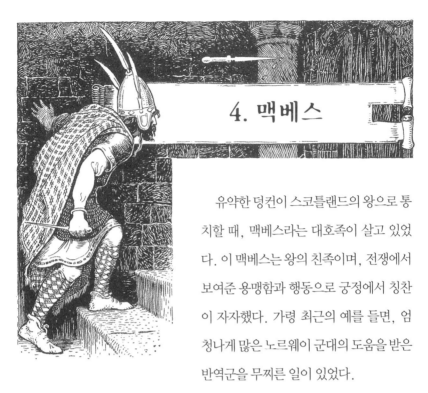

4. 맥베스

유약한 덩컨이 스코틀랜드의 왕으로 통치할 때, 맥베스라는 대호족이 살고 있었다. 이 맥베스는 왕의 친족이며, 전쟁에서 보여준 용맹함과 행동으로 궁정에서 칭찬이 자자했다. 가령 최근의 예를 들면, 엄청나게 많은 노르웨이 군대의 도움을 받은 반역군을 무찌른 일이 있었다.

스코틀랜드의 장군 맥베스와 뱅쿠오는 이 큰 전투에서 개선하여 메마른 황야 길로 돌아오는데, 갑자기 등장한 세 인물의 모습에 가던 길을 멈추었다. 얼굴은 여자처럼 생겼는데 턱수염이 없었고 피부는 말라비틀어졌고 복장은 흐트러져 있었기 때문에 그들은 지상의 피조물처럼 보이지 않았다. 먼저 맥베스가 그들에게 말을 걸자, 그들은 각자 기분이 상한 듯 말라붙은 입술에 옹이진 손가락을 대더니 침묵하라 했다. 그러자 그들 가운데 하나가 글래미스 영주라는 칭호를 써서 맥베스에게 인사했다. 장군은 그런 존재들이 자기를 안다는 것에 적잖게 놀랐다. 더욱이 두번째 인물이, 자기에게 아무런 권리가 없는 코더 영주라는 칭호를 사용하면서 인사하자 맥베스는 더욱 놀랐다.

그리고 세 번째 인물은 그에게 "만세, 장차 왕이 되실 분이로다!" 하고 말했다. 그런 예언적 인사말에 맥베스는 자연 놀랐다. 그는 왕의 아들들이 살아 있

"갑자기 등장한 세 인물의 모습에 가던 길을 멈추었다." —아서 래컴

는 동안 왕위에 오를 꿈을 꿀 수 없다는 것을 알고 있었다. 그런 다음 그들은 뱅쿠오를 보며, 일종의 수수께끼처럼 이렇게 말했다. 맥베스만큼은 못해도 더 위대하신 분! 맥베스보다 운은 못하지만 더 행운이 있는 분! 그리고 그가 왕이 되지 못해도 그의 아들들이 스코틀랜드의 왕이 될 것이라고 예언했다. 그런 다음 그들은 바람 속으로 사라졌다. 장군들은 그것들이 마녀라고 생각했다.

그들이 이 신기하고 이상한 일을 생각하고 있는 동안 왕에게서 사자(使者)가 왔는데, 그는 왕에게 권한을 받아 맥베스에게 코더 영주라는 작위를 수여했다. 마녀들의 예언과 너무도 신기하게 일치하는 사건에 맥베스는 놀랐다. 그리고 그는 놀라움에 사로잡혀 사자에게 대답할 수 없었다. 그 순간 그의 마음에는 세 번째 마녀의 예언이 똑같이 성취되어 언젠가 스코틀랜드를 다스렸으면 하는 소망이 부풀어올랐다.

맥베스는 뱅쿠오를 보며 말했다. "마녀들이 내게 예언한 것이 너무 놀랍도록 이루어졌는데, 그대 자제들이 왕이 되기를 바라지 않소?"

"그런 소망이 그대의 마음에 불을 질러 왕위에 오를 생각을 했을 수 있소만, 이런 흑암의 일꾼들은 사소한 진실을 털어놓아 우리를 속이고 너무도 중대한 행동을 저지르게 하는 경우가 많소" 하고 뱅쿠오 장군은 말했다.

그러나 마녀의 사악한 암시가 맥베스의 마음속에 어찌나 깊이 파고들었던지, 그는 선량한 뱅쿠오의 경고를 귀담아 듣지 않았다. 그때로부터 그는 스코틀랜드의 왕좌를 차지할 궁리에 골몰했다.

맥베스는 마녀의 이상한 예언과 그것이 부분적으로 성취된 것을 아내에게 말해 주었다. 그는 야심차고 못된 여자였고, 남편과 자신이 대업을 달성하기 위하여 수단에는 그다지 개의치 않았다. 그녀는 피흘릴 생각에 양심의 가책을 느끼는 맥베스의 미지근한 태도에 바람을 불어넣었고, 기분좋은 예언의 성취에 절대적으로 필요한 조처로 왕의 시해를 주장했다.

왕은 황공하게도 중요한 귀족들을 종종 찾곤 했는데 마침 자기의 두 아들 맬컴과 도널베인, 그리고 수많은 영주와 수행원을 데리고 맥베스의 집에 가게 되었다. 전쟁을 성공적으로 수행한 맥베스를 축하하려 함이었다.

맥베스의 성은 쾌적한 곳에 있었고, 주변의 공기는 감미롭고 몸에 좋았으며, 튀어나온 소벽과 부벽 밑에 참새들의 둥지가 있었으며, 어느 모로 보나 전망좋은 곳이었다. 새들이 어느 곳보다 즐겨 이곳에서 새끼를 낳고 늘 왔다갔다 하므로 공기는 부드러웠다. 왕이 맥베스 부인의 관심 어린 환대를 받으며 기쁜 마음으로 그곳에 들어섰다. 맥베스 부인은 미소로 역적 모의를 잘도 감추었다. 마치 순결한 꽃처럼 모습을 보였다. 하지만 사실 그녀는 그 꽃 아래 숨어 있는 뱀이었다.

왕은 여로에 지쳐서 일찍 침실에 들었고, 전용실에서는 두 명의 궁내관이 (관행대로) 그의 옆에서 잠자고 있었다. 왕은 환대에 퍽 기뻤고 잠자리에 들기 전에 중신들에게 선물을 주었다. 무엇보다 값비싼 다이아몬드를 맥베스 부인에게 주면서 지극히 친절한 여주인이라며 인사했다.

이제는 한밤중. 세상은 태반이나 죽은 듯이 고요했고 사악한 꿈들이 잠든 인간의 마음을 괴롭히며 늑대와 살인자만이 바깥에 돌아다녔다. 이제 맥베스 부인이 왕을 시해하려고 깨어났다. 부인은 여성에게 지극히 혐오스러운 살해를 저지르고 싶은 마음이 없었지만, 남편의 성격이 미덥지 못했다. 그는 호의로 철철 넘쳐서 고의적인 살해를 저지를 만한 인물이 아니었던 것이다. 그녀는 남편이 야심가라는 것을 알지만, 너무 양심적이어서 과도한 야심에 흔히 동반되는 그런 극악한 범죄를 저지를 만한 마음이 없다는 것도 잘 알았다.

그녀는 마침내 남편을 설득하여 시해할 결심을 갖게 했지만, 남편의 결심을 믿지 못했다. 그리고 그녀는 남편의 천성적인 다정함(자신보다 인간적인)이 끼어들어 대사를 그르칠까 두려웠다. 그래서 그녀는 단검을 손에 쥐고 왕

〈맥베스와 단검을 든 맥베스 부인〉, 1786, 토머스 비치

의 침실로 다가갔다. 궁내관들에게 포도주를 거나하게 권했기에 그들은 술에 취해 잠들어 왕을 보호하는 일을 소홀히 했다. 덩컨은 여독에 곤히 잠들고 있었다. 그녀는 왕을 뚫어지게 쳐다보았는데, 잠자는 그의 얼굴이 자기 아버지와 닮아 보였다. 그래서 그녀는 일을 저지를 용기를 얻지 못했다.

그녀는 남편과 의논하려고 돌아왔다. 남편의 결심은 이미 흔들려 있었다.

그는 시해를 반대할 강력한 이유들이 있다고 생각했다. 첫째로, 그는 신하일 뿐만 아니라 왕의 근친이었다. 그리고 그는 당일 접대할 집주인이었으며, 환대의 예법에 따르면 주인의 의무는 집안을 단속하여 왕의 시해자를 막고 스스로 칼을 들지 않는 것이었다. 그런 다음 그는 이 덩컨 왕이 얼마나 공의롭고 자비했는지, 얼마나 신하에게 정중하게 대했는지, 특별히 자신을 얼마나 사랑했는지를 생각했다. 그런 왕들은 특별히 하늘의 보호를 받으며 그 신하들은 왕의 시해자에게 철저히 복수해야 했다. 게다가 맥베스가 왕의 호의를 입어 모든 사람에게 좋은 평판을 얻었으니, 어떻게 그처럼 몹쓸 시해로 그런 명예를 더럽힌단 말인가!

맥베스 부인은 남편이 마음의 갈등을 벌이다가 선한 쪽으로 기울여져서 더 이상 일을 저지르지 않으려는 것을 보았다. 그러나 그녀는 자신의 사악한 목적을 쉽게 포기할 여자가 아니므로, 남편의 귀에 자신의 생각을 쏟아 부으며 남편이 이미 시행한 일에서 물러나서는 안 되는 이유를 대기 시작했다. 그 일이 얼마나 쉬우며, 얼마나 속히 끝나며, 하룻밤의 행동으로 그들의 모든 낮과 밤 동안 최고 통치권과 왕권을 얻게 되는 것을 말이다.

그런 다음 그녀는 생각을 바꾼 남편을 경멸하며, 변덕스럽고 겁쟁이 같다고 비난했다. 그러면서 남편이 시해를 감행하겠다고 맹세한 것처럼 자기도 맹세했다면, 젖먹이 아기가 눈앞에서 미소짓고 있더라도 가슴에서 떼 내어 그 머리를 박살낼 수 있다고 했다. 그런 다음 그녀는 술취해 잠든 궁내관들에게 범죄의 책임을 전가하는 것이 얼마나 그럴듯한지 덧붙였다. 그리고 그녀가 대담무쌍한 혀를 놀리며 남편의 어정쩡한 결심을 호되게 비난하니, 맥베스는 다시금 용기를 내어 시해를 감행하려 했다.

그래서 그는 단검을 손에 쥐고 어두운 가운데 덩컨이 누워 있는 방으로 조심스럽게 들어갔다. 그때 공중에서 손잡이가 자기 쪽으로 향해져 있는 또 하나의 단검이 보이고 그 칼날과 칼끝에 피가 떨어지고 있는 것이 보이는 듯했다. 그러나 그 단검을 잡으려 했을 때 잡히는 것은 공기뿐, 자신의 뜨겁고 무거운 머리에서 그리고 지금 감행하려는 일에 짓눌려서 생긴 한갓 환영일 뿐이었다.

그는 두려움을 떨치며 왕의 방으로 들어갔고, 단칼에 왕을 처치했다. 그가 시해를 감행하자마자, 침실에서 자던 궁내관 한 사람이 자면서 웃음소리를 냈고, 다른 하나는 "시해다" 하고 소리를 질렀는데, 그러는 통에 둘 다 잠에서 깨었다. 그러나 그들은 짧게 기도를 드렸다. 한 사람은 "신이여 우리를 축복하소서!" 하고, 다른 한 사람은 "아멘" 하고 화답했다. 그리고는 다시 잠을 청하자고 서로에게 말했다. 그 옆에 있던 맥베스는 한 사람이 "신이여 우리를 축복하소서!" 하고 기도할 때 자칫 "아멘" 하고 말할 뻔했다. 물론 그는 축복이 어느 때보다 절실하지만, 그 말이 목구멍에 달라붙어 내뱉을 수가 없었다.

다시금 맥베스는 '더 이상 잠을 자지 못한다. 맥베스가 잠을 죽였다. 생명을 공급하는 무고한 잠을 죽였다'고 외치는 소리를 듣는 것 같았다. 그 소리는 계속 온 집에 다 울려 퍼졌다. '더 이상 잠을 자지 못한다. 글래미스가 잠을 죽였다. 그러니 코더가 더 이상 잠자지 못할 것이다. 맥베스는 더 이상 잠자지 못할 것이다.'

그처럼 무시무시한 상상을 하며, 맥베스는 주도면밀한 아내에게 돌아왔다. 아내는 그가 일을 그르쳐서 일이 무산되었다고 생각하기 시작했다. 맥베스가 너무도 마음이 뒤숭숭한 상태로 돌아왔기 때문에, 그녀는 남편에게 마음이 굳세지 못하다고 질책하며 손에 묻은 피를 씻으라고 했다. 그러는 동안 그녀는 궁내관들의 뺨에 피를 묻혀 그들의 범행으로 보이게 하려고 맥베스의 단검을 가지고 갔다.

아침이 되자, 시해 장면은 감출래야 감출 수 없었다. 그리고 맥베스와 부인이 큰 슬픔에 젖은 모습을 거창하게 내보였고, 궁내관들에 대한 증거가 충분했지만(단검이 제시되고 그들의 얼굴에 피가 발라져 있었다), 모두들 맥베스에게 혐의를 돌리고 있었다. 가련하고 어수룩한 궁내관들과 비교할 수 없을 정도로 맥베스에게는 시해할 이유가 충분했던 것이다. 그리고 덩컨의 두 아들은 몸을 피했다. 장남 맬컴은 잉글랜드 궁정으로 피신했고, 동생 도널베인은 아일랜드로 도피했다.

왕위를 계승해야 했던 왕의 아들들이 자리를 비워 두었기에, 맥베스가 그다음 후계자로서 왕이 되었고 마녀의 예언은 그대로 성취되었다.

맥베스와 왕비는 아주 높은 지위에 올랐으나, 마녀의 예언을 잊을 수 없었다. 즉 맥베스가 왕이 되더라도 그의 자식들이 왕이 되지 못하고 뱅쿠오의 자식들이 왕이 된다는 예언 말이다. 이런 예언 외에도 그들의 손이 피로 더럽혀지고 너무도 무서운 죄를 지었기에 뱅쿠오의 후손이 왕위에 오르게 된다는 생각도 들어, 그들은 마음이 괴로워 뱅쿠오와 그의 아들을 죽여서 마녀의 예언을 무효로 만들고자 했다. 물론 자기들에게는 그 예언이 너무도 놀랍게 들어맞았다.

이런 목적을 품고 그들은 성대한 만찬을 마련하여, 모든 중요한 영주들을 초대했다. 그들 가운데 뱅쿠오와 그의 아들 플리언스를 특별히 정중하게 초대했다. 맥베스가 보낸 살인자들이 밤에 궁전으로 가는 길을 지키고 있다가 뱅쿠오를 찔러 죽였다. 그러나 난투극 끝에 플리언스는 도피했다. 플리언스로부터 군왕들이 태어나, 훗날 스코틀랜드의 왕위를 차지하기 시작하여 스코틀랜드의 제임스 6세와 잉글랜드의 제임스 1세로 끝났다. 제임스 1세는 잉글랜드와 스코틀랜드의 왕위를 겸했다.

만찬 때, 지극히 정중하고 왕가의 기품을 보인 왕비는 우아하고 친절한 여주인의 면모를 보이며 참석자들의 환심을 샀다. 그리고 맥베스는 영주와 귀족

〈성대한 만찬〉, 스티븐 리드 (1873-1948)

들과 스스럼없이 이야기를 나누며, 친구 뱅쿠오가 참석했더라면 나라의 모든 고관 대작이 자기 지붕 아래 있을 텐데 그러질 못해 아쉽다고 했다. 그리고 차라리 뱅쿠오에게 무슨 불상사가 생겨 슬퍼하기보다 그의 무례한 결석을 책망하게 되었으면 좋겠다고 했다. 이 말을 마치자마자 자신이 살해하라고 시킨 뱅쿠오의 유령이 방에 들어와 맥베스가 막 앉으려는 의자를 차지하고 있었다.

맥베스는 대담한 사람이며 마귀의 얼굴이라도 떨지 않고 쳐다볼 수 있는 인물이었지만, 이 두려운 광경에 그의 뺨은 공포와 더불어 새하얗게 변했고, 그는 유령을 응시하며 정신나간 사람처럼 서 있었다. 왕비와 고관의 눈에는 아무것도 보이지 않고 다만 왕이 텅빈 의자를 응시하는 것이 보였는데, 정신 착란의 발작처럼 여겨졌다. 그녀는 남편을 질책하며, 덩컨을 죽이려 할 때 공중에 단검이 보이게 한 그 환영에 불과하다고 속삭였다. 그러나 맥베스는 계속 유령을 바라보며, 그들이 말하는 것에 아무런 관심을 기울이지 않고, 다만 산만한 말로 유령에게 이야기했다. 그러나 그 말은 너무 의미심장하였기에, 왕비는 두려운 비밀이 들통날까 두려워 황급히 손님을 내보내고 종종 맥베스가 병이 나서 허약해져 헛소리를 한다고 둘러댔다.

맥베스는 그와 같이 두려운 환상에 시달렸다. 왕비도 자면서 두려운 꿈에 시달렸다. 뱅쿠오의 피 못지않게 플리언스의 탈출도 그들을 더욱 괴롭게 했다. 플리언스가 자기네 자손을 왕위에 오르지 못하게 막을 왕조의 조상으로 보였다. 이 비참한 생각에 그들은 마음의 평화를 얻지 못했고, 맥베스는 다시금 마녀를 찾아 그들에게 최악의 결말을 알아보려고 결심했다.

그는 황야의 동굴에서 그들을 찾았다. 그곳에서 마녀들은 맥베스가 오는 것을 미리 알고 두려운 주문을 부르고 있었다. 그 주문으로 그들은 지옥의 영들을 불러내어 미래를 보여 달라고 할 참이었다. 그들의 무시무시한 재료는 두꺼비, 박쥐, 뱀, 도롱뇽의 눈, 개의 혓바닥, 도마뱀의 다리, 올빼미의 날개, 용의 비늘, 늑대의 이빨, 굶주린 상어의 위, 마녀의 미라, 독초의 뿌리(이는 밤에 뽑아야 효험이 있다), 염소의 쓸개즙, 유대인의 간, 그리고 무덤에 뿌리를 내린 주목나무의 조각, 죽은 아이의 손가락이었다. 이 모든 것을 커다란 솥에 넣어 달이는데, 솥을 급속히 뜨겁게 하여 개코원숭이의 피로 식혔다. 여기에다 마녀들은 자기 새끼들을 잡아먹은 암퇘지의 피를 부었다. 그리고 살인자의 교수대에서 짜낸 기름을 불길에 집어넣었다. 이 주문으로 그들은 지옥의 영들에게 자신들의 질문에 대답하게 했다.

마녀는 맥베스에게, 맥베스의 문제를 자기들이 풀어 주기를 바라는지, 자기들의 선생, 즉 영들이 풀어 주기를 바라는지 물었다. 그는 두려운 의식들을 눈으로 목도하고도 전혀 기가 꺾이지 않은 채로 담대하게 대답했다. "그들이 어디 있느냐? 내게 보여 다오."

그러자 그들은 세 환영을 불러냈다. 그리고 첫 번째 환영은 투구 쓴 모습을 등장했는데, 맥베스의 이름을 부르며 파이프의 영주를 조심하라고 경고했다. 그러자 맥베스는 그런 경고에 감사했다. 맥베스는 파이프의 영주 맥더프에게

"맥베스의 이름을 부르며 파이프의 영주를 조심하라고 경고했다."

질투심을 느꼈던 것이다.

그리고 둘째 환영이 피흘리는 아이의 모습으로 나타나 맥베스의 이름을 부르며 두려워하지 말고 사람의 권세를 웃어넘기라고 했다. 왜냐하면 여인이 낳은 자로서 맥베스를 해칠 권세를 가진 자가 없기 때문이었다. 그리고 그는 맥베스에게 잔인하고 대담하고 결연하라고 충고했다.

"그럼, 맥더프, 살아 있거라. 내가 너를 무서워할 필요가 무엇이냐? 그러나 돌다리도 두드리고 건너듯 확실하게 해 두어야겠다. 너를 죽여 버리겠다. 비겁한 공포심에게 속이지 말라고 호통치고, 천둥이 쳐도 잠을 잘 수 있게 말이다."

둘째 환영이 사라지자, 셋째 환영이 왕관을 쓰고 손에 나뭇가지를 든 아이의 모습으로 등장했다. 그는 맥베스의 이름을 부르며, 음모가 있더라도 개의치 말라며 그를 위로했고, 버넘의 숲이 던시네인의 높은 언덕을 넘어 맥베스를 치러 올 때까지 그가 결코 패배당하지 않을 것이라고 말했다. 맥베스는 소리쳤다.

"멋진 예언이로다, 좋아! 누가 숲을 떼어 내며, 땅에 뿌리박은 그 뿌리에서 나무들을 제거할 수 있으랴? 나는 천수를 다하며 횡사하지 않을 줄 안다. 그러나 한 가지 알고 싶은 것이 있어 내 심장이 떨리는도다. 말해 다오. 네 솜씨로 많은 말을 할 수 있거든, 뱅쿠오의 자손이 이 왕국에서 군림하게 될 것인가?"

그러자 솥이 땅 속으로 가라앉았고, 시끄러운 음악 소리가 들리며, 왕처럼 보이는 여덟 유령이 맥베스를 지나가는데, 마지막에 뱅쿠오가 나타났고 그 손에 더 많은 환영을 비춰 보여주는 거울을 들고 있었다. 온통 피투성이인 뱅쿠오는 맥베스에게 미소를 지으며 그들을 가리켰다. 맥베스가 보니 그들은 뱅쿠오의 후손들로서 자기 다음에 스코틀랜드를 다스릴 자임을 알았다. 그리고 마녀들은 부드러운 음악 소리와 더불어 춤을 추면서 맥베스에게 존경과 환대를 표시하며 사라졌다. 그리고 이때부터 맥베스의 머리에는 온통 잔인하고 두려운 생각뿐이었다.

마녀의 동굴을 빠져나올 때 그가 제일 먼저 들은 것은 파이프의 영주 맥더프가 잉글랜드로 도피하여 자신을 치러 오는 선왕의 장남 맬컴의 군대에 합류했으며, 그의 의도는 맥베스를 제거하고 합법적인 후계자 맬컴을 왕위에 세우는 것이었다. 맥베스는 솟구치는 격노에 발끈하여 맥더프의 성을 공격하고 영주가 남기고 간 그의 아내와 아이들을 죽였으며 맥더프와 조금이라도 관계있는 모든 자를 학살했다.

이와 같은 행위 때문에 주요 귀족들의 마음이 그를 떠났다. 그들은 할 수 있는 대로 도피하여, 잉글랜드에서 육성한 강력한 군대를 데리고 다가오는 맬컴과 맥더프에게 합류했다. 그리고 남아 있는 자들도 속으로 그들의 군대가 승리하기를 바랐다. 물론 맥베스가 두려워 적극적인 행동을 취할 수는 없었지만 말이다. 맥베스의 신병 모집은 더디게 움직였다. 모든 사람이 폭군을 미워했다. 그를 사랑하거나 존경하는 이가 전혀 없었고, 모두가 그를 백안시했다. 그리고 그는 자기의 극악한 모반에 목숨을 잃고 무덤에서 곤히 잠들고 있는 덩컨의 처지를 부러워하기 시작했다. 칼이나 독이나, 국내의 살인자나 외국의 군대가 더 이상 그를 해칠 수 없었던 것이다.

이런 일들이 진행되고 있을 때, 맥베스의 사악한 모의에 유일하게 참여했고 밤마다 두려운 꿈에 시달리는 남편을 이따금씩 위로하던 왕비가 죄책감과 사람들의 미움을 견딜 수 없어 자살했다. 이 사건으로 맥베스는 혼자가 되었고, 그를 사랑하거나 보살필 사람도 없고 사악한 목적을 터놓고 이야기할 수 있는 친구도 없었다.

맥베스는 점점 되는 대로 살았고 죽기를 바랐다. 그러나 맬컴의 군대가 가까이 다가오자 그의 마음에 이전의 용기가 솟아올라서, 그는 "등에 갑옷을 지고" 죽기를 결심했다. 이밖에도 마녀들의 공허한 약속에 그의 마음이 부풀어 올랐다. 여인이 낳은 자로서 그를 해칠 자가 없으며, 그의 생각에 도무지 있을 수 없는, 버넘의 숲이 던시네인으로 올 때까지 결코 패배당하지 않을 것이라는 환영들의 말이 기억났다. 그래서 그는 성에 갇혀 지냈다. 난공불락의 성은 포위 공격에도 아랑곳하지 않을 듯이 보였다. 여기서 그는 언짢은 심정으로 맬컴의 접근을 기다렸다. 하루는 전령이 와서는 공포에 얼굴이 창백해지고 몸을 떨면서 자신이 본 것을 차마 보고하지 못했다. 그가 말하기를, 언덕에서 경계를 보면서 버넘 쪽을 바라보는데 숲이 움직이는 것처럼 보이더라는 것이었다.

"거짓말쟁이 같으니! 네가 거짓말을 한다면, 옆의 나무에 산 채로 매달아 굶어 죽게 할 것이다. 네 말이 맞다면 네가 나를 그렇게 해도 개의치 않겠다." 왜냐하면 이제 맥베스는 결심이 흔들거리고 환영의 모호한 말을 의심하기 시작했기 때문이다. 그는 버넘 숲이 던시네인으로 올 때까지 두려워할 필요가 없었다. 그러나 이제 숲이 움직였다. "하지만 그가 보고하는 이 사실이 정말이라면, 무장하고 나가자. 피할 수도 지체할 수도 없다. 이젠 태양을 보기도 지쳤고 내 생명도 끝나기를 바란다." 그는 이처럼 자포자기의 말을 던지고 성으로 다가오는 포위 군대들에게로 출격했다.

전령에게 숲이 움직이는 듯이 보이게 한 이 이상한 일은 쉽게 납득되었다. 공격하는 군대가 버넘 숲을 거쳐 행진할 때, 맬컴은 유능한 장군처럼 군사들에게 각자 가지를 잘라 앞에 들라고 지시했다. 그리하여 자기 군대의 수를 감추려 했던 것이다. 가지를 든 군사들이 행진하는 모습은 멀리서 보던 전령에게 놀라운 광경이었다. 그래서 환영의 말은, 맥베스가 이해한 것과 다른 의미로 이루어졌으며, 그의 야무진 희망은 사라졌다.

그리고 이제 살벌한 충돌이 벌어졌다. 맥베스는 겉으로는 자기 친구들이라 하지만 실제로는 폭군을 미워하고 맬컴과 맥더프 편이었던 자들로부터 별달리 지원받지 못했지만, 고군분투하며 용맹하게 전쟁을 벌여 자신을 대적하던 자들을 칼로 베었고, 그러다가 맥더프가 싸우고 있는 곳에 이르게 되었다. 맥더프를 보자 누구보다 맥더프를 피하라는 환영의 경고를 기억하고 맥베스는 몸을 돌이켰지만, 전투 내내 맥베스를 찾았던 맥더프는 그가 몸을 돌이키는 것을 막고 격렬한 싸움을 벌였다. 맥더프는 아내와 자식들을 죽였다며 맥베스에게 입에 담지 못할 비난을 퍼부었다. 이미 맥더프 가문의 피로 그 마음이 우울했던 맥베스는 싸움을 회피하려 했다. 그러나 맥더프는 맥베스를 폭군, 살인자, 지옥의 개, 악당이라 부르며 싸움을 촉구했다.

그러자 맥베스는 여인에게 난 자 가운데 자기를 해칠 자가 없다는 환영의 말을 기억했다. 그리고 확신에 찬 웃음을 띠며 맥더프에게 말했다. "결국 헛수고야, 맥더프. 공중에 칼자국을 낼 수 있는 예리한 칼로 베면 몰라도 이 몸에는 칼이 들어가지 않아. 내 생명은 마력이 들어 있어서 여자에게 태어난 자에게 절대 굴복하지 않는다."

"그따위 마력은 단념해. 네가 모시던 거짓말쟁이 환영들에게 물어봐. 이 맥더프는 보통 사람과 달리 여자에게 태어난 자가 아니야. 달이 차기 전에 어머니 배를 가르고 나온 사람이야."

마지막 남은 희망마저 사라지는 것을 느낀 맥베스는 떨며 말했다. "내게 그따위 말을 던지는 혀는 저주나 받아라. 마녀와 홀리는 환영의 모호한 거짓말을 믿지 않으리. 이중의 의미를 가진 말로 우리를 속이며, 말로는 약속을 지키지만 다른 뜻을 숨기고서 결국 우리의 소망을 무너지게 하는구나. 나는 너와 싸우지 않겠다."

맥더프가 조소하며 말했다. "그러면 살려 줄 테니 항복하라. 괴물 구경시키듯, 네 모습을 사람들에게 보이고 '여기 폭군을 보라'고 써 붙이겠다."

절망 가운데서 다시 용기를 찾은 맥베스가 말했다. "절대 항복 못해. 풋내기 맬컴의 발 앞에 엎드리며 오합지졸의 저주에 괴롭힘을 당하고는 살지 않겠다. 버넘 숲이 던시네인에 오고, 여인이 낳지 않았다는 네가 나를 대적할지라도 최후의 힘까지 쏟아 보겠다.”

　맥베스는 이처럼 미치광이 소리를 내뱉으며 맥더프에게 덤볐고, 맥더프
는 살벌한 싸움 끝에 결국 맥베스를 누르고 그의 머리를 잘라 그것을 젊은 합
법적인 왕 맬컴에게 선물로 바쳤다. 맬컴은 찬탈자의 음모로 오랫동안 빼앗
긴 통치권을 되찾고, 귀족과 백성들의 환호 속에 온유왕(溫柔王) 덩컨의 왕위
에 올랐다.

제2부

셰익스피어 5대 희극

5. 베니스의 상인

샤일록이라는 유대인이 베니스에 살고 있었다. 그는 고리대금업자로, 기독교도 상인들에게 큰 이자를 받고 돈을 빌려주어 막대한 재산을 긁어모았다. 샤일록은 냉혹한 사람이라서 빌려준 돈을 어찌나 모질게 받아 내는지, 선량한 사람치고 그를 미워하지 않는 이가 없었고, 특별히 베니스의 젊은 상인 안토니오가 그를 미워했다. 샤일록도 못지않게 안토니오를 미워했다. 왜냐하면 안토니오는 곤경에 처한 사람들에게 돈을 빌려주지만 절대 이자를 받지 않았던 것이다. 그러므로 이 탐욕스러운 유대인과 관대한 상인 안토니오는 서로 적개심이 불타 있었다. 안토니오는 리알토(상업 중심지)에서 샤일록을 만날 때마다, 그의 고리대금업과 냉혹한 처사를 질책하곤 했다. 유대인 샤일록은 겉으로는 꾹 참고 지냈지만, 속으로는 복수를 계획하고 있었다.

안토니오는 누구보다 친절하고, 여건이 좋았고, 호의를 베푸는 일에 둘째가라면 서러워할 사람이었다. 사실 그는 이탈리아에 살았던 그 누구보다 고대 로마의 명예를 대표하는 인물이었다. 그는 모든 시민들에게 크게 사랑받았다. 그러나 그가 가장 친근하고 소중히 여기는 친구는 베니스의 귀족 바사니오였다. 재산이 별로 없는 높은 신분의 젊은이들이 대개 그렇듯이, 바사니오는 물려받은 재산이 별로 없는데도 너무 사치스럽게 생활하는 바람에 얼마 안 되는 재산마저 바닥나게 되었다. 바사니오가 돈이 필요할 때면, 안토니오는 언제나 그를 도왔다. 마치 그들은 한 마음, 한 지갑인 듯 보였다.

하루는 바사니오가 안토니오에게 와서 자기가 끔찍이 사랑하는 아가씨와 결혼하여 재산을 회복하고자 한다고 말했다. 아가씨의 부친은 최근에 죽었고 유일한 상속녀에게 많은 재산을 남겼다. 그리고 아가씨의 아버지가 살아 생전에, 바사니오는 아가씨의 집을 들락거리면서 아가씨로부터 눈짓으로 무언의 메시지를 때때로 받았다고 생각했다. 말하자면 그를 구혼자로서 환영한다는 메시지였다. 하지만 바사니오는 그렇게 부유한 상속녀의 사랑을 받을 만하게 자신을 꾸밀 만한 돈이 없으니, 그간 수많은 호의를 입었지만 이번에 삼천 더커트를 빌려 달라고 부탁했다.

마침 안토니오는 친구에게 빌려줄 돈이 없었다. 그러나 곧 선박이 물건을 싣고 올 것을 예상하고 그는 부유한 대금업자 샤일록에게 가서 선박을 저당잡히고 돈을 빌리려 했다.

안토니오와 바사니오는 함께 샤일록에게 갔고, 안토니오가 유대인에게 요구하는 이자를 얼마든지 낼 테니 삼천 더커트를 빌려주면 선박으로 싣고 오는 물건으로 갚겠다고 했다. 그러자 샤일록은 속으로 이렇게 생각했다. '나한테 약점만 잡혀 봐라. 쌓이고 쌓인 원한을 원없이 갚아 주겠다. 그는 우리 유대 민족을 미워해. 공짜로 돈을 빌려주면서 상인들에게 나를, 내 장사를 조롱하지. 이자놀이라 부르면서. 내가 그를 용서하면 나의 종족이 저주를 받으리!'

안토니오는 그가 속으로 깊이 생각하고 대답하지 않는 데다 돈이 궁하고 보니 이렇게 말했다. "샤일록 씨, 내 말을 듣는 거요? 돈을 빌려 주겠소?"

이 질문에 유대인 샤일록은 이렇게 대답했다. "안토니오 씨, 리알토에서 나의 재산과 고리대금업을 두고 나를 비난하던 일이 얼마나 많았습니까. 그러나 나는 어깨를 으쓱대며 그걸 참았죠. 인내는 우리 민족의 상징이죠. 당신이 나를 불신자니, 살인자니 부르며 유대 의복에 침을 뱉고, 도둑개 쫓듯 발길질을 하며 나를 쫓아 버리더니 이제 내 도움이 필요하신 모양이구려. 그래서 내게 와서는 샤일록 내게 돈 좀 빌려주오 하고 말씀하시는 모양이죠. 개에게 무슨 돈이 있겠소? 도둑개가 삼천 더커트를 빌려줄 수 있겠소? 지난 수요일에 내게 침 뱉고, 또 언젠가는 나를 개라고 부르고, 이제 이런 예의를 받았는데 고개 숙여 돈을 빌려드리이다 하고 말하란 말씀이오?"

안토니오가 대답했다. "이후로도 당신을 그렇게 부르고 다시 침뱉고 다시 발길질할 거요. 당신이 내게 이 만한 돈을 빌려주면, 친구에게 빌려주듯 내게 빌려주지 말고 원수에게 빌려주듯 빌려주시오. 말하자면 내가 계약을 위반할 경우 떳떳이 위약금을 받을 수 있을 거요."

"아니 왜 그리 야단법석이오! 난 댁하고 사귀고 당신의 호의도 받고 그간 내게 퍼부은 모욕을 잊으려 합니다. 당신에게 필요한 것을 대 드리고 이자는 받지 않겠소."

친절해 보이는 이 제안을 받고 안토니오는 크게 놀랐다. 그런 다음 샤일록은 여전히 친절한 척하며 자신이 바라는 것은 안토니오의 호의뿐이며 삼천 더커트를 아무런 이자 없이 빌려주겠다고 했다. 다만 안토니오는 샤일록과 함께 변호사에게 가서 농담 삼아 증서에 서명하면 그만이었다. 증서 내용은, 만일 정해진 날에 돈을 되갚지 않으면 안토니오의 몸에서 샤일록이 원하는 부위의 살 한 파운드를 자르겠다는 것이다.

안토니오는 말했다. "좋소. 이 증서에 서명하겠소. 유대인도 무척 친절하군."

바사니오는, 안토니오에게 그런 증서에 서명하지 말라고 말했다. 그러나 안토니오는 서명하겠다고 우겼다. 왜냐하면 돈 갚는 날이 돌아오기 전에 자신의 선박들이 그 돈보다 여러 배의 물건을 싣고 돌아올 것이기 때문이었다.

샤일록은 이 이야기를 듣고는 이렇게 소리쳤다. "아이고, 아브라함 아버지, 이 기독교도들이 왜 그리 의심이 많으신가요! 자기네 거래가 까다로우니 다른 사람의 생각을 의심하려 드는 모양이군. 바사니오 씨, 한 마디 물어보겠습니다. 안토니오 씨가 계약을 위반한다 해도, 위약금 청구를 통해 내가 무엇을 얻겠습니까? 남자 몸에서 떼어 낸 살 일 파운드는 양고기나 소고기보다 가치 있고 유익하지 않습니다. 그의 호의를 얻기 위하여 이 우정의 제안을 하는 겁니다. 제안을 받으시면 좋고, 싫으면 하는 수 없죠."

마침내, 유대인의 온갖 친절한 말에도 불구하고 친구가 이 충격적인 벌칙을 떠안는 것을 좋지 않게 생각한다는 바사니오의 충고를 무릅쓰고, 안토니오는 (유대인 샤일록이 말한 것처럼) 그저 재미 삼아 하는 장난이라고만 생각하고 증서에 서명했다.

바사니오가 결혼하고자 하는 부유한 상속녀는 베니스 근처 벨몬트라는 곳에 살았다. 그녀의 이름은 포샤였으며, 인품이나 지성에서 카토의 딸이자 브루투스의 아내인 포샤에게 뒤질 게 없는 여인이었다.

바사니오는 목숨을 담보로 한 친구 안토니오의 크나큰 친절로 돈을 얻어 화려한 행렬을 꾸미고 그라시아노라는 시동을 대동하고 벨몬트로 출발했다.

바사니오는 구혼에 성공했고, 포샤는 곧 그를 남편으로 받아들이겠다고 했다. 바사니오는 자기에게 재산이 없으며 자랑할 수 있는 것이라곤 높은 신분과 귀족 조상들뿐이라고 고백했다.

바사니오의 훌륭한 자질 때문에 그를 사랑했고 남편될 사람에게서 재산의 많고 적음을 살필 필요가 없을 정도로 부유한 그녀는 얌전하고 소박하게, 바사니오에게 어울릴 만큼 천 배나 더 예쁘고 만 배나 더 부유했으면 좋겠다고 대답했다. 그런 다음 세련된 포샤가 자신을 상당히 낮추어 말하고, 배우지 못하고 학식도 없고 경험도 없지만 젊으니 배울 수 있으며 온유한 심정으로 모든 일에 남편의 지도와 다스림을 받겠다고 말했다.

그리고 이렇게 말했다. "제 자신과 제게 속한 것은 당신 것이 되었어요. 그러나 바사니오 님, 이제까지는 제가 이 멋진 집의 주인이고, 제 자신의 여왕이며, 이 종들을 부리는 여주인이었지만, 이제 이 집과 이 종들과 저 자신이 당신 것이에요. 나의 주인님. 이 반지와 더불어 모두 드리겠어요." 그러면서 바사니오에게 반지를 주었다.

바사니오는 부유하고 고결한 포샤가 무일푼의 남자를 남편으로 맞이하면서 보여 준 우아한 태도를 보고 감사와 경이에 압도되어, 자신을 그토록 존귀하게 대한 여인에게 사랑과 감사의 말을 제대로 잇지 못하고 그저 기쁨과 경의를 표할 수밖에 없었다. 그는 그녀에게서 반지를 받고 그것을 결코 잃어버리지 않겠다고 맹세했다.

포샤가 바사니오에게 순종하는 아내가 되겠다고 얌전하게 약속할 때 바사니오의 하인 그라시아노와 포샤의 시녀 네리사는 주인과 마님의 시중을 들고 있었다. 그리고 그라시아노는 바사니오와 인자한 숙녀에게 기쁨이 넘치기를 바라면서 같은 날 결혼할 수 있도록 허락을 구했다.

"자네가 아내를 얻을 수 있다면 내 기꺼이 허락하겠네" 하고 바사니오가 말했다.

그러자 그라시아노는 포샤의 시녀인 네리사를 사랑하며, 여주인이 바사니오와 결혼하면 네리사가 아내가 되어 주겠다고 약속했노라고 말했다. 포샤가 그게 사실이냐고 물었다. 그러자 네리사가 대답했다. "아가씨가 허락해 주신다면 그렇게 하겠어요."

포샤가 기꺼이 동의한다고 하자, 바사니오는 즐겁게 말했다. "그러면 우리의 결혼 잔치가 그라시아노 자네의 결혼으로 더욱 빛나겠군."

이 연인들의 행복은 한 심부름꾼의 등장으로 갑자기 슬픔으로 바뀌었다. 그는 두려운 소식이 담긴 안토니오의 편지를 가져왔다. 바사니오가 안토니오의 편지를 읽을 때, 남편의 소중한 친구가 죽은 소식일까 두려워했다. 그의 표정이 너무도 창백했던 것이다. 그래서 그를 그토록 괴롭게 만든 소식이 무엇이냐고 물었더니, 바사니오가 대답했다.

"아, 포샤. 여기 이 편지에 쓰인 글만큼 달갑지 않은 말은 없을 거요. 포샤, 처음에 그대에게 사랑을 고백했을 때, 솔직히 말했듯이 내 혈관에 흐르는 피가 내 전재산이었소. 그러나 그것만이 아니라 사실 빚을 지고 있었던 것을 말해야 했는데, 그러지 못했구려."

그런 다음 바사니오는 자신이 안토니오의 돈을 빌린 일이며, 안토니오가 유대인 샤일록에게 돈을 꾼 것이며, 안토니오가 정해진 날에 돈을 갚지 못하면 살 1파운드를 잘라 준다는 증서에 서명한 일을 이야기했다. 그런 다음 바사니오는 안토니오의 편지를 읽어 주었다. 이런 글이었다.

"친애하는 바사니오. 나의 배들이 모두 난파당하고 그 유대인에게 쓴 증서 역시 기한을 넘겨 버렸네. 이 증서의 내용대로 이행되면 나는 살 수 없을 테니 죽기 전에 자네를 볼 수 있으면 좋겠네. 그러나 자네의 형편대로 하게. 나를 사랑하는 줄 알지만 형편이 여의치 못하면 내 편지는 신경 쓰지 말게."

"여보, 모든 일을 처리하고 곧 떠나세요. 그 돈의 이십 배 되는 돈이라도 드릴 게요. 이 친절한 친구가 바사니오 님의 잘못으로 머리카락 한 올도 잃지 않도록 말이에요. 비싼 대가를 치르고 당신을 얻었으니 당신을 그만큼 사랑하겠어요."

그런 다음 포샤는 바사니오가 떠나기 전에 결혼식을 치르고 돈에 대한 법적 권리증을 주고 싶다고 말했다. 그리고 그날 그들은 결혼했고, 그라시아노도 네리사와 결혼했다. 바사니오와 그라시아노는 결혼한 즉시 베니스로 쏜살같

〈포샤〉, 찰스 에드워드 페루기니 (1839~1918)

이 떠났다. 거기서 바사니오는 감옥에 갇힌 안토니오를 만났다.

잔인한 유대인 샤일록은 지급 기일이 지나갔기 때문에 바사니오가 주겠다는 돈을 받지 않으려 했고, 안토니오의 살 1파운드를 갖겠다고 우겼다. 베니스 공작 앞에서 이 충격적인 사건을 심리할 날이 정해졌고, 바사니오는 재판 날을 두려움과 초조함 가운데서 기다렸다.

포샤는 남편과 헤어졌을 때 남편에게 친구분과 같이 돌아오라고 했다. 그러나 그녀는 안토니오의 사정이 나빠지지 않았을까 걱정했고, 혼자 남게 되자 바사니오의 친구의 생명을 구하는 데 어떻게든 도움이 될 수 있지 않을까 혼자서 궁리하기 시작했다. 그리고 바사니오를 존중하여 온유하고 아내다운 덕을 발휘해서 모든 일에 남편의 뛰어난 지혜의 다스림을 받겠노라고 말했지만, 이제 훌륭한 남편의 친구가 위태로워져 조치를 취해야만 되겠으므로 자신의 힘을 믿고 다만 자신의 참되고 온전한 판단을 따라 즉시로 베니스로 가서 안토니오를 변호해야겠다고 생각했다.

포샤에게는 변호사로 지내는 친척이 있었다. 벨라리오라는 이 신사에게 그녀는 편지를 통해, 사건의 진상을 알려 주며 그의 의견을 바랐다. 그리고 조언과 아울러 변호사복을 보내 달라고 했다. 심부름꾼이 돌아와서, 벨라리오로부터 어떻게 재판을 진행할 것인지에 관한 조언이 담긴 편지를 받아 왔고 또한 그녀가 준비하는 데 필요한 모든 것을 받아 왔다.

포샤와 시녀 네리사는 남장을 했고, 포샤는 변호사복을 입고 네리사를 서기로 대동했다. 그리고 즉시 출발하여 재판 당일에 베니스에 도착했다. 의사당에서 소송 사건을 공작과 베니스의 원로들 앞에서 막 심리하고 있었는데, 포샤가 재판정에 들어서서 벨라리오의 편지를 제시했다. 편지는 박식한 변호사가 공작에게 쓴 것으로, 자신이 참석하여 안토니오를 위한 변론을 맡으려 하였으나 질병으로 참석할 수 없으니 박식한 젊은 박사 발타자가 대신 변론을 받아 줄 수 있게 해 달라는 내용이었다. 공작은 이 낯선 사람의 젊은 용모에 적잖게 놀라며 이를 수락했다. 발타자는 변호사복과 큰 가발로 그럴 듯하게 변장했다.

그러자 이 중요한 재판이 시작했다. 포샤는 주위를 두리번거리며 무자비한 그 유대인을 보았다. 그리고 바사니오를 보았다. 그러나 그는 변장한 그녀를 알아 보지 못했다. 그는 친구를 위한 고뇌와 두려움으로 고통하며 안토니오 옆에 서 있었다.

포샤는 이 힘든 일의 중요성을 알기 때문에 연약한 여성이지만 용기를 얻었고, 그래서 맡은 일을 담대하게 처리해 나갔다. 먼저 그녀는 샤일록에게 말했다. 베니스 법률에 따라 샤일록이 증서에 기록된 벌금을 얻을 권리가 있음을 인정하면서, 또한 자비의 고결한 자질에 대하여 친절하게 이야기했다. 감정이라곤 없는 샤일록 외에 누구라도 그 말에 마음이 부드러워졌을 것이다. 그 자질은 하늘에서 내리는 부드러운 비와 같이 땅에 떨어지며, 이중적인 축복으로 그것을 베푸는 자에게 복을 줄 뿐만 아니라 받는 자에게도 복을 주며, 하느님의 속성이므로 왕관보다도 군주에게 더 어울린다고 말했다. 그리고 지상의 권력은 자비로 정의를 부드럽게 하는 정도만큼 하느님의 권력에 가까워진다고 했다. 그런 다음 포샤는 샤일록에게, 우리가 자비를 베풀어 달라고 기도할 때 그 기도가 자비를 베풀 것을 우리에게 가르친다는 점을 기억하라고 말했다.

하지만 샤일록은 증서에 정해진 벌칙대로 해줄 것을 원한다고 대답할 뿐이었다. "그가 그 돈을 갚을 수 없소?" 하고 포샤가 물었다. 그러자 바사니오가 그 유대인이 원한다면 삼천 더커트의 몇 갑절이라도 갚겠다고 했다. 샤일록은 이를 거부하고 여전히 안토니오의 살 1파운드를 달라고 우겼고, 바사니오는 박식한 젊은 변호사에게 안토니오의 생명을 구하기 위하여 법을 조금 굽혀 달라고 간청했다.

그러나 포샤는 근엄하게 대답하기를, 법률이 일단 세워졌으면 결코 변경될 수 없다고 했다. 샤일록은 법률이 결코 변경될 수 없다는 포샤의 말을 들고 그녀가 자기편을 들고 있다고 여겨 이렇게 말했다. "다니엘 같은 분이 이 재판장에 오셨도다! 지혜로운 젊은 재판관님, 나이는 젊으신데 참으로 훌륭하십니다."

포샤는 샤일록에게 차용증서를 보여 달라고 했다. 그리고 증서를 읽고는 이렇게 말했다. "이 증서는 기한이 지켜지지 않았습니다. 그리고 이로써 이 유대인은 합법적으로 안토니오의 심장에서 가장 가까운 부분의 살 1파운드를 요구할 수 있습니다."

그런 다음 샤일록에게 말했다. "하지만 자비를 베푸시오. 돈을 가지고 가고 나에게 이 증서를 찢어 버리게 하시오." 그러나 잔인한 샤일록은 자비를 보이지 않으려 했다.

그리고 샤일록은 이렇게 말했다. "내 영혼을 걸고 맹세하건대, 사람의 말로 나의 마음을 바꿀 자는 없어요."

포샤가 말했다. "그러면 안토니오, 당신의 가슴에 칼을 받을 준비나 하시오."

그리고 샤일록이 살을 베려고 긴 칼을 열심히 갈고 있을 때, 포샤가 안토니오에게 말했다. "무슨 할 말이 없소?"

안토니오는 조용히 체념하며 할 말이 별로 없다고 하며 죽을 준비를 했다. 그러자 그는 바사니오에게 말했다. "악수하세, 바사니오. 잘 있게. 내가 자네 때문에 불행을 당했다고 슬퍼하지 말게. 자네 부인에게 나를 좋게 말해 주게. 그리고 내가 자네를 얼마나 사랑했는지 이야기해 주게."

바사니오는 깊은 괴로움 가운데서 이렇게 대답했다. "안토니오, 나는 생명만큼 소중한 아내와 결혼했네. 그러나 나의 아내와 온 세상이 내게는 자네 생명보다 귀하지 않네. 자네를 구할 수만 있다면 모든 것을 잃어버려도, 여기 악마에게 주어 버려도 좋겠네."

"안토니오, 당신의 가슴에 칼을 받을 준비나 하시오." ─ 아르튀스 샤이너

이 말을 들은 포샤는, 친절한 마음을 가진 여자로서 안토니오와 같은 참된 친구에 대한 사랑을 이처럼 강력한 말로 표현하는 남편의 말에 전혀 상심하지 않았지만 이런 말은 하지 않을 수 없었다. "당신의 아내가 여기 참석하여 이런 말을 들으면 별로 달가워하지 않을 거요."

그러자 주인을 본받기를 좋아했던 그라시아노는 바사니오처럼, 포샤 옆에서 서기 복장을 하고 글을 쓰고 있는 네리사가 듣는 데서 "내게는 사랑한다고 단언할 수 있는 아내가 있어요. 하늘에 올라가 이 잔인한 유대인의 성질을 바꿔 달라고 탄원할 수만 있다면 그녀가 하늘에 있기를 바랄 것입니다"라고 말했다.

그러자 네리사가 말했다. "부인 없는 데서나 말하시지요. 괜히 가정에 평지풍파 일으키지 말고."

이제 샤일록은 더 이상 참지 못하고 소리쳤다. "시간 낭비하지 맙시다. 판결을 선언해 주시기 바랍니다."

그러자 법정 안의 모든 사람은 두려운 일이 일어날 것만 같았고, 모든 사람의 마음은 안토니오에 대한 슬픔으로 가득했다.

포샤가 살의 무게를 달 저울이 준비되었느냐고 묻고 그 유대인에게 말했다. "샤일록 씨, 그가 죽지 않도록 의사를 대동하셔야 합니다."

안토니오를 피흘려 죽이는 데만 정신이 팔린 샤일록은 "증서에는 그런 게 기록되어 있지 않습니다" 하고 말했다.

포샤가 대답했다. "증서에 그렇게 기록되어 있지 않습니다만, 그게 대체 무슨 짓입니까? 그만큼 자선을 베풀면 좋을 텐데."

이 말을 듣고 샤일록은 이렇게밖에 말하지 못했다. "내 눈에 그게 보이지 않습니다. 증서에 없잖습니까?"

"안토니오 씨의 살 1파운드는 당신 것이오. 법률이 그것을 허락하며 법정도 그것을 인정하오. 그러니 당신은 그의 가슴 부위에서 살을 잘라 낼 수 있소. 법률이 그것을 허락하며 법정도 그것을 인정하오."

다시금 샤일록은 소리쳤다. "지혜롭고 공정한 재판장님이십니다요! 다니엘 같은 재판장님이십니다."

그러자 그가 다시 긴 칼을 날카롭게 갈고 안토니오를 뚫어지게 보며 말했다.

"자, 각오하시오."

"잠시 기다리시오. 남은 게 있소. 여기 이 증서에 따르면 당신은 피 한 방울도

"지혜롭고 공정한 재판장이십니다요!"
―찰스 폴카르드

흘리지 말아야 하오. 증서의 기록은 분명히 '살 1파운드'라고 되어 있소. 만일 살 1파운드를 자를 때 기독교도의 피를 한 방울이라도 흘리는 날에는 당신의 땅과 재산은 법률에 의하여 베니스 시에 몰수될 것이오."

샤일록으로서는 안토니오의 피를 흘리지 않고 살 1파운드를 결코 자를 수 없는 노릇이었다. 증서에 기록된 것이 살이지 피가 아니라는 포샤의 이 지혜로운 발견으로 안토니오는 생명을 건졌다. 그리고 모든 사람이 이 묘책을 생각해 낸 젊은 변호사의 경이로운 지혜에 탄복했고, 법정은 온통 박수 갈채로 울려 퍼졌다. 그리고 그라시아노는 샤일록의 말을 따서 이렇게 소리쳤다. "지혜롭

〈샤일록과 젊은 변호사〉, 1922, 엘리자베스 그린 엘리엇

고 공정한 재판장님이시도다. 봐라 이 유대인아, 다니엘 같은 재판장님이시다."

샤일록은 자기의 잔인한 의도가 실패한 것을 발견하고 실망스러운 표정으로, 빌려준 돈을 받겠다고 말했다. 그리고 바사니오는 예기치 않게 안토니오가 생명을 건진 것을 너무도 기뻐하며 소리쳤다.

"여기 돈 있소!"

그러나 포샤가 가로막으며 말했다. "잠깐. 서두를 것 없소. 저 유대인은 위약금을 받을 수 없소. 그러니 샤일록 씨, 살을 벨 준비를 하시오. 물론 피를 흘리지 않도록 주의하시오. 더도 말고 덜도 말고 꼭 1파운드를 자르시오. 조금이라도 차이가 나면, 아니 1파운드보다 머리카락 한 올의 무게라도 차이가 나는 날에는 베니스의 법률에 의하여 당신은 죽게 되고 당신의 모든 재산은 원로원에 몰수되오."

"원금만 받고 가게 해주십시오" 하고 샤일록이 말했다. 그러자 바사니오가 "여기 있으니 받으시오" 하고 말했다.

샤일록이 돈을 받으러 가려 하자, 포샤가 그를 막고 말했다. "잠깐 기다리시오, 유대인. 또 한 가지 적용할 조항이 있소. 베니스의 법률에 따르면, 당신의 재산은 국가에 몰수되었소. 왜냐하면 시민의 생명을 해치려고 모의했기 때문이오. 그리고 당신의 생명은 공작님의 손에 달려 있소. 그러므로 무릎을 꿇고 공작님께 용서를 비시오."

그러자 공작이 샤일록에게 말했다. "우리 기독교도의 정신이 뛰어나다는 것을 알도록, 네가 구하기 전에 내가 네 생명을 살려 주겠다. 네 재산의 절반은 안토니오에게, 나머지 절반은 국가에 귀속된다."

그러자 관대한 안토니오는, 샤일록이 사망한 후에 그 딸과 사위에게 그 재산을 넘겨준다는 유언증서에 서명한다면 그 몫을 포기하겠다고 말했다. 왜냐하면 그 유대인에게 무남독녀가 있는데 최근에 아버지의 반대를 무릅쓰고 안토니오의 친구인 로렌조라는 젊은 기독교도와 결혼한 일이 있어 샤일록이 노발대발하며 딸에게 재산을 상속하지 않겠다고 한 것을 알고 있었기 때문이다.

유대인은 거기에 동의했다. 그래서 복수도 실패하고 재산도 빼앗긴 그는 이렇게 말했다. "소생이 불편하니 집으로 돌아가게 해주십시오. 나중에 유언증서를 보내 주시면 재산 절반을 딸에게 상속하겠다고 서명하겠습니다."

"그럼 물러가라. 그리고 서명하도록 하라. 네 잔인함을 뉘우쳐 기독교도가 된다면, 국가는 나머지 절반의 벌금도 돌려 줄 것이다."

이제 공작은 안토니오를 놓아주었고 재판을 마쳤다. 그런 다음 그는 젊은 변호사의 지혜와 재주를 높이 칭송하며, 저녁 식사에 초대했다. 남편보다 먼저 벨몬트로 돌아가려 했던 포샤는 대답했다. "공작님의 은덕에 황송합니다만, 곧장 가지 않으면 안 됩니다."

공작은 함께 지내며 식사를 나누지 못해 섭섭하다고 말했다. 그리고 안토니오를 보며 말했다. "이 신사분에게 보답하라. 내 생각에는 그대가 이 신사분에게 큰 빚을 진 것 같다."

공작과 원로원 의원들이 법정을 떠났다. 그런 다음 바사니오가 포샤에게 말했다. "지극히 훌륭한 신사분, 저와 제 친구 안토니오는 당신의 지혜로 오늘 가혹한 벌칙에서 벗어났습니다. 그러니 저 유대인에게 주어야 할 삼천 더커트를 받아 주시기 바랍니다."

"그리고 우리는 그 이상으로 성심을 다하여 영구히 신세를 갚아야 할 사람들이죠." 하고 안토니오가 말했다.

포샤는 돈을 받겠다고 하지 않았지만, 바사니오가 보답할 수 있도록 해 달라고 재촉하니 이렇게 말했다. "당신의 장갑을 주시오. 당신을 위하여 장갑을 끼고 다니겠소." 그런 다음 바사니오가 장갑을 벗어 주자, 그녀는 바사니오의 손가락에서 자신이 준 반지를 발견했다. 이제 꾀많은 부인은 장갑보다 그 반지를 달라고 하고 싶었다. 그리고 그 반지를 보고 이렇게 말했다. "그리고 당신의 기념물로 그 반지를 받고 싶소."

바사니오는 변호사가 결코 잃어버려서는 안 되는 물건을 자기에게 구하기 때문에 마음이 무척 아팠다. 그리고 매우 당혹해하며 그 반지는 아내가 준 선물이며 결코 잃어버리지 않겠다고 맹세했기 때문에 줄 수 없다고 대답했다. 그러나 베니스에서 가장 고귀한 반지를 구해서 드리겠고 광고를 해서라도 찾아내겠다고 했다. 이 말을 듣고 포샤는 모욕당한 체하고 법정을 떠나면서 말했다. "거지가 어떻게 대접받는지를 가르쳐 주시는군요."

"바사니오, 반지를 그분께 드리게. 부인에게는 불쾌한 일이겠지만, 그분이 나를 살려준 큰 공로와 나의 우정을 생각해 주게." 바사니오는 너무 배은망덕한 짓을 한 것 같아 수치스러워하며 안토니오의 뜻에 따라 그라시아노 편으로 포샤에게 반지를 전해 주었다. 네리사도 그라시아노에게 반지를 주었었는데, 그녀도 그라시아노에게 그 반지를 요구했고, 그라시아노는 (관대한 면에서 주인에게 뒤지기 싫어서) 반지를 그녀에게 주었다. 그리고 두 여인은 집에 도착하면 남편들에게 반지를 잃어버린 일을 질책하고 그들이 그것을 다른 여인에게 선물로 준게 아니냐고 다그칠 생각에 웃음을 터트렸다.

포샤는 집에 다다랐을 때 좋은 일을 했다는 생각에 마음이 흡족한 상태였다. 그녀의 쾌활한 마음은 무엇을 보든지 즐거웠다. 달은 그 어느 때보다 밝게 비취는 듯했다. 쾌적한 달이 구름 뒤로 숨어 버리면, 벨몬트에 있는 그녀의 집에서 흘러나오는 빛이 아주 황홀하게 보였다. 그리고 그녀는 네리사에게 이렇게 말했다. "우리 눈에 보이는 빛은 우리 집 홀의 불빛이구나. 저 작은 촛불이 저렇게 멀리 비취듯이, 선행은 몹쓸 세상에서 그렇게 빛나는 법이야." 그리고 집에서 들려 오는 음악 소리를 들으며 그녀는 말했다. "음악도 낮보다 더 아름답게 들리는 것 같아."

그리고 포샤와 네리사가 집으로 들어가서 옷을 입었고, 남편들이 당도하기를 기다렸다. 아닌게 아니라 곧 남편들이 안토니오와 함께 돌아왔다. 그리고 바사니오가 사랑하는 친구를 아내 포샤에게 소개하자 그녀는 축하와 환영의 말을 전하였다. 그런데 말이 마치기도 전에 네리사와 남편이 방 한 구석에서 다투는 소리가 들렸다. "벌써 싸움인가? 문제가 뭐예요?" 하고 포샤가 말했다. 그라시아노가 대답했다. "마님, 네리사가 제게 준 하찮은 금박 반지 때문입니다. 거기에 칼장수의 칼로 시(詩) 비슷하게 나를 사랑하고 나를 버리지 마오라는 말을 새겨 두었답니다."

"그 시구 혹은 그 반지가 무엇을 뜻하죠? 그것을 당신에게 주었을 때 죽을 때까지 간직하겠다고 제게 맹세했죠. 그런데 이제 하시는 말씀이 변호사의 서기에게 주었다고요. 제가 듣기론 어떤 여자한테 주었다죠."

"이 손을 걸고 맹세하지만, 당신보다 작은 청년, 아니 앳되고 어린 소년에게 주었어요. 그는 지혜로운 변론으로 안토니오 씨의 생명을 구한 젊은 변호사의 서기였소. 재잘대는 소년이 하도 사례를 요구하길래 물리칠 수 없었소."

그러자 포샤가 말했다. "그라시아노, 아내의 첫 선물을 잃어버리다니 비난받을 일을 했어요. 저도 제 주인 바사니오 님께 반지를 드렸는데, 그분은 온 세상을 줘도 그것과 바꾸지 않을 것이라고 확신해요."

그라시아노는 자신의 잘못을 덮어 볼 심사로, 당장에 이렇게 말했다. "바사니오 님은 반지를 변호사에게 주셨어요. 그리고 나서 글을 쓰느라 수고한 서기 소년이 내 반지를 달라고 졸라댔습니다."

포샤는 이 말을 듣고 매우 화가 난 듯한 얼굴로, 자기의 반지를 남에게 준 바사니오를 질책했다. 그리고 그녀는, 네리사가 말한 대로 바사니오도 어떤 여자에게 그 반지를 준 것 같다고 말했다. 바사니오는 아내를 그토록 화나게 한 것이 너무 슬퍼서, 진심으로 이렇게 말했다. "나의 명예를 걸고 말하지만, 여인에게 준 게 아니라 법률 박사에게 주었소. 그는 내가 주겠다는 삼천 더커트를 받지 않고 반지를 요구했소. 그래서 내가 그에게 안 된다고 하니 불쾌해하며 떠나 버렸소. 내가 어떻게 할 수 있겠소, 포샤? 나는 배은망덕한 짓을 한 것 같아 수치심에 사로잡혀 반지를 보내지 않을 수 없었다오. 나를 용서해 주오, 부인. 당신이 그곳에 있었다면 당신이라도 그 반지를 훌륭한 박사에게 드리라고 했을 것 같소."

안토니오가 말했다. "이 싸움이 불행히 일어나게 된 것은 저 때문입니다."

포샤는 안토니오에게 그 일로 슬퍼하지 말라고 했다. 왜냐하면 그 일과 상관없이 안토니오를 환영하기 때문이었다. 그러자 안토니오가 말했다. "한때 바사니오를 위하여 내 몸을 빌려준 적이 있었습니다. 그러나 부군께서 반지를 준 그분이 아니라면 저는 죽은 목숨입니다. 다시금 제 영혼을 저당 잡혀서 맹세하지만 부군은 당신과의 신의를 결코 저버리지 않을 것입니다."

"그렇다면 당신이 보증을 서세요. 이 반지를 그에게 주세요. 그리고 다른 반지보다 더 잘 간수하시라고 하세요."

바사니오는 그 반지를 보고 자기가 박사에게 준 것과 똑같은 것임을 알고 깜짝 놀랐다. 그러자 포샤는 어떻게 해서 자기가 젊은 변호사가 되고 네리사가 서기가 되었는지 이야기해 주었다. 바사니오는 안토니오의 생명을 구한

것이 아내의 고결한 용기와 지혜였음을 발견하고 말할 수 없는 경의와 기쁨
에 휩싸였다.

　포샤는 안토니오를 다시금 환영했고, 우연히 얻게 된 편지들을 그에게 전
해 주었다. 그 편지에는 안토니오의 배에 관한 이야기가 담겨 있었는데, 파선
한 것으로 알려져 있던 배들이 항구에 무사히 도착했다는 것이었다. 그래서
부자 상인의 이야기의 이 비극적인 출발은 뒤이어 벌어진 예기치 않은 행운으
로 모두 잊혀졌다. 그리고 반지에 얽힌 재미있는 사건과 아내들을 몰라본 남
편들에 관하여 이야기하며 서로 편한 마음으로 웃었다. 그라시아노는 흥에 겨
워 이런 운치 있는 말로 맹세했다.

　사는 동안 아무 염려 없겠으나
　네리사의 반지를 잘 지킬 수 있을는지 그것이 걱정이로다.

6. 말괄량이 길들이기

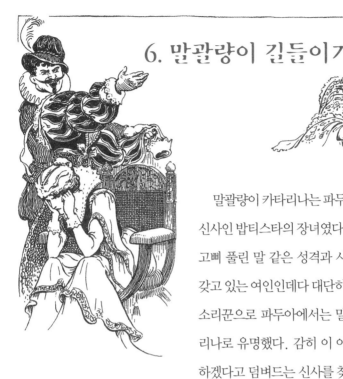

말괄량이 카타리나는 파두아의 돈 많은 신사인 밥티스타의 장녀였다. 카타리나는 고삐 풀린 말 같은 성격과 사나운 성질을 갖고 있는 여인인데다 대단히 시끄러운 잔소리꾼으로 파두아에서는 말괄량이 카타리나로 유명했다. 감히 이 아가씨와 결혼하겠다고 덤벼드는 신사를 찾기란 하늘의 별따기였다. 그래서 밥티스타는 장녀가 신랑을 구해 자기 손을 완전히 벗어나면 어린 비앙카에게 이야기를 건넬 수 있다는 구실을 붙여 비앙카의 모든 구혼자들을 물리쳤고 그 덕에 상냥한 비앙카에게 들어온 많은 좋은 혼사를 퇴짜 놓는다고 세인의 비난을 받았다.

그런데 페트루키오라는 신사가 아내를 물색하려고 파두아에 왔다. 그는 카타리나의 성질에 관한 소문에 전혀 낙심하지 않고 그녀가 부자인데다 미모를 갖추고 있다는 말에 괄괄하기로 유명한 아가씨와 결혼하여 유순하고 고분고분한 아내로 만들어야겠다고 결심했다. 페트루키오만큼 이 초인적인 일을 감당할 적절한 인물은 없었다. 페트루키오의 기백은 카타리나 못지 않았고, 재치가 있는 데다 대단히 쾌활한 해학가였고 게다가 무척 지혜롭고 진정으로 판단력을 갖춘 사람이라 성마르고 불 같은 태도를 감추는 법을 아주 잘 알고 있었다. 그럴 때면 그의 마음이 무척 차분해져서 화내는 척하는 자신의 모습에 즐겁게 웃음을 터트릴 정도였다. 그의 천성적인 성격은 격의없고 태평스러웠던 것이다. 그가 카타리나의 남편이 되면 거친 태도를 취할 것인데, 물론 재미로 그러는 것이다. 아니 좀 더 정확하게 말해서, 그의 탁월한 통찰력에 의하면 불 같은 카타리나의 성마른 행동을 그녀의 방식으로 누르는 것이 유일한 수단이기 때문이다.

그러자 페트루키오는 말괄량이 카타리나에게 구애하러 갔다. 무엇보다 먼저 그는 그녀의 아버지 밥티스타에게 상냥한 따님 카타리나에게 청혼할 수 있게 해 달라고 부탁했다. 페트루키오는 능글맞게 카타리나를 그렇게 부르면서 수줍어하고 소박하며 유순하다는 소문을 듣고 그녀의 사랑을 얻고자 베로나에서 왔다고 했다. 그녀의 아버지는 딸이 결혼하기를 바라지만, 카타리나가 그에게 심술궂게 대접할 것이라고 고백하지 않을 수 없었다. 아닌 게 아니라 이내 카타리나가 얼마나 상냥한 아가씨인지 들통 났다. 그녀의 음악 선생이 방으로 달려와서, 제자인 상냥한 카타리나의 연주 솜씨를 흠잡았다고 그녀가 류트로 자기 머리를 부서져라 쳤다고 불평했다.

페트루키오가 그 말을 듣고 이렇게 말했다. "정말 씩씩한 아가씨로군. 이젠 더욱 사랑스러워 같이 이야기를 나누지 않으면 안 될 지경이야."

그리고 그는 노신사에게 승낙을 재촉한 다음 이렇게 말했다. "밥티스타님, 일이 너무 바쁜 나머지 매일 청혼하러 올 수 없습니다. 제 아버님을 잘 아신다니까 드리는 말씀인데, 그분은 작고하셨고 토지고 재산이고 모두 유산을 남겨 주셨습니다. 그러니 제가 따님의 사랑을 얻게 되면 지참금을 얼마나 주실는지 말씀해 주십시오."

밥티스타는 그의 태도가 구혼자치고는 다소 무뚝뚝하다고 생각했다. 그러나 카타리나가 결혼하기를 바라기에, 지참금으로 2만 크라운과 자신이 죽으

"카타리나는 류트로 음악 선생의 머리를 부서뜨려라 쳤다." ─ 노먼 M. 프라이스

면 토지 절반을 주겠다고 했다. 이 묘한 흥정은 속히 끝났고, 밥티스타는 구혼자의 이야기를 말괄량이 딸에게 알리고 딸을 페트루키오에게 보내어 그의 청혼을 듣게 했다.

그러는 동안 페트루키오는 마음을 가라앉히고 어떻게 구애할 것인지를 구상하고 있었다. 그리고 말했다. "그녀가 오면 맹렬하게 구애해야지. 욕을 해 오면, 나이팅게일처럼 아름답게 노래한다고 말해 줘야지. 눈살을 찌푸리면 방금 이슬로 목욕한 장미처럼 맑은 얼굴이라고 해야지. 한 마디도 말하지 않으면 유창한 말솜씨를 칭찬하고, 나더러 꺼지라고 하면 일주일 머물러 지내게 한 것만큼 감사하다고 해야지."

이제 거만한 카타리나가 들어오자, 페트루키오는 먼저 말을 건넸다. "좋은 아침입니다. 케이트 양. 이름이 맞는지요?"

카타리나는 그런 평범한 인사를 달가워하지 않으며 경멸하듯 말했다. "내게 말을 거는 사람들은 카타리나라고 해요."

연인이 말했다. "당신의 말은 거짓말이오. 분명 케이트라고 부르던데요. 억척쟁이 케이트라고 하기도 하고, 어떤 때는 말괄량이 케이트라고도 하더군요. 그러나, 케이트 양, 당신은 기독교 세계에서 제일 아름다운 케이트요. 그러니 케이트 양, 마을마다 당신이 얌전하다는 소문이 퍼져 있어서 내 아내가 되어 주십사 하고 이렇게 온 것이오."

참으로 이상한 구혼이었다. 그녀는 큰 소리로 화를 내며 자기가 왜 말괄량이라는 이름을 얻게 되었는지 직접 보여 주었고, 페트루키오는 여전히 그녀가 다정하고 예의바른 말을 한다고 칭송했다. 그러다가 결국 그녀의 아버지가 오는 소리를 듣고 (가능한 빨리 구애를 하려고) 이렇게 말했다. "이런 한가한 잡담일랑 그만둡시다. 당신 아버지께서 당신을 아내로 주겠다고 약속하셨고 당신의 지참금도 정해졌으니, 당신이 원하든 원치 않든 나는 당신과 결

〈카타리나〉, 1896, 에드워드 로버트 휴스 (1851~1914)

혼할 거요."

　그때 밥티스타가 들어서자, 페트루키오는 그의 딸이 자기를 친절히 맞아 주었으며 다음 일요일에 결혼하기로 약속했다고 말했다. 카타리나는 이를 거부하며 차라리 일요일에 그가 목매달려 죽는 것을 보고 싶다고 하며, 페트루키오같이 물불 안 가리는 불한당에게 자기를 시집보내려 한다면서 아버지를 비난했다. 페트루키오는 그녀의 아버지에게 그녀의 화난 말을 곧이곧대로 받아들이지 말았으면 한다고 했다. 아버지 앞에서는 그녀가 싫어하는 태도를 보이기로 약속했기 때문이라고 둘러댔다. 그러나 두 사람만 있으면 카타리나가 아주 정답고 사랑스럽다고 했다.

그리고 그는 카타리나에게 이렇게 했다. "케이트, 악수합시다. 나는 우리 결혼식을 위하여 당신의 멋진 의상을 사러 베니스로 갈 거요. 아버님, 잔치를 준비해 주십시오. 그리고 하객을 초대해 주십시오. 나의 카타리나를 아름답게 꾸밀 반지와 멋진 신부복과 화려한 옷을 가지고 오겠습니다. 내게 키스해 주시오, 케이트. 우리는 일요일에 결혼하게 될 테니까 말이오."

일요일에 모든 하객이 모였지만, 페트루키오가 오지 않아 오래 기다렸다. 그리고 카타리나는 페트루키오가 자기를 놀린 줄로만 생각하고 속이 상해 울었다. 하지만 마침내 그가 등장했다. 그러나 그는 카타리나에게 약속한 결혼식 의상을 전혀 갖고 오지 않았고, 자신도 신랑처럼 옷을 입지 않고 이상하게 형편없는 옷을 입고 왔다. 마치 심각한 일을 희롱이라도 하려는 것 같았다. 그리고 그의 종과 그들이 타고 온 말은 초라하고 괴상한 몰골을 하고 있었다.

페트루키오는 옷을 갈아입으라는 말을 듣지 않았다. 그는 카타리나가 자기와 결혼하지 자기 옷과 결혼하는 게 아니라고 말했다. 그리고 사람들은 페트루키오와 논쟁해도 소용없다는 것을 발견하고 교회로 갔고, 페트루키오는 여전히 똑같은 태도를 취했다. 사제가 페트루키오에게 카타리나를 아내로 맞이하겠느냐고 물으니 그는 큰 소리로 그렇게 하겠다고 맹세했다. 그러자 모든 사람이 놀랐고, 사제는 성경을 떨어뜨려 버렸다. 그리고 그가 성경을 다시 주웠을 때, 정신이 이상해진 이 신랑이 사제를 찰싹 때리자 사제와 성경이 다시 떨어졌다. 그들이 결혼식을 거행하고 있는 동안, 페트루키오는 발을 구르며 맹세했고, 괄괄하던 카타리나는 두려움에 떨었다.

식을 마친 후에 그들이 여전히 성당에 있을 때, 페트루키오는 포도주를 달라고 하며, 하객을 위하여 축배를 들었는데 유리잔에 남은 술을 교회 관리인의 낯짝에 던졌다. 그런 괴상한 행동을 한 것은 교회 관리인의 턱수염이 가늘고 성글었으며 자기가 마시는 술의 남은 것을 달라는 것처럼 보였기 때문이라고 둘러댔다. 세상에 그런 미치광이짓 같은 결혼식은 없었다. 그러나 페트루키오는 일부러 광포한 행동을 자행했고, 이는 말괄량이 아내를 길들이려고 세운 계획을 잘 이루기 위함이었다.

밥티스타는 호화스러운 피로연을 준비했지만, 페트루키오는 사람들이 교회에서 돌아오자 카타리나를 붙들고 그녀를 집으로 곧 데려가겠다는 뜻을 알렸다. 그리고 장인의 충고나 화난 카타리나의 험한 말에도 그는 뜻을 굽히지 않았다. 그는 아내를 원하는 대로 할 수 있는 남편의 권리를 주장했고, 카타리나를 데리고 가 버렸다. 그가 너무도 대담하고 단호해 보였기에, 아무도 그를 감히 막지 못했다.

페트루키오는 야위고 비루한 말에 아내를 태웠다. 이 말은 그가 일부러 고른 것이었다. 페트루키오 자신과 종은 타지 않는 게 좋았다. 그들은 거칠고 진흙투성이 길을 지났고, 카타리나의 말이 돌부리에 걸려 넘어졌을 때, 그는 세상에서 가장 성질 급한 사람이라도 된 듯이, 짐에 눌려 기어다닐 수도 없을 정도로 지칠 대로 지친 가련한 짐승에게 호통치고 욕설을 퍼붓곤 했다.

결국 힘든 여행을 마치고 그들은 페트루키오의 집에 도착했다. 여행 내내 카타리나는 종과 말에게 지르는 페트루키오의 야만적인 헛소리밖에 듣지 못했다. 페트루키오는 카타리나를 친절히 환영하면서도, 그날 밤에 그녀에게 휴식도 잠도 허락하지 않기로 결심했다. 식탁이 차려졌고 저녁 식사가 나왔다. 그러나 페트루키오는 그릇마다 트집을 잡는 체하며 음식을 마루에 내동댕이쳤고, 종들에게 얼른 치우라고 명령했다. 이 모든 일을 마치고 그는 카타리나를 사랑하므로 제대로 되지 못한 음식을 들게 할 수 없다고 말했다.

그러자 카타리나가 지친 데다 저녁도 먹지 못해서 휴식을 취하려 하니까, 이번에는 페트루키오가 잠자리를 똑같이 트집 잡고는 베개와 침구를 던져 버렸다. 하는 수 없이 카타리나는 의자에 주저앉았다. 카타리나는 설핏 잠들려고 하면, 아내의 신혼 침실을 제대로 꾸미지 못했다고 하인들을 야단치는 남편의 고함소리에 즉시 잠에서 깨어났다.

다음 날, 페트루키오는 똑같은 행동을 되풀이했지만, 그래도 카타리나에게는 곱게 말했다. 그러나 카타리나가 음식을 들려 하자, 그는 그녀 앞에 차려진 모든 음식을 트집 잡고 어제 저녁 식사 때처럼 아침 식사를 마루에 내동댕이쳤다. 그리고 카타리나는, 오만한 카타리나는 어쩔 수 없이 종들에게 몰래 음식을 조금 갖다 달라고 청하지 않을 수 없었다. 그러나 그들은 페트루키오에게 교육을 받은 상태여서, 주인이 알지 못하게 음식을 감히 드리지 못하겠다고 대답했다.

카타리나가 말했다. "나를 굶겨 죽일 작정으로 나하고 결혼한 건가? 내 아버지의 문에 오는 거지라도 음식을 얻어먹는데 아쉬운 것 하나 없는 나는 음식이 없어서 굶주리고, 욕설 때문에 잠을 설치고, 악다구니 짓에 진저리쳐져서 현기증이 날 지경이야. 게다가 그것도 완전한 사랑이라는 미명 아래 내가 잠자거나 음식을 들라치면 그것이 내게 죽음이라도 선사하는 것처럼 막으니 말이야."

이렇게 독백을 하는데, 갑자기 페트루키오가 등장했다. 그는 그녀를 굶겨 죽일 작정을 한 게 아니므로 음식을 조금 갖다 주면서 말했다. "상냥한 케이트, 어떻게 지내오? 여보, 내가 얼마나 부지런한지 좀 봐요. 당신이 먹을 고기

"페트루키오는 그릇마다 트집을 잡는 체하고 음식을 마루에 내동댕이쳤다." — 찰스 폴카드

를 내가 직접 챙겨 왔소. 이만하면 감사쯤 받아도 좋을 듯한데. 아니 한 마디도 없소? 아니 고기를 좋아하지 않는 모양인걸. 괜히 헛고생했군."

그러자 그는 음식을 치우라고 종에게 명령했다. 카타리나는 속에서 불이 치밀지만 너무 배가 고파서 자존심이 꺾인 나머지 이렇게 말하지 않을 수 없었다. "제발 거기 놔 두세요."

그러나 페트루키오는 그걸 갖다 주고 그칠 심사가 아니었다. 그래서 이렇게 대꾸했다. "아무리 맛없는 것이라도 감사하는 법이오. 그러니 내 요리에 손대기 전에 감사하다는 말은 있어야 할 게 아니오."그 말에 카타리나는 마지 못해 "고마워요" 하고 대답했다.

그러자 그는 얼마 되지 않는 음식을 먹게 하고는 말했다. "케이트, 그대의 친절한 마음에 만족을 주었으면 하오. 어서 먹어요. 그러고 나서 친정에 가 봅시다. 비단 외투와 모자와 금반지 하며, 주름깃과 목도리와 부채와 갈아입을 옷 두 벌을 갖추고 한껏 즐겨 봅시다."

그는 이 좋은 물건을 진짜로 선물하려는 것으로 카타리나가 믿게 하려고, 재단사와 잡화상을 불렀다. 그들은 페트루키오가 카타리나를 위하여 주문한 새옷을 가지고 왔다. 카타리나가 배를 절반도 채우기도 전에 그녀의 접시를 종에게 갖다 치우라고 하며, 페트루키오는 "벌써 다 먹었소?" 하고 말했다.

그러자 잡화상이 모자를 보이며 말했다. "나리께서 주문하신 모자를 가져 왔습니다." 페트루키오는 모자가 얇은 사발로 만들었다는 둥, 가리비조개나 호두 껍데기보다 크지 않다는 둥 하며, 또 고함을 치기 시작했다. 잡화상이 그 것을 치우고 더 큰 것을 가져오기를 바라면서 말이다.

카타리나가 말했다. "이걸 고르겠어요. 요즘에는 부인네들이 다 그런 모 자를 쓴답니다."

"당신이 얌전해지면 그때 해주리다만, 아직은 안 되오" 하고 페트루키오가 대답했다.

카타리나는 음식을 조금 먹고는 다소 기운을 되찾아 이렇게 말했다. "아니, 여보, 나도 말할 자격이 있다고 믿으니, 할 말은 해야겠어요. 나는 아이도 갓난애도 아니에요. 당신보다 더 훌륭한 분들도 내가 하는 말을 참고 들었어요. 당신이 참을 수 없다면 귀를 막는 게 좋겠어요."

페트루키오는 이처럼 화난 말을 듣고 싶지 않았다. 아내와 설전을 벌이는 것보다 아

〈트집 잡는 페트루키오〉, 아서 래컴

내를 더 훌륭하게 다루는 법을 발견했기 때문이다. 그래서 그는 이렇게 대답했다. "참 그렇소. 당신말마따나 이건 보잘것없는 모자요. 그리고 당신이 그것을 싫다고 하니 더욱 사랑스럽소."

"사랑스럽고 말고, 나는 이 모자가 좋아요. 이 모자가 아니면 관두겠어요" 하고 카타리나가 말했다.

"그럼 옷은 어떻소?" 하고 페트루키오는 여전히 그녀의 말을 잘못 들은 체

했다. 그러자 재단사가 와서는 그녀를 위하여 만든 훌륭한 옷을 보여 주었다. 아내에게 모자나 옷을 줄 생각이 없었던 페트루키오는 역시 그것도 트집 잡았다. "아이구 맙소사. 이게 뭐람! 이게 소매라고! 대포 구멍 같네. 위나 아래가 애플 파이 같잖아."

재단사가 말했다. "유행에 맞춰서 잘 만들라고 주문하시지 않았습니까?"

그러자 카타리나는 그렇게 잘 만든 옷을 보지 못했다고 말했다. 페트루키오로서는 이것으로 만족했다. 그리고 개인적으로는 이 사람들에게 물건값을 주고 괴상한 대접을 해서 미안하다고 말하고 싶었다. 그러나 그는 불 같은 말과 사나운 몸짓을 보이며 재단사와 잡화상을 방에서 내쫓았다. 그런 다음 그는 카타리나를 보며 말했다. "자 그럼, 초라한 옷이지만 이대로 장인에게 갑시다."

그런 다음 그는 말을 대령하게 했고, 아직 일곱 시밖에 되지 않았기 때문에 저녁 식사 때 밥티스타의 집에 도착할 것이라고 장담했다. 그러나 그가 말한 때는 이른 아침이 아니었고 오후였다. 그래서 카타리나는 조심스러운 말투이긴 하지만 말을 꺼냈다. 남편의 격렬한 행동에 거의 질린 채로. "아니 벌써 두 시예요. 저녁때까진 도착하지 못할 거예요."

그러나 페트루키오는, 그녀를 아버지 집으로 데리고 가기 전에 그녀가 완전히 순복하여 그의 모든 말에 고분고분하게 되도록 할 심사였다. 그래서 자신이 태양의 주인처럼 시간에게 명령을 내릴 수 있다는 듯이 자기가 말하는 시간이 되어야 출발한다고 말했다. "내가 무슨 말을 하거나 무슨 행동을 취하거나 사사건건 트집을 잡는구려. 오늘은 가지 않겠소. 내가 말한 대로의 시간이 아니면 그만두겠소."

다음 날에도 카타리나는 순종을 연습해야 했다. 페트루키오는 아내의 오만한 마음을 완전한 복종으로 바꾸어 카타리나가 모순이라는 말을 감히 생각

〈재단사와 잡화상을 트집 잡는 페트루키오〉, 워싱턴 올스턴(1779-1843)

하지 못할 정도로 만들고서야, 장인의 집으로 데려갈 작정이었다. 그리고 그들이 카타리나의 친정 집으로 가는 동안에도, 카타리나는 여차하면 되돌아갈 수 있었다. 페트루키오가 정오에 달이 환하게 빛나고 있다고 장담할 때 그녀가 그게 달이 아니라 해라고 말했기 때문이다. "우리 어머니의 아들 즉 나 자신을 두고 단언하지만 저건 달이오, 별이오. 아니 내가 바라는 그 무엇이오. 적어도 당신 집에 도착할 때까지는." 그런 다음 그는 되돌아가려는 듯한 태도를 취했다.

그러나 더 이상 말괄량이 카타리나가 아니라 순종적인 아내가 된 카타리나는 이렇게 말했다. "제발 갑시다. 기왕 여기까지 왔으니, 그것이 해건 달이건 뭐건 좋아요. 촛불이라고 하셔도 이제부턴 그렇다고 하겠어요."

그는 카타리나의 마음을 확인하려고 다시 이렇게 말했다. "글쎄, 달이라 니까."

"그래요, 달이에요" 하고 카타리나가 말했다.

"당신, 거짓말하는군. 저건 해야" 하고 페트루키오가 말했다.

"그렇다면 해가 맞아요. 그렇지만 당신이 아니라고 하면 해가 아니구 말구 요. 당신이 무엇이라고 부르든지 다 그것이에요. 그리고 카타리나에게도 마 찬가지구요."

그러자 페트루키오는 계속 길을 갈 수 있게 했다. 그러나 순종하는 마음이 계속되는지 더 알아보려고, 페트루키오는 길에서 만난 노인에게 그가 젊은 여 자인 듯이 "안녕하세요, 아가씨" 하고 인사했다. 그리고 카타리나에게 저렇 게 예쁜 아가씨를 본 적이 있느냐고 묻고서, 노인의 뺨의 붉은 것과 흰 것을 칭송하고 그의 눈을 밝은 별에 비유했다. 그리고 다시 그에게 "아름다운 아가 씨, 다시 한 번 인사드립니다" 하고 말하고, 자기 아내에게는 "여보, 케이트, 참으로 아름다운 분을 포옹해드리구려" 하고 말했다.

이제 완전히 두손 든 카타리나는 남편의 의견을 즉각 받아들이고, 노인에 게 비슷하게 말을 건넸다. "방울같이 젊은 아가씨, 예쁘고 싱싱하고 아름다우 시군요. 어디 가세요? 그리고 어디 사세요? 당신처럼 예쁜 따님을 둔 부모님 은 행복하실 거예요."

"아니 케이트, 당신이 미치지 않았소? 아가씨가 아니라 늙고 주름지고, 시 들고 마른 노인 아니오?"

그러자 카타리나가 말했다. "용서하세요, 할아버지. 태양에 너무 눈이 부 셔서, 모든 게 싱싱하게 보인답니다. 이제 보니 나이 잡수신 할아버지시군요.

저의 망측한 실수를 용서해 주세요.”

“영감님, 용서해 주세요. 그리고 어디로 가시는 길인지 말씀해 주십시오. 방향이 같다면 기꺼이 동행해 드리겠습니다” 하고 페트루키오가 말했다.

그러자 노인이 대답했다. “두 분은 참 재미있는 분이구려. 하도 인사가 묘한 바람에 깜짝 놀랐소이다. 나는 빈첸시오인데, 파두아에 사는 아들을 만나러 가는 길이외다.”

그러자 페트루키오는 노인이 밥티스타의 차녀 비앙카에게 결혼하려 하는 신사 루첸시오의 부친임을 알고, 아들이 좋은 집안의 사위가 될 것이라고 말해 주고 빈첸시오의 마음을 기쁘게 했다. 그리고 그들은 밥티스타의 집에 도착할 때까지 즐겁게 길을 걸었다. 밥티스타의 집에는 비앙카와 루첸시오의 결혼을 축하하기 위하여 많은 하객이 모여 있었고, 밥티스타는 카타리나를 시집 보낸 터이므로 비앙카의 혼사를 기꺼이 승낙해 주었다.

그들이 들어서자, 밥티스타는 결혼식 잔치에 그들을 환영했고 방금 결혼한 신랑 신부도 역시 참석했다.

비앙카의 남편 루첸시오, 그리고 다른 새 신랑 호르텐시오는 페트루키오의 아내의 말괄량이 기질을 넌지시 비꼬는 듯한 익살맞은 농담을 참을 수 없었다. 그리고 이 다정한 신랑들은 자신들이 택한 부인의 온화한 성품에 크게 만족하면서, 자기들보다 못하게 선택한 페트루키오를 비웃었다. 페트루키오는 그들의 농담에는 아랑곳하지 않았고, 마침 부인들이 저녁을 마치고 자리를 떠났다. 그는 밥티스타까지 자기를 비웃는 것을 알아차렸다. 페트루키오가 자기 아내가 그들의 아내들보다 더 순종적일 것이라고 장담하자, 카타리나의 아버지가 “정말 섭섭한 말이지만 자네가 세상에서 제일가는 말괄량이를 얻은 것 같다네” 하고 말했기 때문이다.

페트루키오가 말했다. “절대로 그렇지 않습니다. 내 말이 정말이라는 것을 확인하기 위하여 각자 아내를 불러내 봅시다. 가장 순종적으로 먼저 나오는 사람이 내기에서 이기는 것입니다."

다른 두 남편도 그 제안에 기꺼이 동의했다. 왜냐하면 자기들의 상냥한 아내가 고집 센 카타리나보다 더 순종적이라는 것을 굳게 믿었기 때문이다. 그리고 그들은 20크라운씩 내기를 걸었다. 그러나 페트루키오는 매나 사냥개에게나 그만한 금액을 걸지 자기 아내에게는 20배 정도 걸어야 한다고 즐겁게 말했다. 루첸시오와 호르텐시오도 100크라운으로 내기돈을 올렸고, 루첸시오가 먼저 하인을 보내어 비앙카를 오라고 시켰다. 그러나 하인이 돌아와서는 말했다. "주인님, 아씨께서 바빠서 올 수 없다고 하십니다."

페트루키오가 말했다. "오라, 바빠서 못 오신다구? 그게 아내에게 어울리는 대답인가?"

그러자 그들은 그를 비웃으며 말했다. 카타리나가 더 고약한 답을 보내지 않으면 다행이라고 했다. 그러자 호르텐시오가 아내를 부를 차례였다. 그는 하인을 불러 "가서 내 아내보고 곧 내게 와 달라고 해라."

"오라! 와 달라고 간청한다고! 꼭 나오셔야겠군" 하고 페트루키오가 말했다.

"형님 부인은 간청해도 안 나오지 않을까요?" 하고 호르텐시오가 말했다.

그러나 곧 이 예의바른 남편은 허탕치고 말았다. 하인이 혼자 돌아왔던 것이다. 그리고 호르텐시오가 그에게 말했다. "이봐, 내 아내는 어디 있나?"

하인이 대답했다. "아씨 말씀이, 무슨 장난을 꾸미고 계신 것 같으니 나오지 않으시겠답니다. 나리보고 들어오시라고 하던데요."

"갈수록 태산이로다" 하고 페트루키오가 말했다. 그런 다음 그는 자기 하인을 보내며 말했다. "여봐라, 아씨한테 가서 내가 오라고 명령하더란다고 전해라."

일행은 그녀가 이 명령에 순응하는지 생각할 틈도 없었다. 밥티스타가 깜짝 놀라 외쳤다. "아니, 카타리나가 오잖아!"

카타리나가 들어와서는 상냥하게 페트루키오에게 말했다. "무슨 일로 절 부르셨어요?"

"처제와 호르텐시오의 부인은 어디 계시오?" 하고 그가 물었다. 카타리나는 "난로 곁에서 수다를 떨고 있어요" 하고 말했다.

"가서 그들을 이리로 데리고 오시오" 하고 페트루키오가 말했다.

카타리나는 아무 대꾸 없이 남편의 명령을 수행하기 위하여 돌아갔다.

"기적이 있다면 이게 기적이야" 하고 루첸시오가 말했다.

호르텐시오도 말했다. "정말 그렇군요. 이게 무슨 징조일까."

"평화의 징조, 사랑과 평온한 생활과 위엄있는 지배의 징조지. 간단히 말해서, 사랑과 행복이지."

카타리나의 아버지는 딸의 변화를 보고 너무 기뻐서 외쳤다. "여보게, 페트루키오, 행운을 고이 안게나. 자네가 내기에 이겼네. 그리고 내가 지참금에다가 이만 크라운을 얹어 줌세. 새 딸이 생긴 것 같군. 전혀 딴 사람이 되었으니 말일세."

페트루키오가 말했다. "내기에서 확실하게 이겨야지요. 아내의 새로운 미덕과 순종을 보여드리겠습니다."

카타리나가 두 여인과 함께 들어오자, 그는 이렇게 말을 이었다. "저기 내 아내가 오는군. 그리고 여자다운 설득력을 발휘하여 그대들의 고집 센 부인들을 포로로 삼아 오는군. 카타리나, 당신의 모자가 어울리지 않으니 싸구려 모자를 벗어 발로 밟아 버리시오." 카타리나가 즉시 모자를 벗어 던졌다.

호르텐시오의 아내가 말했다. "여보, 이런 엉터리 수작을 보여 주려고 일부러 불러냈어요?"

그리고 비앙카도 이렇게 말했다. "체, 미련하게도 이렇게 불러내 가지고 어쩌자는 셈이에요?"

이 말을 듣고, 비앙카의 남편이 말했다. "당신도 미련해 주었으면 좋겠소. 당신이 섣불리 약게 생각하는 바람에 저녁 식사 뒤에 백 크라운을 날렸소."

비앙카가 말했다. "당신도 미련도 하시군요. 절 미끼로 내기를 거시다니."

페트루키오가 말했다. "카타리나, 이 완고한 부인네들에게 좀 얘기해드리시오. 아내된 자는 남편에게 어떻게 해야 하는지를."

그러자 그 자리에 모인 사람들은 모두 놀랐다. 딴 사람이 된 말괄량이 부인은, 이미 페트루키오의 뜻에 순종하여 실천한 터라, 아내의 순종의 의무를 유창하게 칭송하며 말했다. 그리고 카타리나는 파두아에서 다시 한 번 유명해졌다. 지금까지처럼 말괄량이 카타리나가 아니라 파두아에서 가장 순종적이고 착한 아내 카타리나로 말이다.

7. 한여름 밤의 꿈

아테네의 법에 따르면 시민은 자기가 원하는 사람에게 딸을 시집보낼 수 있는 권리가 있었다. 딸이 아버지가 남편감으로 정해준 사람에게 시집가지 않으려 하면, 아버지는 이 법에 호소하여 딸을 사형 당하게 할 수 있었다. 그러나 딸의 죽음을 원하는 아버지는 없는 법이기에, 딸이 완강하게 반대해도 이 법이 시행되는 경우는 거의 없는 거나 마찬가지였다. 물론 아테네의 젊은 숙녀들은 이 법에 따른 형벌을 빌미로 아버지에게 자주 협박당했을 것이다.

그런데 이런 일이 있었다. 이지어스라는 노인이 당시 아테네를 다스리던 테세우스 앞에 나와 신세를 한탄했다. 그의 딸 허미아가 아테네 귀족 젊은이 디미트리어스와 결혼하라는 명령을 순종하지 않고 라이샌더라는 아테네의 젊은이와 사랑을 나누고 있다는 것이다. 이지어스는 테세우스에게 재판을 요구했고, 자기 딸에게 이 잔인한 법이 시행되기를 바랐다.

허미아는 아버지의 분부를 거역한 이유를 변명하며, 디미트리어스가 전에 자기의 친구 헬레나에게 사랑을 고백했고 헬레나가 디미트리어스를 미친 듯이 사랑한다고 주장했다. 그러나 허미아가 아버지의 분부를 거역하게 된 합당한 이유를 듣고도 엄한 이지어스의 마음은 요지부동이었다.

테세우스는 위대하고 자비로운 군주이긴 하지만 국법을 변경할 권한은 없었다. 그러므로 그는 허미아에게 나흘간 말미를 주며 그 점을 잘 생각해 보라고 할 수 있을 뿐이었다. 그리고 그 기간이 끝날 때 허미아가 디미트리어스와 결혼하지 않으려 하면 처형당할 수밖에 없었다.

허미아는 테세우스 공(公)의 면전에서 물러나 연인 라이샌더에게 가서 자기가 당한 위험을 알리고는, 라이샌더를 포기하고 디미트리어스와 결혼하든지 아니면 나흘 후에 죽어야 한다고 했다.

라이샌더는 이 나쁜 소식을 듣고는 큰 고통에 사로잡혔다. 그러나 라이샌더는 아테네에서 좀 떨어진 곳에 고모가 계시며 고모가 사시는 곳에서는 허미아에게 그 잔인한 법이 집행될 수 없음(이 법은 아테네에서만 시행된다)을 기억하고는, 허미아에게 밤에 아버지 집을 몰래 빠져나와 고모 집에 같이 가서 거기서 결혼하자고 했다.

"도시 밖 몇 마일 떨어진 숲에서 만납시다. 상쾌한 5월에 헬레나와 자주 산책하던 그 즐거운 숲에서 말이오."

허미아는 이 제안을 흔쾌히 받아들었다. 그리고 허미아는 친구 헬레나에게만 도주 계획을 알렸다. 사랑 때문에 흔히 바보짓을 저지르는 처녀들처럼, 헬레나는 시기심에 불타서 디미트리어스에게 가서 이 사실을 알려야겠다고 결심했다. 물론 친구의 비밀을 털어놓아 봤자 부정한 자기 연인의 뒤를 밟아 숲으로 미행하는 사소한 쾌락 말고는 아무런 유익이 없는데도 말이다. 헬레나는 디미트리어스가 허미아를 따라 그리로 갈 것이라는 것을 잘 알고 있었다.

라이샌더와 허미아가 만나기로 한 숲은 요정들이 즐겨 드나드는 곳이었다.

요정의 왕 오베론과 왕비 티타니아는 신하들을 이끌고 이 숲에서 야밤 술잔치를 벌이곤 했다.

그런데 이때 이 작은 요정의 왕과 왕비 사이에 고약한 말다툼이 벌어졌다. 둘은 달빛을 받으며 이 상쾌한 숲의 그늘진 길에서 어쩌다 만나면 어김없이 말다툼만 벌였으며, 꼬마 요정들은 겁이 나서 도토리 깍정이 속에 기어들어가 숨어 버리곤 했다.

이 불행한 말다툼은 티타니아가 훔쳐온 한 어린애를 오베론에게 주지 않으려 했기 때문이었다. 소년의 어머니는 티타니아의 친구였는데, 이 티타니아의 친구가 죽자, 요정 왕비가 유모에게서 아이를 빼앗아다가 숲에서 그를 길렀던 것이다.

연인들이 이 숲에서 만나기로 한 밤에, 티타니아가 시녀들과 나들이하고 있는데, 요정 신하들을 거느리고 오베론이 나타났다.

요정 왕이 "재수없게도 달밤에 도도한 티타니아를 만났군" 하고 말하자, 왕비가 이렇게 대꾸했다. "질투 많은 오베론, 당신이 대체 뭐예요? 요정들아, 어서 가자! 맹세코 오베론과 같이 있지 않겠다."

"경솔한 것, 게 서시오. 내가 그대 주인이 아니오? 왜 티타니아가 이 오베론을 거역하오? 훔쳐온 어린애를 내 시동으로 넘기라는 것뿐인데."

"고정하세요. 당신의 요정 나라를 다 준다 해도 이 소년을 넘길 수 없어요." 왕비는 화를 내며 왕을 떠났다.

"그래, 마음대로 하시오. 아침 미명이 되기 전에 그 무례함을 인하여 그대를 괴롭게 하겠소."

그런 다음, 오베론은 가장 총애하는 개인 고문인 퍼크를 불렀다.

퍼크(종종 로빈 굿펠로라 불렸다)는 영리하고 심술궂은 요정으로, 이웃 마을을 찾아가서 우스꽝스러운 장난을 치곤 했다. 때론 젖소 우리에 들어가 젖을 마구 짜내기도 하고, 때론 버터 만드는 틀에 가볍고 공기 같은 자기 몸을 집어넣어 미친 듯이 춤추고 다니는 통에, 일하는 아낙네들이 부지런히 크림을 저어

〈오베론과 티타니아의 불화〉, 1849, 조지프 노엘 페이턴

버터를 만들려 해도 헛수고가 되게 했다. 시골 총각이 대신 해봐도 신통치 않았다. 퍼크가 맥주통에 장난을 치려고 작정한 날에는 맥주는 볼 것 없이 못쓰게 되었다. 친한 이웃들이 모여 단란하게 맥주를 마시려고 할 때, 퍼크는 구운 게 모양으로 맥주 잔 밑에 들어가, 나이 든 아낙네들이 술마시려 하면 아낙네들의 입술을 잡아 당겨 쭈글쭈글해진 젖가슴에 맥주를 엎지르게 했다.

그리고 곧이어 할머니가 이웃사람들에게 슬프고 우울한 이야기를 들려주려고 근심스런 표정으로 자리에 앉을라치면 퍼크가 세발 의자를 슬쩍 빼내어 불쌍한 노파를 나뒹굴게 하였고 화가 난 노파의 욕설에 사람들은 배꼽을 잡고 웃으며 이렇게 재미난 시간을 놓칠 수 없다며 소리를 질렀다.

"이리 오너라, 퍼크." 오베론은 작고 유쾌한 밤의 방랑자에게 말했다. "처녀들이 야생의 삼색제비꽃이라 부르는 꽃을 내게 가져 오너라. 그 작은 자줏빛 꽃의 즙을 잠자는 자의 눈꺼풀에 발라놓으면, 그 사람은 잠에서 깨어 맨 처

"퍽크는 영리하고 심술궂은 요정이었다."
―찰스 폴카르드

음 보는 것에 홀딱 반해 버리지. 그 꽃즙 얼마를 티타니아가 잠들 때 그 눈꺼풀에 바를 것이다. 그러면 그녀는 눈뜰 때 맨 처음 보는 것과 사랑에 빠지게 될 테지. 그게 사자든 곰이든 분주한 원숭이든 상관없어. 내가 이 마법을 그 눈에서 벗겨 주기 전에 그 소년을 내 시동으로 바치게 할 테다. 그런 다음 내가 아는 다른 방법으로 마법을 풀어 주겠어."

해꼬지라면 사족을 못쓰는 퍽크는 주인의 이 계략에 기분이 들떠서 그 꽃을 찾아 내달렸다. 그러던 중에 퍽크가 돌아오기를 기다리고 있던 오베론은 디미트리어스와 헬레나가 숲에 들어서는 것을 목격했다. 그는 디미트리어스가 자기를 따라온다며 헬레나를 야단치는 소리를 엿들었다. 디미트리어스가 험한 말을 해대자 헬레나는 상냥하게 충고하면서 이전에 그가 자기를 사랑했던 것 하며 참된 서약을 고백한 것을 상기시켰으나, 디미트리어스는 들짐승에게 잡혀먹히든지 상관없다며 헬레나를 내팽개쳤다. 그러나 헬레나는 있는 힘을 다해 그를 따라갔다.

진정한 연인들을 늘 좋아했던 요정의 왕은 헬레나에게 큰 연민을 느꼈다. 아마 라이샌더의 말대로 그들이 이 유쾌한 숲에서 달빛을 받으며 산책하곤 했다고 말했으니, 오베론은 예전에 디미트리어스의 사랑을 받던 행복한 헬레나를 보았을지 모른다. 그야 어찌 되었건, 퍼크가 작은 자줏빛 꽃을 가지고 돌아오자, 오베론은 총애하는 퍼크에게 이렇게 말했다.

"이 꽃을 약간 가지거라. 이 숲에 아리따운 아테네 아가씨가 있는데 거드름 피우는 젊은이를 사랑해. 그 청년을 보게 되면, 사랑의 즙을 그 눈에 약간 뿌리거라. 그러나 그 아가씨가 청년 가까이에 있을 때 하도록 해라. 그래서 그가 일어나 이 모욕당한 아가씨를 맨 처음 보게 하거라. 입고 있는 아테네인의 옷을 보면 그를 알아보게 될 것이다."

퍼크는 빈틈없이 일을 잘 처리하겠다고 다짐했다. 그런 다음 오베론은 티타니아가 눈치 채지 못하게 나무 그늘로 갔다. 그곳은 티타니아가 쉬러 가려던 곳이었다. 티타니아의 우아한 나무 그늘은 둑이었는데, 야생 백리향과 서양깨풀과 향기로운 제비꽃이 담쟁이와 사향장미와 들장미로 뒤덮인 덤불 아래서 자라고 있었다. 티타니아는 밤이 되면 이곳에 와서 얼마 동안 잠을 청했다. 그녀의 침대보는 오색으로 채색된 뱀 가죽이었는데, 작은 외투이긴 해도 요정을 감싸기엔 넉넉했다.

그는 티타니아가 요정들에게 자기가 자는 동안 어떻게 할지를 명령하고 있는 것을 보았다. 왕비가 말했다. "너희들 가운데 몇은 사향장미꽃 봉오리 속에 있는 벌레를 죽이고, 몇은 박쥐와 싸워 그 가죽 날개를 가져와서 내 작은 꼬마요정들에게 옷을 해 입히도록 해. 그리고 몇은 저 밤의 야유꾼 시끄러운 올빼미가 내 가까이 오지 않게 감시해. 우선은 내가 잠들게 노래를 불러다오."

그러자 요정들이 이렇게 노래했다.

쌍혓바닥 가진 얼룩덜룩이 뱀아,
가시많은 고슴도치야 얼씬하지 마라.
도롱뇽과 도마뱀아 해꼬지 하지 마라

우리 요정 여왕님 곁에 얼씬 마라.
나이팅게일아, 아름다운 곡조로
달콤한 자장가를 불러주렴.
자장, 자장, 잘 자라. 자장, 자장, 잘 자라.
재앙도, 주문도, 마법도
사랑스런 여왕님 곁에 오지 마라
자장가 소리를 들으며 편히 잠드소서.

요정들은 멋진 자장가를 불러 여왕을 잠들게 했다. 여왕이 분부한 중요한 일을 행하러 그 곁을 떠났다. 그러자 오베론이 조용히 티타니아 곁에 다가가서는 그 눈꺼풀에 사랑의 즙을 뿌리고 이렇게 말했다.

잠에서 깨어나 그대가 처음 보는 것을
그대의 진정한 연인으로 받아들이라.

이제 그날 밤 디미트리어스와 결혼하기를 거부한 벌로 당해야 할 죽음을 모면하려고 아버지 집을 떠난 허미아에게 돌아가 보자. 그녀는 숲에 들어서자, 라이샌더가 고모 집으로 자기를 데려가려고 가까이에서 기다리고 있는 것을 발견했다. 그러나 그들이 숲을 절반 즈음 지나기도 전에, 허미아가 매우 피곤해졌다. 자기 때문에 죽음도 불사할 정도로 사랑을 보여 준 여인을 끔찍이 여기는 터라, 라이샌더는 부드러운 이끼 덮인 둑에서 아침까지 쉬어 가자고 권하고는 조금 떨어져서 땅에 몸을 누였고, 둘은 속히 곯아떨어졌다. 퍼크가 이곳에서 그 둘을 발견했는데, 잘생긴 청년이 잠들어 있는데다 아테네의 유행대로 옷을 입고 있으며 그 곁에 아리따운 아가씨가 잠들고 있으니, 이 사람이 틀림없이 오베론이 찾아보라고 한 그 아테네 사람이며 그 모욕당한 연인이라고 결론을 내렸다. 그리고 자연스럽게 퍼크는 그들만 있으니 청년이 잠에서 깨어 맨 처음 볼 것이 이 아가씨임에 틀림없다고 생각했다. 그래서 더 이상 법석 떨 것 없이 퍼크는 작은 자줏빛 꽃의 즙을 청년의 눈에 떨어뜨렸다.

그러나 헬레나가 그리로 오는 바람에, 라이샌더가 눈을 떠서 맨 처음 본 것은

"요정들은 멋진 자장가를 불러 여왕을 잠들게 했다."
—노먼 M. 프라이스

허미아가 아니라 헬레나가 되고 말았다. 말을 꺼내기가 이상하지만, 사랑의 마법이 너무도 강력한지라 허미아에 대한 라이샌더의 사랑이 모두 사라져 버렸고, 라이샌더는 헬레나와 사랑에 빠졌다.

그가 일어나 허미아를 맨 처음으로 보았다면, 퍼크의 실수는 대수롭지 않았을 것이다. 왜냐하면 그는 저 신실한 허미아를 더없이 사랑했기 때문이다. 그러나 가련한 라이샌더는 사랑의 마법에 이끌려 순수한 허미아를 잊어버리고 다른 여인을 쫓아갔고 한밤중에 잠자는 허미아를 숲속에 홀로 내팽개치게 되었으니, 참으로 서글픈 일이 아닐 수 없었다.

그래서 불행이 일어났다. 헬레나는 앞서 이야기했던 것처럼 자기를 무례

하게 저버리고 달아났던 디미트리어스를 뒤쫓아가려고 안간힘을 썼다. 그러나 남자가 장거리 경주에서 여자보다 월등히 잘 뛰는 법. 힘에 부치는 경주를 계속할 순 없었다. 헬레나는 곧 디미트리어스를 놓치고 말았다. 낙담스럽고 비참한 마음으로 배회하던 헬레나는 라이샌더가 누워 있는 곳에 도착했다.

"아니, 땅에 누워 있는 이 사람은 라이샌더인데, 죽은 걸까 아니면 잠든 걸까?"

그리고 가볍게 그를 만지며 헬레나는 말했다. "라이샌더, 살아 있다면 일어나세요."

이 말에 라이샌더는 눈을 뜨고는 (사랑의 마법이 효력을 나타내기 시작한다) 즉시 터무니없는 사랑과 칭송의 말로 헬레나에게 이야기했다. 비둘기가 까마귀와 비교될 수 없듯이 헬레나가 허미아보다 훨씬 아름답다고 말하고 그녀를 위해서라면 불길도 마다하지 않겠다고 했다. 그리고 사랑에 빠진 사람답게 사랑의 말을 많이 늘어놓았다.

헬레나는 라이샌더가 자기 친구 허미아의 연인이며 그가 허미아와 결혼하기로 엄숙히 약조한 것을 알므로, 이런 식의 말을 듣고는 화가 머리 꼭대기까지 치밀었다. 그도 그럴 것이, 라이샌더가 자기를 놀리고 있다고 생각했기 때문이었다.

"아니, 내가 모든 사람에게 이처럼 조롱당하고 경멸당하는 이유가 무엇이란 말인가? 내가 디미트리어스에게서 다정스런 눈길이나 친절한 말을 얻을 수 없는 것으로도 족하지 않단 말이에요? 당신이 이렇게 모욕적인 태도로 나를 유혹하는 척하다니 말이 되는 일이에요? 라이샌더, 전엔 당신이 점잖은 분이라고 생각했는데." 헬레나는 이런 말을 하고는 대단히 화를 내며 달아났다. 그러자 라이샌더는 여전히 잠들어 있는 자기의 허미아를 까맣게 잊어버리고 헬레나를 쫓아갔다.

〈허미아와 라이샌더〉, 워싱턴 올스턴

　허미아는 잠에서 깨어났으나 자기 혼자라는 것을 알고 매우 두려워졌다. 그녀는 라이샌더가 어떻게 되었는지, 어디로 가야 그를 찾을 수 있는지 알지 못하여 숲을 이리저리 돌아다녔다.

한편 허미아와 그의 연적 라이샌더를 찾을 수 없는데다 지쳐 버린 디미트리어스는 속히 잠들게 되는데 그것을 오베론이 보았다. 오베론은 퍼크에게 몇 가지 질문을 던지고나서 퍼크가 엉뚱한 사람의 눈에 사랑의 마법을 걸었음을 알게 되었다. 그런데 원래 마법을 걸려고 했던 그 사람을 발견하고 오베론은 잠자고 있는 디미트리어스의 눈에 사랑의 즙을 발랐고, 디미트리어스는 즉시 일어났다. 그가 처음으로 본 것은 헬레나였기에, 라이샌더가 그랬듯이 헬레나에게 사랑의 말을 건네기 시작했다. 그리고 바로 그때 허미아가 뒤쫓던(퍼크의 불행한 실수 때문에 이번에는 허미아가 연인을 뒤쫓게 된 것이다) 라이샌더가 모습을 나타냈다. 그러자 라이샌더와 디미트리어스는 서로 자기가 헬레나를 사랑한다고 말했다. 물론 강력한 마법의 영향을 받고 있기 때문이었다.

놀란 헬레나는 디미트리어스와 라이샌더 그리고 한때 다정했던 친구 허미아가 모두 자기를 놀리려고 한통속이 되어 음모를 꾸미고 있다고 생각했다.

허미아는 헬레나만큼 놀랐다. 그녀는 전에 자기를 사랑했던 라이샌더와 디미트리어스가 이제 헬레나의 연인이 되어 버린 이유를 알지 못했다. 그리고 헬레나에게는 그 일이 장난 같지 않았다.

이전에 언제나 둘도 없는 친구였던 아가씨들은 이제 고성을 주고받게 되었다.

헬레나가 말했다. "못된 허미아, 라이샌더더러 모욕스런 찬사로 나를 괴롭히게 만든 건 널 테지. 그리고 언제나 발길질하며 나를 내쫓곤 하던 너의 또 하나의 연인인 디미트리어스에게도, 나를 여신이니 님프니 귀하니 소중하니 거룩하니 하며 이야기하라고 시켰겠다? 네가 나를 조롱하라고 시키지 않았다면 디미트리어스가 미워하는 나에게 그런 말을 했을 리 없어. 못된 허미아, 남자들을 끌어다가 가련한 친구를 조롱해? 학창 시절의 우정을 잊었니? 허미아, 우리가 한 방석에 앉아 같은 노래를 부르며 함께 뜨개바늘로 같은 꽃을 만들고

〈허미아와 헬레나〉, 조지프 세번 (1793~1879)

같이 자수를 놓으면서 쌍둥이 앵두처럼 같이 자라 천년만년 헤어지지 않을 것
처럼 지낸 적이 얼마나 많았니? 허미아, 남자들을 끌어다가 가련한 친구를 조
롱하다니 우정도 아니고 여자답지도 않은 짓이야."

"그렇게 열을 내며 말하다니 기가 막히군. 난 너를 조롱하는 게 아냐. 도리어 네가 나를 조롱하는 것 같아."

그러자 헬레나가 대꾸했다. "얼씨구, 계속 심각한 척 표정을 지으면서 내가 등을 돌리면 입을 삐죽거리겠지. 그런 다음 서로 눈짓하고 신나게 놀리겠지. 일말의 동정심이나 호의나 예의가 있다면 나를 이런 식으로 대하진 않을 거야."

헬레나와 허미아가 서로 화를 내며 이런 말을 주고받는 동안 디미트리어스와 라이샌더는 그들을 떠나 헬레나의 사랑을 얻기 위해 숲에서 서로 싸웠다.

신사들이 떠난 것을 발견한 두 아가씨는 헤어져 서로의 연인을 찾으러 지친 몸을 이끌고 다시금 숲 속을 헤맸다.

그들이 사라지자마자, 작은 퍼크와 함께 그들의 다투는 소리를 듣고 있다가 요정 왕이 말했다. "퍼크, 이건 네 과실이야. 그렇지 않다면 일부러 이렇게 한 거지?"

"저를 믿어 주세요, 어둠의 임금님. 이건 실수였어요. 아테네인의 복장을 보고 그를 알아볼 것이라고 말씀하시지 않았습니까? 하지만 이 일은 제 잘못이 아니에요. 그들의 말다툼으로 멋진 구경거리가 생겼잖아요?"

"디미트리어스와 라이샌더가 싸우기에 적합한 곳으로 떠난다는 말을 들었겠지. 네게 명하노니, 짙은 안개로 이 밤을 휘감고 싸움질 좋아하는 연인들이 어둠 가운데서 길을 잃어 서로 발견할 수 없게 해라. 한 사람의 목소리를 흉내 내어 다른 사람에게 심한 조롱을 퍼부어, 적수의 목소리로 알고 너를 따라오게 하거라. 그들이 너무 지쳐서 더 이상 갈 수 없을 때까지 하도록 해라. 그들이 잠들면 이 꽃의 즙을 라이샌더의 눈에 바르고, 라이샌더가 잠에서 깨면 헬레나에 대한 사랑을 잊게 될 것이며 이전처럼 허미아에 대한 열정을 갖게 될 것이다. 그러면 어여쁜 두 아가씨는 사랑하는 사람과 행복해질 것이다. 그리고

"내 눈에 보이는 게 천사인가?" 하고 티타니아는 눈을 뜨면서
말했다. ─아서 래컴

그들은 지금까지 벌어진 모
든 일을 괴로운 악몽으로 생
각할 것이다. 그런 다음, 너
는 나와 함께 티타니아가 얼
마나 달콤한 사랑을 발견했
는지 살펴보러 가자."

티타니아는 여전히 잠들
어 있었다. 그리고 오베론
은 그녀 가까이에 어릿광대
가 있는 것을 보았는데, 그
도 숲에서 길을 잃고 잠들
어 있었다. "이 친구가 티
타니아의 진정한 연인이 되
겠군." 그리고 어릿광대에
게 당나귀 머리를 씌우자,
영락없이 그의 어깨에 달린 머리마냥 잘 어울리는 듯했다. 오베론은 당나귀
의 머리를 아주 부드럽게 붙였다. 그것 때문에 어릿광대가 깨어나 일어났으
나 오베론이 한 일을 알아차리지 못하고 요정 여왕이 잠자고 있는 정자 쪽으
로 갔다.

"내 눈에 보이는 게 천사인가?" 하고 티타니아는 눈을 뜨면서 말했다. 그러
자 작은 자줏빛 꽃의 즙이 효력을 발휘하기 시작했다. "당신은 아름답기도 하
지만 지혜롭기도 하군요."

"무슨 말씀을. 이 숲을 벗어날 지혜가 있다면 그것으로 족합니다요." 어리
석은 어릿광대가 말했다.

〈티타니아와 어릿광대〉, 1793, 요한 하인리히 퓌슬리

그에게 반한 여왕은 말했다. "이 숲을 빠져나갈 생각일랑 품지 마세요. 나
는 평범한 요정이 아니랍니다. 나와 함께 가서 요정들의 시중을 받으세요."

그러자 그녀는 요정들 넷을 불렀다. 그들의 이름은 콩꽃, 거미줄, 나방,

겨자씨였다.

왕비가 말했다. "이 신사분을 시중들거라. 산책하실 때는 그 앞에서 깡충 깡충 춤추거라. 포도와 살구로 대접하고 벌집에서 꿀주머니를 따 드려라."

그녀는 어릿광대에게 말을 건넸다. "여기 와서 저와 함께 앉으세요. 제가 당신의 사랑스런 두 볼을 쓰다듬어 드리죠, 나의 아름다운 당나귀여. 그리고 당신의 멋진 긴 귀에 키스해 드릴께요, 나의 고귀한 기쁨이여."

"콩꽃, 어디 있지?" 당나귀 머리를 한 어릿광대가 요정 여왕의 구애에 별다른 관심을 보이지 않고 새로운 시중꾼들을 대견히 여겼다.

"예, 대령하였습니다" 하고 콩꽃이 말했다.

"내 머리를 긁어 다오. 거미줄은 어디 있느냐?"

"예, 대령하였습니다."

"거미줄 씨. 저기 엉겅퀴 꼭대기에 있는 붉은 땅벌을 죽여 주게. 그리고 거미줄 씨, 꿀주머니를 갖다 주게. 너무 서두르지는 말고. 자네가 꿀주머니를 뒤집어쓰면 내가 미안하지 않겠나. 겨자씨는 어디 있지?"

"여기 대령하였습니다. 무슨 분부이신지?"

"아무것도 아니네, 겨자씨. 다만 콩꽃 씨를 도와 머리를 긁어 주게. 이발소에 가야겠어, 겨자씨. 난 얼굴에 머리카락이 너무 많은 것 같아."

"어여쁜 나의 님이여, 뭘 드셔야 하지 않겠어요? 용감한 요정을 시켜 다람쥐네 창고를 뒤져 햇열매를 가져오게 하겠어요."

"그것보다는 마른 콩이나 한움큼 먹고 싶소." 어릿광대가 당나귀의 머리를 하고 식욕이 생겨서 말했다. "그런데 아무도 나를 방해하지 말게 하시오. 잠을 청하고 싶소."

"그러면 주무세요. 내 팔로 그대를 안으리다. 아, 당신을 너무 사랑해요. 견딜 수 없을 것만 같아요."

〈엉뚱한 환상세계를 헤매고 있는 티타니아〉, 루돌프 칼 후버 (1839~1896)

그 때 요정 왕은 왕비의 팔을 베고 어릿광대가 잠자고 있는 것을 보고는,
왕비가 잘 보이는 곳으로 다가가 당나귀에게 있는 애정, 없는 애정을 다 쏟는
왕비를 책망했다.

왕비는 꽃으로 손수 화관을 씌워 준 당나귀 머리의 어릿광대가 자기 팔에 잠들고 있는 것을 보고는 왕의 책망을 부인할 수 없었다.

오베론은 잠시 그녀를 놀리고는 다시금 몰래 훔쳐 온 아이를 시동으로 달라고 했다. 그러자 왕비는 새로 생긴 연인과 함께 있는 것을 왕에게 들킨 것이 부끄러워 그 요구를 감히 거절하지 못했다.

오베론은 그렇게 하여 그토록 시동으로 삼고자 했던 어린 소년을 얻자, 자신의 유쾌한 계략으로 티타니아를 수치스럽게 만든 것에 연민을 느끼고, 다른 꽃즙을 그녀의 눈에 발랐다. 그러자 요정 왕비는 즉시로 정신을 되찾고 조금 전의 맹목적인 사랑에 어리둥절하여, 이제 이상한 괴물이 얼마나 징그러운지 말했다.

오베론은 어릿광대에게서 당나귀 머리를 벗겨 내어 바보 같은 얼굴을 드러내 주고는 선잠을 깨우고 자리를 떠났다.

오베론과 티타니아는 이제 완전히 화해했고, 오베론은 연인들과 그들의 한밤중 소란에 관하여 티타니아에게 이야기해 주었다. 그러자 티타니아는 오베론을 따라가서 그 희한한 사건의 결말을 보겠다고 했다.

요정 왕과 왕비는 연인들과 그들의 아리따운 아가씨들이 멀리 떨어지지 않은 잔디밭에서 자고 있는 것을 발견했다. 퍼크가 전에 저지른 실수를 바로잡기 위해서 그들을 모두 같은 곳에 모으되 서로 알지 못하게 하려고 온갖 정성을 다하여 계략을 꾸몄다. 그리고 그는 요정 왕이 준 해독제로 라이샌더의 눈에서 마법을 조심스럽게 풀어 주었다.

허미아가 먼저 깨어나 라이샌더가 가까이에 자고 있는 것을 발견하고 그의 이상한 변덕에 어리둥절했다. 라이샌더가 곧 눈을 떠서 소중한 허미아를 보고는 요정의 마법에 가려진 이성을 되찾고 아울러 허미아에 대한 사랑을 되찾았다. 그러자 그들은 간밤의 희한한 일에 관하여 이야기를 주고받으며, 이런

〈오베론과 티타니아의 화해〉, 1847, 조지프 노엘 페이턴

일이 실제로 일어났는지 아니면 똑같이 황당한 꿈을 꾸었는지 의아해했다.

이때 헬레나와 디미트리어스가 깨어났다. 그리고 달콤한 잠을 잔 덕택에
헬레나는 혼란스럽고 화난 마음이 가라앉아, 디미트리어스가 이제 그녀에게

바치는 사랑의 고백을 즐겁게 들었으며, 아울러 그것이 진실임을 알고는 놀라워했다.

밤중에 배회하던 아리따운 아가씨들은 더 이상 적수가 아니라 다시금 참된 친구가 되었다. 주고받은 온갖 고약한 이야기는 잊어버렸다. 그리고 그들은 앞으로 어떻게 해야 할지 조용히 의논했다. 곧 디미트리어스는 허미아를 포기했으니, 그녀의 아버지를 찾아가 그녀에게 언도된 잔혹한 사형 선고를 철회하도록 힘을 쓰겠다고 했다. 디미트리어스가 이와 같이 우호적인 목적으로 아테네로 돌아가려고 준비하고 있다가, 도망친 딸을 찾아 숲으로 온 허미아의 아버지 이지어스를 보고 놀랐다.

이지어스는 디미트리어스가 이제 자신의 딸과 결혼하지 않으려 하는 것을 알고는, 더 이상 라이샌더와의 결혼을 반대하지 않았으며 나흘째 되는 날에 결혼하라고 허락했다. 그리고 바로 그날은 허미아가 생명을 잃게 되어 있던 날이었다. 그날 헬레나도 이제 신실해진 사랑하는 디미트리어스와 결혼하기로 기쁘게 동의했다.

요정 왕과 왕비는 보이지 않는 관객으로서 이 화해 장면을 바라보면서 오베론의 호의로 연인들이 행복한 결말을 맞이하는 것에 큰 기쁨을 얻은 나머지, 요정 나라 전역에 연회를 열어 다가오는 결혼식을 축하하기로 작정했다.

그런데 누구라도 요정들과 그들의 장난에 관한 이야기를 듣고 믿기 어렵고 괴상하다고 판단하여 기분이 상한다면, 잠들어 꿈을 꾸었는데 꿈속에서 이 모든 희한한 사건이 일어났다고만 생각해 주기 바란다. 그리고 바라건대, 재미있고 무해한 이 한밤중의 꿈을 읽고 기분이 상할 만큼 분별 없는 독자가 없었으면 한다.

8. 뜻대로 하세요

　프랑스가 여러 지역(혹은 공국)으로 나누어져 있던 시절, 어느 지역에 권력 찬탈자가 다스리고 있었는데 그는 합법적인 공작이었던 형을 폐위하여 추방시켰다.

　그리하여 자신의 영토에서 쫓겨난 공작은 몇 사람의 충직한 신하를 데리고 아든 숲에 은거했다. 여기서 선량한 공작은 사랑하는 친구들과 함께 살았는데, 그들은 공작을 흠모하여 자진해서 망명길에 올랐다. 그러니 그들의 땅과 수입은 못된 찬탈자의 배를 살찌울 뿐이었다. 하지만 그들은 마음 편한 아든 숲의 태평스런 생활이 몸에 배여, 전에 조신(朝臣)으로 허식적이고 마음 불편하게 지내던 화려한 생활보다 좋아지게 되었다.

　이곳에서 그들은 잉글랜드의 로빈 후드처럼 살았으며, 궁정의 많은 귀족 청년들이 매일 이곳을 들락거렸고, 황금 시대를 구가하듯 그렇게 시절은 태평스럽게 지나갔다. 여름이면 그들은 아름드리 나무들의 시원한 그늘 아래서 야생 사슴들이 노는 모습을 즐겼다. 다만 이 숲에서 오래 전부터 살았을 이 얼룩빼기 바보들을 너무 좋아한 나머지, 이들을 죽여 식량으로 삼는 일이 몹시 가슴 아팠다. 겨울의 차가운 바람이 불어닥치자 공작은 자신의 불운한 운명을 뼈저리게 느끼면서도 꿋꿋이 참으며 말했다.

"내 몸에 몰아닥치는 이 으시으시한 바람은 진정한 조언자로다. 이들은 아첨하지 않고 나의 형편을 이실직고하는구나. 비록 날카롭게 물지라도, 그 이는 몰인정과 배은망덕만큼 살을 에지는 않구나. 사람이 역경을 아무리 나쁘게 말할지라도 거기서 달콤한 유익을 빼낼 수 있으리. 징그러운 두꺼비의 머리에서 얻은 보약처럼 귀한 유익 말이다."

인내심있는 공작은 이런 식으로 자신이 목격하는 모든 일에서 유익한 교훈을 얻었다. 그리고 이처럼 교훈적인 태도에 힘입어, 비록 공적인 무대에서 격리된 생활이지만 나무에게서 말을, 흐르는 시내에서 책을, 돌에서 설교를, 모든 것에서 선(善)을 발견할 수 있었다.

추방당한 공작에게는 로절린드라는 고명딸이 있었다. 찬탈자 프레더릭 공작이 그녀의 아버지를 추방시켜 놓고서도 자기 딸 실리아의 동무 삼아 궁정에 그냥 놔두었던 딸이다. 둘 사이는 순수한 우정이 계속되어, 아버지들의 다툼에도 전혀 방해받지 않았다. 실리아는 힘닿는 대로 로절린드의 아버지를 폐위시킨 자기 아버지의 불법 행위를 의식하며 로절린드를 위로하려고 했다. 그리고 로절린드가 추방당한 아버지를 생각하고 못된 찬탈자에게 얹혀 지내는 신세를 생각할 때마다 우울하게 되면, 실리아는 있는 정성, 없는 정성 다해서 로절린드를 위로했다.

하루는 실리아가 늘 그러듯이 로절린드에게 "제발 즐거운 얼굴을 해봐" 하고 말하는데, 마침 공작으로부터 한 심부름꾼이 와서 씨름 경기가 곧 시작되니까 보고 싶으면 궁전 앞뜰로 바로 오라고 소식을 전했다. 그리고 실리아는 로절린드가 그것을 보면 기분이 나아질 것이라고 생각하고 보러 가겠다고 했다.

요즘은 시골의 어릿광대들이나 하는 씨름이 그 당시에는 궁정의 뜰에서도 아리따운 숙녀와 공주를 모시고 열리는 인기 종목이었다. 그래서 실리아와 로절린드는 이 씨름 경기를 보러 갔다. 그들은 씨름 경기가 아주 비극적인 광경처럼 보였다. 왜냐하면 씨름을 오랫동안 해 왔고 그동안 많은 사람을 죽인 덩치 크고 힘센 사람이 곧 젊은 청년과 씨름하게 되었기 때문이다. 이 청년이 너무 젊은 데다 씨름 경기를 한 경험이 없었기에 구경꾼들은 모두들 그가 틀림없이 죽을 것이라고 생각했다.

공작이 실리아와 로절린드를 보고는 말했다. "내 딸과 조카가 아닌가? 씨름을 보러 이곳까지 왔구나. 너희들에게 그다지 재미없을 게다. 싸움꾼이 너무 차이가 심해. 이 젊은이가 불쌍해서 씨름을 그만두게 하려 했는데 말을 듣지 않더군. 너희 숙녀들이 그에게 이야기해 봐라. 혹시 마음이 움직일지 모르겠다."

아가씨들은 인정 넘치는 일을 흔쾌히 수락했고, 먼저 실리아가 단념하라고 젊은이에게 간청했다. 그런 다음, 로절린드가 그에게 아주 상냥하게 이야기했는데 청년이 곧 당할 위험을 절절히 느끼면서 말하는 까닭에, 청년은 목표를 단념하라는 부드러운 말에 설득당한 게 아니라 사랑스러운 아가씨의 눈을 보고 오히려 용기를 떨쳐 보리라는 생각에 휩싸이게 되었다. 그는 품위 있고 기품 있는 말로 실리아와 로절린드의 청을 거절했고, 둘은 그에게 더욱 관심을 갖게 되었다. 그는 이런 맺음말로 거절의 뜻을 알렸다.

"이렇게 아리땁고 훌륭한 숙녀의 뜻을 거절하니 정말 유감입니다. 그러나 여러분의 아름다운 눈과 어진 소원을 힘입어 경기에 임하게 해주십시오. 제가 패하더라도 품위라곤 없는 한 사람이 패한 것이며, 제가 죽더라도 죽기를 소원하는 자가 죽은 것일 뿐입니다. 친구들에게 폐 끼칠 일도 없을 것입니다. 왜냐하면 저의 죽음을 슬퍼할 친구가 한 명도 없으니 말입니다. 세상에도 손해 끼치지 않을 것입니다. 본디 저는 빈털터리니까요. 저야 세상에서 고작 자리 하나 차지하고 있을 뿐, 제가 그 자리를 비워 두면 더 나은 사람이 차지하겠지요."

그런 다음 씨름 경기가 시작되었다. 실리아는 낯선 젊은이가 상처를 입지 않기를 바랐다. 하지만 로절린드는 그를 누구보다 동정했다. 그가 친구도 없고 죽고 싶다고 한 말에 로절린드는 그가 자기처럼 불행한 사람이라고 생각했다. 그리고 그녀는 그를 너무도 불쌍하게 생각하고 씨름을 하고 있는 그의 형편을 너무도 염려한 나머지 그 순간 그와 사랑에 빠진 느낌이 드는 것 같았다.

아름답고 고결한 숙녀들의 친절에 힘입어 청년은 용기와 힘을 얻었다. 그래서 그는 기적 같은 일을 이루고 말았다. 결국 그의 적수는 완전히 패배당하고 상처를 크게 입어, 잠시 동안 말도 못하고 몸도 움직이지도 못했다.

프레더릭 공작은 이 낯선 청년이 보여준 용기와 기술에 크게 즐거워하며, 그를 자기의 휘하에 둘 심산으로 그의 이름과 부모를 알아보고자 했다.

낯선 젊은이는 자기의 이름이 올랜도이며 로울런드 드 보이스 경의 막내아들이라고 밝혔다.

올랜도의 아버지인 로울런드 드 보이스 경은 오래 전에 죽었다. 그러나 그는 생전에 추방당한 공작의 진정한 신하이며 소중한 친구였다. 그러므로 프레더릭은 올랜도가 추방당한 형의 친구 아들이라는 말을 들었을 때, 이 용감하고 젊은 청년을 좋아하던 마음이 싹 가시고 불쾌한 마음으로 바뀌어 심기가 대단히 불편한 채로 그곳을 떠났다. 형의 친구들의 이름을 듣는 것은 싫지만 여전히 그 청년의 용기에 탄복하던 프레더릭은 밖으로 나가면서 올랜도가 다른 사람의 아들이었더라면 얼마나 좋았을까 하고 말했다.

로절린드는 자신이 좋아하는 사람이 아버지의 오랜 친구의 아들이라는 말을 듣고 즐거워했다. 그리고 그녀는 실리아에게 말했다. "아버지께서 로울런드 드 보이스 경을 총애하셨는데, 만일 이 청년이 그의 아들이라는 것을 내가 알고 있었더라면 그가 씨름 경기에 나설 때 눈물을 뿌리며 막았을 거야."

그런 다음 아가씨들은 그에게 갔다. 그리고 공작이 갑작스럽게 불쾌한 심정을 드러낸 데 대하여 그가 무안해하는 것을 보고 아가씨들은 그에게 따스한 격려의 말을 건넸다. 그리고 로절린드는 헤어질 때 돌아다보며 아버지의 오랜 친구의 아들인 이 용감한 청년에게 정중한 말을 건넸다. 그리고 목에서 목걸이를 풀어 주며 말했다.

"신사분, 저를 위하여 이것을 목에 걸어 주세요. 저는 행운과 상관없어진 사람이에요. 그렇지 않았더라면 당신에게 좀 더 귀한 선물을 드렸을 텐데."

단둘만 있을 때 로절린드가 여전히 올랜도에 관하여 이야기하자, 실리아는 사촌이 잘생긴 젊은 씨름꾼과 사랑에 빠진 것을 느끼기 시작하고는 로절린드에게 말했다. "그렇게 갑작스럽게 사랑에 빠질 수 있어?"

로절린드는 대답했다. "나의 아버지 공작님은 그분의 아버지를 무척 사랑하셨어."

"하지만 언니가 그의 아들을 그렇게 사랑해야 하는 건 아니잖아? 그러면 나의 아버지가 그의 아버지를 미워했으니 나는 그를 미워해야겠네. 하지만 나는 올랜도를 미워하지 않아."

프레더릭은 로울런드 드 보이스 경의 아들 때문에 추방당한 공작에게 귀족 친구들이 많은 것을 생각하고 화가 났고, 사람들이 조카딸의 덕행을 칭송하고 신량한 그녀의 아버지 때문에 그녀를 불쌍히 생각하므로 그녀에게도 기분이 나빴다. 실리아와 로절린드가 올랜도에 관하여 이야기하고 있을 때, 프레더릭이 방에 들어와 머리끝까지 화를 내면서 로절린드에게 즉시 궁전을 떠나라고 명령했다. 실리아가 그녀를 열심히 두둔했지만 프레더릭은 로절린드를 머물게 한 것은 순전히 실리아 때문이었다고 말했다. 실리아가 말했다.

"그때 로절린드를 있게 해 달라고 아버지께 간청하지 않았어요. 그때 저는 너무 어려 로절린드를 귀하게 생각하지 못했어요. 그러나 지금은 로절린드의 가치를 알아요. 오랫동안 둘이 함께 잠을 자고, 잠자리에서 함께 일어나고, 함께 공부하고 놀고 식사를 해왔던 터라 로절린드가 없으면 살 수 없어요."

프레더릭이 대답했다. "저 애는 너무 간교해서 네가 알 리 없지. 얼마나 비위를 잘 맞추고 말을 안하고 잘 참는지 사람들이 저 애를 불쌍히 여기는 거야. 그런 애를 위하여 간청하다니 참 어리석구나. 저 애가 없어지면 네가 더욱 영리하고 덕스러워 보일 텐데 말이다. 그러니 네 입으로 저 애를 두둔하지 말거라. 내가 내린 결정은 돌이킬 수 없어."

실리아는 아버지를 설득하여 로절린드를 함께 지내게 할 수 없음을 발견하고 관대하게도 그녀를 따라가기로 결심했다. 그리고 그 밤에 실리아는 아버지의 궁전을 떠나 추방당한 공작 로절린드의 아버지를 찾으러 아든 숲으로 친구와 함께 길을 나섰다.

떠나기 앞서 실리아는 젊은 아가씨 둘이 화려한 옷을 입고 길을 떠나는 게 안전하지 않을 것이라고 생각했다. 그래서 그녀는 시골 아가씨처럼 옷을 입고 신분을 감추자고 제안했다. 로절린드는 두 사람 가운데 하나가 남자처럼 옷을 입으면 훨씬 안전할 것이라고 말했다. 그래서 로절린드가 키가 크니까 젊은 시골 청년의 옷을 입고, 실리아는 시골 소녀처럼 옷을 입기로 하고 서로 남매지간으로 하자고 했다. 그리고 로절린드는 개니미드라는 이름을 갖기로 하고 실리아는 앨리너라는 이름을 택했다.

이처럼 변장하고 돈과 보석으로 비용을 마련하여, 아름다운 두 공주는 긴 여행을 떠났다. 아든 숲은 공국에서 멀리 떨어져 있었던 것이다.

로절린드 아가씨(혹은 개니미드)는 남자옷을 입으니 영락없이 대장부다운 용기를 지닌 듯했다. 실리아가 신실한 우정으로 피곤한 먼 길을 동행해 주니, 이제 남매지간이 된 로절린드는 이 참된 사랑에 보답하여 정말로 상냥한 시골 아가씨 앨리너의 소박하고 씩씩한 오빠 개니미드인 듯 즐거운 기분을 내

"드디어 그들은 아든 숲에 도달했다." — 노먼 M. 프라이스

비쳤다.

결국 아든 숲에 도달한 그들은 지금까지와는 달리 여관이나 편의 시설을 찾지 못했다. 음식도 먹고 휴식도 취해야 되므로, 즐거운 이야기와 행복한 말로 내내 누이를 아주 즐겁게 해 준 개니미드는, 자신이 너무 지쳐서 남자옷을 입은 것에 걸맞지 않은 마음이 든다고 고백하며 여자처럼 울어 버렸다. 그러자 앨리너는 자기도 더 이상 걸을 수 없노라고 했다. 그러자 개니미드는 연약한 그릇인 여자를 위로하고 달래는 것이 남자의 의무임을 상기시키려고 애썼다. 그리고 누이가 된 실리아에게 용기 있는 모습을 보이기 위해 이렇게 말했다.

"자, 마음을 즐겁게 해, 앨리너. 우리는 이제 아든 숲으로 가는 여행의 막바지에 도달한 거야."

그러나 남자 흉내를 내고 억지로 용기를 내봤지만, 별로 도움이 되지 못했다. 그들이 아든 숲에 있었지만, 어디서 공작을 찾아야 할지 알 수 없었기 때문이다. 그리고 여기서 지친 이 숙녀들의 여행은 서글픈 종국에 도달한 것 같았다. 길을 잃은 데다 음식도 없어 죽을 지경이었던 것이다. 그런데 피로에 짓눌리고 아무런 구원의 손길을 기대할 수 없어 죽을 지경이 되어 풀밭에 앉아 있을 때, 뜻밖에도 한 시골 사람이 그 길을 지나갔다.

개니미드는 다시금 남자답게 대담하게 이야기를 걸었다. "이보시오, 양치기, 이 황량한 곳에서 인정으로든 돈으로든 대접을 받을 수 있다면 쉴 만한 곳으로 우리를 데려다 주구려. 내 동생은 여행길에 너무 지치고 음식이 떨어져 기진맥진했소."

그 남자는 자기는 양치기의 하인일 뿐이며 주인이 집을 팔려고 내놓았기 때문에 변변찮은 대접밖에 하지 못하겠다고 말했다. 그러나 그들이 자기와 함께 가면 환영이라고 했다. 그들은 원기를 줄 만한 음식과 잠자리를 곧 얻을 것으로 기대하고 그 남자를 따라갔다. 그리고 그들은 양치기의 집과 양을 샀고, 자

"개니미드는 앨리너에게 이제 지쳤다고 인정했다."
— 찰스 폴카르드

기들을 양치기의 집으로 인도한 그 사람을 자기네 하인으로 삼았다. 이리하여 산뜻한 시골집을 얻고 음식을 넉넉히 얻은 그들은 공작이 숲 어디에 사는지 알 수 있을 때까지 거기 살기로 했다.

그들은 여행의 피로에 지쳤다가 휴식을 취해 기운을 얻고 나니 새로운 생활이 좋아지기 시작했으며 양치는 사람들 흉내를 내다보니 마침내 자신들이 양치기라고 생각하게 되었다. 하지만 때때로 개니미드는 용감한 올랜도가 아버지의 친구 로울런드 경의 아들이므로 그를 아주 사랑했던 로절린드 시절을 기억했다. 개니미드는 올랜도가 아주 멀리, 기진맥진해질 만큼 멀리 떨어져 있다고 생각했지만, 실은 올랜도도 아든 숲에 있었다. 이리하여 다음의 이상한 사건이 벌어지게 되었다.

올랜도는 로울런드 드 보이스 경의 막내이며, 로울런드 경은 세상을 떠나면서 올랜도(그가 아직 어릴 때)를 장남 올리버에게 맡기고 그를 축복하면서 동생을 잘 가르치고 가문의 위엄에 어울리게 그에게 필요한 것을 공급하라고 명령했다. 그러나 올리버는 형편없는 형이었다. 그는 임종하는 아버지의 명령을 무시하고 동생을 학교에 보내지 않고, 아무런 교육도 없이 동생을 집에 방치했고 그를 완전히 무시해 버렸다. 그러나 올랜도는 천성으로나 고결한 심지로나 뛰어난 부친을 쏙 빼 닮았기에, 교육의 혜택이라곤 전혀 받은 바 없으나 최고의 보살핌을 받은 젊은이처럼 보였다. 그리고 올랜도는 배우지 못한 동생의 훌륭한 인품과 위엄찬 몸가짐을 무척 시기하여, 결국 그를 파멸시키고자 했다. 그가 품은 목표를 이루려고 사람들을 시켜서 앞서 이야기한 바와 같이 아주 많은 사람을 죽인 저 유명한 씨름꾼과 경기를 벌이도록 그를 설득하게 했다. 그런데 잔인한 형에게 무시받은 올랜도는 친구도 없는 처지에 차라리 죽고 싶다고 말했다.

자신이 품은 사악한 소망과는 달리 동생이 승리를 거두게 되자, 그의 시기와 악의는 끝없이 커져서 올랜도가 잠자고 있던 방을 불태워 버리겠다고 맹세하기에 이르렀다. 그런데 아버지에게 충직했고, 로울런드 경을 빼 닮은 올랜도를 사랑했던 한 늙은 종이 이 맹세의 말을 엿듣고 말았다. 이 노인은 공작의 궁전에서 돌아오는 올랜도를 만나러 가서, 올랜도를 보자 그가 처한 위험에 그만 이런 열정적인 절규를 터트렸다.

"아, 친절한 도련님, 착한 도련님, 작고하신 로울런드 경을 빼 닮은 분! 어찌 그리 덕망이 높으신지요! 어찌 그렇게 친절하고 힘세고 용감하신지요! 유명한 씨름꾼을 무찌르시다니 어찌하여 그렇게 믿음직스러운지요. 도련님 칭찬이 어찌 빠른지 도련님보다 먼저 집에 도착했습니다."

무슨 영문인지 모르는 올랜도는 어찌된 일이냐고 그에게 물었다. 그러자 노인은 사악한 형이 사람들의 사랑을 독차지한 동생을 시기하여, 공작의 궁전에서 승리를 거둬 명성을 떨쳤다는 이야기를 듣고 그 밤에 동생의 방에 불을 놓아 그를 죽이려 한다는 것을 알려 주었다. 그리고 즉시 임박한 위험을 피하라고 충고해 주었다. 애덤이라는 노인은 올랜도에게 돈이 전혀 없는 것을 알고, 자신이 모아 둔 얼마간의 돈을 건네 주며 말했다.

"도련님의 아버지 밑에 있을 때 받은 30크라운씩을 모아, 늙은 사지를 놀려 일을 할 수 없을 때를 위해 마련한 5백 크라운밖에 없습니다. 그걸 가져가세요. 까마귀를 먹이시는 하느님이여! 이 늙은이에게 위로가 되어 주소서! 여기 돈이 있습니다. 몽땅 드리겠습니다. 저를 도련님의 종으로 삼아 주십시오. 제 비록 늙어 보이나, 도련님의 모든 일과 필요가 생길 때 장정 못지않게 일하겠습니다."

"정말 선하신 분이군요. 노인을 보니 옛날의 변함없는 봉사가 눈에 선합니다! 노인은 오늘날 보기 드문 분입니다. 같이 갑시다. 노인이 젊은 날에 모은 돈을 다 쓰기 전에, 노인과 나의 생계를 위한 방도를 찾아보리다."

그런 다음 이 충직한 종과 그의 사랑하는 주인은 함께 길을 떠났다. 올랜도와 애덤이 어디로 가야 할지 몰라 이리저리 길을 걷다가 아든 숲에 도착했고, 거기서 개니미드와 앨리너처럼 음식이 없어서 괴로운 처지에 처했다. 그들은 사람 살 만한 곳을 찾아 배회하다가 배고픔과 피로에 거의 탈진하기에 이르렀다.

"도련님, 배고파 죽겠습니다. 더 이상 못 가겠습니다."

그런 다음, 그는 그 자리에 무덤이라도 된 듯 쓰러졌고, 도련님에게 작별을 고했다. 올랜도는 이처럼 약해진 노인을 보고 그의 팔을 붙들고 쾌적한 나무 그늘로 옮겼다. 그리고 말했다. "힘내시오, 애덤. 여기서 지친 몸을 쉬고 죽는다는 말일랑은 하지 마시오."

올랜도는 음식을 찾아다니다가, 숲에서 공작이 있는 곳에 도착했다. 공작과 그의 친구들이 커다란 나무의 그늘을 차양 삼아 막 저녁을 먹으려고 했는데, 제왕 같은 공작은 풀밭에 앉아 있었다.

올랜도는 굶주림에 사경을 헤매다가 무력으로 고기를 빼앗으려 칼을 빼고 외쳤다. "잠깐, 그만 먹어. 당신들 음식을 내가 가져가야겠어!" 공작이 그에게, 궁색하여 대담하게 되었는지 아니면 예의범절을 무시하는 무뢰한인지 물었다. 그 말에 올랜도는, 굶주려 죽을 지경이라고 대답했다. 그러자 공작은 어서 와서 함께 먹자고 말해 주었다. 올랜도는 공작이 따뜻하게 말하는 것을 듣고 칼을 집어넣고는 음식을 달라고 무례한 짓을 한 부끄러움에 얼굴을 붉히고 말했다.

"저를 용서해 주십시오. 이 숲에서는 모든 것이 비정한 줄로 생각했습니다. 그래서 엄한 표정으로 명령했던 것입니다. 그러나 이 황량한 곳에서 처량한 나무 그늘 아래 세월 가는 줄 모르고 지내시는 여러분이 어떤 분이신지는 모르나, 한때는 행복한 나날을 보내셨고 교회 종소리가 울리면 예배당에 나가고, 귀인의 연회에 참석하고, 눈물을 닦으면서 동정하고 동정받는 것이 무엇인지 아시는 분들이라면, 저에게 인간적 호의를 베풀어 주십시오."

그러자 공작이 대답했다. "참으로 우리는 한때 행복한 시절이 있었고, 비록 이 거친 숲을 거처로 삼아 지내지만, 한때 마을과 도시에서 살며 거룩한 종소리를 들으며 예배당에 가고, 귀인의 잔치에 참석하고, 신성한 연민에 흐르는 눈물을 닦았던 사람들이오. 그러니 원하는 대로 와서 우리의 차린 것을 드시오."

"노령과 굶주림이라는 서글픈 처지에 짓눌려 있으면서도 순수한 사랑에 지친 발걸음을 절뚝이며 저를 따라온 불쌍한 노인이 있습니다. 그 노인을 배불리 먹이기 전에는 한 입도 대지 않겠습니다."

"그러시오. 그를 찾아 이리로 데려 오시오. 당신들이 오기 전에는 먹지 않으리다."

그러자 올랜도는 새끼를 발견하고 음식을 주려는 암사슴처럼 달려갔다가 팔로 애덤을 부축하고 즉시 돌아왔다. 그러자 공작이 말했다.

"덕망 높은 노인을 앉히시오. 두 사람 다 환영하오."

그러자 그들은 노인에게 먹을 것을 주어 그의 마음을 즐겁게 하였다. 그리고 그는 기운을 차리고 건강과 힘을 다시금 회복했다.

공작은 올랜도에게 신분을 물었다. 그러자 그는 올랜도가 자기 친구 로울런드 드 보이스 경의 아들임을 알고 그를 자기의 품에 거두어들였고, 올랜도와 늙은 종은 숲에서 공작과 함께 살았다.

올랜도는 개니미드와 앨리너가 도착하여 (앞서 이야기한 것처럼) 양치기의 시골집을 산 지 얼마 후에 그 숲에 도착했다.

개니미드와 앨리너는 나무들에 로절린드의 이름이 새겨져 있고, 나무 옆에는 로절린드에게 바치는 연가가 매여 있는 것을 보고 이상하게 여기고 놀랐다. 그리고 그들은 어떻게 이런 일이 있을 수 있는지 이상하다고 여기고 있는데 올랜도를 만났고, 로절린드가 그의 목에 걸어준 목걸이를 발견했다.

올랜도는 개니미드가 어여쁜 공주 로절린드라고는 꿈에도 생각하지 못했다. 그녀가 고결한 겸양과 호의를 보여 그의 마음을 사로잡았기에, 그는 내내 그녀의 이름을 나무에 새기고 그녀의 아름다움을 칭송하는 연가를 썼다. 그런데 그는 젊은 양치기 청년의 기품 어린 태도를 크게 기뻐하고, 그와 대화를 나누었는데, 개니미드에게서 사랑하는 로절린드와 비슷한 면이 있다는 생각이 들었다. 그러나 저 고결한 아가씨의 위엄 있는 기품은 보이지 않는 듯했다. 개니미드가 젊은이들에게 종종 보이는 건방진 태도를 취했으며, 매우 재미있게 어떤 연인에 관하여 올랜도에게 이야기했기 때문이다.

"그는 이 숲을 배회하면서 어린 나무의 껍질에 로절린드라는 이름을 새겨놓을 뿐 아니라, 산사나무에 송시를, 가시나무에 애가를 매달아 놓고 이 로절린드라는 사람을 노래합니다. 이 연인을 찾을 수 있다면 내가 그의 상사병을 곧 고쳐 줄 좋은 묘책을 알려드릴 수 있을 텐데."

올랜도는 자기가 바로 그 어리석은 연인이라고 고백했고, 아까 말한 묘책

〈숲속의 로절린드〉, 존 에버렛 밀레이

을 알려 달라고 개니미드에게 부탁했다. 개니미드가 제안한 해결책과 알려준 묘책은, 올랜도가 매일 개니미드와 그의 누이 앨리너가 살고 있는 시골집에 와야 한다는 것이었다. 개니미드가 말했다.

"그리고 저를 로절린드라고 부르고, 또 내가 로절린드인 듯이 여기고 그녀에게 하듯이 똑같은 방법으로 내게 구애하세요. 그러면 내가 변덕스러운 아가씨가 연인에게 하는 듯이 기기묘묘한 방법으로 당신을 볶아 댈 테고, 결국 당신은 사랑을 부끄럽게 여길 것입니다. 당신의 병을 고칠 약은 이것입니다."

올랜도는 이 해결책을 그다지 미더워하지 않았지만, 매일 개니미드의 집으로 가서 재미삼아 구애 흉내를 내겠다고 했다. 그리고 올랜도는 매일 개니미드와 앨리너를 찾았고, 양치기 개니미드를 로절린드라고 부르고 매일같이 젊은이들이 사랑하는 여인에게 구애할 때 즐겨 사용하는 멋있는 말과 알랑거리는 찬사를 늘어놓았다. 하지만 개니미드는 로절린드에 대한 올랜도의 사랑의 열병을 고치는 일에 진척을 보이는 것 같지 않았다.

올랜도는 이 모든 것이 재미있는 연극에 불과하다고 생각했지만(개니미드가 로절린드라는 것을 꿈에도 생각지 못하고), 이 일로 인하여 마음에 품었던 어리석은 생각을 털어놓을 기회를 얻었다. 개니미드도 기분이 좋았고 올랜도의 기분도 좋았다. 개니미드는 이 멋진 사랑의 말이 자기에게 한 것임을 알고는 속으로 웃음을 지으며 즐거워했다.

이리하여 이 젊은이들은 많은 날들을 즐겁게 보냈다. 그리고 마음씨 고운 앨리너는 개니미드가 그 일로 즐거워하자 하고 싶은 대로 하도록 놔두고 자기는 구애 연극을 즐겼다. 그리고 로절린드가 자기 아버지 공작을 만나지 못한 점을 개니미드에게 상기시키지 않으려 했다. 사실 그들은 올랜도로부터 공작의 거처를 알았던 것이다. 하루는 개니미드가 공작을 만나 그와 이야기를 나누었고, 공작은 그의 부모가 누구시냐고 물었다. 개니미드는 자기가 공작만큼 훌륭한 집안 출신이라고 대답하자 공작이 미소를 지었다. 왜냐하면 공작은 예쁘장한 양치기 소년이 왕가 출신이라고는 생각하지 못했기 때문이었다. 공작이 건강하고 행복한 것을 본 개니미드는 좀 더 자세한 설명을 며칠 뒤로 미루기로 했다.

어느 날 아침 올랜도가 개니미드를 방문하러 갔을 때, 한 사람이 바닥에 누워 자고 있었는데, 큰 녹색뱀이 그의 목 주위에서 똬리를 틀고 있었다. 뱀은 올랜도가 다가오는 것을 보고 수풀 속으로 사라졌다. 올랜도가 가까이 다가가니 그 다음에는 암사자가 머리를 땅에 대고 웅크리고 고양이처럼 잠자는 사람이 일어나는지 지켜보고 있는 것을 발견했다. (왜냐하면 사자는 죽었거나 잠자고 있는 것을 잡아먹지 않기 때문이다.) 올랜도는 신의 섭리에 의하여 그 사람을 뱀과 암사자의 위험에서 건져내도록 보냄을 받은 듯했다. 그러나 올랜도가 그 사람의 얼굴을 보니, 두 번씩 위험에 빠질 뻔한 잠자는 사람은 자기의 형 올리버였다. 자기를 그토록 몰인정하게 부려먹었고 불에 태워 자기를 죽이겠다고 위협했던 그 형이었다. 그리고 그는 형을 배고픈 암사자의 먹이가 되게 만들어 버리고 싶은 충동을 느꼈다. 하지만 타고난 우애와 따스한 마음이 우러나와 곧 형에 대한 노여움이 가라앉았다. 그리고 그는 칼을 빼고 암사자를 공격하여 죽이고, 형의 목숨을 독뱀과 사나운 암사자로부터 구출했다. 그러나 올랜도는 암사자를 죽이면서 암사자의 날카로운 발톱에 팔 하나가 부상당했다.

올랜도가 사자와 뒤엉켜 싸우고 있는 동안, 올리버가 잠에서 깨어나 자기가 그토록 학대하던 동생 올랜도가 자기의 위태로운 생명을 사나운 짐승에게서 구해내고 있는 것을 알게 되었다. 그리고 일순간 수치와 후회에 휩싸여 자신의 몹쓸 행동을 참회하고 그간 동생에게 저지른 못된 짓을 용서해 달라고 많은 눈물을 뿌렸다. 올랜도는 형이 크게 참회한 것을 보고 마음이 기뻐 그를 곧 용서해 주었다. 그들은 서로 포옹했고, 그 시간 이후로 올리버는 진정한 우애로 올랜도를 사랑했다. 물론 올리버가 그 숲에 간 것은 동생을 죽이기 위함이었다.

올랜도는 팔에 입은 상처로 피를 너무 많이 흘린 나머지 몸이 약해져 개니미드에게 갈 수 없었다. 그래서 형더러 부탁하기를, "내가 장난 삼아 나의 로절린드라고 부르는" 개니미드에게 가서 자신에게 일어난 사건을 말해 달라고 했다.

그리하여 올리버는 개니미드에게 가서 올랜도가 어떻게 자기의 목숨을 구해 주었는지를 개니미드와 앨리너에게 말해 주었다. 그리고 올랜도가 용감하다는 것과 신의 섭리로 자신의 목숨을 건진 것을 이야기한 다음, 올리버는 자기가 올랜도를 그토록 몰인정하게 부려먹던 그의 형이라고 말해 주었다. 그리고 자기들이 화해한 것을 이야기해 주었다.

올리버는 자신의 죄를 참으로 슬퍼하며 이야기했고, 그것을 본 앨리너는 그 착한 마음에 어찌나 감동을 받았던지 곧바로 올리버를 사랑하게 되었다. 그리고 올리버는 자기의 잘못에 참으로 비통함을 느낀다고 말할 때 그녀가 얼마나 측은히 여기는지를 보게 되었고, 갑자기 그녀를 사랑하게 되었다. 그러나 앨리너와 올리버의 마음에 사랑이 몰래 스며들고 있을 때, 올리버는 개니미드에게도 신경을 쓰지 않을 수 없었다. 개니미드는 올랜도가 위험에 빠진 것과 암사자에게 상처를 입었다는 말을 듣고 현기증을 일으켰다.

개니미드가 회복되자, 로절린드라면 졸도했을 것이라고 하며 둘러댔다. 그리고 개니미드는 올리버에게 이렇게 말했다. "내가 어떻게 졸도한 흉내를 내었는지 동생 올랜도에게 말씀해 주십시오."

그러나 올리버는 그의 안색이 창백한 것을 보고 그가 진짜로 졸도했다는 것을 알고, 젊은이의 허약함에 매우 어리둥절하며 말했다. "글쎄, 당신이 졸도한 흉내를 낸 것이라 해도 기운을 내시오. 그리고 대장부답게 흉내 내 보시오."

개니미드가 대답했다. "그러죠. 하지만 전 여자로 태어났어야 했어요."

올리버는 오랜 시간이 지나서 결국 동생에게 돌아왔고, 그에게 많은 소식을 전해 주었다. 올랜도가 부상당했다는 말에 개니미드가 졸도한 이야기 말고도 올리버는 아리따운 양치기 아가씨 앨리너와 사랑에 빠진 것과 단 한 번 만남인데도 그녀가 자기의 구애에 호감을 보였던 것을 이야기해 주었다. 그리고 동생에게 자기가 앨리너와 결혼하는 일이 모두 결정된 일처럼 이야기하면서,

자신이 그녀를 아주 사랑하며 여기서 양치기로 살 것이며 고향에 있는 자기 재산과 집을 올랜도에게 주겠다고 말했다.

올랜도가 말했다. "진심으로 동의합니다. 내일 결혼식을 올리십시오. 공작과 그분의 친구들을 초대하겠습니다. 양치기 아가씨에게 가서 그렇게 하자고 하십시오. 그 아가씨는 지금 혼잡니다. 저기 오빠분이 오시는군요."

올리버는 앨리너에게 갔고, 올랜도가 다가오는 것을 본 개니미드는 부상당한 친구의 건강이 어떤지 물으러 갔다.

올랜도와 개니미드가 올리버와 앨리너가 갑자기 사랑하게 된 일을 이야기하기 시작했을 때, 올랜도는 형에게 내일 아리따운 앨리너 아가씨와 결혼하라고 조언했다고 말했고, 아울러 자기도 로절린드와 같은 날 결혼할 수 있으면 얼마나 좋겠느냐고 덧붙였다.

예정된 일이 마음에 쏙 들었던 개니미드는 올랜도가 고백한 그대로 로절린드를 진정 사랑한다면 그 소원이 틀림없이 이루어질 것이라고 말했다. 내일 그는 로절린드가 나타나게 할 것이며, 로절린드도 올랜도와 결혼하고 싶어할 것이라고 말했다.

개니미드는 자기가 로절린드이므로 쉽게 이룰 수 있는 이 놀라운 일을 마법을 사용하여 일어나게 하는 척했다. 그리고 이 마법은 유명한 마법사인 아저씨에게 배운 것이라고 했다.

얼빠진 연인 올랜도는 개니미드의 말을 긴가민가하며, 똑똑한 정신으로 말했는지 물었다. "내 목숨을 걸고 맹세하오. 그러니 가장 멋진 옷을 입고 공작과 친구분들을 당신의 결혼식에 초대하시오. 당신이 내일 로절린드와 결혼하고자 한다면 그녀가 틀림없이 여기 있을 테니까 말이오."

다음 날 아침, 앨리너의 동의를 받은 올리버는 앨리너와 함께 공작에게 갔고, 올랜도도 그들과 함께 갔다.

그들이 이 합동 결혼식을 축하하려고 모두 모였는데 한쪽 신부만 모습을 나타냈기에 상당히 놀라며, 다들 개니미드가 올랜도를 놀리고 있다고 생각했다.

공작은 이렇게 이상하게 그 자리에 오게 될 사람이 자기 딸이라는 말을 듣고, 양치기 청년이 약속한 대로 정말 할 수 있다고 믿느냐고 물었다. 그리고 올랜도가 어떻게 생각해야 할지 모르겠다고 대답하고 있는데, 개니미드가 들어와서 공작에게 딸을 데려오면 올랜도와의 결혼을 승낙하겠느냐고 물었다.

"내 딸애와 함께 여러 나라를 내주어야 한다 해도 기꺼이 허락하겠네."

그러자 개니미드가 올랜도에게 말했다. "내가 로절린드를 이 자리에 데려오면 결혼하겠다고 이야기하세요."

그러자 올랜도가 말했다. "내가 여러 나라의 왕이라 해도 그녀와 결혼하겠소."

그러자 개니미드와 앨리너가 함께 나갔고, 개니미드가 남장한 옷을 벗어던지고 다시 여자의 옷을 입고는 재빨리 로절린드로 돌아왔다. 마법의 힘을 쓰지 않고서 말이다. 그리고 앨리너는 시골 처녀의 옷을 벗고 자기의 화려한 옷으로 바꿔 입고 간단히 실리아 아가씨로 돌아왔다.

그들이 사라진 동안, 공작은 양치기 개니미드가 자기 딸 로절린드와 아주 많이 닮았다는 생각이 든다고 올랜도에게 말했다. 그러자 올랜도도 자기 역시 비슷한 점을 발견했노라고 대답했다.

그들은 이 일이 어떻게 결말지어질는지 생각할 겨를이 없었다. 왜냐하면 로절린드와 실리아가 옷을 입고 들어왔기 때문이다. 그리고 마법의 힘을 빌려 로절린드가 들어온 체하고 곧 아버지 앞에 무릎을 꿇고는 아버지의 승낙을 구했다. 로절린드가 너무 빨리 등장하여 당연히 마법이라고 생각할 만큼 모든 하객에게 기이하게 여겨졌다. 그러나 로절린드는 더 이상 아버지와 사소한 이

"실리아는 로절린드의 행복을 진심으로 빌었다."—아르튀스 샤이너

야기를 나누지 않고, 자신이 추방된 일과 양치기 청년이 되고 사촌 실리아는 누이가 되어 숲에서 지낸 일을 말씀드렸다.

공작은 이미 표시한 결혼 승낙을 재차 확인했다. 그리고 올랜도와 로절린드, 올리버와 실리아는 같은 시간에 결혼했다. 그리고 이 황량한 숲에서 거행되는 그들의 결혼식에는 늘 보는 화려한 행진은 있을 수 없었지만, 그보다 더 행복한 결혼식은 있지 않았다. 이 선량한 공작과 진정한 연인들은 부족한 것 없으며 더 이상 행복할 수 없는 양 쾌적한 나무의 서늘한 그늘 아래서 사슴 고기를 먹고 있었다. 그러는 동안 뜻밖에 심부름꾼 하나가 당도하여 공작에게 즐거운 소식을 전했는데, 나라가 공작에게 다시 돌아왔다는 것이었다.

자기 딸 실리아가 도피했다는 말에 격노하고, 매일 명망가들이 추방 중인 합법적인 공작과 함께 지내려고 아든 숲으로 간다는 말을 들은 권력 찬탈자는, 형이 역경 속에서도 매우 존경받는 사실에 시기심이 강하게 일어 큰 군대를 친히 이끌고 형을 사로잡고 형의 모든 충직한 추종자들을 칼로 죽이려고 숲으로 진격했다. 그러나 신의 놀라운 섭리로 이 사악한 동생은 악한 계략을 뉘우쳤다.

그가 황량한 숲 자락에 들어서자마자, 나이 많은 경건한 은둔자를 만나 많은 이야기를 나누게 되었고 결국 사악한 계획에서 마음을 완전히 돌이키게 되었던 것이다. 그 이후 그는 참으로 회개했고, 자신의 불법적인 통치를 포기하고 남은 생애를 수도원에서 보내기로 결심했다. 그가 참회하고 처음 한 일은 (앞서 말한 대로) 심부름꾼을 형에게 보내 오랫동안 찬탈했던 나라와 아울러 역경 가운데 형을 충직히 따랐던 그의 친구들의 땅과 재산을 돌려 주겠다는 뜻을 전하는 것이었다.

뜻밖에 환영할 만한 즐거운 소식이 당도하자, 공주들의 결혼식은 때마침 축제 분위기와 환희가 고조되었다. 실리아는 로절린드에게 그녀의 아버지 공작에게 일어난 이 행운을 축하했고, 그녀의 행복을 진심으로 빌었다. 물론 자기는 더 이상 공국의 후계자가 되지 못하고 자기 아버지의 결정으로 로절린드가 이제 그 후계자가 되었지만 말이다. 그처럼 이 두 사촌의 사랑은 너무도 완전하여, 질투나 시기 따위가 섞이지 않았다.

이제 공작은 추방당해 있을 때 자기와 함께 지냈던 진정한 친구들에게 상을 줄 수 있게 되었다. 그리고 이 훌륭한 추종자들은 역경에 처한 공작을 인내하며 따랐더니, 이제 평화롭게 합법적인 공작을 모시고 무사히 궁전으로 돌아가게 된 것을 아주 기쁘게 여겼다.

9. 십이야

세바스찬과 여동생 비올라는 메살린의 선남선녀로 쌍둥이였는데, (놀라운 기적이라고들 하는) 출생 때부터 그들은 서로 빼다박은 나머지 옷을 달리 입었다는 것을 제외하면 구분할 수 없을 지경이었다. 그런데 한날 한시에 태어난 그들은 한날 한시에 죽을 위험에 처했다. 왜냐하면 함께 항해를 하다가 일리리아 해변에서 난파당했기 때문이다. 그들이 타고 있는 배는 성난 폭풍우에 암초를 들이받고 쪼개졌으며, 배를 탄 사람 가운데 소수만이 겨우 목숨을 건졌다. 선장은 목숨을 건진 소수의 사람들과 함께 작은 배를 탔고, 비올라를 안전하게 해안에 데리고 갔다.

그런데 가련한 비올라는 해안에서 자신의 목숨을 건진 것을 기뻐하지 못하고 오빠의 실종을 슬퍼하기 시작했다. 그러나 선장은 배가 부서질 때 그녀의 오빠가 튼튼한 돛대를 붙들고 있었고 먼발치에서 파도를 타고 넘어가는 것을 보았다고 말하면서 그녀를 위로했다. 비올라는 이야기를 듣고 희망이 생겨 크게 위로를 얻었고, 고향에서 멀리 떨어진 낯선 땅에서 어떻게 살아갈 것인지 생각했다. 그리고 그녀는 선장에게 일리리아에 관하여 아는 것이 있느냐고 물었다. "잘 알고 있죠. 나는 이곳에서 세 시간이면 갈 수 있는 곳에서 태어났답니다."

그러자 "이곳의 영주는 어떤 분이신가요?" 하고 비올라가 물었다.

선장은 일리리아를 통치하는 사람이 오시노라는 위엄있고 고매한 성품의 공작이라고 대답해 주었다. 비올라는 아버지에게서 오시노에 관하여 이야기를 들었는데 그가 결혼하지 않은 상태라는 것이었다. "지금도 독신이실 겁니다. 아무튼 아주 최근까지도 그러실 겁니다. 그런데 한 달 전에 이곳을 떠날 때 사람들 말이…… 글쎄 높은 양반들이 하시는 일은 서민층의 화젯거리가 됩니다만…… 오시노 공작이 아리따운 올리비아라는 덕망높은 아가씨에게 청혼했다고 합디다. 올리비아는 열두 달 전에 죽은 백작의 딸인데, 백작은 죽으면서 올리비아를 오빠에게 맡겼어요. 그런데 오빠마저 이내 죽어 버렸답니다. 그리고 올리비아는 오빠에 대한 사랑 때문에 남자와 교제하는 일을 하지 않겠다고 맹세했답니다."

오빠를 잃어 슬픔 가운데 괴로워하는 비올라는, 역시 오빠의 죽음을 참으로 애틋하게 슬퍼하는 이 여인과 함께 살 수 있었으면 하고 바랐다. 비올라는 이 여인을 도와주어야겠다고 말하면서 자기를 올리비아에게 소개해 줄 수 있겠느냐고 선장에게 물었다. 그러나 그는, 그 일이 매우 힘들 것이라고 대답했다. 왜냐하면 올리비아 양은 오빠의 죽음 이후에 남자라면 출입을 허용하지 않았고 공작에게조차 허용하지 않기 때문이었다. 그러자 비올라는 속으로 다른 계획을 꾸몄다. 그것은 자기가 남장하고 오시노 공작의 시동(侍童) 노릇을 하는 것이었다. 젊은 아가씨가 남자 옷을 입고 남자 취급을 받겠다는 것은 이상한 생각이었다. 그러나 젊은 데다 보기 드문 미모를 갖춘 비올라는 외로이 먼 나라에서 쓸쓸하고 도울 이 없는 형편에 처해 있었기에, 그런 일을 하지 않을 수 없었다.

그녀는 선장의 공정한 태도를 목격했고 그가 비올라의 안전에 호의적인 관심을 보여 주었기 때문에 자신의 계획을 그에게 털어놓았다. 그리고 그는 즉각 그녀를 도와주었다. 비올라는 그에게 돈을 주었으며, 적당한 옷을 구해 달라고 부탁했다. 옷은 오빠 세바스찬이 늘 입던 색상과 패션으로 만들어 달라고 했다. 그런데 그녀가 남자의 옷을 입었을 때 오빠와 너무도 흡사하여, 사람들이 그들을 착각하여 이상한 착오들이 일어났다. 왜냐하면 나중에 밝혀진 바에 따르면, 세바스찬도 역시 구조되었기 때문이었다.

비올라의 좋은 친구인 선장은 이 아리따운 아가씨를 궁정에 볼일이 있는 신사로 바꾸어 놓고, 세자리오라는 이름으로 오시노 공작에게 그녀를 소개했다. 공작은 이 잘생긴 젊은이의 인사와 기품 있는 태도에 대단히 만족하며, 세자리오를 자신의 시동으로 삼았다. 시동은 비올라가 원하던 직무였다. 그리고 그녀는 새로운 직무를 아주 잘 수행했고 공작에게 즉각적으로 순종하고 충성스럽게 봉사했다. 그래서 곧 공작의 총애하는 수행원이 되었다. 오시노는 세자리오에게 올리비아라는 아가씨를 사랑하는 자신의 그간 내력을 털어놓았다. 오랫동안 구애했지만 여인이 오랜 동안의 정성을 저버리고 자신의 인격을 무시하며 만나는 것조차 거절하여 실패했다는 이야기였다.

고결한 오시노는 자신을 그렇게 불친절하게 대한 여인을 사랑하므로, 즐기던 사냥을 비롯하여 남성다운 온갖 활동을 멀리하고, 나약하게 부드러운 음악과 차분한 곡조와 열정적인 연가를 들으며 수치스럽고 나태한 생활을 하고 있었다. 그는 즐겨 교유하던 지혜롭고 박식한 귀족들과의 교제를 태만히 하고, 젊은 세자리오와 오랫동안 이야기를 나누고 있었다. 신중한 조신(朝臣)들은 세자리오가 한때 고결했던 영주인 위대한 공작 오시노에게 어울리지 않는 상대라고 생각했던 게 분명하다.

젊은 아가씨가 잘생기고 젊은 공작과 흉금을 털어놓는 절친한 친구가 되는 것은 위험천만한 일이다. 비올라는 그 사실을 이내 발견하고 슬펐다. 왜냐하면 오시노가 올리비아 때문에 참았던 일들을 모두 듣고서 비올라는 곧 공작에 대한 사랑으로 열병을 앓게 되었기 때문이다. 그리고 보는 사람마다 깊은 경애를 표하지 않을 수 없게 만드는 탁월한 공작을 올리비아가 어떻게 그렇게 무시할 수 있는지 의아심이 일어났다. 그래서 비올라는 그의 고결한 성품을 전혀 보지 못하는 여자를 사랑하는 것이 불쌍한 일이라는 것을 오시노에게 넌지시 알리려 했다.

그리고 이렇게 말했다. "공작님이 올리비아를 사랑하시는 것처럼 한 여인이 공작님을 사랑한다면……. 만일 그런 사람이 있다면 말이에요……. 그런데 공작님이 그녀를 사랑하실 수 없다면, 사랑할 수 없다는 것을 그녀에게 말씀하시지 않겠어요? 그녀가 공작님의 대답에 틀림없이 만족하지 않더라도 말이지요."

그러나 오시노는 이런 추론을 허용하지 않으려 했다. 왜냐하면 어떤 여인이 자기처럼 사랑할 수 있다는 것을 인정하지 않았기 때문이었다. 그는, 여인의 마음이 그렇게 큰 사랑을 담을 수 없으며, 따라서 어떤 여인의 사랑을 올리비아를 향한 자신의 사랑과 비교하는 것은 공평하지 못하다고 말했다. 그런데 비올라는 공작의 의견에 최대한 존중했지만, 그 말은 전혀 참되지 않다고 생각하지 않을 수 없었다. 왜냐하면 자신의 마음이 오시노의 마음처럼 사랑으로 가득 차 있다고 생각했기 때문이다.

그리고 그녀는 "그러나 각하, 제가 알기엔……."

"무얼 안다는 거냐? 세자리오" 하고 오시노가 말했다.

"너무도 잘 알죠. 여자라 해도 남자 못지않게 사랑할 수 있을 거라는 점입니다. 제 부친에게 딸이 있는데 어떤 남자를 무척 사랑했답니다. 아마 제가 여자였다면 공작님을 사랑했을 만큼요."

"누이는 그후 어떻게 되었는가?"

"아무 일도 일어나지 않았지요. 누이는 자기의 사랑을 절대 말하지 않았고, 응어리가 져서 꽃송이 속의 벌레처럼 장밋빛 볼이 반쪽이 되었죠. 누이는 상념으로 파리해졌고, 깊은 우울증에 빠져 인내의 기념탑처럼 앉아 슬픔에게 미소를 지었죠."

공작이 이 여인이 사랑 때문에 죽었는지 물었지만, 비올라는 모호한 대답으로 질문을 비껴 갔다. 아마 비올라는 이 이야기를 꾸며서, 오시노를 향한 은밀한 사랑과 침묵의 슬픔을 표현하려 했던 것이다.

그들이 이야기를 나누고 있을 때, 한 신사가 들어왔다. 그는 공작이 올리비아에게 보낸 사람이었다. "각하, 실은 아가씨를 만나뵙지 못했습니다. 그녀가 하녀 편으로 이런 대답을 각하께 보냈습니다. 지금부터 7년이 되기까지 하늘에라도 얼굴을 나타내지 않고, 수녀처럼 면사포를 쓰고 다닐 것이며, 죽은 오라비를 슬프게 추억하며 눈물로 처소를 적실 것이라 합니다."

이 말을 듣고 공작은 소리쳤다. "죽은 오라비에 대한 사랑의 빚을 갚으려는 이토록 훌륭한 마음을 가졌는데, 큐피드의 황금 화살이 그녀의 마음을 뚫는다면 얼마나 사랑할 것인가!"

그러자 그는 비올라에게 말했다. "세자리오, 알다시피 내 마음의 모든 비밀을 네게 말해 주었다. 그러니 올리비아의 집으로 가거라. 반드시 만나도록 해라. 그녀의 문에 서서 말하고, 발에서 뿌리가 돋아도 만나기 전에는 물러나지 말거라."

"각하, 말을 전하게 될 경우 무슨 말을 전할까요?" 하고 비올라가 물었다.

"뜨거운 나의 사랑을 올리비아에게 알려라. 나의 진심을 전할 수 있도록 길게 이야기를 나누거라. 내 고민을 전해 주는 데는 네가 적격일 것 같구나. 심각한 얼굴을 한 사람보다는 너 같은 젊은이의 말에 그녀가 관심을 기울일 테니 말이다."

그러자 비올라는 자리를 떠났다. 그러나 이와 같은 구애 심부름을 맡을 마음이 내키지 않았다. 자기가 결혼하고 싶은 남자의 아내가 되어 달라고 간청해야 했기 때문이다. 그러나 일단 일을 맡았으니 성실하게 수행했다. 그리고 올리비아는 흰 청년이 문간에서 꼭 만나 뵈어야겠다고 하는 말을 곧 듣게 되었다.

하인이 말했다. "아씨께서 편찮으시다고 말했더니,

"그러자 비올라는 자리를 떠났다."—W. 히스 로빈슨

자기도 편찮으신 줄 알고 있으며 그래서 이야기를 나누려고 왔다고 하더군요. 그래서 아씨께서 주무신다고 했더니, 역시 사전에 알고 온 모양으로 그래서 더욱 뵙겠다고 했습니다. 아씨, 무엇이라 말해야 할까요? 아무리 거절해도 끄떡하지 않고 아씨께서 원하시든 원치 않으시든 꼭 이야기하겠다고 하니."

올리비아는 이 막무가내인 심부름꾼이 누군지 알고 싶어서, 만나주려 했다. 그리고 얼굴에 면사포를 두르고, 한 번 더 오시노의 사신을 만나겠다고 했다. 그러나 그가 공작이 보낸 사람이 분명하지만 끈덕지기 때문에 만난다고 했다. 비올라는 들어서면서 할 수 있는 대로 대장부다운 태도를 취하고 지체 높은 사람의 시동답게 훌륭한 말씨를 흉내 내면서 면사포를 쓴 아가씨에게 이렇게 말했다.

"참으로 찬란하고 절묘하고 비할 데 없는 미인이시군요. 이 집의 주인 아씨이신지 말씀해 주시겠습니까? 혹여 다른 사람에게 헛되이 말을 지껄이고 싶지 않습니다. 게다가 말을 멋지게 써놓아서 그것을 외우려고 무진 고생했습니다."

"어디서 오셨지요?" 하고 올리비아가 물었다. "저는 연습한 것 외에는 말씀드릴 수 없습니다. 그러니 그 질문은 제 소관 밖입니다."

"당신은 희극 배우인가요?" 하고 올리비아가 다시 물었다.

"아닙니다. 제가 하는 역할이 곧 제 자신은 아니지요." 다시 말하면, 비올라는 자기가 여자인데 남자로 분장했다는 뜻이었다. 다시금 비올라는 올리비아에게 집의 주인 아씨냐고 물었다.

올리비아는 그렇다고 했고, 그러자 비올라는 주인의 전갈을 급히 전하기보다 자신의 경쟁자의 특징을 살피고 싶은 호기심이 앞서서 "아씨, 얼굴을 뵙게해 주십시오" 하고 말했다. 이 대담한 요청에 올리비아는 뿌리칠 생각이 없었다. 왜냐하면 오시노 공작이 그토록 오랫동안 사랑했어도 소용없었던 이 오만한 미인은 한눈에 시동으로 가장한 평범한 세자리오에게 열정을 느꼈던 것이다.

비올라가 얼굴을 보자고 청했을 때, 올리비아는 이렇게 말했다. "제 얼굴과 협상하라고 각하로부터 명령을 받으셨는지요?" 그리고 그녀는 7년 동안 면사포를 쓰고 다니겠다는 결심을 잊어버리고 면사포를 벗으면서 말했다. "커튼을 열고 그림을 보여드리겠어요. 어떠세요?"

그러자 비올라가 대답했다. "참으로 절묘한 미인이십니다. 볼의 붉은 빛과흰 빛은 자연의 정교한 손으로 만든 것입니다. 당신이 이 아름다움을 세상에복사하여 남겨 두지 않고 무덤으로 그냥 가져가시려 한다면 세상에서 가장 잔인한 분이십니다."

〈면사포를 벗는 올리비아〉, 에드먼드 블레어 레이튼(1853-1922)

그 말에 올리비아가 대답했다. "저는 그렇게 잔인한 여자가 아니랍니다. 세상에 아름다움의 명세표를 남길까 해요. 첫 번째 품목은 평범하게 붉은 입술 둘, 둘째 품목은 눈꺼풀이 있는 회색 눈 둘, 셋째 품목은 목 하나, 턱 하나 등등. 그런데 나를 칭찬하러 보내시던가요?"

그러자 비올라가 대답했다. "당신이 어떤 분이신지 알겠습니다. 당신은 도도하지만 참으로 아리따우십니다. 저의 주인 영주님이 당신을 사랑하십니다. 그런 사랑에는 보답할 길이 없습니다. 당신이 미(美)의 여왕이라고 해도 말입니다. 오시노 님은 연모와 눈물과, 사랑을 큰 소리로 토해 내는 신음과 불 같은 한숨으로 당신을 사랑하시기 때문입니다."

"당신의 주인께서는 제 마음을 잘 아십니다. 저는 그분을 사랑할 수 없답니다. 하지만 그분이 덕망높은 분이신 줄은 추호도 의심치 않습니다. 그분이 고결하고 지체 높은 분이시며, 순수하고 흠없는 젊은이시라는 것을 잘 압니다. 사람마다 그분을 박식하고 예의바르고 용맹한 분이라고 말합니다. 하지만 저는 그분을 사랑할 수 없습니다. 그분은 오래 전부터 이런 대답을 들으셨을 거예요."

"만일 내가 주인님처럼 당신을 사랑한다면 당신의 문에 버드나무 오두막을 짓고 당신의 이름을 부르며, 올리비아를 탄식하는 노래를 짓고 한밤중에 노래하겠어요. 당신의 이름이 언덕 사이에 들리게 하고, 허공에 메아리가 울리게 하여 올리비아를 외치게 하겠어요. 아가씨로 하여금 천지간에 쉴 곳이 없게 하겠어요. 저를 가엾게 여겨 주시지 않는다면 말이에요."

그러자 올리비아가 말했다. "그럴 듯하군요. 어느 가문에서 태어나셨는지요?"

비올라가 대답했다. "현재의 형편보다 나은 가문에서죠. 하지만 지금도 나쁘진 않습니다. 저는 신사입니다."

올리비아는 이제 마지못해 비올라를 내보내며 말했다. "당신의 주인께 가서 말씀하세요. 저는 그분을 사랑할 수 없다고요. 더 이상 사람을 보내지 마시라고 하세요. 혹시 내 말을 주인께서 어떻게 생각하시는지 말해 주려고 당신이 또 오신다면 몰라도." 그리고 비올라는 잔인한 아가씨라 부르며 그 아가씨와 작별을 고하고 떠났다.

비올라가 가 버리자, 올리비아는 '현재의 형편보다 나은 가문에서죠. 하지만 지금도 나쁘진 않습니다. 저는 신사입니다'라는 말을 되뇌었다. 그리고 큰소리로 말했다. "신사임에는 틀림없어. 그 말씨, 얼굴, 팔과 다리, 행동이며 기질이 그가 신사임을 분명히 보여 주고 있어." 그런 다음 그녀는 세자리오가 공작이었으면 하고 바랐다. 그리고 세자리오가 자신의 애정을 빨리 사로잡은 것을 알고는 자신의 갑작스런 사랑에 얼굴을 붉혔다. 그러나 사람들이 자신의 잘못을 가볍게 탓할 때는 얼마 가지 못하는 법. 고상한 올리비아는, 처녀의 인격을 장식하는 가장 중요한 장신구인 조신한 태도는 물론이고, 자신의 운명과 시동으로 보이는 이 사람의 운명이 어울리지 않는다는 것을 이내 까맣게 잊어버린 나머지 젊은 세자리오에게 구애하기로 결심하고는, 하인을 뒤따라 보내서 다이아몬드 반지를 전해 주게 했다.

물론 오시노의 선물인데 올리비아 자기에게 주고 간 것이라고 핑계를 댔다. 그녀는 솜씨 좋게 세자리오에게 반지를 선물함으로써 자신의 의향을 암시하고자 했다. 아닌 게 아니라 그 반지를 받고 비올라는 눈치를 챘다. 오시노가 자기편으로 반지를 보낸 적이 없음을 알기 때문에 비올라는 올리비아의 표정과 태도가 사모의 표시였음을 기억하기 시작했고, 즉시 주인이 사랑하는 아가씨가 자기와 사랑에 빠졌음을 짐작했다.

"가련한 여인이로구나, 차라리 꿈하고 연애하시지. 변장이란 몹쓸 짓이로구나. 내가 오시노 님을 향하여 부질없이 애타하듯 올리비아도 애타하게 만들었으니."

비올라는 오시노의 궁전으로 돌아가 주인에게 협상의 형편없는 결과를 알려주고, 공작이 더 이상 괴롭게 하지 말아 달라는 올리비아의 부탁을 되풀이하여 전했다. 하지만 공작은 다정한 세자리오가 곧 그녀를 설득하여 자기에게 자비를 보이게 할 수 있을 것이라고 여전히 소망했고, 따라서 그에게 내일 다시 한 번 가 보라고 했다. 한편 지루한 시간을 보내기 위하여 공작은 자신이 즐겨 듣던 노래를 부르게 했다. 그리고 이렇게 말했다. "세자리오, 어젯밤에 이 노래를 듣고 마음이 많이 가라앉았다. 세자리오, 이 노래는 예스럽고 평범해. 해 아래 물레질하고 뜨개질하는 사람들과 뼈바늘로 실을 짜는 젊은 아가씨들이 이 노래를 부르지. 이 노래는 시시하지만 난 이 노래를 좋아해. 옛적의 순진무구한 사랑을 이야기하기 때문이지."

　오라, 오라, 죽음이여,

　사이프러스 관에 나를 뉘어 다오.

　사라져라, 사라져라, 호흡이여,

　아리땁고 잔인한 아가씨에게 나 죽임을 당하네.

　주목나무로 장식하여 만든 새하얀 나의 수의를 준비하라.

　나와 같이 죽는 이, 참으로 아무도 없네.

　한 송이 꽃일랑, 아름다운 꽃일랑

　나의 검은 관 위에 뿌리지 말라.

　한 사람의 친구일랑

　가련한 내 시체를 슬퍼 말라, 내 뼈가 뿌려지는 데서.

　수많은 탄식을 피하기 위해

　진정한 연인이 찾아와 눈물을 뿌릴 수 없는 곳에 나를 묻어 다오.

　비올라는 옛 노래의 가사를 예사롭게 보지 않았다. 이 노래는 짝사랑의 고통을 참으로 간결하게 묘사했다. 비올라는 이 노래가 표시하는 바를 얼굴 표정으로 드러내고 말았다. 오시노가 비올라의 슬픈 표정을 보고 말했다. "세자리오, 너는 아주 젊긴 해도 분명히 누군가를 사랑해 본 적이 있지. 안 그런가?"

　"조금 있었습니다" 하고 비올라가 대답했다.

　"어떤 여인인가? 나이는 얼마나 되지?"

　"공작님 또래의 나이예요."

　공작은 이 아리땁고 젊은 청년이 아주 나이 많은 데다 자기처럼 생긴 여자를 사랑했다는 말을 듣고 미소를 지었다.

비올라가 두 번째로 올리비아를 찾아갔을 때, 어렵지 않게 그녀를 만날 수 있었다. 하인들은 여주인이 젊은 심부름꾼과 대화를 나누기를 좋아하는지 여부를 곧 발견하는 법이다. 비올라가 도착한 즉시 문이 활짝 열렸다. 공작의 시동은 극진한 대접을 받아 올리비아의 거처로 안내받았다. 그리고 비올라가 주인을 위하여 간청하러 왔다고 올리비아에게 말하자, 올리비아는 이렇게 말했다.

"다시는 그분에 관한 이야기를 당신에게서 듣지 않기를 바랐어요. 그러나 당신이 달리 구애한다면 그대의 간청을 하늘의 음악보다 즐겨 듣겠어요."

상당히 솔직히 이야기했지만, 올리비아는 좀 더 분명하게 자신의 뜻을 설명했고 자신의 사랑을 노골적으로 고백했다. 그리고 비올라의 얼굴에 나타난 당혹감을 보고 마음이 불편하여 이렇게 말했다.

"이 사람의 입에서 나오면 경멸도 아름답게만 여겨지는구나! 세자리오 님, 봄의 장미, 처녀의 순결, 명예와 진실을 두고 말하지만 저는 당신을 사랑하고 있어요. 당신의 오만함에도 불구하고 저는 사랑을 감출 재주도 이유도 없어요."

그러나 올리비아의 구애는 허사였다. 비올라는 오시노의 사랑을 하소연하려고 절대 오지 않겠다고 하며 올리비아의 면전에서 속히 떠났다. 그리고 올리비아의 물불 안 가리는 구애에 대하여 비올라는, 어떤 여자도 절대 사랑하지 않겠다는 결심을 천명할 따름이었다.

비올라가 떠나자마자, 그녀의 용기를 시험하는 자가 나타났다. 올리비아에게 구애했다가 퇴짜를 맞은 한 신사가 올리비아가 공작의 심부름꾼을 좋아한다는 것을 알고 그에게 결투를 신청했다. 겉은 남자처럼 생겼지만 참으로 여자의 심장을 갖고 있어서 자신의 칼을 쳐다만 보아도 겁을 내는 가련한 비올라는 이제 어떻게 해야 하는가?

비올라는 칼을 들고 다가오는 무시무시한 연적을 보고, 자신이 여자라는 것을 고백해야겠다는 생각이 들기 시작했다. 그러나 마침 한 낯선 사람이 그곳을 지나가다가 그들을 보고, 비올라를 오래 전부터 알고 있는 절친한 친구처럼 비올라의 연적에게 "이 젊은 신사가 잘못을 저질렀다면 내가 그 책임을 지리다. 그러니 당신이 그를 해치면 그를 위하여 내가 당신을 가만두지 않겠소" 하고 말하는 통에 비올라는 두려움에서 그리고 정체가 폭로되는 데서 생길 부끄러움에서 벗어났다.

비올라가 보호해 주어 고맙다고 인사를 하기도 전에, 친절히 개입해 준 이유를 묻기도 전에, 이 새로운 친구는 원수와 맞서게 되었고 그의 용감함은 쓸모없게 되었다. 바로 그 순간 경관들이 공작의 이름으로 나그네를 붙잡고 오래 전에 저지른 범죄에 대하여 문책한 것이다.

그는 비올라에게 말했다. "당신을 찾아다니다가 이 모양이 되었구려." 그러면서 그녀에게 지갑에 관하여 물어보며 말했다. "궁지에 빠졌으니 아까 드린 지갑을 돌려 주시오. 당신을 도와드릴 수 없게 된 것이 내가 당한 일보다 더 슬프군요. 놀라신 것 같은데 염려마십시오."

사실 그의 말에 비올라는 깜짝 놀랐으며, 자기는 그를 모르며 그에게 지갑을 받은 적이 없다고 항변했다. 그러나 그가 방금 친절을 보였으니 약간의 돈을 그에게 주면서, 그게 자신이 가진 전부라고 했다.

그러자 나그네는 험한 말을 내뱉으면서 배은망덕하고 불친절하다고 비난했다. 그가 말했다. "여러분이 이 자리에서 보는 이 젊은이를 내가 죽음의 위기에서 건져 주었고, 오직 그를 위하여 일리리아에 와서 이 위험에 처하게 되고 말았소이다." 그러나 경관은 죄수의 푸념에는 개의치 않고 그를 서둘러 데리고 가며 말했다. "그게 우리와 무슨 상관 있어?"

그리고 그가 끌려가자, 비올라를 세바스찬이라고 부르며 계속 의절한 자라고 비난했다. 비올라는 자기를 세바스찬이라고 부르는 소리를 들었을 때, 나그네가 너무도 신속하게 끌려가는 바람에 설명을 부탁할 여유가 없었지만 자신을 오빠로 착각한 데서 이 착오가 생긴 것으로 추측했다. 그리고 이 사람이 살려준 사람이 오빠일 것이라는 소망을 마음속에 간직했다. 그리고 사실 그러했다.

나그네의 이름은 안토니오이며, 선장이었다. 그는, 폭풍우 때 돛대를 의지하여 피로로 거의 탈진한 채로 떠돌아다니던 세바스찬을 자기 배에 태워 주었다. 안토니오는 세바스찬에게 우정을 크게 느끼고 어디로 가든지 그를 따라가겠다고 결심했다. 그리고 젊은이가 오시노의 궁전을 방문하고 싶다는 호기심을 표하자, 안토니오는 그를 떠나지 않고 일리리아로 따라갔다. 해전(海戰)에서 오시노의 조카에게 큰 상처를 입혔기 때문에 자신의 정체가 알려지면 목숨이 위태롭다는 것을 알고 있었지만 말이다. 바로 이 잘못 때문에 그는 이제 죄수의 몸이 되었다.

안토니오가 비올라를 만나기 불과 몇 시간 전에 안토니오와 세바스찬은 함께 상륙했다. 그는 세바스찬에게 지갑을 주며, 물건을 사고 싶은 게 있으면 얼마든지 사용하라고 했고, 세바스찬이 도시를 구경하러 가는 동안 자기는 여관에서 기다리겠다고 했다. 그러나 세바스찬이 제시간에 돌아오지 않자, 안토니오는 그를 찾아 나섰다가 비올라가 세바스찬처럼 옷을 입고 있는 데다 얼굴이 오빠를 빼다박았기 때문에 자신이 구해 준 젊은이를 위하여 칼을 빼 들었으며, (자기가 생각하던) 세바스찬이 의절하며 지갑을 돌려주지 않자 그를 배은망덕하다고 비난했던 것이다.

비올라는 안토니오가 가 버리자 두 번째 결투 신청을 받을까 두려워 될 수 있는 대로 집에서 지냈다. 오래지 않아 그녀의 연적은 비올라가 오는 것을 보앞다. 그러나 그곳에 도착한 것은 그녀의 오빠 세바스찬이었다. 그가 "이봐, 다시 만났군. 너 때문이야" 하고 말하고 주먹을 한 대 날렸다. 세바스찬은 겁쟁이가 아니었다. 그는 덤을 붙여 주먹을 날렸고 칼을 빼 들었다.

그런데 한 여인이 이 결투를 중단시켰다. 올리비아가 집을 나섰다가 세바스찬을 세자리오로 오해하고, 자기 때문에 돌연한 공격을 받게 되어 미안하다며 자기

"세바스찬이 도시를 구경하러 가는 동안 안토니오는 여관에서 기다리겠다고 했다." — W. 히스 로빈슨

집에 초대했다. 세바스찬은 전혀 모르는 원수의 무례함에도 놀랐고, 이 여인의 친절에도 무척 놀랐지만 기꺼이 그녀의 집으로 갔다. 올리비아는 세자리오 자신에게 관심을 보이게 되어 기뻤다. 비올라와 세바스찬의 용모가 너무도 똑같았지만, 그의 얼굴에는 경멸이나 노기가 전혀 없었다. 올리비아가 세자리오에게 사랑을 고백했을 때 불평했던 그 경멸과 노기 말이다.

세바스찬은 그 여인이 자기에게 아낌없이 베푸는 사랑을 전혀 거부하지 않았다. 그는 그것을 좋은 뜻으로 받아들이는 것 같았지만, 도대체 어떻게 된 일인지 의아해했고, 올리비아가 제정신이 아니라고 생각하게 되었다. 그러나 그녀가 훌륭한 가문의 주인 아씨이며 사려깊게 자신의 일을 처리할 뿐만 아니

라 가정을 다스리므로, 자신에 대한 갑작스러운 사랑을 제외하면 온전한 정신을 보인다는 것을 알고, 그는 그녀의 구애를 좋아했다. 그리고 올리비아는 세자리오가 이처럼 흡족해하는 것을 발견하고 그가 마음을 바꾸지 않을까 두려워 집에 신부(神父)가 있으니 즉시 결혼하자고 제안했다. 세바스찬은 이 제안에 동의했다. 그리고 결혼 예식이 끝나자, 그는 잠시 부인을 떠났는데 자기 친구 안토니오에게 자신이 행운을 만난 것을 가서 알려 주려 했기 때문이었다.

한편 오시노가 올리비아를 만나러 갔다. 그리고 올리비아의 집에 도착하는 순간에 경관이 죄수 안토니오를 잡아 공작에게 데리고 왔다. 비올라가 자기 주인 오시노와 함께 있었다. 그리고 안토니오는 비올라를 보자 세바스찬인 줄로 여전히 생각하고 자기가 바다의 위험에서 그 젊은이를 구출한 것을 공작에게 말했다. 그리고 그는 세바스찬에게 참으로 온갖 친절을 베푼 것을 충분히 이야기하고 나서, 석 달 동안 밤낮으로 이 배은망덕한 젊은이가 자기하고 함께 있었다는 말로 자신의 푸념을 마쳤다. 그러나 올리비아가 집에서 나오자 공작은 더 이상 안토니오의 이야기를 들을 수 없었다. 그리고 그는 말했다.

"백작 영애가 여기 나오신다. 천사가 땅에서 걷는 것 같구나. 그런데 여봐라, 네 말은 앞뒤가 맞지 않아. 석 달 동안 이 젊은이는 나를 시중들었어."

그런 다음 안토니오에게 옆으로 물러나라고 명령했다. 그러나 천사 같은 백작 영애는 곧 안토니오처럼 공작이 세자리오를 배은망덕하다고 비난할 이유를 공작에게 제공했다. 왜냐하면 공작의 귀에 들리는 것은 올리비아가 세자리오에게 말하는 다정한 이야기뿐이었기 때문이다. 그리고 자기의 시동이 올리비아의 사랑을 독차지하는 것을 본 공작은, 공정한 복수를 그에게 시행하겠다고 위협했다. 그는 자리를 떠나려 하면서, 비올라보고 자기를 따라오라고 하면서 이렇게 말했다. "이봐, 나와 함께 가자. 내 머릿속은 혼내 줄 생각뿐이다."

질투심에 격노하여 비올라를 즉시 사형시키려 할 것 같지만, 공작을 사랑하는 비올라는 더 이상 겁쟁이가 아니었다. 그래서 그녀는 주인을 편하게 한다면 죽음이라도 달게 받겠다고 말했다. 그러나 올리비아는 남편을 잃지 않으려고 이렇게 외쳤다. "세자리오, 어디로 가세요?"

그러자 비올라가 대답했다. "내 생명보다 더 사랑하는 분을 따라 가오."

하지만 올리비아는 세자리오가 자기 남편이라고 큰 소리로 외쳐서 그들이 가지 못하게 막았다. 올리비아는 두 시간 전에 이 젊은이와 결혼했다는 것을 공포한 신부를 데리러 사람을 보냈다. 비올라는 자기가 올리비아와 결혼하지 않았다고 항변했지만 헛수고였다.

올리비아와 신부의 증언을 듣고, 오시노는 자기의 시동이 자기 생명보다 소중히 여기는 보물을 빼앗아 갔다고 믿게 되었다. 그러나 이를 지난 일로 생각하고 신의 없는 여인에게 작별을 고하고, 비올라라고 하는 젊은 위선자, 그녀의 남편에게 다시는 자기 눈앞에 나타나지 말라고 경고했다. 바로 그때 기적이 일어났다. 또 한 명의 세자리오가 들어와서 올리비아를 자기 아내라고 말했던 것이다.

이 세자리오는 바로 세바스찬, 올리비아의 진짜 남편이었다. 똑같은 얼굴과 똑같은 목소리와 똑같은 옷을 입은 두 사람을 보고 놀라움이 조금 가라앉았을 때, 오빠와 동생은 서로에게 질문하기 시작했다. 비올라는 오빠가 살아 있는 것을 믿을 수 없었고, 세바스찬은 빠져 죽은 줄 알았던 동생이 젊은 남자의 옷을 입고 나타난 것을 어떻게 이해해야 할지 몰랐다. 그러나 비올라는 자기가 변장을 한 동생, 진짜 비올라라고 곧 확인시켜 주었다.

쌍둥이 남매가 너무 똑같이 닮아서 생겨난 모든 착오가 정리되자, 그들은 여자와 사랑에 빠진 올리비아 아가씨의 재미있는 실수에 웃음을 터트렸다. 올리비아는 동생이 아니라 오빠와 결혼한 것을 알고 자신의 실수를 싫어하는 표정을 짓지 않았다.

〈오시노와 비올라〉, 프레더릭 리처드 피커스길
(1820~1900)

오시노의 소망은 올리비아의 결혼으로 영원히 사라졌고, 자신의 부질없는 사랑이 완전히 사라져 버린 듯했다. 그리고 그는 자신의 시동 젊은 세자리오가 아리따운 여인으로 옷을 갈아입은 것을 보고 싶은 마음이 들었다. 그는 큰 관심을 갖고 비올라를 보았으며, 세자리오가 참으로 잘생겼다고 늘 생각한 것을 기억했다. 그리고 그녀가 여자의 옷을 입으면 무척 아름다울 것이라고 결론을 내렸다. 그런 다음 그는 그녀가 종종 자기를 사랑한다고 한 말을 기억했다. 그때는 충성스러운 시동의 의무감 넘치는 표현인 줄로만 알았던 것이다. 그러나 이제 그는 무슨 의도가 있었다고 추측했다. 수수께끼 같았던 그녀의 많은 말이 머릿속에 떠올랐고, 그는 곧 비올라를 아내로 삼기로 결심했다. 그리고 그녀에게 말했다. 하지만 여전히 세자리오라든지 이봐라고 말하지 않을 수 없었다.

"이봐, 너는 천 번이나 나를 사랑하는 것만큼 사랑하는 여인이 없다고 말했겠다. 그리고 여성이며 고이고이 자라난 몸인 데도 이처럼 오랫동안 주인으로 섬겨 준 답례로, 이제 주인의 여주인이 되시오. 오시노의 진정한 공작 부인 말이오."

올리비아는 자신이 그렇게 몰인정하게 거부한 오시노의 마음이 비올라에게 간 것을 알고 그들을 자기 집에 초대했으며, 아침에 세바스찬과 자신의 결혼식을 맡은 훌륭한 신부에게 남은 시간에 오시노와 비올라를 위하여 결혼식을 집례해 달라고 부탁했다. 그래서 쌍둥이 남매는 같은 날 결혼하게 되었다. 그들을 갈라놓았던 폭풍우와 난파는 그들을 높고 든든한 지위로 데려가는 수단이었다. 비올라는 일리리아의 공작 오시노의 부인이 되었고, 세바스찬은 부유하고 고결한 백작 영애인 올리비아의 부군이 되었다.

제3부

셰익스피어 주요 작품 11

10. 폭풍우

바다 한가운데 어떤 섬이 있었는데, 주민이라고는 프로스페로라는 노인과 그의 딸 미란다라는 아리따운 젊은 딸뿐이었다. 미란다는 아주 어려서 이 섬에 왔기 때문에 아버지말고는 사람 얼굴이라곤 본 기억이 없었다.

그들은 바위로 만들어진 동굴 혹은 암자에서 살았다. 이 동굴은 몇 개의 방으로 나누어졌는데, 프로스페로는 그 가운데 한 곳을 서재로 삼았다. 거기 책을 보관했는데, 대개는 마법에 관한 것이었다. 당시에는 박식한 사람이라면 마법 연구에 큰 관심을 기울였다. 그는 마법의 지식을 아주 쓸모있게 생각했다. 프로스페로가 도착하기 직전에 목숨을 거둔 시코랙스라는 마녀가 이 섬에 마법에 걸어 놓았는데, 그가 기이한 우연으로 밀려왔다가, 시코랙스가 자기의 사악한 명령을 따르지 않는다고 해서 큰 나무의 몸통에 가두어 버린 많은 착한 요정들을 마법을 사용하여 풀어 주었다. 이 착한 영혼들은 이후로 프로스페로의 뜻에 고분고분했다. 그들 가운데 대장은 아리엘이었다.

명랑하고 작은 요정 아리엘은 원래 장난기가 전혀 없었지만, 캘리번이라는 못생긴 괴물을 괴롭히는 일만은 너무 좋아했다. 캘리번이 아리엘의 오랜

"프로스페로는 마법 연구에 큰 관심을 기울였다."
— 에드먼드 뒤락(Edmund Dulac)

원수 시코랙스의 아들이라 악감정이 있었기 때문이다. 프로스페로는 괴상하고 보기 흉한 이 캘리번을 숲에서 발견했는데, 그 모양이 사람은커녕 원숭이보다 못했다. 그는 캘리번을 자기 동굴에 데리고 와서 말하는 법을 가르쳤다. 프로스페로가 캘리번에게 아주 잘 대해 주었지만, 어머니 시코랙스에게 물려받은 고약한 성품 때문에 캘리번은 선하고 유익한 것이라곤 배울 수 없었

다. 그래서 캘리번은 노예처럼 나무를 해오고 아주 힘든 일을 하게 되었다. 그리고 아리엘은 캘리번에게 이런 일을 강제로 시킬 책임을 맡았다.

캘리번이 게으름피우고 일을 태만히 하는 날에는, (프로스페로의 눈에만 보이는) 아리엘이 몰래 다가가 캘리번을 꼬집었고, 때로는 진흙탕에 넘어뜨려 처넣곤 했다. 그런 다음에 아리엘은 원숭이 모양을 하고는 그에게 입을 삐죽거렸다. 또 금방 모습을 바꾸어 고슴도치 모양을 하고는 캘리번이 가는 길에 누워 뒹굴었다. 캘리번은 고슴도치의 날카로운 바늘에 맨발이 찔릴까 놀랐다. 캘리번이 프로스페로가 명령한 일을 게을리하려고 하면 아리엘은 그처럼 골탕먹이는 속임수를 갖가지로 사용하여 캘리번을 괴롭혔다.

프로스페로는 이 힘센 요정들을 고분고분하게 만들어 두었기에, 그들의 힘

〈프로스페로와 캘리번〉, 1797, 요한 하인리히 퓌슬리

을 빌려 바람과 바다의 파도를 호령할 수 있었다. 그의 명령이 떨어지자 바람
은 격렬한 폭풍을 일으켰고 그런 가운데서, 크고 멋진 배가 폭풍이라도 삼킬
듯이 사나운 파도와 다툼을 벌이고 있었는데, 바로 그때 프로스페로는 딸에게
그 배를 보여 주었다. 그리고는 이 배에는 자기들과 같은 사람들이 가득 타고
있다고 말했다. 미란다는 말했다.

"오 아버지, 만약에 아버지가 이 무서운 폭풍을 일으키셨으면 저 불쌍한 이
들에게 자비를 베풀어 주세요. 보세요! 배가 산산조각 나려고 해요. 가련한 사
람들! 모두 죽겠어요. 만일 내게 힘이 있다면 바다를 땅 속으로 가라앉게 했을
텐데. 훌륭한 배가 부서지지 않고 귀한 사람들이 죽지 않게 할 텐데."

"놀랄 것 없다. 미란다야." 프로스페로는 말했다. "아무 일도 없다. 내가

〈폭풍에 난파되는 배〉, 조지 롬니

그렇게 되도록 명령했으니, 배에 탄 사람 가운데 아무도 해를 입지 않을 거다. 모든 게 다 널 생각해서 한 일이란다. 내 딸아, 넌 네가 누군지, 어디서 왔는지 몰라. 내가 네 아버지이며 이 형편없는 동굴에 산다는 것말고는 내게 대해서도 알지 못해. 네가 이 동굴에 오기 전을 기억할 수 있겠니? 아마 기억할 수 없을 걸. 그땐 네가 세 살이 되지 못했을 테니."

"아뇨. 기억할 수 있어요" 하고 미란다는 대답했다.

"무엇을? 무슨 집이나 사람을 기억할 수 있니? 그렇다면 네가 기억할 수 있는 것을 내게 말해 주렴."

"마치 꿈처럼 기억이 아련해요. 하지만 절 돌봐 주던 여자들이 너댓 명 되지 않았어요?"

"물론, 더 많았지. 어떻게 그런 생각이 네 머리에 남아 있지? 어떻게 여기 오게 되었는지 기억나느냐?"

"아뇨. 그것밖에는 기억나지 않아요."

"열두 해 전이란다, 미란다야. 나는 밀라노의 공작이었고, 넌 공작의 딸로 나의 유일한 상속인이었지. 내게는 동생이 하나 있었는데 이름이 안토니오였다. 나는 그에게 모든 것을 맡겼단다. 나는 은퇴하여 깊은 연구에 전념할 마음이 생겨, 관행대로 국사를 네 숙부 그 못된 동생에게 맡겼지. 나는 온갖 세상사를 저버리고 책에 파묻혀 지내며 정신 수양에 모든 시간을 쏟았단다. 동생 안토니오는 그렇게 나의 권세를 쥐고는 스스로 공작이 된 듯이 생각하기 시작했다. 내 덕분에 나의 신하들 가운데서 인기를 얻게 되자, 그의 사악한 마음 속에서 나의 공작 자리를 빼앗으려는 오만한 야심이 꿈틀거렸지. 그리고 그는 나의 원수 나폴리 왕의 도움을 받아 곧 음모를 달성해 버렸지."

"그런데 그들이 그때 왜 우리를 죽이지 않은 거죠?"

그녀의 아버지는 대답했다. "애야, 그들은 감히 그렇게 하지 못했단다. 나의 백성들이 나를 끔찍히 사랑했던 것이지. 안토니오는 우리를 배에 태워, 한 20킬로미터쯤 바다 가운데로 데리고 가서는 작은 배에 실어 버렸단다. 도르래도 돛도 돛대도 없는 배에 말이다. 그러고는 생각대로 우리가 죽게 내버려 두었지. 하지만 궁정 소속 영주인 곤잘로라는 사람이 나를 사랑하여 은밀히 배에다 물과 식량과 도구, 그리고 내 나라보다 더 귀한 책들을 넣어 두었단다."

"오 아버지, 그때 제가 얼마나 애물단지였을까요!"

"아니란다. 애야, 너야말로 나를 지켜준 작은 천사였어. 때묻지 않은 네 미소 덕택에 난 불행을 견딜 수 있었단다. 이 황량한 섬에 도착하자 음식이 바닥났지. 후로는 널 가르치는 것이 나의 가장 큰 기쁨이었단다, 미란다야. 그리

〈미란다〉, 존 윌리엄 워터하우스(1849-1917)

고 물론 나의 가르침 덕택에 너도 큰 유익을 얻었고."

"정말 고마워요, 아버지. 그런데 왜 폭풍을 일으키셨어요?"

"그럼 알려 주마. 이 폭풍 때문에 나의 원수인 나폴리 왕과 나의 잔인한 동생이 이 섬에 떨어지게 되었다."

그렇게 말한 다음 프로스페로가 마법 지팡이로 딸을 가볍게 건드리자, 그녀는 속히 잠들어 버렸다. 그러자 아리엘이 주인 앞에 모습을 보이고는 폭풍에 관하여, 그리고 배에 탄 일행을 자기가 어떻게 조치했는지를 설명했다. 요정들이 미란다에게는 보이지 않으므로, 프로스페로는 자기가 허공에다 지껄이는 것처럼 딸에게 보이기가 싫었던 것이다.

"그런데 나의 용감한 요정아, 일을 어떻게 수행했느냐?"

아리엘은 폭풍에 관하여, 선원들의 공포와 왕의 아들 페르디난드가 맨 처

〈시코랙스 때문에 나무 속에 갇힌 아리엘〉, 1915,
모드 틴달 앳킨슨

음 바다로 뛰어든 것을 생생하게 설명했다. 그의 아버지는 파도가 아들을 삼켜 버린 것을 보고 죽은 줄로 생각했다. 아리엘은 말했다.

"하지만 왕자는 무사히 섬 한쪽에 있으며, 부왕이 빠져 죽은 걸로 생각하고 괴로워하며 슬퍼하고 있죠. 왕의 머리카락이 한 오라기도 상하지 않았으며, 파도에 그의 옷이 물에 젖었지만 이전보다 더 새것처럼 보이는데도 말입니다."

"훌륭하구나, 아리엘아. 그를 이리로 데려오너라. 내 딸에게 이 젊은 왕자를 보여 주어야겠다. 왕과 나의 동생은 어디 있느냐?"

"제가 페르디난드를 찾아보려고 그들을 떠날 때, 그들은 왕자를 찾을 꿈도 꾸지 않았어요. 죽은 줄로 생각했거든요. 선원들은 하나도 죽지 않았어요. 물론 자기들만 살아남았다고 생각하지만 말이죠. 그리고 배는 그들의 눈에 띄지 않도록 항구에 안전히 대 놓았습죠."

"아리엘, 일을 성실히 잘했구나. 그러나 아직 할 일이 남아 있다."

"일이 더 남아 있다구요? 주인님, 내게 자유를 주신다고 약속한 일을 기억하시겠죠? 여태껏 정성껏 시중든 일이며, 거짓말하지 않은 것이며, 실수하지 않은 것이며, 불평이나 불만 없이 섬긴 것을 기억해 주십시오."

"얼마나 혹독한 고통에서 널 건져 준 것을 기억하지 못하느냐? 사악한 마녀 시코락스를 잊었느냐? 늙어빠지고 악의에 차서 꼬부랑 할망구가 된 마녀 말이다. 시코락스가 어디서 태어났느냐? 말해 봐라. 내게 이야기해 봐라."

"알지에입니다."

"오 그래? 네가 기억하

〈아리엘에 이끌려오는 페르디난드〉, 1849-1850,
존 에버렛 밀레이

지 못하는 모양이다만, 그때 네가 어땠는지 상기시켜 줘야겠다. 못된 마녀 시코락스는 듣기에도 끔찍한 마법을 쓴 죄로 알지에에서 추방되어 선원들의 손에 여기 버려졌지. 그리고 넌 섬세한 요정이 돼놔서 그녀의 사악한 명령을 따르지 않은 통에, 시코락스가 널 나무 속에 가둬 버렸고, 거기서 울부짖고 있던 너를 내가 발견했지. 그런 고통에서 내가 널 건져준 걸 기억하거라."

"용서해 주세요, 주인님." 아리엘은 배은망덕하게 비쳐 부끄러워하며 말했다. "주인님의 명령에 복종하겠습니다."

"그렇게 하거라. 그러면 내가 너를 풀어 주겠다." 그런 다음 프로스페로는 아리엘이 할 일을 명령했다. 그러자 아리엘은 자리를 떠나, 먼저 페르디난드가 있던 곳으로 갔다. 페르디난드는 역시 우울한 모습으로 풀밭에 여전히 앉아 있었다.

아리엘이 그를 보고 말했다. "오, 젊은 신사분, 내가 곧 그대를 감동시키리. 그대는 미란다 아가씨에게 가서 그대의 아름다운 용모를 보이게 되리. 이리와 나를 따르시오."

그런 다음 아리엘은 노래를 부르기 시작했다.

> 그대 아버지는 다섯 길 물에 누우셨네
> 그 뼈는 산호가 되고
> 그 눈은 진주로다.
> 그 몸은 하나도 썩지 않고
> 바다의 조화 속에
> 귀하고 신비한 보물이 되었네
> 바다의 요정들이 조종을 울리네
> 들어라. 내 귀에 들리누나. 뎅그렁, 뎅그렁, 뎅그렁.

죽은 아버지에 관한 이 이상한 노래를 듣고, 왕자는 깊은 절망 상태에서 벌떡 일어섰다. 그는 놀라며 아리엘의 노랫소리를 따라가다가, 마침내 큰 나무 그늘 아래 앉아 있는 프로스페로와 미란다에게 이르렀다. 그런데 미란다는 아버지말고는 전에 남자를 본 적이 없었다.

"미란다야, 저 멀리 무엇이 보이는지 말해 보거라."

자못 야릇하게 놀라면서 미란다가 말했다. "아버지, 저건 틀림없이 요정이에요. 정말 멋져요. 정말 아름다운 피조물이군요. 요정이 아닌가요?"

"얘야, 저건 우리처럼 먹고 잠자고 감각을 갖고 있단다. 네가 보는 젊은이는 그 배에 있었단다. 슬픔에 얼굴이 조금 안됐긴 하지만, 그렇지 않았다면 미남이라고 해도 될 만해. 그는 잃어버린 일행을 찾아 헤매고 있단다."

남자라면 죄다 자기 아버지처럼 근엄한 얼굴에 회색 수염을 하고 있다고 생각했던 미란다는 멋진 젊은 왕자의 모습에 기뻤다. 그리고 페르디난드는 이 황량한 곳에서 사랑스러운 아가씨를 본 데다 이상한 노랫소리를 듣고 정말 신기하다고 생각한 나머지, 자기가 마법에 걸린 섬에 있다고 생각했다. 그리고 미란다를 이곳의 여

"그대 아버지는 다섯 길에 누우셨네. 그 뼈는 산호가 되고..."
―에드먼드 뒤락

신이라고 여기고 그녀에게 말을 걸기 시작했다.

미란다는 수줍어하며 대답했다. 자기는 여신이 아니며 그저 평범한 처녀일 뿐이라고 하며 자기 이야기를 하려고 하는데, 그때 프로스페로가 그녀의 말을 가로막았다. 프로스페로는 두 사람이 서로에게 빠져 있는 것에 퍽 기분이 좋았다. 왜냐하면 두 사람이 시쳇말로 첫눈에 사랑에 빠졌음을 직감했기 때문이었다. 그러나 페르디난드의 일편단심을 시험해 보기 위해 프로스페로는 까다로운 시험을 그에게 던져보기로 결심했다. 그러므로 그는 앞으로 나서서 엄한 태도로 왕자에게 첩자로 이 섬에 왔다고 하며 누구의 첩자냐고 캐물었다.

프로스페로가 말했다. "따라와. 내가 네 목과 발을 죄다 묶어 버리겠다. 너는 바닷물을 마시게 될 것이며, 조개와 말라비틀어진 뿌리와 도토리 껍질을 먹게 될 것이다."

페르디난드는 "나보다 힘센 원수라면 모를까 그런 대접은 사절하겠소." 하고 말하며 칼을 뽑았다. 그러나 프로스페로는 마법 지팡이를 휘저으며 그를 서 있는 곳에 꼼짝달싹하지 못하게 만들어 버렸다.

미란다는 아버지에게 매달리며 말했다. "왜 그렇게 사나워지셨어요? 제발 그러지 마세요. 제가 보증하겠어요. 이분은 내가 본 두 번째 사람이에요. 제가 보기엔 진실한 분이에요."

"닥쳐라. 한 마디만 더 하면 너를 꾸짖겠다. 저런 협잡꾼을 두둔하다니! 너야 이놈과 캘리번밖에 보지 않았으니 그보다 멋진 사람이 없으리라고 생각하는거야. 어리석은 것아, 이놈보다 못한 사람은 눈 씻고 찾아보기 힘들 거다. 이 놈은 캘리번과 진배없어."

프로스페로는 딸의 일편단심을 알아보려고 이런 말을 했던 것이다. 그러자 미란다가 대답했다. "제 마음은 정말 소박해요. 이보다 훌륭한 사람을 만나고 싶진 않아요."

"이리와, 젊은 친구. 넌 내 말을 거스를 힘이 없어." 프로스페로가 왕자에게 말했다.

"정말인가 보군." 페르디난드는 대답했다. 그리고 마법 때문에 저항할 힘이 없어진 것을 알지 못한 페르디난드는 너무도 기이하게도 프로스페로를 따라가지 않을 수 없는 자신에게 놀랐다. 할 수 있는 대로 미란다를 돌아보던 페르디난드는 프로스페로가 동굴에 들어간 다음에 이렇게 말했다. "꿈속처럼 모든 힘이 사라졌어. 하지만 감옥에서나마 하루에 한 번 이 아름다운 아가씨를 볼 수만 있다면 이 사람의 위협도 나의 무력함도 아무것도 아니리."

〈프로스페로의 마법으로 인해 무장 해제를 당하는 페르디난드〉, 윌리엄 해밀턴 (1750~1801).

프로스페로는 동굴 안에 그리 오래 가두어 놓지 않았다. 곧 죄수를 끌어내어 호된 일을 시키고 페르디난드가 고된 일을 하는 모습을 딸에게 지켜보게 하고는, 서재에 들어가는 척하며 몰래 둘을 감시했다.

프로스페로는 페르디난드에게 무거운 통나무를 쌓아올리라고 명령했다.

왕자들은 고된 일에 익숙하지 않은 법이므로, 미란다의 눈엔 연인이 피로에 짓눌려 죽을 것 같았다.

"아이 슬퍼라! 너무 열심히 일하지 마세요. 아버지는 서재에 가셨으니 세 시간 동안은 염려 없어요. 제발 쉬세요."

"아가씨, 염려 마세요. 쉬기 전에 일을 마쳐야 해요."

"쉬고 계시는 동안 제가 통나무를 나를께요" 하고 미란다가 말했다. 그러나 페르디난드는 결단코 그 뜻을 따르지 않았다. 미란다는 도움이 되긴커녕 방해가 되었다. 왜냐하면 이야기가 길어지니 통나무 나르는 일이 아주 느려졌기 때문이었다.

단지 페르디난드에게 사랑을 시험해 보려고 이 일을 시켰던 프로스페로는, 딸의 생각과 달리 책을 보고 있는 게 아니라, 그들의 눈에 보이지 않게 옆에 서 있으면서 그들의 말을 엿듣고 있었다.

페르디난드가 미란다의 이름을 묻자, 그녀는 이름을 가르쳐 주는 것이 아버지의 분명한 명령을 어기는 일이라고 하면서도, 이름을 알려주었다.

프로스페로는 딸이 처음으로 자기의 명령을 거역한 것을 보고는 미소를 지을 뿐이었다. 왜냐하면 마법을 써서 딸을 갑작스럽게 사랑에 빠지게 했으니 미란다가 아버지의 명령에 순종할 생각을 잊어버리고 사랑의 마음을 드러내 보인다고 화를 낼 수 없었던 것이다. 그리고 그는 페르디난드의 길고긴 이야기에 마음이 즐거웠다. 페르디난드는 자기가 보았던 어떤 아가씨보다도 미란다를 사랑한다고 고백했던 것이다.

페르디난드가 세상의 어떤 여인보다 아름답다고 칭송하자, 미란다는 이렇게 대답했다. "저는 여자의 얼굴이라곤 전혀 기억나지 않고, 남자도 선량한 친구분인 당신과 사랑하는 아버지밖에 보지 못했어요. 외부에 사는 사람들의 얼굴이 어떤지 난 몰라요. 하지만 제 말을 믿어 주세요. 세상에 당신말고는 같이 지내고 싶은 사람이 없어요. 당신보다 좋은 모습을 한 사람을 상상할 수도 없어요. 제가 너무 조잘대지 않았나 모르겠어요. 아버지의 교훈도 잊어버리고 말이에요."

프로스페로는 그 말에 미소를 짓고는 고개를 끄덕였다. 마치 이렇게 말하는 것 같았다. "내가 바라던 대로 척척 되어가는군. 내 딸이 나폴리의 여왕이 되겠군."

바로 그때 페르디난드는 또 길고 긴 이야기를 하면서(젊은 왕자들은 궁정의 말투로 말하기 때문이다) 순결한 미란다에게 자기가 나폴리의 왕이 될 것이며 그녀가 여왕이 되어야 한다고 말했다.

"저는 기쁜 일에도 눈물을 흘리는 바보예요. 솔직하고 거룩한 심정으로 당신에게 대답하겠어요. 당신이 나와 결혼해 주시면 당신의 아내가 되겠어요."

프로스페로는 그들 앞에 모습을 나타내면서, 페르디난드가 감사하려는 것을 막았다.

"아무 걱정할 것 없다, 얘야. 이야기는 다 들었다. 너희가 말한 모든 것에 나도 찬성한다. 그리고 페르디난드, 내가 자네를 너무 심하게 부려먹었다면, 후한 보상을 해 주겠네. 내 딸을 자네에게 줌세. 갖가지로 자네를 괴롭힌 건 자네의 사랑을 시험해 본 것인데, 자네는 훌륭히 시험을 이겨냈네. 그러니 자네의 참된 사랑으로 얻은 선물로서, 내 딸을 데려가게. 그리고 딸 자랑한다고 비웃지 말게."

그런 다음 프로스페로는 친히 가서 할 일이 있으니 돌아올 동안 같이 앉아서 이야기를 나누고 지냈으면 좋겠다고 했다. 이런 분부라면 미란다로서는 어길 생각이 전혀 없었을 것이다.

프로스페로는 그들을 떠난 후, 요정 아리엘을 불렀다. 그러자 아리엘이 즉시 그 앞에 나타나 프로스페로의 동생과 나폴리 왕에게 한 일을 곧바로 이야기

"그들이 먹으려고 하자 아리엘이 괴물 하피의 모습으로 나타났다." — 폴 우드러프

했다. 아리엘은, 그들이 이상한 일을 보고 듣게 하여 정신이 거의 빠지게 만들어 놓았다고 말했다. 돌아다니느라 피곤하고 음식이 떨어져 배곯고 있을 때 아리엘이 갑자기 그들 앞에 진수성찬을 차려 놓았다. 순간 그들이 막 먹으려고 덤벼들자, 그는 날개 달린 탐욕적인 괴물 하피의 모습으로 그들 앞에 나타났고 잔칫상은 순식간에 사라졌다. 그러자 그들이 대경실색해 있는데, 하피로 둔갑한 그는 프로스페로를 나라에서 내몰고 그와 그의 어린 딸을 바다에서 죽게 내버린 잔인무도한 일을 상기시키면서, 이런 이유로 이런 무서운 일들이 그들에게 닥쳤다고 말했다.

나폴리 왕과 못된 동생 안토니오는 프로스페로에게 저지른 잘못을 뉘우쳤다. 그리고 아리엘은 그들의 참회가 진실하다고 확신하며 비록 요정이긴 해도 그들을 불쌍히 여기지 않을 수 없었노라고 주인에게 말했다.

"그러면 그들을 이리 데려오너라, 아리엘. 만일 요정에 불과한 네가 그들의 고통을 동정한다면, 그들처럼 인간인 내가 어찌 그들을 불쌍히 여기지 않으리? 속히 그들을 데려오너라. 나의 어여쁜 아리엘아."

곧 아리엘은 왕과 안토니오 그리고 곤잘로와 함께 돌아왔다. 아리엘이 주인 앞에 그들을 데려오려고 공중에서 기이한 노래를 불렀고 그들은 그 노래에 홀려서 따라왔다. 이 곤잘로는 전에 프로스페로의 사악한 동생이 그를 버려 바다 한가운데 텅빈 배에서 죽게 하려고 했을 때 아주 친절하게 프로스페로에게 책과 식량을 제공한 바로 그 인물이었다.

"아리엘은 그들의 참회가 진실한 것 같다고 보고했다."
—에드먼드 뒤락

슬픔과 공포에 얼이 빠진 나머지, 그들은 프로스페로를 알아보지 못했다. 처음에 프로스페로는 선량한 노인 곤잘로에게 생명을 건져 준 사람이라고 하며 자신의 정체를 알렸다. 그런 다음 그의 동생과 왕이 프로스페로를 알아보았다.

안토니오는 눈물을 쏟고, 비탄과 진정한 참회의 슬픈 말로 형의 용서를 간청했고, 왕은 안토니오를 도와 프로스페로를 폐위시킨 일을 진심으로 뉘우친다고 했다. 그러자 프로스페로는 그들을 용서했다. 그들이 공국(公國)을 재건하는 데 돕겠다고 하자, 프로스페로는 나폴리 왕에게 "전하께 드릴 선물이 있습니다" 하고 말하고는 문을 열어 미란다와 체스를 두는 그의 아들 페르디난드를 보어 주었다.

뜻밖에 상봉한 아버지와 아들의 기쁨보다 뛰어난 게 있을 수 없었다. 그들은 서로 폭풍우에 빠져 죽은 줄로만 생각했던 것이다.

미란다가 말했다. "정말 놀라워라! 이렇게 고상한 분들이 있을까! 저런 분들이 있으니 정말 멋진 세상이야."

나폴리 왕은 젊은 미란다의 아름다움과 뛰어난 덕행에 자기 아들만큼이나 놀랐다. "이 아가씨가 누군가? 우리를 헤어지게 했다가 다시 만나게 한 여신 같도다."

페르디난드는 미란다를 처음 본 자기처럼 아버지도 착각하는 것을 보고 미소를 지으며 대답했다.

"아닙니다, 아버지. 이 아가씨는 사람입니다. 하지만 신의 섭리로 제 아내가 되었습니다. 아버님께서 생존해 계시지 않다고 여겨 승낙을 받을 수 없는 처지에서 이 아가씨를 아내로 맞이했습니다. 이 아가씨는 그 명성을 그토록 들어 왔으나 이제서야 뵙게 된 밀라노의 유명한 공작 프로스페로 님의 따님입니다. 이분으로 인하여 소자는 새로운 생명을 얻었습니다. 이분은 제게 이 사랑스러운 여인을 주셔서 제2의 아버지가 되셨습니다."

"그러면 내가 아가씨의 아버지가 되는구나. 아니! 이 얼마나 기이하냐? 내가 나의 자식에게 용서를 구해야 하니 말이다" 하고 왕은 소리쳤다.

프로스페로가 말했다. "그런 말씀은 더 이상 하지 마십시오. 지난 과거는 마음에 두지 마십시오. 과거사가 아주 다행스럽게 매듭지어졌지 않습니까?"

그런 다음 프로스페로는 동생을 포용했고, 다시금 그에게 용서할 것을 다짐했다. 지혜롭고 절대적인 신의 섭리로 자신이 밀라노 공국에서 쫓겨났으나, 왕자와 미란다가 이 황량한 섬에서 상봉하여 서로 사랑하게 되어 자기 딸이 나폴리의 여왕이 되게 되었다고 말했다.

프로스페로는 동생을 위로하려고 정답게 말하였으나, 안토니오는 마음에 수치와 후회가 가득하여 눈물을 뿌릴 뿐 말을 이을 수 없었다. 그리고 친절한 노인 곤잘로는 눈물을 흘리며 이 즐거운 화해를 보면서 젊은 부부에게 복이 있기를 기원했다.

이제 프로스페로는 배가 항구에 잘 있고 선원들이 모두 배에 타고 있으며 다음 날 아침에 함

"요정 아리엘의 호위 아래 그들은 나폴리로 향했다."
— 에드먼드 뒤락

께 딸이 그들과 돌아갈 것이라고 말했다.

"그 사이에 형편없지만 제 동굴에 마련된 음식을 드십시오. 그리고 저녁 시간의 여흥으로 이 황량한 섬에 도착할 때부터의 이야기를 해드리리다."

그런 다음 프로스페로는 캘리번에게 음식을 준비하고 동굴을 치우라고 명령했다. 일행은 이 보기 흉한 괴물의 거친 태도와 야만적인 용모에 놀랐다. 프로스페로는 그가 자기의 유일한 하인이라고 말했다.

프로스페로는 섬을 떠나기 전에 아리엘을 풀어 주었고, 명랑한 작은 요정은 크게 기뻐했다. 아리엘은 주인에게 충직한 종이었지만, 언제나 자유를 누리며 새처럼 공중을 거침없이 훨훨 날아다니며 푸른 나무 아래와 달콤한 과일

들과 달콤한 꽃들 사이를 돌아다니고 싶었다.

"진기한 나의 아리엘아, 너를 잊지 못할 거다. 하지만 너를 놓아주어야겠다" 하며 프로스페로는 작은 요정에게 말했다.

"감사합니다, 주인님. 그러나 마지막으로 이 요정이 순조로운 바람으로 주인님의 배가 고향에 이르도록 시중들게 해 주십시오. 그때, 저는 자유로운 몸이 되는 거죠. 정말 즐겁게 살겠어요!"

여기서 아리엘은 이 아름다운 노래를 불렀다.

벌과 함께 꿀을 빨고

꽃송이 속에 누워

밤이면 부엉이 우는 소리를 듣네

박쥐 등을 타고 날아가네

여름을 따라가며 즐겁게 지내리.

이제 가지에 달린 꽃그늘 밑에서

즐겁게 지내리.

그런 다음 프로스페로는 자기의 마법책과 지팡이를 땅 속에 깊이 파묻어 버렸다. 다시는 마법을 사용하지 않겠노라고 다짐했기 때문이다. 원수를 굴복시키고, 동생과 나폴리 왕과 화해했으니 이제는 무슨 행복을 더 바라겠는가. 단지 고향으로 돌아가 공국을 되찾고 딸과 페르디난드 왕자의 행복한 결혼식을 지켜보는 일만 남았을 뿐이었다. 왕은 나폴리에 돌아가자마자 성대하게 결혼식을 치르겠다고 했다. 요정 아리엘의 안전한 호위를 받으며 그들은 즐거운 여행을 마치고 곧 나폴리에 도착했다.

11. 겨울 이야기

시칠리아의 왕 레온테스와 그의 아름답고 덕망 높은 왕비 헤르미오네는 한때 잉꼬부부처럼 잘 살았다. 레온테스는 이 훌륭한 부인의 사랑을 받고 어찌나 행복한지, 달리는 아무런 소원이 없었다. 다만 옛적 단짝동무였으며 학교 친구였던 보헤미아의 왕 폴릭세네스를 다시 만나 왕비에게 소개하고픈 생각이 가끔씩 나는 것만 빼고는 말이다. 레온테스와 폴릭세네스는 어린 시절부터 함께 자랐지만, 두 사람의 부친들이 사망하자 각각 자기 나라를 다스리도록 부름을 받고 헤어져서는 여러 해를 만나지 못했다. 물론 자주 선물과 서신과 충성스런 사절단을 교환하긴 했다.

결국 거듭되는 초청 후에, 폴릭세네스는 보헤미아를 떠나 시칠리아 궁정으로 친구 레온테스를 만나러 왔다.

처음에 이 방문은 레온테스에게 즐거움만 안겨 주었다. 그는 왕비더러 어린 시절의 친구에게 특별한 관심을 표하게 했고, 소중한 친구이자 옛 단짝동무 앞에서 더없는 복을 누리려는 듯이 보였다. 그들은 예전의 일을 이야기했다. 학창 시절과 어릴 적 장난을 상기했고, 이런 이야기에 항상 즐겁게 자리를 같이하는 헤르미오네에게도 자세히 말해 주었다.

긴 체류 기간을 마치고 폴릭세네스가 떠나려고 준비할 때, 헤르미오네는 남편의 부탁을 받아 폴릭세네스에게 방문기간을 연장하도록 간청했다.

그런데 이 착한 왕비의 슬픔은 여기서 시작되었다. 왜냐하면 더 머물러 달라는 레온테스의 청을 따르지 않으려 했던 폴릭세네스가 헤르미오네의 친절하고 설득력 있는 말에 감복하여 몇 주간 더 머물기로 했기 때문이다. 이 일을 본 레온테스는 덕스러운 왕비의 뛰어난 성품은 물론이고 친구 폴릭세네스의 성실성과 존경스러운 지조를 오랫동안 알고 있었지만, 걷잡을 수 없는 질투에 사로잡혔다. 헤르미오네가 남편의 부탁으로 폴릭세네스에게 관심을 보이며 그를 즐겁게 할 때마다, 불행한 왕의 질투심은 더해 갔다. 사랑하는 참된 친구이자 더할 나위 없이 훌륭하고 다정한 남편이었던 레온테스는 갑자기 야만스럽고 몰인정한 괴물이 되어 버렸다. 궁정 귀족 가운데 한 사람인 카밀로를 불러 자신의 의심을 털어놓고, 폴릭세네스를 독살하라고 명령했다.

카밀로는 착한 사람이었다. 그는 레온테스의 질투가 사실과 하등 상관없다는 것을 잘 알았기 때문에 폴릭세네스를 독살하지 않고 주군의 명령을 폴릭세네스 왕에게 알리고는 시칠리아 영토를 같이 탈출하기로 했다. 그리고 폴릭세네스는 카밀로의 도움을 받아 자기 나라 보헤미아에 무사히 도착했고, 카밀로는 이후로 보헤미아의 궁정에서 살며 폴릭세네스의 가장 친한 친구이며 총애받는 신하가 되었다.

질투심에 불타는 레온테스는 폴릭세네스의 탈출 소식을 듣고서 더욱 화가 났다. 그가 왕비의 거처로 갔을 때, 착한 여인은 어린 아들 마밀루스와 함께 앉아 있었다. 아이는 아주 재미있는 이야기로 어머니를 즐겁게 하는 중이었는데, 그때 왕이 들어와 아이를 빼앗아 데려가고 헤르미오네는 감옥에 보냈다.

마밀루스는 비록 아주 어린 아이였지만 어머니를 퍽 사랑했다. 그리고 어머니가 너무도 수치스러워진 것을 목격했고 어머니를 자기에게서 빼앗아 감옥에 보냈다고 생각했다. 그는 그 일을 가슴 깊이 품었으며, 점점 풀이 죽고 수척해져서 식욕을 잃고 잠을 자지 못해 급기야는 슬픔에 휩싸여 죽게 될 지경에 이르렀다.

왕은 왕비를 감옥에 보내고, 시칠리아의 귀족 클레오메네스와 디온에게 델포이로 가서 아폴로 신전에서 왕비가 자기를 배반하고 부정한 짓을 했는지 여부에 관해 신탁을 알아 오라고 명령했다.

헤르미오네는 잠시 후 감옥에서 딸을 낳게 되었다. 그리고 가련한 부인은 예쁜 아기를 보고 적잖은 위로를 받았으며, 아기를 보며 "나의 불쌍한 어린 죄수, 나도 너처럼 죄가 없단다" 하고 말했다.

헤르미오네는 고결한 파울리나라는 친절한 친구가 있었는데, 그녀는 시칠리아의 귀족 안티고누스의 아내였다. 그리고 파울리나는 왕비가 아이를 낳았다는 말을 듣고는 헤르미오네가 갇혀 있는 감옥으로 갔다. 그리고 헤르미오네를 시중 들던 여자인 에밀리아에게 말했다.

"바라건대, 에밀리아, 이렇게 전하거라. 왕비께서 어린 공주님을 맡겨 주시면, 국왕께 데리고 가겠다고 말이다. 전하께서 공주님을 보시면 마음이 누그러지실지도 몰라."

"마님, 고결하신 제안을 왕비님께 꼭 알려드리겠습니다. 왕비님은 아이를 전하께 보여드릴 친구가 있었으면 하고 오늘도 바라셨습니다."

"그리고 왕비님께, 레온테스 전하 어전에서 왕비님을 담대히 변호하겠다고 말씀드려라."

"자애로우신 왕비님께 친절을 베푸셨으니 영원히 복받으세요."

그런 다음 에밀리아는 헤르미오네에게 가서 아뢰고, 헤르미오네는 기꺼운 마음으로 아이를 파울리나에게 넘겨주었다. 파울리나가 아니고는 아이를 그 아버지에게 감히 보여 주려는 사람이 없을까 두려웠던 것이다.

파울리나는 국왕의 진노가 무서워 반대하는 남편의 만류를 무릅쓰고 갓난아이를 데리고, 어전에 감연히 나가 아이를 보여드리고, 그 발 앞에 아이를 뉘었으며, 고결한 말로 국왕에게 헤르미오네를 변호했다. 그리고 그녀는 몰인정한 국왕의 처사를 심히 비난하고 결백한 왕비와 아이에게 자비를 베푸시라고 간청했다. 그러나 파울리나의 대담한 간언은 레온테스의 노여움을 살 뿐이었고, 그는 파울리나의 남편 안티고누스더러 아내를 자기 면전에서 데리고 나가라고 명했다.

파울리나는 어린아이를 아버지의 발에 놓아두고 자리를 떠나면서, 국왕이 홀로 있을 때 어린 공주를 보면 힘없고 죄없는 아이에게 긍휼을 베풀 것으로 믿었다.

이는 선량한 파울리나의 착각이었다. 이내 무자비한 아버지는 파울리나의 남편 안티고누스에게 아이를 바다로 데리고 나가 황량한 해변에다 버려 거기서 죽게 하라고 명령했던 것이다.

안티고누스는 선량한 카밀로와 달리 레온테스의 명령에 너무 고분고분했다. 그는 즉시로 아이로 배에 태워 바다로 나가, 맨 처음 발견하는 황량한 해변에 아이를 버리려 했다.

왕은 헤르미오네의 부정을 너무도 굳게 믿었으므로, 델포이 신전에 신탁을 알아보라고 보낸 클레오메네스와 디온을 기다리지 않았다. 그러나 왕비가 해산하고 몸을 풀기도 전에, 금지옥엽 같은 아이를 잃은 슬픔에서 벗어나기도 전에, 왕은 궁정의 모든 대신들 앞에서 공개 재판을 열었다. 그리고 그 나라의 대귀족과 재판장과 군소 귀족들이 헤르미오네를 심문하려고 모였고, 불행한 왕비가 죄수의 몸으로 신하들 앞에 서서 그들의 재판을 받고 있을 때, 클레오메네스와 디온이 재판정에 들어와 신탁의 대답을 봉인한 채로 왕에게 드렸다. 레온테스는 봉인을 떼라고 명령했고, 신탁의 말을 크게 읽게 했다. 이런 말이었다.

"헤르미오네는 순결하며, 폴릭세네스는 죄가 없으며, 카밀로는 충신이며, 레온테스는 질투심 강한 폭군이며, 왕은 잃어버린 아이를 찾지 못할 때 후계자가 없을 것이니라."

왕은 신탁의 말을 믿지 않으려 했다. 그는 왕비의 측근들이 꾸민 거짓말이라고 말하며, 재판관에게 왕비의 심문을 계속 진행하도록 했다. 그러나 레온테스가 말하고 있는 동안, 한 사람이 들어와 이르기를 어머니가 생사가 걸린 재판을 받고 있다는 것을 왕자 마밀루스가 듣고는 슬픔과 부끄러움에 갑자기 죽었다고 전했다.

헤르미오네는 귀하고 사랑스러운 아이의 부고를, 그것도 자신의 불행 때문에 슬퍼하다가 죽었다는 소식을 듣고는 실신해 버렸다. 그리고 레온테스는 그 소식에 가슴이 크게 찔려 불행한 왕비를 불쌍히 보기 시작했고, 파울리나와 그녀를 수행하는 시녀들에게 왕비를 데리고 가서 회복을 위해 힘쓰라고 명령했다. 파울리나는 곧 되돌아와 헤르미오네가 죽은 것을 왕에게 고했다.

레온테스는 왕비가 죽었다는 말을 듣고, 왕비에게 잔인하게 대한 자신의 잘못을 뉘우쳤다. 그리고 그는 자기의 학대로 헤르미오네의 심장이 무너졌다고 생각했고, 그녀가 무죄하다고 믿었다. 그리고 신탁의 말이 참되다고 생각하고, "잃어버린 아이를 찾지 못할 때 후계자가 없을 것이니라"는 신탁의 아이가 자기 딸이며, 어린 왕자 마밀루스가 죽었으니 후계자가 없을 것이라는 뜻으로 새겼다. 그리고 자기 나라를 이제 잃어버린 딸에 넘겨주려고 했다. 그리고 레온테스는 후회감에 휩싸여 괴로운 생각과 참회의 슬픔으로 세월을 보냈다.

안티고누스가 어린 공주를 싣고 바다로 나간 배는 폭풍우로 보헤미아 해변 곧 선왕(善王) 폴릭세네스의 나라에 떠밀려 왔다. 안티고누스는 여기 도착하여 아이를 버렸다.

안티고누스는 시칠리아로 돌아와 레온테스에게 아이를 어디다 버렸는지 고하지 못했다. 왜냐하면 배로 돌아갈 때 숲에서 곰이 나와 그를 산산이 찢어 버렸기 때문이다. 레온테스의 사악한 명령을 복종한 데 대한 공의로운 심판이 그에게 임했던 것이다.

아이는 화려한 옷과 보석으로 치장하고 있었다. 왜냐하면 헤르미오네가 아이를 레온테스에게 선보이려고 아주 훌륭하게 꾸몄기 때문이다. 그리고 아이의 옷에는 안티고누스의 편지가 꽂혀 있었는데, 거기에 기록된 퍼디타('잃어버린 자')라는 이름은 아이의 지체 높은 출신과 불행한 운명을 은근히 암시했다.

가련하고 버림받은 이 아이는 양치기에게 발견되었다. 그는 인정 많은 사람이었고, 어린 퍼디타를 아내에게 데리고 갔다. 그의 아내는 아이를 정성껏 보살폈다. 그러나 양치기는 가난 때문에 보석을 숨기고 싶은 유혹에 빠졌다. 그리하여 그는 자기가 어디서 부자가 되었는지 아무도 모르게 하려고 다른 지방으로 떠나 버렸다. 그리고 그는 퍼디타의 보석으로 양 떼를 사서 부유한 양치기가 되었다. 그는 퍼디타를 자기 자식처럼 길렀고, 퍼디타는 자기를 양치기의 딸로만 생각했다.

어린 퍼디타는 사랑스러운 아가씨로 자랐다. 그리고 그녀는 양치기의 딸로서 교육받은 것밖에 없지만, 왕비였던 어머니로부터 물려받은 천부적 덕목이 그녀의 정신에서 찬란히 빛났기에, 누구든지 그녀의 행동을 보면 자기 아버지의 궁정에서 자라지 않았다고 생각할 수 없었을 것이다.

보헤미아 왕 폴릭세네스에게는 외동아들이 있었으니, 플로리젤이었다. 그런데 젊은 왕자는 양치기의 거처 근방에서 사냥을 하고 다니다가 노인의 딸로 여겨지는 아가씨를 보았다. 그리고 퍼디타의 아름다움과 수수함과 왕비 같은 품행에 반한 왕자는 그녀를 사랑하게 되었다. 곧 왕자는 도리클레스라는 이름

"양치기는 아기 퍼디타를 아내에게 데려갔다." — 조지 소퍼(George Soper)

을 만들고 평민 출신 신사로 변복하여 나이 든 양치기의 집에 늘 출입했다. 플로리젤이 궁정을 자주 비우자, 폴릭세네스는 놀라게 되었다. 그리고 사람들에게 아들을 감시하라고 시키고는, 아들이 양치기의 아리따운 딸을 사랑하게 된 사실을 보고받았다.

그런 후에 폴릭세네스는 레온테스의 분노에서 자기의 생명을 구해 주었던 충직한 카밀로를 불러, 퍼디타의 아버지인 양치기의 집에 같이 가자고 했다.

폴릭세네스와 카밀로는 변장을 한 채로 나이 든 양치기의 거처에 도착했는데, 양털 깎는 잔치가 한창 벌어지고 있었다. 그들은 나그네였지만, 양털 깎기 잔치 때는 어떤 손님이든 환대하는 법이므로 초대를 받아 모든 잔치 행사에 동참했다.

환희와 즐거움으로 충만했다. 식탁에는 음식이 잘 차려져 있었고, 시골 잔치치고 성대한 준비였다. 처녀 총각들은 집 앞의 풀밭에서 춤을 추고 있었고, 더러는 문 앞에서 행상인에게서 리본과 장갑과 장난감 따위를 사고 있었다.

이 분주한 장면이 계속되는 동안, 플로리젤과 퍼디타는 외딴 모퉁이에 조용히 앉아 서로의 대화를 퍽 즐기는 모습이었고, 주변 사람들의 오락과 유치한 유흥에 끼는 것을 좋아하지 않았다.

왕이 아무도 모르게 변장했기 때문에 왕자도 그를 알아볼 수 없었다. 그래서 왕은 그들의 대화를 잘 들을 수 있는 곳으로 다가갔다. 퍼디타가 자기 아들과 단순하지만 우아한 예법을 갖추어 이야기하는 것을 듣고는 폴릭세네스는 적잖게 놀랐다. 그는 카밀로에게 말했다. "저렇게 아리따운 천출(賤出) 소녀를 본 적이 없네. 몸가짐이나 말하는 것을 보면 그런 출신이 아닌 것 같고, 이곳에 어울리지 않을 정도로 귀티가 나는군."

카밀로가 대답했다. "참으로 소녀는 훌륭한 왕비감입니다."

"양치기 영감님, 따님과 이야기를 나누는 저 잘생긴 젊은이는 누굽니까?"

"다들 도리클레스라고 하죠. 젊은이는 내 딸을 사랑한다고 말하더군요. 사실, 누가 누구를 더 사랑하는지 가릴 수 없을 지경이죠. 도리클레스 청년이 제 딸을 얻는다면, 호박이 넝쿨째 굴러떨어지는 셈이에요."

〈플로리젤과 퍼디타〉, 찰스 로버트 레슬리(1794-1859)

영감은 퍼디타의 남은 보석을 염두에 두고 그 말을 한 것이었다. 보석의 일부로 양 떼를 샀고, 남은 것은 그녀의 결혼 지참금으로 고이고이 간직해 두었던 것이다.

폴릭세네스는 아들을 불렀다. "아 젊은이, 자네 마음속에 뭔가가 가득 차 있어서 잔치에는 도통 관심이 없는 것 같군. 젊은 시절에 나는 연인에게 선물을 보내곤 했지. 그런데 자넨 장사꾼에게 장신구도 사지 않고 돌려 보내더군."

젊은 왕자는 부왕과 이야기하고 있다고는 꿈에도 생각하지 않고 이렇게 대꾸했다. "제 연인은 그런 사소한 것에는 마음이 없어요. 퍼디타가 내게 바라는 선물은 내 마음에 간직되어 있어요."

그런 다음 퍼디타에게 고개를 돌려 이렇게 말했다. "내 말을 들어요, 퍼디타. 한때 사랑에 빠진 적이 있다는 이 나이 든 신사분 앞에서 말이오. 이분 앞에서 내 진심을 말하겠소."

그런 다음 플로리젤은 나이 든 낯선 손님에게 퍼디타에게 하는 결혼의 엄숙한 서약에 증인이 되어 달라고 부탁하면서 이렇게 말했다. "부디, 우리의 약조를 지켜봐 주십시오."

"젊은 친구, 파혼의 증인이 되어 주겠네" 하며 왕은 자신의 모습을 드러내었다.

〈양치기 퍼디타〉, 아서 래컴(1867~1939)

그런 다음 폴릭세네스는 이렇게 천한 출신의 아가씨와 감히 결혼 약조를 했다고 아들을 질책하며, 퍼디타를 "양치기의 소생, 양치기의 지팡이"라고 하고 또 경멸적으로 불렀다. 그리고 퍼디타가 자기 아들을 또 만나는 날에는 그녀와 그녀의 아버지 양치기를 잔인하게 죽여 버리겠다고 위협했다.

그런 다음 왕은 심히 진노하며 그들을 떠났고 카밀로에게 플로리젤 왕자와 함께 따라오라고 했다.

왕이 떠났을 때, 퍼디타는 폴릭세네스의 욕설에 왕손다운 본성이 깨어나 이렇게 말했다. "이젠 끝장이지만, 난 별로 겁나지 않아요. 전하께 왕궁을 비추는 태양이 우리 초가집에도 얼굴을 감추지 않고 똑같이 비추고 있다는 것을 분명히 말씀드리고 싶었어요."

그런 다음 그녀는 슬퍼하며 이렇게 말했다. "그러나 이제 이 꿈에서 깨어났으니, 다시는 여왕 노릇을 하지 않겠어요. 나를 떠나세요. 양젖을 짜며 울며 지낼 거예요."

마음씨 착한 카밀로는 퍼디타의 고상하고 예절바른 행동에 감동했다. 그리고 젊은 왕자가 너무 사랑한 나머지 국왕의 명령을 거스르고 연인을 포기하지 않을 것임을 직감하고, 이 연인들을 도울 방법을 생각하고는 곧바로 마음속에 품었던 멋진 계획을 실행했다.

카밀로는 시칠리아 왕 레온테스가 참으로 참회한 것을 오래 전에 알고 있었다. 카밀로는 폴릭세네스 왕의 총애하는 친구이지만, 예전의 왕과 본국을 다시 한 번 보고 싶어 견딜 수 없었다. 그래서 그는 플로리젤과 퍼디타에게 시칠리아 궁정에 같이 가자고 제안했다. 그곳에 가서 레온테스에게 부탁하여 두 사람을 위하여 폴릭세네스에게서 용서와 결혼의 동의를 받게 해주겠다고 했다.

이런 제안을 받은 두 사람은 흔쾌히 동의했다. 그리고 카밀로는 그들의 도피에 필요한 모든 것을 처리했고, 또 나이 든 양치기에게 그들과 함께 떠날 수 있도록 해주었다.

양치기는 퍼디타의 남은 보석과 아이 옷과 그녀의 외투에 꽂혀 있던 종이를 카밀로에게 주었다.

순조로운 항해를 마치고 플로리젤과 퍼디타, 카밀로와 늙은 양치기는 레온테스의 궁정에 무사히 도착했다. 죽은 헤르미오네와 잃어버린 아이 때문에 여전히 슬퍼하던 레온테스는 카밀로를 환대했고, 플로리젤에게 진심 어린 환영의 심정을 표했다. 그러나 플로리젤이 자기의 왕자비로 소개한 퍼디타를 본 레온테스는 그녀에게 마음이 쏠렸다. 퍼디타와 죽은 왕비 헤르미오네가 너무도 닮았음을 느낀 레온테스는 새삼스레 슬픔에 사로잡혀, 자기가 그토록 잔인하게 딸을 죽이지 않았다면 저렇게 사랑스러운 아가씨가 되었을 텐데 하고 말했다. 레온테스가 플로리젤에게 말했다. "그런데 나는 그대의 용감한 부친과의 교제와 우정을 잃어버렸소. 부친을 다시 한 번 만나는 것이 내 생명보다 소중하오."

늙은 양치기는 왕이 퍼디타를 참으로 주목하며 그에게 어릴 적에 잃어버린 딸이 있다는 말을 듣고서, 어린 퍼디타를 발견한 때와 왕이 딸을 잃어버린 때를 비교하고 퍼디타의 보석과 그녀가 지체 높은 신분임을 보여 주는 다른 증거들을 살펴보게 되었다. 그 모든 것으로 미루어 보아, 그는 퍼디타와 왕의 잃어버린 딸이 동일인이라고 결론을 짓지 않을 수 없었다.

플로리젤과 퍼디타, 카밀로와 충직한 파울리나는 늙은 양치기가 아이를 발견한 일과 안티고누스가 곰에게 찢겨 죽은 정황을 왕에게 아뢰는 자리에 참석했다. 양치기가 화려한 외투를 보여 주었더니 파울리나는 자기가 아이를 감싸던 그 외투인 것을 기억했고, 그가 보석을 내보였더니 헤르미오네가 퍼디타의 목에 매어 준 것임을 상기했으며, 그가 종이를 꺼내자 남편의 글씨임을 알아차렸다. 퍼디타가 레온테스의 딸임은 아무도 의심할 수 없었다. 그러나 파울리나는 남편의 죽음에 대한 슬픔과, 왕의 후계자인 오래 전에 잃어버린 공주를 찾게 되어 신탁이 성취되었다는 기쁨 사이에서 만감이 교차했다. 레온테스는 퍼디타가 자기 딸이라는 소리를 듣고 헤르미오네가 살아서 아이를 보지 못한다는 큰 슬픔에 "아, 네 어머니, 네 어머니"라는 말밖에는 오랜 동안 아무 말도 하지 못했다.

파울리나는 이처럼 기쁨과 괴로움이 교차하는 순간에 끼어들어, 자기에게 조각상이 있는데 뛰어난 이탈리아 장인(匠人) 율리오 로마노가 방금 완성한 것으로 왕비와 너무도 닮은 나머지 국왕이 자기 집에 납셔서 그것을 보시면 틀림없이 실물로 생각하게 될 것이라고 말했다. 그런 다음 그들 모두 그쪽으로 향

"퍼디타가 레온테스의 딸이라는 것은 의심할 수 없었다." —아르튀스 샤이너

했다. 왕은 헤르미오네와 닮은 모습을 간절히 보고자 했고, 퍼디타도 한 번도 본 적이 없는 어머니의 모습을 몹시 보고 싶었다.

파울리나가 이 유명한 조각상을 가린 휘장을 걷어 내자, 그 모습이 어찌나 헤르미오네와 꼭 닮았던지 그 광경을 본 왕은 다시금 슬픔에 사로잡혔다. 오랫동안 그는 말할 힘도, 움직일 힘도 없었다.

"고정하십시오, 전하. 감탄하신 것 같습니다. 참으로 닮지 않았습니까?"

드디어 왕이 입을 열었다. "내가 처음에 구혼했을 때 그녀가 대단한 위엄을 갖고 서 있었지. 그러나 파울리나, 그때 헤르미오네는 이 조각상처럼 그렇게 나이들지 않았어."

파울리나가 대답했다. "조각가의 솜씨가 너무 신묘하여, 헤르미오네 왕비께서 지금 살아 계신다고 가정하고 그 모습을 만들었습니다. 그러나 휘장을 다시 치게 하십시오, 전하. 그렇지 않으면 곧 이 조각상이 움직이는 것처럼 생각되실 것입니다."

그랬더니 왕이 이렇게 말했다. "휘장을 치지 말라. 심장이 멎을 것 같아! 보라. 카밀로, 이 조각상이 숨쉬는 것 같지 않나? 그 눈이 움직이고 있는 것 같아."

"전하, 휘장을 쳐야겠습니다. 전하께서 심기가 심히 어지러우셔서, 조각상이 살아 있다고 생각하시겠습니다."

"파울리나, 20년 동안 그런 생각에 젖게 하라. 조각상이 숨쉬고 있는 것 같아. 어떤 명인의 끌이 호흡을 새길 수 있었겠어? 아무도 나를 조롱하지 말라. 내가 입맞추겠다."

"안 될 말씀입니다, 전하. 입술의 붉은 색이 아직 마르지 않았습니다. 기름칠이 전하의 입술에 묻을 것입니다. 휘장을 치겠습니다."

"아니. 20년 동안은 안 돼."

〈헤르미오네 조각상을 보이는 파울리나〉, 아서 래컴

퍼디타는 내내 무릎을 꿇고 조용히 동경하며 더 없이 아름다운 어머니의 조상을 바라보고 있다가 이렇게 말했다. "소녀도 그동안 여기 서서 사랑하는 어머니를 뵙고 있을 거예요."

"심지를 단단히 하시며 저로 휘장을 치게 하십시오. 아니면 더 놀랄 일이 일어날 것입니다. 제가 조각상을 움직이게 할 수 있습니다. 조각상이 받침대에서 내려와 전하의 손을 잡을 것입니다. 그러나 제가 사악한 영의 힘을 입어 한 일로 생각하지 마십시오. 결코 그렇지 않습니다."

"네가 조각상에 무슨 일을 해도 내 기꺼이 볼 것이다. 조각상에게 말을 하도록 시켜도 기꺼이 들을 것이다. 움직일 수 있다면 말하게 할 수도 있겠지" 하고 놀란 왕이 말했다.

그러자 파울리나는 이를 위하여 준비한 느리고 장엄한 음악을 연주하도록 명령했다. 그리고 지켜보는 자들은 깜짝 놀랐다. 조각상이 받침대에서 내려와 팔로 레온테스의 목을 안았다. 그런 다음 조각상은 입을 열어 남편과 새로 찾은 퍼디타에게 축복이 임하기를 기도했다.

조각상이 레온테스의 목을 안고 남편과 아이에게 복을 빈 것은 놀랄 일이 아니었다. 전혀 놀랄 일이 아니었다. 왜냐하면 그 조각상은 진짜 헤르미오네였던 것이다. 진짜 살아 있는 왕비였다.

파울리나는 왕비의 생명을 보존할 방법이 달리 없다고 생각하고 헤르미오네의 죽음을 거짓으로 알렸다. 그리고 착한 파울리나 덕에 헤르미오네는 그 이후로 퍼디타를 찾았다는 소식을 들을 때까지 레온테스에게 자기의 생존 사실을 알리기를 원치 않았다. 왕비는 레온테스가 자기에게 저지른 모욕적 처사를 오래 전에 잊었지만 자기의 어린 딸에게 저지른 잔혹한 일은 결코 용서할 수 없었던 것이다.

오랜 동안 슬픔 가운데서 지내다가, 죽은 왕비가 그처럼 살아나고 죽은 딸을 찾은 레온테스는 더없는 행복을 주체할 수 없었다.

온통 축하와 사랑의 이야기뿐이었다. 이제 행복한 부모는 플로리젤 왕자가 천한 신분처럼 보였던 자기 딸을 사랑한 데 감사했고, 아이를 먹여 살린 선량한 늙은 양치기를 축복했다. 카밀로와 파울리나는 충직한 신하로서 행한 모든 일이 너무도 좋게 끝난 것을 보게 되어 아주 기뻤다.

마치 이 이상하고 예기치 않던 즐거움을 한층 더해 주려는 듯이, 폴릭세네스 왕이 궁정에 들어왔다.

폴릭세네스는 카밀로가 오랫동안 시칠리아로 돌아가고자 했음을 알고 처음에는 아들과 카밀로가 떠난 것이 섭섭했고 그들이 이곳에서 도망쳤다고 생각했다. 온 힘을 다해 그들을 뒤쫓아 온 그는 레온테스의 생애에서 가장 행복한 이 순간을 우연히 접하게 되었다.

폴릭세네스는 만인이 즐거워하는 그 순간에 동참했다. 그는 친구 레온테스가 자기에게 부당한 질투심을 품었던 것을 용서했고, 다시금 그들은 어릴 적의 따스한 우정으로 서로 사랑했다. 그리고 폴릭세네스가 아들과 퍼디타의 결혼을 반대할 일은 없었다. 퍼디타는 더 이상 "양치기 지팡이"가 아니며, 시칠리아 왕위의 후계자였던 것이다.

그리하여 우리는 오래 참은 헤르미오네의 인내의 덕이 보상받은 것을 보았다. 그 훌륭한 부인은 오랜 세월을 레온테스와 퍼디타와 더불어 살았으며, 어머니 가운데 가장 행복한 어머니요 왕비 가운데 가장 행복한 왕비였다.

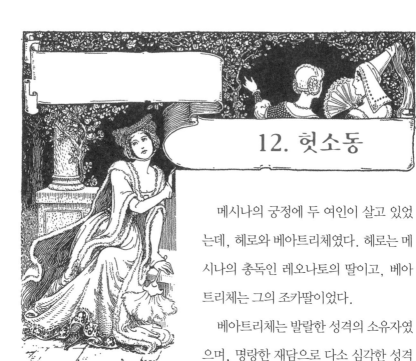

12. 헛소동

메시나의 궁정에 두 여인이 살고 있었는데, 헤로와 베아트리체였다. 헤로는 메시나의 총독인 레오나토의 딸이고, 베아트리체는 그의 조카딸이었다.

베아트리체는 발랄한 성격의 소유자였으며, 명랑한 재담으로 다소 심각한 성격을 갖고 있었던 사촌 헤로를 즐겁게 해주는 일을 좋아했다. 무슨 일이 벌어져도 쾌활한 베아트리체에게는 즐거운 일이었다.

바야흐로 이 여인들의 이야기는 육군 장교로 있던 젊은이들로부터 시작된다. 그들은 방금 끝난 전쟁에서 대단한 용맹을 떨치고 돌아오는 길에 메시나를 들러 레오나토를 방문하려고 했다. 이들 가운데 아라곤의 영주 돈 페드로가 있었다. 그리고 그의 친구 피렌체의 귀족 클라우디오, 또 파두아의 귀족인 거칠고 재치 넘치는 베네디크가 있었다.

이 나그네들은 전에 메시나를 방문한 적이 있었는데, 손님 접대를 잘하는 총독은 그들을 자기 딸과 조카딸에게 오랜 친구와 지인으로 소개했다.

베네디크는 방에 들어서는 순간, 레오나토와 영주와 더불어 경쾌하게 대화를 나누기 시작했다. 어떤 이야기에도 빠지기를 원치 않던 베아트리체가 베네디크의 말에 끼어들며 이렇게 말했다.

"베네디크 님, 지금도 이야기를 하시는 줄 몰랐어요. 아무도 듣지 않잖아요?"

베네디크는 베아트리체만큼 수다스럽고 경솔한 사람이었지만, 이런 예의 없는 인사말에 기분이 좋지 않았다. 그는 그렇게 경박하게 구는 것이 명문가의 여인에게 어울리지 않는다고 생각했다. 그리고 전에 메시나에 왔을 때 베아트리체가 자기를 지목하여 재미있는 농담을 퍼붓곤 하던 일을 기억했다. 그리고 자기는 멋대로 남들을 놀려먹으면서 자신은 놀림거리가 되기를 원치 않는 사람들이 있는데 베네디크와 베아트리체가 딱 그랬다. 이 두 사람의 예리한 말쟁이들은 만나기만 하면 희롱의 언쟁을 벌이곤 했고, 헤어질 때는 언제나 서로에게 기분이 좋지 않았다.

그러므로 베아트리체가 이야기 도중에 끼어들면서 아무도 그의 말에 주목하지 않는다고 말하자, 베네디크는 그녀가 와 있는 줄을 알아차리지 못한 체하며, "아니, 콧대 센 아가씨 아닌가? 아직 살아 있는 거요?" 하고 말했다. 그러자 둘 사이에 새롭게 전쟁이 일어났고, 오랫동안 말장난이 이어졌다. 그런 동안 베아트리체는 지난 전쟁에서 그가 용맹을 아주 훌륭하게 입증한 것을 알았지만, 베네디크가 마치 사냥이라도 나간 듯이 그가 거기서 죽인 모든 것을 먹어치우겠다고 말했다.

그리고 영주가 베네디크와의 대화에 즐거워하는 것을 보고는 베네디크를 "영주님의 어릿광대"라고 불렀다. 이 빈정대는 말은 전에 베아트리체가 말한 어떤 것보다 베네디크의 마음에 깊이 사무쳤다. 그가 죽인 모든 것을 먹어치우겠다고 말함으로써 베네디크가 겁쟁이라는 느낌을 풍긴 그녀의 말을, 베네디크는 마음에 두지 않았다. 자신이 용감한 사람이라는 것을 알았기 때문이다. 그러나 말쟁이들은 익살 속의 비방처럼 두려워하는 게 없다. 그런 비난이

〈베아트리체〉, 1896, 프랭크 딕시

때때로 진실에 너무도 가깝기 때문이다. 그러므로 베네디크는 자기를 "영주님의 어릿광대"라고 부른 베아트리체를 몹시 미워했다.

정숙한 여인 헤로는 귀족 손님들 앞에서 조용했다. 그리고 클라우디오는 시간이 흘러갈수록 훌륭해진 그녀의 미모를 주의깊게 살피고 고상한 용모에 풍기는 더없는 덕목들을 깊이 생각했으며(사실 그녀는 칭송할 만한 젊은 여인이었다), 반면에 영주는 베네디크와 베아트리체의 익살스런 대화를 듣는 것을 퍽 재미있어 했다. 그리고 그는 레오나토에게 속삭이듯 말했다. "정말 유쾌하고 명랑한 숙녀로군요. 베네디크에게 더할 나위 없는 신붓감이에요."

레오나토가 이런 제안에 대답했다. "영주님, 두 사람이 결혼하면 일주일이 되지 못해 지껄이다 미쳐 버릴 것입니다." 레오나토는 둘이 어울리지 않는 짝이라고 생각했지만, 영주는 이 신랄한 익살꾼을 짝짓는 생각을 포기하지 않았다.

영주는 클라우디오와 더불어 궁정에서 돌아오면서 베네디크와 베아트리체의 결혼만 계획된 게 아님을 발견했다. 클라우디오가 헤로에 관하여 말하는 것을 듣고 그의 심중에 어떤 생각이 있는지 짐작되었기 때문이다. 그리고 영주는 그 일이 마음에 들어 클라우디오에게 말했다.

"클라우디오, 그녀를 좋아하나?"

"그렇습니다. 지난번 군인으로서 메시나에 왔을 때는 그녀를 보고 호감을 지녔으나, 사랑할 여유가 없었습니다. 그러나 이제 이 행복한 평화의 시절에 전쟁에 관한 생각은 사라지고, 제 마음의 빈자리에 따스하고 형언하기 힘든 생각이 몰려들어와 젊은 헤로가 얼마나 아름다운지 깨닫게 되었습니다. 또 전쟁에 나가기 전에 그녀를 좋아했던 일이 기억났습니다."

헤로에 대한 클라우디오의 사랑 고백에 영주는 마음이 움직여 즉시 레오나토에게 클라우디오를 사위로 맞도록 권했다. 레오나토는 이 제안에 찬성했고, 어렵지 않게 영주는 예의바른 헤로에게 대단한 재산을 가진 귀족이며 매우 세련된 사람인 고상한 클라우디오의 구혼에 응하라고 권했다. 그리고 클라우디오는 친절한 영주의 도움을 받아 곧 레오나토의 승낙을 받아 헤로와 결혼할 날을 일찍 잡았다.

클라우디오는 어여쁜 숙녀와 결혼하기 위해 몇 날을 기다려야 했다. 그러나 본래 젊은이들은 마음이 쏠린 사건을 성취하느라 안달하는 법이라, 클라우디오는 그 기간이 지루한 게 불만이었다. 그러므로 영주는 그에게 시간이 빨리 가게 하려고 베네디크와 베아트리체를 서로 사랑하게 만들 계략을 짜면서 즐겁게 여가를 보내자고 제안했다. 클라우디오는 아주 흡족히 여기며 영주의 생각에 찬성했고, 레오나토도 도와주겠다고 약속했다. 그리고 헤로조차도 사촌에게 훌륭한 남편감이 생기게 하는 일에 작은 보탬이라도 되겠다고 말했다.

영주가 생각한 계책은, 신사들은 베네디크로 하여금 베아트리체가 자기를 사랑한다고 믿게 만들고, 헤로는 베아트리체로 하여금 베네디크가 자기를 사랑한다고 믿게 만드는 것이었다.

영주, 레오나토, 클라우디오가 일을 먼저 시작했다. 그리고 베네디크가 정자에 앉아 조용히 책을 읽고 있는 것을 발견한 영주와 일행은 정자 뒤 나무에 자리를 잡았다. 그 자리가 아주 가까웠기에, 베네디크는 그들이 말하는 것을 모두 들을 수 있었다. 그리고 태평스럽게 이야기를 나누면서, 영주가 말했다.

"이리 오십시오, 레오나토. 지난번 말씀이, 조카딸 베아트리체가 베네디크를 사랑한다 하셨던가요? 그 아가씨가 남자를 사랑하리라고는 꿈에도 생각하지 못했소."

"그렇지 않습니다. 겉으로는 싫어하더니 베네디크에게 홀딱 반해 버렸으니 정말 놀라운 일입니다."

클라우디오는 헤로의 말을 하면서 베아트리체가 베네디크를 매우 사랑하여 그가 자기를 사랑하지 않으면 슬픔에 휩싸여 죽을 것이라고 했다고 그 말을 확인해 주었다. 레오나토와 클라우디오는 베네디크가 아리따운 숙녀를 항상 그렇게 조롱하며 유독 베아트리체에게는 심하게 구니 베네디크가 그녀를 절대 사랑하지 않을 거라고 맞장구쳤다.

영주는 베아트리체에게 큰 동정심을 품고서 이 모든 말을 경청하는 척하며 말했다. "베네디크가 이 말을 들었으면 좋겠군."

"무엇 때문입니까? 그 친구는 그걸 웃음거리로 삼아 가련한 아가씨를 더욱 괴롭힐 텐데요" 하고 클라우디오가 말했다.

"만일 그가 그렇게 한다면, 교수형을 당해 마땅하오. 베아트리체는 더없이 아름다운 아가씨이며 베네디크를 사랑하는 것말고는 모든 일에 지혜롭지 않소?"

그렇게 말한 다음 영주는 일행에게 산책하자는 뜻을 밝히고, 베네디크가 지금껏 들은 이야기를 혼자서 곰곰히 생각하도록 했다.

베네디크는 이 이야기를 열심히 들었다. 그리고 베아트리체가 자기를 사랑한다는 말을 들었을 때, "그럴 리가? 거기서 그런 바람이 불다니?" 하고 말했다. 그들이 사라지자 그는 혼자서 이렇게 추론하기 시작했다. "이건 계략일 리 없어. 그분들은 매우 진지했어. 그분들은 헤로에게 진실을 들은 것이며 그 아가씨를 동정하는 듯해. 나를 사랑하다니! 그렇다면 가만 있을 수 없어. 결혼할 생각일랑 꿈에도 하지 않았잖아. 평생 독신으로 지내겠다고 말한 것은 결혼할 때까지 살아남을 수 있다고 생각하지 않았기 때문이었어. 그분들 말씀이, 그 아가씨는 덕스럽고 아름답다고 했겠다. 사실 그래. 나를 사랑하는 것말고는 모든 점에서 지혜로워. 그렇다고 그녀가 어리석은 건 아니잖아. 베아트리체가 오는군. 오늘 보니 정말 아름다운 아가씬 걸. 사랑의 흔적이 느껴져."

이제 베아트리체가 그에게 다가가 늘 그러듯이 톡 쏘아댔다. "본의는 아니지만 오셔서 식사하시라는 뜻을 전하러 왔어요."

전에는 그녀에게 정중하게 말하고 싶은 생각이 추호도 없던 베네디크는 이렇게 대답했다. "아리따운 베아트리체, 이렇게 수고롭게 와 주셔서 감사합니다.”

그러자 베아트리체는 두서너 마디 무례한 말을 하고 그를 떠났고, 베네디크는 베아트리체가 무례한 말로 다정한 심정을 숨겼다고 생각하고는 큰 소리로 말했다. “내가 그녀를 동정하지 않는다면 나쁜 놈이야. 그녀를 사랑하지 않는다면 수전노나 마찬가지야. 가서 그녀의 초상화를 얻어야겠어.”

그들이 쳐 놓은 그물에 이 신사가 걸려들었으니, 이제 헤로가 베아트리체를 맡을 차례였다. 헤로는 이를 위해 자기를 시중들던 시녀 우르술라와 마가렛을 보내면서 마가렛에게 이렇게 말했다.

“마가렛, 거실로 달려가서 사촌 베아트리체가 영주님과 클라우디오와 이야기하는 것을 발견하게 되면, 베아트리체의 귀에다 나와 우르술라가 과수원에서 산책하면서 자기 이야기를 하고 있다고 귀띔해 줘. 햇빛을 받고 자란 인동덩굴이 햇빛이 들지 못하게 하는 쾌적한 정자로 몰래 들어가 보라고 해.”

헤로가 마가렛을 시켜서 베아트리체를 오게 한 이 정자는 베네디크가 얼마 전에 신사들의 이야기를 몰래 듣던 그 쾌적한 곳이었다.

“조금 있으면 틀림없이 오실 거예요” 하고 마가렛이 말했다.

헤로는 우르술라를 데리고 과수원으로 가서는 말했다. “이제 우르술라, 베아트리체가 오면 이 샛길로 왔다갔다 하면서 베네디크 님에 관해서만 이야기해야 돼. 그리고 내가 그분의 이름을 꺼내면 네가 어떤 남자보다 그분을 칭찬해야 돼. 그러면 나는 베네디크 님이 베아트리체를 얼마나 사랑하는지 이야기할 거야. 그럼 시작이야. 베아트리체가 우리의 이야기를 들으려고 새처럼 달려 왔거든.”

그러자 그들이 이야기를 시작했다. 헤로는 우르술라가 하는 말에 대답하는 듯이 이렇게 말했다. “아니 정말이야, 우르술라. 베아트리체가 너무 거만해. 언니의 마음은 바위의 새들처럼 억세.”

〈베아트리체〉, 1850, 찰스 로버트 레슬리

"그런데 베네디크 님이 베아트리체 아가씨를 그렇게 사랑하신다는 게 사실이에요?"

"영주님과 클라우디오 님이 그렇게 말씀하셨어. 게다가 그분들이 이 사실을 베아트리체에게 알려 달라고 간청하셨어. 하지만 나는 그분들이 베네디크를 아낀다면 베아트리체에게 절대 알리지 마시라고 권했어."

"그래요. 베아트리체 아가씨가 베네디크가 사랑한다는 것을 아시면 좋지 않아요. 그것을 놀림감으로 삼으시게요."

"누가 아니래니. 사실 난 그런 분을 만나지 못했어. 아무리 지혜롭고 고상하고 젊고 잘생겼더래도 베아트리체 언니는 베네디크 님을 조롱할 거야."

"그럼요, 그렇고 말고요. 그런 독설은 그분께 어울리지 않아요."

"그럼. 하지만 누가 그 이야기를 해주겠니? 만일 그 이야기를 꺼낸다면, 언니는 나를 비웃을 거야."

"아가씨께서 베아트리체 아가씨를 오해하시는 거에요. 그분은 베네디크 님처럼 잘생긴 신사분을 거절할 만큼 분별력 없는 분이 아니잖아요?"

"그분은 참 훌륭한 분이야. 이탈리아를 다 뒤져도 그런 분은 없어. 물론 클라우디오 님은 빼고."

그러자 이제 헤로가 화제를 바꿀 때가 되었다는 뜻을 시녀에게 비치니, 우르술라가 이렇게 말했다. "그런데 아가씨 언제 결혼하세요?"

그러자 헤로는 다음 날 클라우디오와 결혼할 거라고 했고, 우르술라더러 돌아가서 새옷을 보여주겠다고 하고 내일 무슨 옷을 입으면 좋겠냐고 물었다.

　숨죽여 가며 이 이야기를 듣던 베아트리체는 그들이 가 버리자 이렇게 외쳤다. "귓속에서 불이 활활 타오르는구나. 이게 사실일까? 경멸과 조롱이여, 아가씨의 교만이여, 안녕! 베네디크 님, 저를 사랑해 주세요. 저도 사랑하겠어요. 나의 거친 마음을 그대의 사랑하는 손으로 길들여 주세요."

　해묵은 원수가 새로 사랑하는 친구로 변하는 것과 선량한 영주의 즐거운 술책에 속아 서로 좋아하게 된 후 이루어진 그들의 첫 만남을 목격하노라면 참으로 유쾌한 장면이 아닐 수 없다. 그러나 헤로의 운명이 애꿎게 뒤집어지는 것을 이제 보아야 한다. 결혼식으로 예정된 내일 헤로와 그의 착한 아버지 레오나토의 마음에 슬픔이 찾아들었다.

　영주에게 배다른 형제가 있었는데, 그가 전쟁을 마치고 영주를 따라 메시나에 왔다. 이 동생(그의 이름은 돈 존이다)은 우울하고 불만스러운 사람이었고, 온통 나쁜 짓을 꾸미는 데만 관심이 있는 것 같았다. 그는 형인 영주를 미워했고, 영주의 친구라는 이유로 클라우디오도 미워했다. 그래서 그는 클라우디오와 헤로의 결혼식을 방해하기로 작정했는데, 순전히 클라우디오와 영주를 불행하게 만들 악의적인 쾌락 때문이었다. 그는 영주가 클라우디오만큼이 결혼식에 마음을 쏟고 있는 것을 알았다.

　그래서 이 사악한 목적을 이루기 위하여 그는 자기만큼 못된 보라키오를 고용하여, 큰 보수를 주겠다고 하며 부추겼다. 게다가 이 보라키오는 헤로의 시녀 마가렛과 사랑하는 사이였다. 그리고 돈 존은 이를 알고서, 보라키오를 시켜 그날 밤 헤로가 잠든 후에 마가렛더러 헤로의 옷을 입고 아가씨의 창문에서 이야기를 나누라고 시켰다. 클라우디오를 속여 그녀가 헤로인 것으로 믿게 하려는 심사였다. 이 사악한 음모로 그는 자신의 계략을 성사시키려 했다.

그런 다음 돈 존은 영주와 클라우디오에게 가서, 헤로가 경솔한 여인이며 한밤중에 창문으로 남자들과 이야기를 나눈다고 말했다. 지금은 결혼식 전날 밤, 그는 오늘 밤 헤로가 창문으로 남자와 이야기를 나누는 곳으로 가 보자고 그들에게 제안했다. 그리고 그들은 함께 가기로 했고, 클라우디오는 이렇게 말했다. "만일 오늘 밤 그녀와 결혼하지 말아야 할 일을 본다면, 내일 그녀와 결혼할 예배당에서 그녀를 부끄럽게 만들겠습니다."

　영주도 또한 "내가 그녀를 얻도록 자네를 도왔으니, 나도 함께 그녀를 치욕스럽게 만들겠네" 하고 말했다.

　돈 존이 그날 밤 헤로의 방으로 그들을 인도했다. 그리고 그들은 보라키오가 창문 아래 서 있으며 마가렛이 헤로의 창문으로 모습을 보이며 보라키오와 이야기를 나누는 것을 들었다. 그리고 마가렛이 헤로가 늘 입던 옷을 입었으니, 영주와 클라우디오는 마가렛을 헤로라고 믿었다.

　이 광경을 본 클라우디오의 분노는 이만 저만이 아니었다. 순결한 헤로에 대한 그의 모든 사랑은 일거에 미움으로 변했고, 그는 자신이 이미 말했던 것처럼 교회에서 그녀의 부정을 폭로하기로 결심했다. 그리고 영주도 고결한 클라우디오와 결혼하기 바로 전날 밤에 창문으로 낯선 남자와 이야기를 나눈 못된 여인에게는 어떤 벌이라도 가혹하지 않다고 생각하고 그 일에 동의했다.

　다음 날, 사람들이 결혼식을 거행하려고 모였고, 클라우디오와 헤로가 사제 앞에 서 있으며, 사제가 결혼 예식을 선포하려 할 때, 클라우디오가 매우 열정적인 말로 죄없는 헤로의 부정을 큰 소리로 말했고, 헤로는 납득할 수 없는 그의 말에 놀라며, 부드러운 말로 이렇게 말했다. "이렇게 함부로 말하다니. 클라우디오 님, 괜찮으세요?"

　레오나토는 두려워 떨며 영주에게 말했다. "영주님, 왜 말씀하지 않으십니까?"

〈졸도한 헤로〉, 알프레드 엘모어

"내가 무슨 말을 하겠소? 소중한 내 친구를 부정한 여인과 맺어 준 내 체면이 말이 아니외다. 레오나토, 나의 명예를 걸고 말하지만, 나와 내 동생과 이 불쌍한 클라우디오가 어제 한밤중에 그녀가 창문으로 웬 남자와 이야기하는 것을 똑똑히 보고 들었소."

베네디크는 그의 말에 놀라며 "무슨 결혼식이 이래?" 하고 말했다.

"사실이라뇨? 오 맙소사!" 마음에 충격을 받은 헤로가 대답했다. 그리고 이 불운한 여인은 정신이 나가 졸도했고, 영판 죽은 사람의 몰골이었다. 영주와 클라우디오는 헤로가 회복되는지 지켜보지도 않고 또 자기들이 레오나토에게 어떤 고통을 안겨 주었는지 보지도 않고 교회당을 떠났다. 그들은 너무도 분노하여 그토록 무정하게 변해 버린 것이었다.

베네디크는 그 자리에 남아 헤로를 졸도에서 깨어나게 하려는 베아트리체를 도와 주며 말했다. "헤로 아가씨는 어때요?"

"죽은 사람 같아요." 사촌을 사랑하는 베아트리체는 심히 괴로워하며 대답했다. 그리고 그녀의 덕스러운 마음을 아는 베아트리체는 그녀에 관한 이야기를 전혀 믿지 않았다. 가련한 그녀의 아버지는 그렇지 않았다. 그는 딸에 관한 부끄러운 이야기를 믿었고, 그래서 딸이 자기 앞에 죽은 사람처럼 누워 있는 것을 보면서 차라리 눈을 뜨지 말았으면 하는 심정으로 탄식하는 그의 목소리는 애처로웠다.

그러나 나이 든 사제(신부)는 지혜로운 사람이며, 인간 본성에 대한 지식이 깊었다. 그래서 그는 헤로가 비난하는 말을 들었을 때 그 얼굴을 주목하여 보았으며, 그 얼굴에 확 타오르는 수치의 붉은 빛이 퍼졌지만 천사 같은 흰빛이 붉은 빛을 몰아내는 것을 보았고, 그녀의 눈에서 영주가 진실과 다르게 말한 것을 태워 버릴 불꽃을 보았다. 그리고 슬퍼하는 아버지에게 말했다.

"이 아름다운 아가씨가 심장을 도려내는 오해를 받아 여기 죄 없이 누워 있습니다. 그렇지 않다면 나를 바보라 부르시오. 책에서 얻은 나의 식견 하며 나의 관찰을 믿지 마시오. 나의 연륜과 나의 위신과 나의 소명을 신뢰하지 마시오."

헤로가 졸도에서 깨어나자, 신부가 그녀에게 말했다. "아가씨로 하여금 고소당하게 만든 남자가 누굽니까?"

헤로는 대답했다. "나를 고소한 그들이 알겠죠. 나는 전혀 알지 못해요."

그런 다음 레오나토를 바라보며 말했다. "아버지, 얼토당토않은 시간에 누가 나와 이야기를 나눈 것이나 어젯밤에 제가 누구하고 말을 주고받은 것을 증명할 수 있다면, 저와 부녀지간의 정을 끊으시고 저를 미워하시고 괴롭혀 죽게 하십시오."

신부가 말했다. "영주님과 클라우디오 님이 뭔가 오해하신 겁니다." 그런 다음 레오나토에게 헤로가 죽은 것으로 알리라고 조언했다. 그리고 신부는, 그들이 떠날 때 헤로가 졸도했으니 쉽게 믿을 것이라고 했다. 또 아침에 장례식을 거행하고 그녀를 위한 비석을 세우고 매장에 필요한 모든 의식을 거행하라고 조언했다. "그러면 어떻게 되는 겁니까? 무슨 소용이 있습니까?" 하고 레오나토가 말했다.

신부가 대답했다. "아가씨가 죽었다는 소문이 돌면 비방이 연민으로 바뀔 것입니다. 그것으로 잘됐죠. 하지만 제가 바라는 것은 그런 정도가 아닙니다. 클라우디오 님이 자기 말을 듣고 죽었다는 소식을 접하면, 아가씨의 살아 생전의 모습이 아름답게 떠오를 겁니다. 그분에게 일말의 사랑이 남아 있다면, 슬퍼하면서 아가씨를 힐난하지 않았더라면 하고 바라실 것입니다. 설령 자신의 비난이 옳다고 생각하더라도 말입니다."

이제 베네디크가 말했다. "레오나토 님, 신부님의 조언을 들으십시오. 물론 제가 영주님과 클라우디오를 얼마나 사랑하는지 아시겠지만, 저의 명예를 걸고 이 비밀을 결코 알리지 않겠습니다."

레오나토는 그 말에 설득되어 그대로 따랐다. 그리고 슬퍼하며 말했다. "얼마나 슬픈지 지푸라기라도 잡고 싶은 심정입니다." 그런 다음, 친절한 신부는 레오나토와 헤로를 위로하였고, 베아트리체와 베네디크만 남았다. 이는 그들을 위하여 즐거운 계략을 꾸미고 경사를 기대했던 친구들 덕택에 이루어진 만남이었다. 이제 그 친구들은 괴로움에 휩싸여 즐거운 생각이 그 마음에서 영원히 싹 가셔 버렸다.

베네디크가 먼저 말을 꺼냈다. "베아트리체 아가씨, 내내 우셨지요?"

"그래요. 더 울고 싶어요."

"그러시겠죠. 난 그대의 동생이 누명을 쓴 것이라고 굳게 믿어요."

"억울한 누명을 벗겨 줄 사람이 있으면 얼마나 고마울까요!"

그러자 베네디크가 말했다. "그런 우정을 보일 방법이 있을까요? 세상에서 그대만큼 사랑하는 이가 없소. 내 말이 이상한가요?"

"아니요, 제가 세상에서 그대만큼 사랑하는 이가 없는 것과 같이 가능한 일이지요. 하지만 이 말을 믿지 마세요. 그렇다고 거짓말하는 건 아니에요. 고백한 것도 아니지만 부정하지도 않겠어요. 동생이 안됐어요."

"이 칼에 대고 맹세해요. 당신은 나를 사랑하고, 나는 당신을 사랑해요. 당신을 위해 무엇이든 할 테니 명령만 내려 주시오."

"클라우디오를 죽여 주세요."

"그것만은 안 되오."

베네디크는 친구 클라우디오를 사랑했으며, 친구가 이용당했다고 믿었다.

"클라우디오가 악당이 아니라고요? 제 동생을 비방하고 조롱하고 부끄럽게 했는 데도요? 내가 남자였다면!"

"베아트리체, 내 말을 들어주시오."

그러나 베아트리체는 클라우디오를 두둔하는 말을 듣지 않으려 했다. 그리고 계속해서 동생이 당한 부당한 처사를 복수해 달라고 설득했다.

"창가에서 남자와 이야기를 나누었다고요? 될 법한 말이에요? 불쌍한 헤로, 헤로는 누명을 쓴 거예요. 모략에 빠졌어요. 끝장났어요. 내가 남자가 되어 클라우디오와 싸울 수 있었다면! 나를 위하여 싸워 줄 남자 친구가 있었으면! 하지만 용기는 간데 없고 공손과 아첨만 남았으니. 원한다 해도 남자가 될 수 없으니, 슬픔을 안고 여자로 죽고 싶어라."

"기다려요, 베아트리체. 이 손으로 맹세하지만 당신을 사랑하오."

"나를 사랑한다면 그 손을 맹세하는 데 말고 다른 데도 써 봐요."

진정으로 클라우디오가 헤로에게 억울한 누명을 씌웠다고 생각하오?"

"그래요. 내게 생각이나 영혼이 있는 것처럼 분명히."

"기다려요, 베아트리체, 이 손으로 맹세하지만 당신을 사랑하오." — 찰스 폴카르드

"됐소. 약속하리다. 내가 그와 결투하겠소. 당신의 손에 키스하고 떠나겠소. 그대의 손에 걸고 맹세하지만, 클라우디오는 처단될 것이오. 내 말을 믿어 주시오. 가서 동생을 위로해 주시오."

베아트리체가 베네디크에게 그토록 강력하게 간청하며 분노의 말로 그의 의협심을 불러일으켜 그가 헤로의 일에 끼어들어 소중한 친구 클라우디오와 결투하게 하는 동안, 레오나토는 영주와 클라우디오에게 촌철살인으로 자기 딸을 큰 슬픔에 빠져 죽게 했으니 결투를 신청하겠다고 했다. 그러나 그들은 그의 연로함과 슬픔을 감안하고 "우리는 어르신과 싸울 수 없습니다." 하고 말했다. 이제 베네디크가 와서 헤로에게 뒤집어씌운 누명 때문에 클라우디오에게 결투를 신청했다.

그리고 클라우디오와 영주는 서로에게 이렇게 말했다. "베아트리체가 그를 시켜 이 짓을 하게 만들었군." 그런데도 클라우디오는 베네디크의 결투를 받아들이지 않을 수 없었다. 이 순간에 하늘이 결투라는 불확실한 방법말고 직접 헤로의 결백을 증명해 주지 않는다면 말이다.

영주와 클라우디오가 베네디크의 결투 신청에 관하여 이야기하고 있는 동안, 치안판사가 보라키오를 영주 앞에 끌고 왔다. 보라키오는 돈 존이 시킨 나쁜 짓을 친구 한 사람과 이야기하다가 그만 들통난 것이다.

보라키오는 클라우디오가 듣는 데서 영주에게 이실직고했다. 그가 창가에서 이야기를 나눈 것은 헤로의 옷을 입은 마가렛이었다. 이제 의심할 나위 없이 클라우디오와 영주는 헤로의 결백함을 믿었다. 무슨 의심이 남았더라도, 돈 존의 도피로 완전히 사라져 버렸다. 그는 자기의 못된 짓이 들통난 것을 알고 형의 공의로운 진노를 피하여 메시나에서 달아났다.

어리석게도 헤로를 비난하여 잔인한 말로 헤로를 죽였다고 생각하니 클라우디오의 마음은 천갈래만갈래로 찢어졌다. 그리고 사랑하는 헤로의 기억이 처음 사랑했을 때의 찬란한 모습으로 밀려 왔다. 그리고 영주가, 함께 들은 말이 영혼을 꿰뚫는 작살 같지 않느냐고 물으니, 클라우디오는 보라키오가 말하고 있을 때 독을 들이키는 심정이었다고 대답했다.

참회한 클라우디오가 헤로에게 몹쓸 짓을 했다며 늙은 레오나토에게 용서를 간청했다. 그리고 약혼한 여인에 대한 엉뚱한 비난을 믿은 잘못으로 어떤 벌이라도 그녀를 위하여 달게 받겠다고 약속했다.

레오나토가 클라우디오에게 요구한 벌은 내일 아침 헤로의 사촌과 결혼하라는 것이었다. 그의 말이, 조카딸이 이제 자신의 후계자가 되었고 헤로와 꼭 닮았다는 것이다. 클라우디오는 레오나토에게 한 엄숙한 약속을 생각하며, 알지 못하는 여인과 결혼하겠다고 했다. 설사 그녀가 에티오피아 여인이라 해도 말이다. 그러나 그의 마음은 너무도 슬펐다. 그리고 그는 밤새 눈물을 흘렸고, 양심의 가책으로 비통해하며 레오나토가 헤로를 위하여 만든 무덤에 갔다.

아침이 되자 영주는 클라우디오와 함께 예배당에 갔으며, 그곳에는 선량한 신부, 레오나토, 그의 조카딸이 이미 모여 두 번째 결혼식을 거행할 준비를 했다. 레오나토가 클라우디오에게 약속한 신부를 데려갔는데, 여인은 가면을 쓰고 있었다. 클라우디오가 그녀의 얼굴을 보지 못하게 하려 함이었다. 그러자 클라우디오는 가면을 쓴 아가씨에게 말했다.

"이 거룩한 신부님 앞에서 그대의 손을 내미시오. 나는 당신의 남편이오, 그대가 나와 결혼하려 하면."

"그리고 나도 살아 있을 때 그대의 아내였어요" 하고 알지 못하는 이 아가씨가 말했다. 그녀는 가면을 벗으면서 자기가 레오나토의 조카딸이 아니라 딸인 헤로라는 것을 나타내었다. 이것을 본 클라우디오가 참으로 즐거우면서도 크게 놀랐다. 그녀가 죽은 줄로 믿었고, 그래서 너무 기쁜 나머지 자기 눈을 믿을 수 없었다.

그리고 그 광경을 보고 똑같이 놀란 영주는 소리를 질렀다. "이는 헤로, 죽은 헤로가 아닌가?"

레오나토가 말했다. "누명이 살아 있는 동안, 딸애는 죽어 있었죠."

신부는 식이 끝나면 이 기적 같은 일을 설명해 주겠다고 말하고 두 사람의 결혼식을 거행하자, 똑같은 시간에 베아트리체와 결혼하고 싶어 하던 베네디크가 식을 가로막았다. 베아트리체가

"그는 베아트리체가 자기를 죽도록 사랑하니 불쌍해서 맞아들이노라고 장담했다." ─ 아르뛰스 샤이너

이 단짝에게 난색을 표하면서 베네디크가 자기를 사랑하지 않는다고 이의를 제기하니, 베네디크의 재미있는 설명이 있었다. 그리고 그들은 속임수에 빠져 있지도 않은 사랑을 있는 것으로 믿게 되었고 일부러 만든 장난의 힘으로 진짜 연인이 되었다. 그러나 재미있는 계략에 속아 생기긴 했어도 그들의 애정은 너무도 강렬해져서 어떤 설명에도 흔들리지 않았다.

그리고 베네디크는 청혼한 이상 세상이 아무리 반대해도 소용없다고 결연한 마음을 먹은 것이다. 그리고 그는 즐겁게 농담을 계속하며, 베아트리체가 자기를 죽도록 사랑하니 불쌍해서 맞아들이노라고 장담했다. 그러자 베아트

리체는 항의하면서, 마지못해 승낙한 것이며, 듣자 하니 자기를 사랑한 나머지 기운이 다 빠졌다고 하므로 그의 생명을 구해 주는 셈치고 양보한다고 했다. 신이 난 두 익살꾼은 이렇게 화해했고, 클라우디오와 헤로가 결혼한 다음에 이어서 결혼했다.

그리고 이야기를 마감하면, 고약한 일을 꾸민 돈 존은 도망가다 잡혀서 메시나로 잡혀 왔다. 그리고 자기의 음모가 실패하여 메시나 궁정에서 이 즐거움과 잔치가 벌어진 것을 보는 것만으로도 이 우울하고 불만스런 사람에게는 더없는 처벌이었다.

13. 베로나의 두 신사

베로나 시에 두 젊은 신사가 살았는데 그 이름은 밸런타인과 프로테우스였다. 그들의 굳건하고 변함없는 우정은 오래오래 계속되었다. 그들은 함께 공부했고, 여가 시간도 함께 보냈다. 다만 프로테우스가 사랑하던 한 아가씨에게 찾아갈 때만 빼고 말이다. 그리고 프로테우스가 연인인 아리따운 율리아를 찾아다니며 이처럼 열정을 보이는 점에서만 두 친구의 의견은 달랐다. 왜냐하면 사랑하는 사람이 없던 밸런타인은 간혹 친구가 율리아에 관하여 이야기하는 것이 약간 싫증나서 프로테우스를 비웃으며 재미있는 말로 사랑의 열정을 조롱했고, 프로테우스의 걱정스런 소망과 두려움보다는 자신과 같이 자유롭고 행복한 삶이 훨씬 좋다면서 자기에게는 그런 어리석은 환상 따윈 들어오지 않을 것이라고 장담했다.

어느 날 아침 밸런타인은 잠시 헤어져야 한다는 이야기를 하러 프로테우스에게 갔다. 밀라노에 가야 하기 때문이었다. 프로테우스는 친구와 헤어지는 것이 싫어서, 밸런타인이 떠나지 말도록 하려고 여러 가지 이유를 늘어놓았다. 그러나 밸런타인은 이렇게 말했다.

"나를 설득하려 들지 말게, 사랑하는 프로테우스. 나는 게으름뱅이처럼 집에서 거드름피우며 청춘을 허송하기 싫네. 집 안에만 틀어박혀 있는 청년은 흔해빠진 재주밖에 갖질 못한다네. 자네가 사랑해 마지않는 율리아의 따스한 시선에 매여 있지 않다면, 같이 가서 바깥 세상의 경이로운 일들을 구경하자고 간청하겠네만, 자넨 사랑하는 사람이 있으니 계속 사랑하게. 자네의 사랑이 잘 되길 바라네!"

그들은 변함없는 우정을 서로 표하며 작별했다. "밸런타인, 잘 가게! 여행하다가 진기한 것을 보게 되면 나를 생각해 주게. 자네가 누리는 행복에 나도 끼도록 빌어 주게."

밸런타인은 그날 밀라노로 여행을 떠났다. 그리고 프로테우스는 친구와 작별하고, 율리아에게 편지를 썼다. 그리고 여종 루체타에게 전해 달라고 부탁했다.

율리아는 프로테우스만큼 사랑했다. 그러나 그녀는 고결한 영혼을 가진 숙녀였다. 그래서 너무 쉽게 넘어가면 처녀의 품위에 걸맞지 않는다고 생각했다. 그래서 그녀는 프로테우스의 열정에 무덤덤한 척했고, 그가 끈덕지게 구혼하는 것에 적잖게 부담스러움을 나타냈다.

그리고 루체타가 율리아에게 편지를 갖다주었을 때, 율리아는 편지를 받지 않고 프로테우스에게 편지를 받아 왔다고 하녀에게 잔소리했고 방에서 나가라고 했다. 그러나 율리아는 편지에 무엇이 씌어져 있는지 몹시 궁금하여, 하녀더러 다시 들어오라고 했다. 루체타가 들어오자, "몇 시니?" 하고 물었다. 루체타는 아가씨가 시간을 알려 하기보다 편지를 보려고 한다는 것을 알기에 묻는 말에 대답하지 않고 거절했던 편지를 다시 전해 주었다.

율리아는 하녀가 감히 자신의 속내를 아는 체하는 것에 화가 나서 편지를 갈기갈기 찢어서 마루에 내동댕이치며, 다시 하녀더러 방에서 나가라고 명령했다. 루체타는 물러나면서 찢어진 편지 조각을 주웠다. 그러나 편지 조각이라도 보고 싶었던 율리아는 일부러 화를 내는 척하며, "종이 나부랭이는 놔두고 어서 나가. 누구 화나는 것 보고 싶어 만지작대려는구나."

그리고 율리아는 찢어진 조각을 어떻게든 붙여 보려고 했다. 처음에 "사랑에 상처 입은 프로테우스"라고 쓰인 사랑스런 말을 발견한 율리아는 자신의 행동을 후회했다. 혹은 ("사랑에 상처 입은 프로테우스"라는 표현을 보고) 종이 쪼가리들을 상처입었다고 말하고, 이 다정한 말들에게 상처가 치유될 때까지 자기 가슴을 침대 삼아 누이고 보상하는 뜻에서 각각에게 몇 번이고 입 맞추어 주겠다고 속삭였다.

이처럼 율리아는 어린 소녀처럼 유치하게 이야기를 하면서 결국 찢어진 조각을 다 붙일 수 없다는 것을 발견하고 그렇게 다정스럽고 사랑스러운 말을 찢어 버린 자신의 무례함에 화가 나서 이전보다 훨씬 다정다감한 편지를 프로테우스에게 썼다.

프로테우스는 자신의 편지에 대한 우호적인 답장을 받고 무척 기뻤다. 그리고 편지를 읽으면서 이렇게 탄성을 질렀다. "정다운 사랑, 아름다운 글귀, 달콤한 인생이여!"

프로테우스가 황홀해하는데, 갑자기 그의 아버지가 들어왔다.

"프로테우스는 무슨 편지를 읽고 있느냐?"

"아버지, 제 친구 밸런타인이 밀라노에서 보낸 편지예요."

"편지 좀 보여 다오. 새로운 소식이라도 있느냐?"

"별다른 소식은 없어요. 하지만 밀라노 공작에게 대단히 총애를 받아 매일같이 후한 대접을 받는다는군요. 그리고 나에게도 행운을 나눠주고 싶다는군요" 하고 프로테우스가 아주 놀라며 대답했다.

"친구의 소망을 어떻게 생각하느냐?"

"아버지의 뜻을 따라야지 친구의 소원을 따를 수 있겠습니까?"

그 때 우연히 프로테우스의 아버지는 바로 그 일에 관하여 방금 한 친구와 이야기를 나누었다. 그의 친구의 말이, 대개 아들을 외국으로 보내 발전을 모색하게 하는데 자신의 영주께서 아들을 집에만 붙들어 두고 시간을 보내게 하시는 게 이상하다는 것이었다.

"어떤 사람은 전쟁에 나가서 행운을 잡게 하고, 어떤 사람은 멀리 섬을 발견하러 보내고, 어떤 사람은 외국의 대학에서 연구하러 보낸다네. 프로테우스의 친구 밸런타인은 밀라노 공작의 궁전에 갔다네. 자네 아들도 뭐든 할 수 있네. 프로테우스가 젊은 시절에 여행을 떠나지 않으면 나이 들어 크게 손해를 보게 될거야."

프로테우스의 아버지는 친구의 조언이 참 좋다고 생각하고, 밸런타인이 "나에게도 행운을 나눠주고 싶다는군요" 하는 프로테우스의 말을 듣고 즉시 아들을 밀라노로 보낼 결심을 했다. 그리고 나이 든 신사는 늘 아들에게 명령하듯이 말했기에 프로테우스에게 갑작스런 결정에 대한 생각이 어떠냐고 묻지도 않고 "내 뜻이나 밸런타인의 소원이나 매한가지다" 하고 말했다. 그리고 아들이 놀라는 것을 본 노신사는 이런 말을 덧붙였다.

"너를 얼마간 밀라노 공작님께 보낼 것을 이렇게 갑작스럽게 결정했다고 너무 놀라지 말아라. 나는 마음먹은 대로 하련다. 그리고 그러는 데는 목적이 있다. 내일 즉시 떠나거라. 변명할 필요는 없다. 이미 내 마음을 굳혔으니."

프로테우스는 아버지에게 반대의 뜻을 전해 봐야 아무 소용 없다는 것을 알았다. 아버지는 아들에게 자기 뜻에 관하여 쟁론할 여지를 결코 허락하지 않았던 것이다. 그리고 율리아의 편지를 아버지에게 솔직히 말씀드리지 않은 자신을 자책했다. 그리하여 서글프게도 그녀와 헤어져야 했기 때문이다.

이제 율리아는 오랫동안 프로테우스를 보지 못하게 될 것을 알았기 때문에 더 이상 거짓으로 무관심한 태도를 보일 수 없었다. 그래서 그들은 사랑과 일편단심을 맹세하는 말을 많이 주고받으며 가슴아픈 이별을 고했다. 프로테우스와 율리아는 반지를 교환했고, 서로를 영원히 잊지 말자고 약속했다. 그렇게 슬픈 이별을 고하고 프로테우스는 친구 밸런타인이 유하는 밀라노로 여행을 떠났다.

프로테우스가 아버지에게 근거 없이 말했지만 실제로 밸런타인은 밀라노 공작에게 큰 총애를 입고 있었다. 그리고 또 한 가지 사건이 일어났는데, 프로테우스로서는 꿈에도 생각하지 못했던 것이다. 왜냐하면 밸런타인이 그토록 자랑하던 자유를 포기하고 프로테우스처럼 열정적인 연인이 되었기 때문이다.

밸런타인에게 이 놀라운 변화를 가져 온 여인은 밀라노 공작의 딸 실비아였다. 그리고 실비아도 그를 사랑했다. 그러나 그들은 공작에게 자신들의 사랑을 알리지 않았다. 공작이 밸런타인을 매우 친절히 대하고 매일 궁전으로 초대했지만, 자기 딸을 투리오라는 젊은 신하에게 시집보내려고 이미 결정했기 때문이다. 실비아는 투리오를 경멸했다. 투리오는 밸런타인의 뛰어난 감각과 탁월한 자질을 전혀 갖고 있지 않았기 때문이다.

투리오와 밸런타인, 이 두 적수가 하루는 실비아를 만나러 갔다. 밸런타인은 투리오의 모든 말을 조롱거리를 만들며 실비아를 즐겁게 해주고 있었다. 때마침 공작이 방에 들어와 밸런타인에게 친구 프로테우스가 도착한 반가운 소식을 알려 주었다. 밸런타인이 말했다. "제가 바라던 것이 있었다면 바로 이곳에서 프로테우스를 만나는 것이었을 겁니다."

그런 다음 밸런타인은 공작에게 프로테우스를 격찬하며 소개했다. "공작님, 저는 본래 게으름뱅이였지만, 제 친구는 시간을 잘 쓰고 선용하여 인품으로나 지성으로나 나무랄 데가 없고 신사로서 갖추어야 할 덕을 겸비했습니다."

"그렇다면 그 품격에 맞게 환대해 주어라. 실비아, 네게도 일러둔다. 그리고 투리오, 네게도. 밸런타인, 자네에겐 특별히 이를 필요가 없겠지" 하고 공작이 말했다. 그들은 프로테우스가 들어오자 이야기를 그쳤다. 밸런타인이 프로테우스를 실비아에게 소개하며 이렇게 말했다. "실비아 아가씨, 저와 마찬가지로 아가씨의 하인이 되게 해주세요."

밸런타인과 프로테우스는 환담을 마치고 둘만 있게 되자 밸런타인이 물었다. "어떻게 여기 오게 되었는지 소상히 말해 주겠나? 자네 연인은 안녕하신가? 사랑은 잘되는가?"

프로테우스가 대답했다. "나의 사랑 이야기를 들으면 자넨 싫증날 걸세. 사랑 얘기엔 재미를 느끼지 않잖는가?"

밸런타인이 대꾸했다. "음, 프로테우스. 하지만 이젠 삶이 변해 버렸어. 사랑을 비난했던 일을 참으로 반성했다네. 사랑을 조롱한 복수로, 사랑이 내 매혹된 눈에서 잠을 쫓아내 버렸네. 프로테우스, 사랑은 강력한 군주로서 나를 매우 겸손하게 만들었네. 고백하건대 사랑의 징계만큼 비통한 일이 없고, 그에게 봉사하는 것만한 기쁨도 없다네. 이제 사랑에 관한 이야기 말고는 아무런 흥미가 없네. 이젠 사랑만 있다면, 아침, 점심, 저녁을 먹지 않고, 잠도 안 자도 된다네."

사랑 때문에 밸런타인의 태도가 달라진 것을 확인한 것은 프로테우스에게는 대단한 기쁨이었다. 그러나 프로테우스는 더 이상 "친구"라고 부를 수 없게 되었다. 왜냐하면 그들이 이야기하고 있었던 바로 그 전능한 사랑의 신이 프로테우스의 마음을 움직이고 있었기 때문이다. 그래서 지금껏 참된 사랑과 완전한 우정의 전형이라고 할 만한 프로테우스는 이제 실비아와 짧은 만남을 가진 후에 거짓된 친구와 부정한 연인이 되고 만다.

실비아를 처음 본 순간 율리아에 대한 그의 모든 사랑이 꿈결처럼 사라졌

〈실비아를 처음 본 프로테우스〉, 1896-1899, 에드윈 오스틴 애비(1852-1911)

고, 밸런타인을 향한 오랜 우정도 밸런타인의 자리를 차지하려는 그의 마음을 막지 못했던 것이다. 그래서 천성적으로 착한 성향을 가진 사람들이 부정해질 때 늘 그렇듯이, 프로테우스는 율리아를 버리고 밸런타인의 연적이 되려고 마음먹기까지 많이 망설였다. 그러나 결국 그는 의무감을 저버리고 아무런 가책 없이 불행한 정념에 사로잡히고 말았다.

밸런타인은 프로테우스를 믿고 자신의 사랑 이야기를 몽땅 해주었고 그녀의 아버지 공작에게 그것을 얼마나 조심스럽게 숨기는지도 말하면서, 공작의 승낙 얻기를 단념하지만 실비아더러 오늘 밤에 공작의 궁전을 떠나서 자신과 함께 만투아로 가자고 설득했노라고 털어놓았다. 그런 다음 밸런타인은 프로테우스에게 끈으로 만든 사다리를 보여 주었다. 이 사다리를 이용하여 밸런타인은 어두워진 후에 실비아가 궁전의 창문으로 빠져나올 수 있도록 도와주려 했다.

친구의 가장 은밀한 비밀을 이처럼 정확하게 들었을 때, 너무도 믿을 수 없는 일이 벌어졌다. 프로테우스는 공작에게 가서 전모를 털어놓아야겠다고 결심했던 것이다.

이 못된 친구는 공작에게 교활한 말로 이야기를 시작했다. 말하자면 우정을 따를 경우 자신이 앞으로 털어놓을 이야기를 숨기는 것이 당연하지만, 공작이 베풀어 준 자애로운 호의와 그 은혜를 입은 자로서의 의무 때문에 세상의 다른 어떤 좋은 것을 준대도 털어놓지 않을 이야기를 말하지 않을 수 없다는 식이었다. 그런 다음 그는 밸런타인에게서 들은 것을 죄다 이야기했다. 물론 노끈 사다리도 빼먹지 않았고, 밸런타인이 긴 외투 아래 그것을 숨길 것이라는 것도 빠뜨리지 않았다.

공작은 프로테우스가 친구의 부정한 행동을 숨기기보다 알리려 했기에 믿어지지 않을 정도로 고결한 인물로 생각하고 그를 크게 칭찬하고, 이 정보를 누구에게서 알았는지를 밸런타인에게 알리지 않고 교묘한 방법을 써서 밸런타인이 스스로 그 계략을 폭로하도록 하겠다고 약속했다. 이를 위하여 공작은 밸런타인이 저녁에 올 것을 기다렸는데, 곧 궁전으로 허둥지둥 오고 있는 그를 발견했다. 그리고 그의 외투 안에 무언가가 들어 있는 것을 알았고, 그것이 노끈 사다리라고 결론지었다.

이를 본 공작은 그를 붙들고 말했다. "어디로 그리 급히 가나, 밸런타인?"

"황송하오나, 친구들에게 쓴 편지를 전달할 심부름꾼이 있는데 그것을 갖다주러 가는 중입니다."

그런데 밸런타인의 거짓말은 프로테우스가 자기 아버지에게 한 거짓말처럼 결국 성공하지 못했다.

"중대한 건가?"

"그저 공작님의 궁전에서 건강하고 행복하게 지낸다는 것을 부친께 알리려는 것일 뿐입니다."

"그러면 괜찮겠군. 잠시 나와 같이 있도록 하라. 최근 나와 관련된 어떤 사건에 관하여 네 조언을 듣고 싶다."

그런 다음 그는 밸런타인의 비밀을 캐내려는 수작으로 밸런타인에게 꾸민 이야기를 들려주는데, 밸런타인도 알다시피 딸애를 투리오와 맺어 주려 하지만 딸애가 완고하고 자기의 명령을 듣지 않는다는 것이었다.

"자신을 내 자식으로 생각하지 않을 뿐더러 나를 제 애비로 여기지도 않고 두려워하지도 않아. 그래서 말인데, 딸애의 오만 때문에 사랑해 주고 싶은 마음이 없어. 노경에 딸애의 효도를 받으려고 했는데, 이제 나는 아내를 얻기로 하고 딸애는 데려가고자 하는 사람에게 주기로 결심했어. 제 미모로 결혼 지참금을 삼으라지. 이 애비와 애비의 재산일랑은 눈길조차 주지 않는 딸년이니까."

밸런타인은 일이 어떻게 끝나게 될지 궁금해하면서 대답했다. "그러면 공작님은 제가 어떻게 하면 좋으시겠습니까?"

"내가 결혼하고 싶은 여인은 얌전하고 수줍어하여, 이 노인의 말을 대수롭지 않게 여기지. 게다가 구혼 방식이 나의 젊을 때완 많이 달라졌어. 이제 너를 나의 가정 교사로 삼아 구애하는 법을 배우고자 한다."

밸런타인은 당시 젊은이들이, 선물을 준다든가 자주 만난다든가 아리따운 아가씨의 사랑을 얻으려 할 때 써먹던 구애 방식에 관하여 전반적인 의견을 공작에게 알려 주었다.

공작은 그 말을 듣고 결혼하려는 여인이 자기가 보낸 선물을 거절했으며, 그녀의 아버지가 매우 엄격히 단속하여 낮에는 남자가 그녀에게 다가갈 수 없다고 대답했다.

"그러면, 공작님은 밤에 그분을 찾아가셔야겠습니다."

"그러나 밤에는 문이 굳게 닫혀 있어."

교활한 공작은 이야기의 요점에 접근하고 있었다.

그러자 밸런타인은 공작에게, 밤에 노끈 사다리를 이용하여 여인의 방에 들어가라고 제안하고, 거기에 적합한 사다리를 얻어 주겠다고 했다. 그리고 끝으로, 지금 입고 있는 이런 외투에다 노끈 사다리를 숨기라고 조언했다. 그러자 공작은 "네 외투를 빌려 다오" 하고 말했다. 사실 외투를 벗기려는 구실로 이 긴 이야기를 꾸몄던 것이다. 공작은 이 말을 하고는 밸런타인의 외투를 잡고 잡아당겼다. 그랬더니 노끈 사다리뿐만 아니라 실비아의 편지가 발견되었다. 그리고 이 편지에는 그들의 도피 계획에 관한 모든 이야기가 담겨 있었다. 공작은 호의를 받은 보답으로 딸을 훔쳐 가려는 배은망덕한 밸런타인을 호되게 꾸짖고 난 다음, 그를 궁전에서 그리고 밀라노 시에서 영원히 추방시켰다. 그리고 밸런타인은 그 밤에 실비아를 보지도 못하고 떠나야만 했다.

프로테우스가 밀라노에서 밸런타인에게 해로운 일을 하고 있는 동안, 베로나에서 율리아는 프로테우스가 없는 것을 섭섭하게 생각하고 있었다. 그리고 프로테우스를 사랑하는 마음이 지나쳐 예의를 무시하고 율리아는 베로나를 떠나 밀라노에 있는 연인을 찾아가려고 결심했다. 그리고 길에서 위험을 당하지 않도록, 루체타와 함께 남장을 하여 밀라노에 도착했는데, 그때는 밸런타인이 프로테우스의 배신 행위로 그 도시에서 추방된 직후였다.

정오에 율리아는 밀라노에 들어가 여관에 숙소를 잡았다. 그리고 사랑하는 프로테우스만 생각하면서, 프로테우스에 대한 소식을 들을까 하여 여관 주인과 이야기를 나누었다.

주인은 용모를 보아하니 귀족 출신으로 보이는 이 잘생긴 젊은 신사가 자기에게 친절하게 이야기하는 데 적잖게 기분이 좋았다. 그리고 원래 선량한 주인은 그가 아주 우울하게 보이는 것이 못내 안쓰러웠다. 그래서 젊은 손님을 즐겁게 해주려고 멋진 음악을 들으러 가지 않겠냐고 권했다. 그날 저녁 한 신사가 음악을 연주하면서 연인에게 세레나데를 부를 것이라고 말해 주었다.

율리아가 아주 우울하게 보인 이유는, 프로테우스가 자신의 성급한 태도를 어떻게 생각할지 몰랐기 때문이었다. 그녀는 프로테우스가 자신을 사랑하는 이유가 아가씨의 고상한 자존심과 위엄 있는 성품 때문임을 알았으며, 이 꼴을 보고 그가 자신을 낮추어 보지 않을까 두려웠던 것이다. 그래서 율리아는 슬프고 우수 깊은 얼굴을 하게 되었다.

그녀는 함께 가서 음악을 듣자고 하는 주인의 제안을 흔쾌히 받아들였다. 사실 그녀는 속으로 길에서 프로테우스를 만날 수 있지 않을까 기대했던 것이다.

그러나 율리아가 주인의 안내를 받아 궁전에 갔을 때, 친절한 주인이 의도했던 것과 전혀 다른 결과가 벌어지고 말았다. 궁전에 갔을 때 그녀는 마음이 천 갈래로 찢어졌다. 자신의 연인, 신의를 저버린 프로테우스가 음악을 연주하며 실비아라는 아가씨에게 세레나데를 부르고 그녀에게 사랑과 찬사의 말을 던지고 있는 것을 목격했던 것이다. 그리고 율리아는 실비아가 창문으로 프로테우스에게 말하는 것을 엿들었는데, 자신의 연인을 버리고 친구 밸런타인에게 배은망덕한 짓을 했다고 질책하는 말이었다. 그런 다음 실비아는 창문을 닫고 그의 음악과 멋진 말을 듣지 않았다. 그녀는 추방당한 밸런타인을 사랑하는 아가씨였으며, 그의 못된 친구 프로테우스의 비열한 행동을 혐오했다. 율리아는 방금 목격한 일로 좌절에 빠졌지만, 꾀부리는 프로테우스를 여전히 사랑했다. 그리고 그가 최근에 한 하인을 해고했다는 말을 듣고, 친절한 여관 주인의 도움을 받아 프로테우스의 하인 노릇을 하려는 계략을 짰다. 그리고 프로테우스는 그녀가 율리아인 줄을 알지 못했고, 실비아에게 보내는 편지와 선물을 그녀에게 전달하게 했다. 그리고 프로테우스는 율리아가 베로나에서 작별할 때 선물로 준 그 반지도 그녀의 편으로 보냈다.

율리아는 반지를 그 아가씨에게 갖다주러 갔을 때, 실비아가 프로테우스의 구애를 단호히 거절하는 것을 보고 날아갈 듯이 기뻤다. 그리고 율리아 즉 하인 세바스찬은 프로테우스의 첫사랑인 버림당한 율리아에 관하여 실비아와 이야기를 나누었다. 세바스찬은 율리아를 칭찬하면서, 자기도 율리아를 안다고 했다. 세바스찬은 자기가 마치 율리아가 된 듯이 흉내 내며, 율리아가 프로테우스를 얼마나 좋아했으며 그의 매몰찬 무시를 받아 그녀가 얼마나 슬퍼할지 이야기했다. 그런 다음 상당히 모호하게 이런 말을 남겼다.

"율리아 아가씨는 키가 저만하고 외모도 저와 비슷하고 눈 색깔이며 머리카락 색깔이 저와 똑같아요."

사실 남자 옷을 입은 율리아는 너무도 아름다운 청년으로 보였다. 실비아는 뭉클해하며, 사랑하던 남자에게 비참하게 버림당한 이 사랑스런 아가씨를 동정했다. 그리고 율리아가 프로테우스가 보낸 반지를 내밀자, 그것을 거절하며 말했다.

"그 반지를 내게 보내다니 정말 염치도 없지. 나는 그걸 받지 않겠어. 율리아라는 분이 그에게 그 반지를 주었다는 말을 여러 번 들었지. 불쌍한 율리아 아가씨를 동정하는 청년이 사랑스럽군. 여기 지갑이 있으니 율리아를 위하여 내가 당신에게 드리겠어요."

다정한 연적의 입에서 이처럼 위로에 찬 말을 들으니 변장한 여인의 맥빠진 가슴은 기쁨으로 차 올랐다.

그런데 추방당한 밸런타인이 어떻게 되었는지 알아보자. 그는 수치스럽고 추방당한 사람으로 부친에게 돌아가기가 싫었지만 어디로 가야 할지 알지 못했다. 마음에 고이 간직하던 보배를 뒤로 하고 밀라노를 떠나 거기서 과히 멀리 떨어지지 않은 외딴 숲에서 배회하다가 강도를 만나 돈을 요구당했다.

밸런타인은 자신이 불행을 만난 사람인데, 지금 추방을 당한 상태이며, 현재 자기에게 돈이 없고, 입은 옷이 전재산이라고 말했다.

강도들은 밸런타인이 불쌍한 사람임을 알았고 또 그의 고결한 태도와 대장부다운 행동에 감명 받아, 자기들과 같이 지내면서 두목이 되어 주면 그의 명령을 따르겠다고 말했다. 그러나 그가 자기들의 제안을 받아들이지 않으면 죽일 것이라고 했다.

자신에게 일어난 일에 별로 개의치 않는 밸런타인은, 그들이 여자나 가난한 여행객에게 폭행을 가하지 않는다면 그들과 함께 살며 그들의 두목이 되겠다고 했다.

그리하여 고결한 밸런타인은 동화에 나오는 로빈 후드처럼 강도들의 두목이 되었다. 그런 처지에 이른 밸런타인을 실비아가 발견했다. 그리고 이런 일이 일어났다.

실비아는 아버지가 더 이상 고집피우지 말고 결혼하라고 하는 투리오와 결혼하지 않기 위하여 마침내 밸런타인을 따라 만투아로 갈 결심을 했다. 연인이 피신한 곳이라고 소문을 들은 그곳으로 말이다. 그러나 이것은 잘못된 정보였다. 왜냐하면 밸런타인이 강도들의 두목이라는 이름을 달고 강도들과 함께 여전히 숲에서 지냈기 때문이다. 그러나 그는 강도들의 약탈짓에 가담하지 않았고, 강도들이 자신에게 준 권세를 사용하여 그들이 강탈한 여행객에게 자비를 베풀게 만들었다.

　실비아는 고결한 노신사와 함께 부친의 궁전에서 탈출할 계획을 꾸몄다. 노신사의 이름은 에글라무르였으며, 실비아는 길에서 보호받으려고 그와 함께 갔다. 그녀는 밸런타인과 강도 떼가 살고 있는 숲을 지나가야 했다. 그리고 강도 가운데 하나가 실비아를 잡았고, 또 에글라무르를 잡으려 했지만 그는 놓쳤다.

　실비아를 잡은 강도는 그녀가 공포에 질린 것을 보고 놀라지 말라고 했다. 왜냐하면 그는 그녀를 두목이 사는 동굴에 데리고 갈 뿐이며 두목은 존경할 만한 분이며 언제나 여성에게 관대하게 대한다고 말했다. 실비아는 무법한 강도 떼의 두목에게 죄수처럼 끌려가게 될 것이라는 말에 마음이 편치 못했다.

　"밸런타인, 당신을 위하여 이것을 참을게요."

　그러나 강도가 두목의 동굴에 그녀를 데리고 갔을 때, 프로테우스가 그를 가로막았다. 물론 프로테우스 옆에는 시동으로 변장한 율리아가 있었다. 프로테우스는 실비아가 도피했다는 말을 듣고 이 숲까지 그녀를 뒤쫓아왔다. 이제 프로테우스는 강도의 손에서 그녀를 구했다. 그러나 그녀는 그에게 감사할 시간이 없었다. 감사의 말을 꺼내기도 전에 그가 사랑의 간청으로 그녀를 또 괴롭히기 시작했기 때문이다. 그리고 그가 실비아더러 자기와 결혼하겠다고 말하라고 무례히 재촉하고, 그의 하인(버림받은 율리아)이 프로테우스가 방금 실비아를 구해 주었기에 그녀의 마음이 움직여 그에게 호의를 보이지 않을까 노심초사하며 서 있는 동안, 갑자기 밸런타인이 나타나자 그들 모두가 놀랐다. 밸런타인은 자기의 강도들이 한 여자를 붙잡았다는 말을 듣고 그녀를 위로하고 구해 주러 왔던 것이다.

　프로테우스는 실비아에게 구애하고 있다가, 친구에게 목격당한 것이 너무도 수치스러워 한순간에 참회와 후회의 마음에 사로잡혔다. 그리고 그는 밸런

〈프로테우스로부터 실비아를 구하는 밸런타인〉, 1792, 프랜시스 휘틀리

타인에게 저지른 잘못을 진심으로 사과했고, 낭만적이리만큼 천성적으로 고결하고 관대한 밸런타인은 그를 용서하고 다시 이전의 친구로 여겼을 뿐만 아니라, 영웅심이 솟구쳐 이렇게 말했다.

"자네를 진심으로 용서하겠네. 그리고 실비아에 관한 모든 관심을 포기하겠네."

하인으로 주인 옆에 서 있던 율리아는 이 이상한 제안을 받고 프로테우스가 밸런타인의 말에 실비아를 포기할 수 없게 되지 않을까 두려워하여 기절했다. 그러자 세 사람은 그녀가 정신을 차리도록 도왔다. 그렇지 않았다면 실비아는 프로테우스에게 양보한다는 밸런타인의 말에 기분이 무척 상했을 것이다. 물론 그녀는 밸런타인이 얼마 지나지 않아서 이처럼 지나치게 관대한 우정의 행위를 후회할 것임을 잘 알고 있었다.

율리아가 정신을 차리자 이렇게 말했다. "제가 깜빡했는데, 주인님이 이 반지를 실비아 아가씨에게 전달해 달라고 명령하셨습니다."

프로테우스는 반지를 보고, 자기가 율리아에게서 반지를 받은 답례로 율리아에게 준 것임을 알았다. "이 어떻게 된 일이냐? 이건 율리아의 반진데. 어떻게 네가 그것을 갖고 있느냐?"

율리아는 대답했다. "율리아 아가씨가 제게 주었습니다. 율리아 아가씨가 친히 이곳으로 그것을 갖고 왔었습니다."

프로테우스는 하인을 찬찬히 살펴보고, 하인 세바스찬이 율리아임을 분명히 알게 되었다. 그녀는 일편단심과 참 사랑의 증거를 보여 주었다. 그러자 그녀에 대한 그의 사랑이 다시금 우러나와 다시 그녀를 사랑했고, 실비아에 대한 모든 요구를 포기하고 즐겁게 밸런타인에게 양보했다. 사실 밸런타인이 그녀에게 아주 어울리는 사람이었다.

프로테우스와 밸런타인이 서로 화해하고 신실한 아가씨들의 사랑을 확인하고 행복에 젖어 있었는데, 그때 실비아를 따라온 밀라노의 공작과 투리오가 나타나자 깜짝 놀랐다.

투리오가 먼저 다가가서 실비아를 붙잡으려 하면서 "실비아는 나의 것이

〈실비아를 구하고 프로테우스를 용서하는 밸런타인〉, 윌리엄 홀먼 헌트

오” 하고 말했다. 이 말을 듣자 밸런타인은 그에게 매우 힘차게 말했다. “투리오, 물러서라. 또다시 실비아가 당신의 것이라고 말하면, 죽음을 맛보게 될 것이다. 여기 서 있는 아가씨를 손대려 하다니. 내 연인에게 감히 말만 걸어 봐라.” 이 위협의 말을 들은 투리오는 매우 겁쟁이이므로 뒷걸음치며 그녀를 바라지 않는다고 말했다. 그리고 자기를 사랑하지 않는 아가씨를 위하여 싸우는 자는 바보라고 말했다.

매우 용감한 인물인 공작은 매우 분노하며 말했다. “지지리도 못나고 몹쓸 놈, 딸애를 얻으려고 그런 수단을 쓰고서도 그렇게 가볍게 버리다니.” 그런 다음 공작은 밸런타인을 보고 말했다. “밸런타인, 그대의 기상을 칭송한다. 그리고 공주의 사랑을 받을 자격이 있다. 네가 실비아를 데려가도록 해라. 네가 실비아를 취할 자격이 있다.”

　그러자 밸런타인은 대단히 겸손한 태도를 취하며 공작의 손에 입맞추고, 딸을 주겠다는 제안을 감사한 마음으로 받아들였다. 이 즐거운 순간을 기회 삼아 밸런타인은 선량한 공작에게 이 숲에서 자신과 함께 지내는 강도들을 용서해 달라고 간청하고, 그들이 참회하여 사회로 돌아가면 선량하고 쓸모 있는 사람이 될 것이라고 확신 있게 말했다. 그들 대부분은 무슨 더러운 범죄 때문이 아니라 밸런타인과 마찬가지로 고관들에게 미움을 받아 추방되었던 것이다. 이 제안에 대해 신속히 공작은 동의를 표했다.

　이제 못된 친구 프로테우스가 사랑에 눈이 멀어 저지른 잘못을 참회하여 공작 앞에서 자신의 사랑과 잘못에 대한 모든 이야기를 말씀드리는 일밖에 남지 않았다. 그리고 이제 제정신이 든 프로테우스로서는 그런 이야기를 하는 것이 수치스럽긴 해도 적절한 벌이 되었다. 이 일이 끝나고 연인들은 밀라노로 돌아갔고, 큰 환희와 즐거움 가운데 공작 앞에서 엄숙히 결혼식을 올렸다.

14. 심벌린

로마의 황제 아우구스투스 카이사르 시대에 영국(그 당시에는 브리튼이라고 했다)은 심벌린이란 왕이 다스렸다.

심벌린의 첫번째 부인은 세 자녀(아들 둘과 딸 하나)가 아주 어릴 때 죽었다. 첫째 아이인 딸 이모젠은 아버지의 궁전에서 양육받았다. 그러나 심벌린의 두 아들은 이상한 우연에 의하여 아이방에 있을 때 유괴당했는데, 첫째 아이가 불과 세 살 때였고 막내가 갓난아기였다. 그리고 심벌린은 그들이 어떻게 되었는지, 혹은 누가 아이를 데려갔는지 알 길이 없었다.

심벌린은 두 번 결혼했다. 두 번째 아내는 사악하고 음모를 잘 꾸미는 여자였고, 심벌린의 전처의 딸인 이모젠에게 잔인한 계모였다.

왕비는 이모젠을 미워했지만 전남편에게서 얻은 아들과 이모젠을 결혼시키고자 했다(그러니까 왕비도 두 번 결혼한 것이다). 왜냐하면 이렇게 하여 심벌린이 죽을 때 자기 아들 클로턴이 왕위에 앉아 브리튼을 다스리기를 바랐기 때문이다. 그녀는 왕의 아들들이 다시 돌아오지 않는다면 이모젠이 왕위 계승자가 되어야 한다는 것을 알았던 것이다. 그러나 이모젠에 의하여 그 계략은 무산되었다. 왜냐하면 이모젠이 아버지나 왕비의 승낙도 없이 게다가 그들 몰래 결혼했기 때문이다.

포스튜머스(이모젠의 남편의 이름)는 그 시대에 최고 학자이며 가장 업적 많은 신사였다. 그의 아버지는 심벌린을 위하여 전쟁에 나가서 전사했고, 그의 어머니는 그가 태어나자 남편을 잃은 슬픔 때문에 곧 죽어 버렸다.

심벌린은 이 고아의 절망스러운 처지를 불쌍히 여겨 포스튜머스(아버지가 죽은 다음에 태어났기 때문에 심벌린이 아이의 이름을 그렇게 붙였다)를 데려다가 자기의 궁전에서 그를 교육시켰다.

이모젠과 포스튜머스는 같은 스승에게서 함께 배웠고 소꿉친구였다. 그들은 어릴 적에도 서로를 아꼈고, 그런 감정이 나이를 먹어 감에 따라 점차 커졌고, 어른이 되자 몰래 결혼해 버린 것이다.

실망한 왕비는 이 비밀을 곧 알았다. 왜냐하면 그녀는 스파이를 두어 의붓딸의 행동을 항상 예의주시하도록 했기 때문이다. 그녀는 이모젠과 포스튜머스의 결혼을 왕에게 즉각 알렸다.

자기 딸이 높은 신분을 망각하고 신하와 결혼했다는 말을 듣고 심벌린의 진노는 하늘을 찌를 듯했다. 그는 포스튜머스더러 브리튼을 떠나라고 명령했고, 그를 조국에서 영원히 추방시켜 버렸다.

이모젠이 남편을 잃은 슬픔에 눈물겨워하는 것을 위로하는 척, 왕비는 포스튜머스가 귀양지로 선택한 로마로 길을 떠나기 전에 은밀히 만날 수 있게 해 주겠다고 했다. 왕비가 이처럼 친절을 베푸는 척한 것은 자기 아들 클로턴에 관한 계략을 잘 도모하기 위함이었다. 그녀는, 국왕의 승낙 없이 이루어진 그녀의 결혼이 합법적이지 않은 것으로 남편 잃은 이모젠에게 확신시키려 했다.

이모젠과 포스튜머스는 서로 애절한 작별을 고했다. 이모젠은 생모의 것이었던 다이아몬드 반지를 남편에게 주었다. 그리고 포스튜머스는 반지를 절대 잃어버리지 않겠다고 약속했다. 그리고 그는 아내의 팔에 팔찌를 채워 주

<포스튜머스와 이모젠>, 존 패드(1819-1902)

었다. 그리고 아내에게 자신의 사랑에 대한 증표로 그 팔찌를 잘 지니고 있으라고 했다. 그런 다음 그들은 영원한 사랑과 정절을 여러 번 맹세하며 작별을 고했다.

이모젠은 아버지 궁전에서 외롭고 버림받은 여인으로 지냈고, 포스튜머스는 귀양지로 선택한 로마에 도착했다. 포스튜머스는 로마에서 각국의 쾌활한 청년들과 사귀었다. 그들은 여자에 대하여 자유롭게 말하며, 각자 자기 나라의 여자와 자신의 연인을 칭송했다. 마음 한가운데 늘 부인이 자리잡고 있던 포스튜머스는, 자기 아내인 아리따운 이모젠이 세상에서 가장 덕스럽고 지혜롭고 정숙한 여자라고 단언했다.

이 신사들 가운데 야키모라는 사람이 있었는데, 브리튼의 한 여인이 자기 나라인 로마의 여인보다 훌륭하다는 말에 기분이 상해서, 그렇게 훌륭한 그의 아내가 과연 절개가 굳은 사람인지 의심스럽다고 하며 포스튜머스의 비위를 거슬렸다. 결국 많은 격론을 주고받은 뒤, 포스튜머스는 야키모의 제안에 동의했다. 즉 야키모가 브리튼으로 가서 결혼한 이모젠의 사랑을 얻어 보겠다는 것이다. 그런 다음 그들은 내기를 걸었다. 만일 야키모가 이 사악한 계략에 성공하지 못하면 많은 돈을 몰수당해야 했다. 그러나 그가 이모젠의 사랑을 얻어 포스튜머스가 사랑의 증표로서 그녀에게 잘 간직하라고 단단히 이르면서 준 팔찌를 얻을 수 있다면, 포스튜머스는 아내가 작별하면서 주었던 사랑의 선물인 그 반지를 야키모에게 주어야 했다. 포스튜머스는 이모젠의 정절을 굳게 믿었기에, 이런 시험을 해도 아내의 명예가 손상되지 않을 것으로 생각했다.

야키모는 브리튼에 도착하자마자 입국 허가를 얻고 이모젠에게 남편의 친구로서 정중한 환대를 받았다. 그러나 그가 그녀에게 사랑을 고백하기 시작하자, 그녀는 경멸하며 그를 퇴짜놓았고 그는 곧 자신의 수치스러운 계략이 성공할 가망이 없음을 발견했다.

야키모는 내기에 이겨 보려고 계략을 짰지만 실패하자 이제 포스튜머스에게 술책을 써먹으려고 했다. 그리고 이를 위하여 그는 이모젠의 시종들에게 뇌물을 먹여 그들의 도움으로 큰 가방에 숨어 이모젠의 침실에 몰래 들어갔다. 그는 이모젠이 휴식을 취하러 와서 곯아떨어지게 될 때까지 여기 숨어 있었다. 그런 다음 가방에서 나와 세심히 그 방을 살펴 자신이 본 모든 것을 기록하는데 특별히 이모젠의 목에서 목격한 검은 점을 주목해 보았다. 그리고 그녀의 팔에서 포스튜머스가 그녀에게 준 팔찌를 살짝 푼 다음, 다시 상자로 들어갔다.

다음 날 로마로 먼 여행길을 떠난 야키모는 이모젠이 자기에게 팔찌를 주었으며 그 침실에서 밤을 보내도록 허락했다고 포스튜머스에게 자랑했다. 그리고 야키모는 이렇게 거짓 이야기를 들려주었다.

"그녀의 침실에는 비단과 은으로 수놓인 태피스트리가 걸려 있었고 그 내용은 안토니를 만났을 때의 도도한 클레오파트라였소. 참으로 훌륭한 작품이었소"라고 말했다.

"사실이오. 그러나 이는 보지 않고도 전해들을 수 있는 것이오."

"그 다음으로 굴뚝은 침실의 남쪽에 있고, 굴뚝에 걸린 작품은 목욕하는 디아나죠. 그렇게 생동감 넘치게 표현된 작품을 내 일찍이 본 적이 없소."

"이 또한 전해들은 것일 수 있소. 왜냐하면 그런 이야기는 많이들 하니까."

야키모는 침실의 지붕을 정확하게 이야기하고 이렇게 덧붙여 말했다.

"벽난로의 장작 받침쇠를 잊을 뻔했구려. 눈짓하는 두 큐피드였는데, 은으로 만들어져 있더군요. 각자 한 발로 서 있었소."

그런 다음 그는 팔찌를 꺼내며 말했다. "이 보석을 아시죠? 그녀가 내게 주더군요. 팔에서 그것을 풀어 주었소. 지금도 그녀의 모습이 삼삼하오. 어찌나

"그녀의 침실에는 비단과 은으로 수놓인 태피스트리가 걸려 있었소." ─ 노먼 프라이스

예쁜지 이 선물보다 훨씬 값진 것이었소. 그러니 이 선물도 귀중할 수밖에. 그녀가 내게 이것을 주며, 한때는 소중히 여기던 것이라고 하더군요. ”

그리고 그는 마지막으로 그녀의 목에서 본 검은 점을 이야기했다.

포스튜머스는 고통 가운데 설마설마 하면서 이 조작된 이야기를 죄다 듣고서 드디어 이모젠에 대하여 격정적인 분노를 터트리고 말았다. 그는 야키모가 이모젠에게서 팔찌를 얻을 경우 기꺼이 내놓겠다고 한 그 다이아몬드 반지를 야키모에게 주었다.

그런 다음 포스튜머스는 질투에 찬 분노에 브리튼의 신사로서 이모젠의 시종 가운데 하나이며 오랫동안 포스튜머스의 신실한 친구인 피자니오에게 편지를 보냈다. 그리고 아내의 부정에 관하여 들은 증거들을 그에게 이야기한 다음, 피자니오가 이모젠을 웨일스의 항구인 밀퍼드 헤이븐으로 데려가 거기서 그녀를 죽여 주기를 바랐다. 그리고 동시에 그는 이모젠에게 거짓 편지를 써서, 그녀를 보지 않고서는 더 이상 살 수 없어 죽음을 각오하고 브리튼으로 돌아가고 싶으나 대신 밀퍼드에 갈 테니 거기 오면 자기를 만날 수 있으므로 피자니오와 함께 와 달라고 했다. 그녀는 의심하지 않는 착한 여인으로 남편을 누구보다 사랑하고 자기 목숨보다 남편을 만나기를 바랐기에 피자니오와 함께 떠날 채비를 재촉했고 편지를 받던 그날 밤 출발했다.

그들의 여행이 막바지에 이르자, 포스튜머스에게 신실했지만 악한 일에 그를 섬길 수 없었던 피자니오는 그에게서 받은 사악한 명령을 이모젠에게 털어놓았다.

이모젠은 자기를 사랑하고 자기도 사랑하는 남편을 만나기보다 남편에게 죽임을 당하게 된 것을 알고 헤아릴 수 없는 고통에 괴로워했다.

피자니오는 마음을 편히 하시고 꾹 참고 포스튜머스가 자신의 잘못을 보고 뉘우칠 날을 기다리시라고 이모젠에게 권했다. 한편 이모젠이 괴로운 나머지 아버지의 궁정으로 돌아가지 않으려 했을 때, 그는 안전한 여행을 위하여 이모젠에게 남자 복장을 하라고 조언했다. 그녀는 그런 조언에 동의하며 변장한 상태로, 자신을 그렇게 야만적으로 대했지만 사랑하는 남편을 잊을 수 없어서 로마에 남편을 만나러 가고 싶었다.

피자니오는 이모젠에게 새로운 의복을 마련해 주고, 궁전으로 돌아가야 할 처지라 그녀를 불확실한 운명에 내맡겼다. 그러나 떠나기 전에 강심제가 든 작은 병을 그녀에게 건네주며, 왕비가 만병통치약으로 자기에게 준 것이라고 말했다.

왕비는 피자니오가 이모젠과 포스튜머스의 친구라는 이유로 피자니오를 미워하여 이 약병을 주었는데, 실은 동물에게 효험을 시험해 보겠다고 의사에게 독약을 달라 하여 이 약병에 담아 두었던 것이다. 그러나 의사는 그녀의 사악한 성품을 알므로 진짜 독약을 주지 않고 몇 시간 동안 죽은 듯이 잠을 자게 하는 효험밖에 없는 약을 주었다. 피자니오는 뛰어난 강심제로 생각한 이 약을 이모젠에게 주어, 길에서 병이 나면 그것을 들라고 했다. 그리하여 피자니오는 그녀가 안전히 지내고, 부당한 고통에서 무사히 건짐받기를 빌고 기도하며 작별했다.

신의 섭리로 이모젠은 두 형제가 사는 집으로 가게 되었는데, 이들은 어릴 때 잃어버린 동생들이었다. 그들을 유괴해 간 벨라리어스는 심벌린의 궁전에 있던 귀족이었는데, 왕에게 반역했다고 거짓된 고소를 당하여 궁전에서 추방당하자 복수하기 위하여 심벌린의 두 아들을 유괴해서 자신이 동굴에 숨어 사는 숲에서 그들을 키웠다. 그는 복수심에서 그들을 유괴했으나, 곧 친자식처럼 그들을 끔찍이 사랑하고 소중히 양육했기에, 그들은 훌륭한 청년으로 성장했고 왕자다운 품성이 있어서 용감하고 모험적인 행동을 취하곤 했다. 그리고 그들은 사냥으로 생계를 유지하면서도 늘 적극적이고 대담하여 아버지로 여기는 벨라리어스에게 전쟁에 나가 출세하게 해 달라고 졸라댔다.

이 청년들이 기거하는 동굴에 도착한 것은 이모젠에겐 행운이었다. 그녀는 큰 숲에서 길을 잃었는데, 그 길은 밀퍼드 헤이븐으로 통했다(원래 그녀는 거기서 로마로 배 타고 가려 했다). 음식 파는 곳을 발견할 수 없던 그녀는 지치고 굶주려 거의 죽을 지경에 이르렀다. 남자의 옷을 입었다고 해도, 금지옥엽으로 자란 젊은 여인이 남자처럼 외딴 숲을 배회하면서 쌓이는 피로를 당해 낼 재간은 없는 법이다. 이 동굴을 발견하자 그녀는 음식을 얻을 만한 사람이 있는지 찾으려고 들어갔다. 동굴이 비어 있는 줄로 알았지만, 주위를 살피니 차가운 고기가 있었고 어찌나 배가 고픈지 허락을 받을 겨를도 없이 앉아서 먹기 시작했다.

그녀는 혼잣말로 이렇게 말했다. "남자의 생활은 이토록 지겹구나. 너무 지쳤어. 이틀 밤을 땅바닥을 침대로 삼아 지냈네. 이럴 걸 각오했으니 망정이지 그렇지 않았다면 병이 났을 거야. 피자니오가 산꼭대기에서 밀퍼드 헤이븐으로 가는 길을 보여 주었을 때는 참 가까웠는데."

그러자 남편과 그의 잔혹한 명령이 생각나자 중얼거렸다. "포스튜머스 님, 당신은 몹쓸 사람이에요."

이모젠의 두 남동생은 유명한 아버지 벨라리어스와 함께 사냥을 하고 마침 집으로 돌아왔다. 벨라리어스는 그들에게 폴리도르와 캐드월이라는 이름을 붙여 주었다. 그리고 그들은 벨라리어스가 자기네 아버지라고 생각할 뿐 더 이상은 알지 못했다. 그러나 이 왕자들의 진짜 이름은 기데리어스와 아비라거스였다.

벨라리어스가 먼저 동굴에 들어갔다가 이모젠을 보고는 그들을 가로막고 말했다. "들어가지 말거라. 우리의 음식을 먹고 있으니 망정이지, 그렇지 않았다면 요정인 줄 알았을 게다."

"무슨 일입니까, 아버지?" 하고 청년들이 말했다. 벨라리어스가 다시 말했다. "주피터의 이름으로 맹세하지만, 동굴에 천사가 있다. 아니라면 천사가 사람의 모습으로 나타난 것 같다."

남자 옷을 입고 있는 이모젠이 그렇게 아름답게 보였던 것이다.

그녀는 사람 소리를 듣고 동굴에서 나와 이런 말로 그들에게 인사했다. "여러분, 저를 해치지 마세요. 동굴에 들어오기 전에는 음식을 구걸하거나 돈 주고 사려고 생각했어요. 사실 저는 도둑질한 적이 없고, 바닥에 금이 뿌려져 있다 해도 훔치지 않으려 했을 거예요. 여기 제가 먹은 음식값이에요. 음식을 먹고 상에다 이 돈을 놔두고, 식사를 차리신 분을 위하여 기도하고 떠나려 했어요."

그들은 진심으로 그 돈을 사양했다. 겁쟁이 이모젠이 말했다. "이제 보니 여러분은 제게 화가 나신 거로군요. 하지만 제가 잘못했다고 죽이시더라도, 제가 음식을 먹지 않았으면 굶어 죽었을 것이라는 것은 알아주세요."

"어디로 가는 길이며, 자네 이름이 뭔가?" 하고 벨라리어스가 물었다.

"제 이름은 피딜리라고 합니다. 이탈리아로 떠나는 친척이 한 분 있는데 그분이 밀퍼드 헤이븐에서 출항해요. 그분께 가려는데 굶주림에 지쳐서 이런 잘못을 저질렀어요."

"이봐 미소년, 우리를 거친 인간으로 생각하거나, 우리가 형편없는 곳에 산다고 해서 우리의 마음씨도 그런 정도로 보지 말게. 만나서 반갑네. 이제 밤이 되었으니 떠나기 전에 잘 대접해 주겠네. 그러니 같이 식사나 해주면 고마운 일이지. 얘들아, 손님을 환영해 드려라."

그녀의 동생인 친절한 청년들은 친절하게 이모젠을 자기네 동굴로 인도하며 그녀를 형제로 여기고 사랑하겠다고 말했다. 그리고 그들은 동굴에 들어갔고, (그들이 사냥한 사슴 고기를 손질하는 동안) 이모젠은 그들을 도와 저녁을 준비하면서 훌륭하게 일을 처리하여 그들을 즐겁게 했다. 지금은 지체 높은 젊은 여인이 요리하는 법을 배우는 게 관례가 아니지만, 이모젠은 요리 솜씨가 뛰어났던 것이다. 그리고 동생들이 즐거운 마음으로 이야기했듯이, 피딜리가 야채 뿌리를 여러가지 모양으로 썰어 내고 맛있게 간을 맞추는 솜씨는 병환 중의 주노 여신에게 대접하는 솜씨 같았다.

"그런데도 노래 솜씨는 천사 같군요!" 폴리도르는 그의 동생에게 말했다.

그들은 피딜리가 기분좋게 미소짓지만 그 사랑스러운 얼굴에 슬픔과 우울함이 덮여 있어 마치 근심과 인내가 번갈아 그를 사로잡는 것 같다고 서로 이야기했다.

이런 그녀의 예의바른 품성 때문에(어쩌면 그들은 알지 못하지만 남매 관계 때문에) 이모젠은 동생들이 끔찍이 사랑하는 인물이 되었고, 그녀도 그들을 못지않게 사랑했다. 사랑하는 포스튜머스만 아니라면 이 숲의 청년들과 함께 동굴에서 살다가 죽을 수 있다고 생각했다. 그리고 그녀는 밀퍼드 헤이븐으로 갈 수 있을 만큼 여독을 충분히 풀 수 있을 때까지 기꺼이 그들과 함께 지내겠다고 했다.

그들이 요리한 사슴 고기를 다 먹고 다시 사냥하러 가려 할 때, 피딜리는 몸이 편치 않아서 함께 갈 수 없었다. 의심할 나위 없이, 숲을 배회하여 피로해진 것은 물론이고 남편의 잔혹한 대우에 마음이 상한 게 그 이유였다.

그런 다음 그들은 인사하고 사냥하러 갔으며, 내내 젊은 피딜리의 고결한 면모와 품위 있는 처신을 칭찬했다.

이모젠은 혼자 남게 되자마자 피자니오가 준 강심제를 기억하고 그것을 마시고는 곧 깊고 죽음 같은 잠에 곯아떨어졌다.

벨라리어스와 이모젠의 동생들이 사냥에서 돌아왔을 때, 폴리도르가 먼저 동굴에 들어갔다가 그녀가 자고 있는 것으로 생각하고, 조용조용히 걷고 그녀

를 깨우지 않기 위해 무거운
신발을 벗었다. 그처럼 왕
자로 태어났던 숲 속의 사람
들에게서는 진정한 예절이
우러나왔다. 그러나 그들은
곧 그녀가 아무리 시끄러워
도 깨어나지 못한다는 것을
알고 죽은 것으로 단정했으
며, 어릴 적부터 헤어져 본
적이 없는 소중한 형제의 죽
음처럼 애석히 여기고 그녀
의 죽음을 애도했다.

"그들은 그녀의 죽음을 애도했다." — 찰스 폴카르드

또한 벨라리어스는 그녀
를 숲으로 데리고 가서 당시
의 관습대로 노래와 장중한 애도가로 그녀의 장례식을 거행하자고 했다.

이모젠의 두 동생은 그늘진 곳으로 그녀를 데리고 가서 풀밭에 곱게 뉘어
세상을 떠난 그녀의 영혼이 안식을 얻도록 노래했고, 폴리도르는 잎사귀와 꽃
으로 덮으면서 말했다. "피딜리, 여름이 계속되고 내가 여기 사는 동안, 그대
의 무덤에 매일 꽃과 잎사귀를 뿌려 주겠소. 그대의 얼굴과 가장 닮은 창백한
앵초와 그대의 맑은 혈관 같은 초롱꽃과 그대의 숨결보다 곱지 못한 들장미 잎
을 그대에게 뿌려 주겠소. 그리고 그대의 고운 시신을 덮어 줄 꽃이 없는 겨울
에는 모피 같은 이끼를 뿌려 주겠소."

그들은 장례식을 마치고 아주 슬퍼하며 떠났다. 곧 잠오는 약의 효과가 사
라지자 이모젠은 잠에서 깨어나, 그들이 뿌린 잎사귀와 꽃을 가볍게 치우고

"두 동생은 이모젠을 풀밭에 곱게 뉘었다." —아서 래컴

일어났다. 그녀는 자기가 꿈을 꾸고 있다고 생각하고 이렇게 말했다. "나는 동굴을 지키고 있었고 정직한 그 사람들에게 음식을 해주었다고 생각했는데, 어떻게 해서 여기에 꽃에 파묻혀 있는 걸까?"

그녀는 동굴로 돌아갈 길을 찾을 수 없고 동행들을 볼 수 없어서, 확실히 모든 게 꿈이었다고 결론지었다. 그리고 다시 한 번 이모젠은 밀퍼드 헤이븐으로 가는 길을 발견하고 거기서 이탈리아로 가는 배를 발견하리라는 소망을 품고 힘든 여로에 올랐다. 왜냐하면 그녀는 남편 포스튜머스 생각뿐이었던 것이다. 그녀는 시동으로 가장하여 그를 찾으려 했다.

그러나 이때 이모젠이 전혀 알지 못하는 큰 사건들이 벌어지고 있었다. 갑자기 로마 황제 아우구스투스 카이사르와 브리튼의 왕 심벌린 사이에 전쟁이 벌어졌다. 그리고 로마 군대가 브리튼을 공격하러 갔고, 이모젠이 돌아다니고 있는 숲으로 진격해 들어왔다. 포스튜머스는 이 군대와 함께 왔다.

포스튜머스는 로마군과 함께 브리튼으로 왔지만, 그들의 편이 되어 동족과 싸우려 했던 것은 아니고 브리튼 군에 합류하여 자신을 추방한 왕을 위하여 싸우려 했다.

그는 여전히 이모젠이 자기에게 몹쓸 짓을 했다고 믿었다. 하지만 자신이 그렇게 끔찍이 사랑했던 여인이 그것도 자기의 명령에 죽게 되자(피자니오는 그의 명령을 수행했고 이모젠이 죽었다는 편지를 보냈다), 마음이 심하게 짓눌렸다. 그래서 전쟁에서 죽임을 당하든지 추방당하여 돌아온 죄목으로 심벌린에게 죽임을 당할 생각으로 브리튼으로 돌아왔다.

이모젠은 밀퍼드 헤이븐에 도착하기 전에 로마군에게 잡혔다. 그녀는 태도와 처신이 훌륭하여 로마의 사령관 루키우스의 시동이 되었다.

이제 심벌린의 군대가 적군들과 싸우려고 진격하여 이 숲에 들어왔을 때 폴리도르와 캐드월이 왕의 군대에 합류했다. 청년들은 용맹스럽게 전쟁에 참여하고 싶었다. 물론 그들은 부왕을 위하여 싸우게 되는 줄을 꿈에도 생각하지 못했다. 그리고 나이 든 벨라리어스도 그들과 함께 전쟁에 나갔다. 오래 전에 그는 자신이 심벌린의 아들을 데리고 사라져서 심벌린에게 못할 짓을 했다고 뉘우쳤다. 그리고 젊은 시절 전사였던 까닭에 못할 짓을 한 왕을 위하여 싸우려고 흔쾌히 군대에 합류했다.

그런데 두 군대는 큰 싸움을 벌였고, 브리튼 사람들이 패배하고 심벌린도 죽을 뻔했지만, 포스튜머스와 벨라리어스, 심벌린의 두 아들들이 비상한 용맹을 떨쳐 왕을 구출하고 그의 생명을 건졌을 뿐 아니라, 그 날 전쟁의 분위기를 뒤집어 놓는 바람에, 브리튼 사람들이 승리를 거두었다.

전쟁이 끝났을 때, 죽기를 각오했으나 목숨을 건진 포스튜머스는 심벌린의 장교에게 자수하고는 추방에서 돌아왔으니 조용히 사형을 맞이하려 했다.

이모젠과 그녀가 모셨던 장군은 죄수로 잡혀 심벌린 앞에 끌려 왔다. 또한 로마군의 장교였던 야키모도 끌려왔다. 그리고 이 죄수들이 왕 앞에 있었을 때, 포스튜머스가 사형 선고를 받으려고 끌려 왔다. 이 기묘한 순간에, 벨라리어스가 폴리도르와 캐드월과 함께 왕을 위하여 용맹을 떨쳐서 공로를 세웠으니 그에 합당한 상을 받으려고 심벌린 앞에 왔다. 피자니오는 왕의 시종이 되어 역시 참석했다.

그러므로 이제 왕의 앞에는 (희망과 두려움이라는 상반된 마음을 품고) 포스튜머스와 이모젠, 그녀의 새로운 상전 로마군 사령관, 충직한 종 피자니오, 못된 친구 야키모, 또한 심벌린의 두 아들과 그들을 유괴해 달아났던 벨라리어스가 있었다

로마 사령관이 맨 먼저 말을 꺼냈다. 나머지는 왕 앞에 침묵하고 있었다. 물론 그들의 심장은 마구 뛰었다.

이모젠은, 포스튜머스가 농부로 변장하긴 했지만 그를 알아보았다. 그러

〈옛 브리튼의 왕, 심벌린〉, 조지 도우 (1781~1829)

나 그는 남장을 한 그녀를 알아보지 못했다. 그리고 그녀는 야키모도 알아보았고, 자신의 것으로 보이는 반지를 그의 손가락에서 보았다. 그러나 그녀는 그가 이 모든 소동의 장본인이라는 것을 알지 못했다. 그리고 그녀는 전쟁 포로로 아버지 앞에 서 있었다.

피자니오는 이모젠을 알아보았다. 왜냐하면 이모젠에게 남자의 복장을 하게 한 것이 자신이었기 때문이다. 그는 생각했다. "공주님이시구나. 여전히 살아 계시니 결과는 시간 문제로군."

벨라리어스도 그녀를 알아보고 캐드월에게 부드럽게 말했다. "이 소년이 죽음에서 살아난 게 아니냐?"

"모래알이 모래알을 닮은 것 이상인데요. 영판 향기로운 장미꽃 같은 피딜리로군요."

"죽은 소년을 빼다박았습니다" 하고 폴리도르가 말했다.

"좀 더 지켜보자꾸나. 만일 그 소년이라면 우리에게 말을 건네지 않았을 리 없어" 하고 벨라리어스가 말했다.

"우리는 그가 죽은 것을 보지 않았습니까?" 하고 다시금 폴리도르가 속삭였다.

"잠잠해라" 하고 벨라리어스가 대답했다.

포스튜머스는 자신의 사형 선고를 듣기 위하여 조용히 기다렸다. 그리고 그는 심벌린의 마음이 움직여 자기를 용서하지 않도록 자신이 전쟁에서 왕의 생명을 건진 일을 드러내지 않기로 결심했다.

이모젠을 시동으로 보호하고 있던 로마 사령관 루키우스가 맨 처음 왕에게 말했다. 그는 뛰어난 용기와 고결한 위엄의 소유자였다. 왕에게 말한 그의 연설은 다음과 같았다.

"들자 하니 죄수들의 몸값을 받지 않고 모두를 사형에 처하신다지요. 저는 로마인이니 로마인의 기상을 품고 죽음을 감수하겠습니다. 그러나 한 가지 간청드리고자 합니다." 그런 다음 그는 이모젠을 왕 앞에 데리고 나와 말했다.

"이 소년은 브리튼 태생입니다. 그의 몸값은 받고 풀어 주십시오. 그는 나의 시동입니다. 이처럼 친절하고 충직하고, 매사에 부지런하고 진실하고 잘 돌봐 주는 시동은 없었습니다. 그는 브리튼에 아무 잘못을 하지 않았습니다. 물론 로마인을 섬기긴 했지만 말입니다. 다른 사람은 살려 주시지 않을지라도 이 아이는 살려 주십시오."

심벌린은 자기 딸 이모젠을 찬찬히 들여다보았다. 그는 변장한 딸을 알아보지 못했다. 하지만 전능한 자연이 그의 마음에서 말하는 것 같았다. "확실히 이 자를 본 적이 있어. 그 얼굴이 낯익어. 까닭이나 연유는 알 수 없지만 '소년을 살려 주라'고 말하고 싶구나. 내가 네 생명을 살려 주겠다. 나에게 원하는 게 있으면 말해 봐라. 허락하겠다. 물론 포로 가운데 가장 높은 귀족의 생명일지라도 들어주겠다."

"전하께 진심으로 감사드립니다" 하고 이모젠이 말했다.

당시에 은전을 베푼다는 것은 은택을 입은 사람이 무엇을 구하든지 들어준다는 약속과 진배없었다. 그들은 시동이 구하는 것이 무엇인지 들으려고 귀를 기울였다. 루키우스가 그녀에게 말했다. "애야, 내 생명을 구해 달라고 하지 않겠다. 물론 네가 구하고자 하는 바가 그것인 줄은 안다만."

"애석하지만 그게 아니에요. 제겐 더 급한 일이 있어요. 장군님의 생명을 구할 수 없어요."

소년이 언뜻 배은망덕한 태도를 보이므로 로마 사령관은 놀랐다.

그런 다음 이모젠은 야키모를 보며 이런 소원을 이야기했다. 즉 야키모가 손가락에 낀 반지를 어떻게 얻었는지 고백하게 해 달라는 것이었다.

심벌린은 그녀에게 부탁을 들어주었고, 야키모에게 손가락의 다이아몬드 반지를 어떻게 얻었는지 이실직고하지 않으면 고문을 하겠다고 위협했다.

그러자 야키모는 자신의 극악무도함을 낱낱이 시인하며, 앞서 이야기한 대로 포스튜머스와 내기한 이야기 하며, 그로 하여금 거짓말을 믿게 한 내막을 모두 이야기했다.

포스튜머스는 부인의 무죄함을 입증하는 이야기를 듣고 그 심정을 이루 형언할 수 없었다. 그는 즉시 앞으로 나아가 심벌린에게 피자니오를 시켜 공주를 죽였으니 잔혹한 사형 선고를 내려 달라고 고백했다. 그리고 이렇게 울부짖었다. "오, 이모젠, 나의 여왕, 나의 생명, 나의 아내여! 오 이모젠, 이모젠, 이모젠!"

이모젠은 자신을 발견하지 못하고 이처럼 괴로워하는 남편을 눈뜨고 볼 수 없었기에, 본래의 모습으로 남편 앞에 나타났다. 포스튜머스는 이모젠을 보고 말할 수 없는 기쁨을 누렸고, 그리하여 죄책과 고뇌의 중압감에서 벗어나 자신이 그토록 잔혹하게 대했던 사랑하는 부인의 덕행을 맛보았다.

심벌린은 죽은 줄 알았던 딸이 그처럼 기묘하게 되돌아온 것을 보고 기쁨에 휩싸여, 이전처럼 아버지의 사랑을 베풀었고, 그녀의 남편 포스튜머스의 목숨을 살려줄 뿐만 아니라 그를 사위로 인정했다.

벨라리어스는 이 기쁨과 화해의 시간을 이용하여 자신의 잘못을 고백했다. 그는 폴리도르와 캐드월을 왕에게 소개하며 그들이 왕의 잃어버린 두 아들 기데리어스와 아비라거스라고 했다.

심벌린은 나이 든 벨라리어스를 용서했다. 그처럼 모두가 즐거워하는 시간에 누가 형벌을 생각할 수 있겠는가? 딸이 살아 있고, 잃어버린 아들이 자기를 구하기 위하여 용감하게 싸웠던 청년으로 나타난 것을 보았으니, 참으로 전혀 기대하지 못한 기쁨이었다.

이모젠은 이제 자신의 상전 로마 사령관 루키우스를 돌아볼 여유를 가졌

〈기쁨을 누리는 포스튜머스와 이모젠〉

다. 그녀의 부왕은 그녀의 청을 받아 들여 사령관의 목숨을 기꺼이 살려 주었다. 그리고 루키우스의 중재에 의하여 로마인과 브리튼인 사이에 평화 조약이 체결되어 오랜 세월 지켜졌다.

심벌린의 사악한 왕비는 자신의 계략이 실패한 것에 낙담하여 양심의 가책을 받고 시름시름 앓았으며, 어리석은 아들 클로턴이 자기가 벌인 싸움으로 죽은 것을 알고 결국 죽고 말았다. 그 내막은 이 행복한 결말을 단숨에 방해할 정도로 비극적인 사건들이다. 그것은 이 정도만 말하자. 그러니 복받을 자들이 행복하게 된 것으로 충분하다.

마지막으로, 교활한 야키모는 그의 못된 행동이 원래의 목적을 이루지 못한 점을 고려하여 처벌을 받지 않고 방면되었다.

15. 끝이 좋으면 다 좋아

루지용의 백작 베르트람은 부친의 사망
으로 작위와 영지를 얻은 지 얼마 되지 않
았다. 프랑스 왕은 베르트람의 아버지를
사랑했는데, 그가 사망했다는 소식을 듣
고 그의 아들을 파리의 왕궁에 즉시 오라
고 사람을 보냈다. 그 의도는 작고한 백작
과의 우정 때문에 젊은 베르트람에게 특별
한 호의와 보호를 베풀려 함이었다.

　미망인이 된 어머니와 함께 살고 있던 베르트람은 프랑스 왕궁의 나이 많
은 신하 라퓨의 인도를 받아 왕에게 갔다. 프랑스의 왕은 절대 군주였으니, 왕
궁 초대는 국왕의 명령, 명시적인 명령의 형식을 취했다. 지위 고하를 막론
하고 신하라면 반드시 복종해야 할 명령 말이다. 그러므로 백작 부인은 소중
한 아들과 헤어질 때 최근에 잃은 남편을 다시금 땅에 묻는 기분이었지만, 하
루도 아들을 붙들어 두지 않고 즉시 떠나라고 했다. 그녀의 아들을 데리러 온
라퓨는 백작의 죽음과 아들의 갑작스러운 출타로 섭섭한 백작 부인을 위로하
려 했다.

　그리고 그는 아첨하는 신하 모양으로, 국왕이 매우 친절한 군주이니 부인
더러 폐하를 남편으로 의지하라 하고 폐하가 그녀의 아들에게 아버지가 되어

주실 것이라고 했다. 요컨대 착한 왕이 베르트람을 도울 것이라는 뜻이었다. 라퓨는 왕이 애석하게 병에 걸려 의사들의 말로는 치유 불가능한 상태라고 백작 부인에게 말했다. 부인은 왕의 건강 악화 이야기를 듣고 유감의 뜻을 표하고, 헬레나(그녀를 시중드는 젊은 시녀)의 아버지가 살아 계셨더라면 하고 말했다. 그녀의 아버지라면 폐하의 병을 고쳐 줄 수도 있었지 않았을까 하고 생각했기 때문이다.

그리고 그녀는 라퓨에게 헬레나에 관한 이야기를 해주었다. 그녀는 유명한 의사 제라르 드 나르본의 외동딸이며, 그녀의 아버지가 죽을 때 딸을 백작 부인에게 맡겨 자신의 사후에 딸을 돌봐 달라고 했다는 것이다. 그런 다음 백작 부인은 헬레나의 덕스러운 마음과 탁월한 품성을 칭찬하면서, 훌륭한 아버지로부터 이 덕을 이어받았다고 했다. 그녀의 말에 헬레나는 슬픔의 침묵 가운데 눈물을 지었다. 그러자 백작 부인은 아버지의 죽음을 너무 슬퍼하지 말라며 그녀를 가볍게 타일렀다.

이제 베르트람은 어머니와 작별을 고했다. 백작 부인은 눈물을 흘리며 아들에게 축복하고, 아들과 작별하며, 라퓨에게 아들을 보호해 달라며 "궁정 경험이 없는 이 아이를 잘 지도해 주십시오" 하고 말했다.

베르트람은 헬레나에게 작별의 말을 하지만, 그것은 그녀의 행복을 기원하는 인사말에 불과했다. 그리고 그는 이런 말로 그녀에게 짧은 작별의 말을 마쳤다. "당신의 주인이신 어머니를 위로해드리고, 잘 돌봐드리시오."

헬레나는 오랫동안 베르트람을 사랑했고, 사실 그녀가 슬픔의 침묵 가운데 눈물을 흘렸을 때 그 눈물은 제라르 드 나르본을 위한 게 아니었다. 헬레나는 아버지를 사랑했지만, 지금 작별하려 하는 베르트람을 더욱 사랑했다. 그래서 그녀는 죽은 아버지의 모습과 표정은 잊어버리고, 베르트람의 얼굴만 그녀의 마음에 떠올랐다.

헬레나는 베르트람을 오랫동안 사랑했지만, 그가 프랑스의 가장 오래된 가문에서 태어난 루지용의 백작이라는 점을 언제나 잊지 않았다. 그녀는 천한 가문에서 태어났고, 그녀의 부모들도 별로 대단한 가문 출신이 아니었다. 베르트람의 조상들은 모두 귀족이었다. 그러므로 그녀는 귀족 가문 출신의 베르트람을 여주인과 죽은 백작을 대하듯이 우러러보았고, 그의 종으로 사는 것말고 별다른 소원을 감히 품지 않았다. 베르트람의 존엄한 신분과 자신의 낮은 신분은 천양지차가 나므로, 그녀는 이렇게 말하곤 했다.

"내가 어떤 빛나는 별을 사모하여 그 별의 아내가 되려고 생각하는 거나 다름없어. 베르트람 님은 나와 비교되지 않을 만큼 높이 계셔."

베르트람이 없으니, 그녀의 눈에는 눈물이 가득하고 가슴에는 슬픔이 가득했다. 아무 희망도 없이 사랑했지만, 매순간 그를 만나는 것이 그녀에게는 적잖은 위로였던 것이다. 헬레나는 앉아서 그의 짙은 눈과 둥근 이마와 고운 곱슬머리칼을 볼 때 마치 자신의 가슴에 그의 초상화를 그리는 듯했기에, 사랑하는 이의 얼굴 특색을 죄다 기억할 수 있었다.

제라르 드 나르본은 목숨이 끊어질 때 희한하고 그 효험을 널리 인정받은 처방들을 딸에게 물려주었다. 의학에 관한 깊은 연구와 오랜 경험에 의해 그는 이 효험 있는 처방을, 틀림없이 효과를 내는 치료책을 모아 두었던 것이다. 그 가운데에는 라퓨가 말한 왕의 증세에 잘 듣는 처방이 하나 있었다. 그리고 헬레나는 왕의 증세에 관하여 듣고는, 여태까지 아주 비천하고 절망적이었던 처지였다가 파리로 가서 왕을 치료해야겠다는 야심찬 계획을 품었다. 그러나 헬레나가 이 뛰어난 처방을 갖고 있긴 해도, 국왕의 의사들뿐만 아니라 국왕도 자기의 병을 고칠 수 없는 것이라고 생각하므로 왕의 병을 고치려는 가련하고 배우지 못한 처녀의 마음을 신뢰해 줄 것 같지 않았다. 한 번 시도해 보면 고칠 수 있겠다는 헬레나의 확신은 당대 가장 유명했던 의사인 자기 아버지의 보증받은 기술보다 훨씬 견고해 보였다. 왜냐하면 이 훌륭한 처방이 하늘에 있는 행운의 별들의 재가를 받아 자신에게 행운을 가져다줄 유산이 되며 루지용 백작 부인의 높은 자리도 보장해 줄 것이라는 것을 굳게 믿었기 때문이다.

베르트람이 떠나고 얼마 되지 않아, 백작 부인은 집사로부터 헬레나가 혼 잣말 하는 것을 들으니 그녀가 베르트람을 사랑하고 그를 따라 파리로 갈 생각을 하고 있다는 보고를 들었다. 백작 부인은 집사에게 고맙다고 말하며, 헬레나에게 가서 같이 이야기를 나누었으면 한다는 뜻을 전하라고 했다. 헬레나에 관한 이야기를 듣고, 백작 부인은 오래 전의 기억이 떠올랐던 것이다. 그녀가 베르트람의 아버지를 처음으로 사랑하게 되었던 때 말이다. 백작 부인은 이렇게 혼잣말을 했다. "젊었을 때 나도 그랬지. 사랑은 청춘의 장미에 붙은 가시야. 우리가 자연의 소생이라면 청춘의 시절에 이런 잘못을 의당 범하는 법이거든. 물론 그럴 경우 우리는 그것이 잘못이 아니라고 생각하지만 말이야."

백작 부인이 젊은 날 사랑의 실수를 골똘히 생각하고 있을 때 헬레나가 들어왔다. "헬레나, 내가 네 어머니라는 것을 알고 있지?"

헬레나는 대답했다. "부인께서는 저의 존귀한 여주인이세요."

"넌 내 딸이다. 분명히 말하지만 난 네 어머니야. 왜 내 말에 놀라며 창백해지는 거니?"

헬레나는 백작 부인이 자신의 사랑을 눈치 채지 않았을까 두려워하며 놀란 표정을 짓고 당황해하며 이렇게 대답했다. "용서해 주세요, 마님. 제 어머니가 아니세요. 루지용 백작님은 제 오빠가 되실 수 없고 저 또한 마님의 딸이 될 수 없어요."

"하지만 헬레나, 넌 내 며느리가 될 수 있어. 그리고 네가 원하는 바가 그게 아닌가 싶구나. 어머니와 딸이라는 말이 너를 그렇게 당황하게 만드니 말이야. 헬레나, 내 아들을 사랑하니?"

〈헬레나와 백작 부인〉, 존 라이트(1777-1866)

"마님, 용서해 주세요" 하며 놀란 헬레나가 말했다.

백작 부인은 또 다시 질문했다. "내 아들을 사랑하니?"

"마님은 아드님을 사랑하시지 않나요?"

백작 부인은 대답했다. "그렇게 피해 가는 대답을 하지 말거라, 헬레나야. 자 네 맘을 털어놔라. 네 사랑이 완전히 드러났으니."

헬레나는 무릎을 꿇고 사랑을 털어놓았고, 부끄러움과 두려움의 심정으로 여주인의 용서를 간청했다. 그리고 그녀는 신분이 어울리지 않는다고 하며, 베르트람이 자기가 사랑하는 줄 알지 못한다고 말했다. 자기를 알아보지 못하는 태양을 숭배하는 가련한 인디언에게 자신의 비천하고 희망 없는 사랑을 비유하면서 말이다.

백작 부인은 헬레나에게 근자에 들어 파리로 갈 생각을 하느냐고 물었다. 헬레나는 라퓨가 왕의 병에 대하여 이야기하는 것을 듣고 마음속에 품었던 계획을 털어놓았다.

"이것이 파리로 가려는 네 진짜 목적이니? 사실대로 이야기해 봐."

헬레나는 솔직하게 대답했다. "도련님 때문에 그런 생각을 하게 되었어요. 그렇지 않았다면 파리와 약, 임금님께 관한 생각은 떠오르지 않았을 거예요."

백작 부인은 가타부타 하지 않고 잠잠히 헬레나가 고백하는 말을 모두 들었다. 그러나 그녀는 왕에게 그 약이 효험 있는지 헬레나에게 단단히 물었다. 그녀는, 그 처방이 제라르 드 나르본이 자신의 처방 가운데 가장 소중히 여기는 것이며, 죽어 가면서 딸에게 준 것임을 알았다. 그리고 그녀는 그가 죽는 순간에 이 젊은 아가씨에 관하여 약속한 일을 기억했다. 이 아가씨의 운명과 왕의 생명은 처방 사용에 달려 있는 것처럼 보였다. 물론 어리석은 제안을 듣고 사랑하는 시녀의 생각을 알긴 했지만, 백작 부인은 보이지 않는 섭리의 작용으로 왕의 건강이 회복되고 제라르 드 나르본의 딸이 행운을 얻을지도 모르겠다고 생각했다.

그래서 그녀는 헬레나에게 파리로 가라고 기꺼이 허락했고, 너그럽게도 충분한 돈을 주고 적당한 시종을 딸려 보냈다. 그리고 헬레나는 백작 부인의 축복을 받고, 파리로 길을 떠났다.

헬레나가 파리에 도착하자, 나이 많은 영주 라퓨의 도움을 받아 왕을 알현했다. 그녀가 맞닥뜨릴 난관은 여전히 많았다. 왜냐하면 왕은 이 젊고 아리따운 의사가 제공하는 처방을 쉽사리 수긍하지 않았던 것이다. 그러나 그녀는 자신이 (왕도 익히 아는) 제라르 드 나르본의 딸임을 말하고, 아버지의 오랜 경험과 기술의 정수를 담고 있는 소중한 보배라며 이 귀한 처방을 제시했고, 만일 이틀 안으로 폐하가 건강을 완전히 회복하지 못한다면 기꺼이 목숨을 바치겠다고 담대하게 약속했다. 왕은 결국 처방대로 해 보겠다고 했고, 이틀 지나서 왕이 회복되지 못하면 헬레나는 목숨을 내놓아야 했다. 그러나 헬레나가 성공하면, 왕은 프랑스 전역에서 (왕자들만 빼고) 남편감을 선택할 수 있도록 해 주겠다고 약속했다. 헬레나가 왕의 병을 고치면, 헬레나는 남편을 선택할 권리를 달라고 요청했기 때문이었다.

헬레나는 아버지의 처방의 효험을 확신했다. 이틀이 끝나기 전에 왕은 건강을 완전히 되찾았고, 아리따운 의사에게 약속한 대로 남편을 상으로 주기 위하여 궁전의 모든 젊은 귀족을 모았다. 그리고 왕은 헬레나가 귀족 총각들을 둘러보고 남편을 선택하기를 바랐다. 헬레나는 망설이지 않았다. 이 젊은 귀족들 가운데서 그녀는 루지용의 백작 베르트람을 바라보며 이렇게 말했던 것이다.

"바로 이 분이에요. 감히 당신을 택한다고 말할 수 없지만 제가 살아 있는 한 이 몸과 마음을 바치고 당신의 지도에 따르겠어요."

"그러면 베르트람, 이 처녀를 그대의 아내로 맞아들여라." 하고 왕이 말했다.

베르트람은 왕의 지시를 받았지만 아내가 되겠다는 헬레나를 사랑하지 않는다고 주저없이 말했다. 그는 헬레나가 가난한 의사의 딸이며, 자기 아버지

〈프랑스 왕 앞에 선 헬레나와 베르트람 백작〉, 1793, 프랜시스 휘틀리

의 보호 아래 자라 지금은 자기 어머니의 돌봄을 받아 살고 있다고 말했다.

헬레나는 베르트람이 자기를 거부하고 조롱하는 말을 하는 것을 듣고는 왕에게 말했다. "폐하, 건강을 회복하신 것으로 기쁩니다. 그 밖의 일은 염려하지 마소서."

그러나 왕은 국왕의 명령이 그렇게 경시당하는 것을 허용하지 않으려 했다. 자기의 귀족을 남편으로 하사하는 권력은 프랑스 왕의 많은 특권 가운데 하나였던 것이다. 그리고 그날 베르트람은 헬레나와 결혼했으나, 베르트람에게는 강제적이며 불편한 결혼이었고, 가련한 여인에게는 앞날을 기약할 수 없는 결혼이었다. 물론 헬레나는 목숨을 걸고 귀족 남편을 얻었지만, 남편의 사랑은 프랑스 왕이 하사할 수 있는 선물이 아니므로 겉만 화려한 선물을 얻는 듯했다.

헬레나가 결혼하자마자, 베르트람은 자기를 위해 궁전을 잠시 떠날 수 있도록 왕에게 청을 드려 달라고 헬레나에게 부탁했다. 그리고 헬레나가 왕으로부터 떠날 수 있는 허락을 얻어 주자, 베르트람은 이 급작스러운 결혼에 마음의 준비가 되어 있지 않아 막상 결혼하니 마음이 크게 불안하므로 헬레나더러 자기가 취하는 태도에 놀라지 말라고 말했다. 헬레나가 놀라지는 않았지만, 자기를 떠나려는 그의 의도를 알고 크게 슬퍼하였다. 그는 그녀에게 고향 집 자기 어머니에게 돌아가라고 명령했다. 헬레나는 이 몰인정한 명령을 듣고 대답했다.

"여보, 저는 당신의 가장 충직한 종이며, 저의 미천한 별이 이번의 큰 행운을 감당해 내지 못한 셈이니 언제까지나 충실하게 시중들어 부족을 메우겠어요."

그러나 헬레나의 이 겸손한 말에도 오만한 베르트람의 마음은 전혀 움직이지 않고 예의바른 아내를 동정하지 않았다. 그리고 그는 다정한 인사말도 없이 아내를 떠나 버렸다.

그런 다음 헬레나는 백작 부인에게 돌아갔다. 그녀는 여행의 목적을 이루어 왕의 생명을 보존했으며 마음 속에 간직한 루지용 백작과 결혼했다. 그러나 그녀는 버림받은 여인으로 시어머니에게 돌아갔고, 집에 들어가자마자 베르트람의 편지를 받았는데 그 편지를 읽고 그녀의 마음은 무너지는 듯했다.

착한 백작 부인은 그녀가 마치 자기 아들이 택한 여인이며 고귀한 신분의 여인인 듯이 여기고 진심으로 환영했다. 그리고 결혼날에 홀로 아내를 떠나보낸 베르트람의 몰인정한 태도에 따뜻한 말로 헬레나를 위로하였다. 그러나 이 인자한 환영에도 헬레나의 슬픈 마음은 위로 받지 못했다. 그래서 그녀는 말했다. "마님, 저의 주인님은 완전히 가 버리셨어요."

그런 다음 베르트람의 편지에서 이런 내용을 읽어드렸다: "당신이 내 손가락에서 결코 빠질 리 없는 반지를 얻게 되면, 남편이라 부르시오. 그러나 그런 때는 절대 오지 않는다고 분명히 적어 두리다."

"정말 두려운 말이에요" 하고 헬레나는 말했다.

백작 부인은 헬레나에게 인내하라고 했고, 이제 베르트람이 가 버렸으니 헬레나가 자기 자식이며, 베르트람과 같은 무례한 젊은이 20명에게 시중 받고 시간마다 여주인이라는 호칭을 들을 만한 영주 부인의 자격이 있다고 말했다. 그러나 세상에 둘도 없는 이 어머니는 자신을 낮추고 듣기 좋게 다정한 말을 하여 며느리의 슬픔을 위로하려 했으나 헛수고였다.

헬레나는 여전히 편지를 뚫어져라 보고 있었고 슬픔의 고뇌로 이렇게 외쳤다: "내게 아내가 사라지기까지는, 프랑스에 머물지 않겠소."

백작 부인은 편지에 그런 말이 있느냐고 물었다. "물론이에요. 마님"이라고밖에 가련한 헬레나는 대답할 수 없었다.

다음 날 아침, 헬레나는 사라졌다. 그녀는 자신이 떠나면 백작 부인에게 전달하라며 갑자기 떠난 이유를 담는 편지를 남겼다. 이 편지에서 헬레나는, 베르트람을 조국과 고향에서 떠밀어 보낸 것이 하도 슬퍼 자신의 잘못을 속죄하려고 성 자크 르 그랑 님의 사당에 순례를 떠나겠다고 했고, 그렇게 미워하던 아내가 집을 영원히 떠났다고 아들에게 전해 달라며 백작 부인에게 부탁했다.

베르트람은 파리를 떠나 피렌체로 가서 거기서 피렌체 군대의 공작 밑에서 장교가 되었고, 전쟁에서 용감한 행동으로 공을 세웠다. 그런 후에 베르트람은 어머니에게 여러 통의 편지를 받았는데, 거기에는 헬레나가 더 이상 그를 괴롭히지 않을 것이라는 반가운 소식이 담겨 있었다. 그리고 그가 집으로 돌아가려고 준비하고 있을 때 순례자의 옷을 입은 헬레나가 피렌체에 당도했다.

피렌체는 순례자들이 성 자크 르 그랑 사당으로 가는 길에 들르는 도시였다. 그리고 헬레나는 이 도시에 도착해서, 성인의 사당에 방문하려는 여성 순례자들을 자기 집에 환대하여 숙소를 제공하고 친절하게 대접하는 과부가 거기 살고 있다는 말을 들었다. 그래서 헬레나는 이 선량한 부인에게 갔고, 과부는 그녀를 정중하게 환대했으며 이 유명한 도시의 온갖 흥미로운 것을 보여주겠다고 하면서 만일 공작의 군대를 보고 싶다면 그 전모를 볼 수 있는 곳으로 데려가겠다고 했다.

"그러면 당신 나라의 사람을 볼 수 있을 겁니다. 그는 루지용 백작입니다. 공작을 도와 전쟁에서 훌륭한 공을 세웠답니다."

헬레나는 베르트람을 보게 될 것이라는 말에 집주인을 따라 나섰다. 사랑하는 남편의 얼굴을 다시 보게 되니 슬픔과 기쁨이 교차했다. "잘생겼죠?"

"참으로 마음에 드는 분이네요" 하며 헬레나가 대답했다. 길을 걷는 동안 말쟁이 과부의 이야기는 온통 베르트람에 관한 것이었다. 그녀는 베르트람의 결혼식 이야기와 어떻게 그가 가련한 자기 부인을 버리고 와서 공작의 군대에 왔는지 이야기를 해주었다. 헬레나는 자신의 불행에 관한 이야기를 꾹 참고

"사랑하는 남편의 얼굴을 다시 보게 되니 슬픔과 기쁨이 교차했다."— 아르튀스 샤이너

들었다. 이 이야기가 끝났으나 베르트람에 관한 말은 중단되지 않았다. 왜냐하면 과부가 다른 이야기를 시작했기 때문이다. 말 한 마디 한 마디가 헬레나의 마음에 깊숙이 들어갔다. 지금 듣는 이야기는 과부의 딸에 대한 베르트람의 사랑 이야기였던 것이다.

베르트람은 왕이 억지로 시킨 결혼이 마음에 들지 않았지만, 사랑에 무관심한 것은 아니었다. 피렌체 군대에 배치된 이래로 그는 젊고 아리따운 시녀이며 헬레나가 묵고 있는 집 과부의 딸인 디아나와 사랑에 빠졌다. 그리고 매일 밤 그는 디아나의 아름다움을 노래하는 온갖 음악과 노래로 그녀의 창문에 와서 그녀의 사랑을 애걸했다. 그리고 그는 식구들이 모두 잠들 때 몰래 찾아갈 수 있도록 해 달라고 그녀에게 간청했다. 그러나 디아나는 그가 결혼한 사람이라는 것을 알고 이런 부적절한 부탁을 허락하지 않을 것이며 그의 구혼을 결코 받아들이지 않겠다고 굳게 다짐했다. 왜냐하면 디아나는 사려깊은 어머니의 조언을 받고 자랐기 때문이다. 그녀는 이제 궁색한 형편이 되었지만 캐풀렛의 귀족 가문 출신이었다.

선량한 부인은 사려깊은 딸의 덕스러운 태도를 높이 칭찬하며 이 모든 이야기를 헬레나에게 들려주었다. 그녀의 말에 따르면, 딸의 덕스러운 태도는 전적으로 자신이 딸에게 베푼 탁월한 교육과 훌륭한 조언 때문이라는 것이었다. 그리고 더 나아가 그녀는 베르트람이 디아나에게 유난히 귀찮게 굴며 다음 날 아침 일찍 피렌체를 떠나기 때문에 오늘 밤에 꼭 만나게 해 달라고 했다고 말했다.

과부의 딸을 사랑하는 베르트람의 이야기를 듣고 헬레나의 마음은 찢어질 것 같았지만, 헬레나의 열렬한 사랑은 자신을 무시하는 남편의 마음을 돌이킬 계획을 생각해 냈다(지난번 계획이 형편없이 끝났다고 해서 낙망하지 않았다). 그녀는 자기가 베르트람의 버림받은 아내 헬레나임을 과부에게 밝히고,

친절한 집주인과 그녀의 딸이 베르트람의 방문을 허락하고 자기가 디아나 대신 베르트람을 만나게 해 달라고 청했다. 그 이야기를 하는 그녀의 주된 의도는 남편과 몰래 만나 반지를 얻으려는 것이었다. 남편은 헬레나가 그것을 가지면 아내로 인정하겠다고 했던 것이다.

과부와 딸은 헬레나의 일을 돕겠다고 약속했는데, 버림당한 불쌍한 여인에 대한 연민에 마음이 동하기도 했고, 헬레나가 일이 잘되면 호의에 보상하겠다며 계약금으로 돈지갑을 건네주자 거기에 넘어가 그녀의 일에 관여하게 되었던 것이다. 그날 헬레나는 사람을 시켜 자기가 죽었다는 소식을 베르트람에게 전달했다. 남편이 자신의 사망 소식을 접하고 자유로운 처지가 되었으니 마음 놓고 재혼할 수 있겠다고 생각하고 디아나로 변장한 자신에게 청혼하게 될 것을 기대했던 것이다. 만일 반지를 손에 넣고 이 청혼을 받으면, 장차 순탄하리라는 것을 의심치 않았다.

저녁이 되어 어둠이 내린 후, 베르트람은 디아나의 방에 들어갈 수 있었고 헬레나는 그를 맞이할 준비를 해놓았다. 베르트람이 헬레나에게 비위를 맞추며 찬사를 보내고 사랑의 말을 건네니, 헬레나에게는 그렇게 기쁠 수 없었다. 물론 디아나에게 한 말이긴 하지만 말이다. 그리고 베르트람은 그녀가 너무 소중하므로 남편이 되겠으며 영원히 사랑하겠다고 엄숙하게 약속했다. 헬레나는, 즐거운 대화로 남편의 마음을 기쁘게 해주었던 사람이 버림당한 자신인 것을 남편이 알고 참으로 자기를 사랑하게 되기를 바랐다.

베르트람은 헬레나가 얼마나 재치있는 여인인지 전혀 알지 못했다. 그렇지 않았더라면 그렇게까지 헬레나를 무시하지 않았을 것이다. 그리고 베르트람은 헬레나를 매일 보았기 때문에 그녀의 미모를 전혀 관심있게 보지 않았다. 같은 얼굴을 항상 보곤 하면 처음 볼 때의 미모나 소박함이 무디어지는 법이다. 그리고 그는 그녀의 지성을 판단할 수 없었다. 왜냐하면 헬레나는 베르트람을 사랑한 데다 그를 지극히 존경했기에, 항상 그의 면전에서 침묵했던 것이다. 그러나 그녀의 운명과 그간의 모든 노력이 행복하게 결말을 보느냐 마느냐가 이날 밤의 만남에서 베르트람의 마음에 얼마나 호의적인 인상을 남기느냐에 달려 있었기 때문에, 헬레나는 모든 재치를 발휘하여 그의 마음에 들게 하려 했다.

그리고 베르트람은 헬레나의 생동감 넘치고 고상한 대화와 매력적이고 우아한 예의범절에 매료되어, 그녀를 자기의 아내로 삼겠다고 맹세했다. 헬레나는 베르트람에게 호의의 표시로 손가락의 반지를 달라고 간청했고, 베르트람은 반지를 헬레나에게 주었다. 그리고 이 반지는 헬레나에게 너무도 중요한 것이었다. 반지를 받은 보답으로 헬레나는 다른 반지를 그에게 주었는데, 이는 왕이 그녀에게 선물로 준 것이었다. 아침 햇살이 들기 전에, 그녀는 베르트람을 보냈고, 베르트람은 어머니 집으로 즉시 길을 떠났다.

헬레나는 과부와 디아나에게 파리까지 동행하자고 설득했다. 자신이 구상한 계획이 완전히 성취되려면 그들의 도움이 좀 더 필요했던 것이다. 그들은 파리에 도착하자 왕이 루지용 백작 부인을 만나러 간 것을 알게 되었고, 헬레나는 있는 힘을 다해서 왕을 쫓아갔다.

왕은 여전히 건강이 아주 좋았으며, 병을 낫게 해준 헬레나에게 감사한 마음이 변함이 없어서 루지용 백작 부인을 보자마자 헬레나에 관하여 이야기를 꺼내면서 백작 부인의 아들이 어리석어 보석을 잃었다고 했다. 그러나 그 이야기를 듣고 백작 부인이 헬레나의 죽음을 진정으로 애도하므로, 왕은 "백작 부인, 나는 모든 것을 용서하고 잊어버렸소" 하고 말했다. 그러나 그 자리에 있던 선량하고 나이 많은 라퓨는 좋아하던 헬레나의 기억이 가볍게 스쳐가자 이런 말을 꺼내지 않을 수 없다.

"단언컨대, 젊은 영주는 폐하와 모친과 부인에게 큰 잘못을 저질렀습니다.

그러나 그 자신에게 가장 큰 해를 입힌 것이니, 모든 이의 눈을 놀라게 할 만한 미모와 모든 귀를 사로잡는 말솜씨와 모든 마음으로 기꺼이 섬기게 만드는 탁월한 재능을 가진 부인을 잃었기 때문입니다."

왕이 말했다. "잃은 자를 칭송하는 말을 들으니 추억이 더욱 소중해지는군. 그를 이리로 부르라." 왕 앞에 알현한 베르트람을 오라는 뜻이었다. 그리고 그가 헬레나의 명예를 더럽힌 것을 깊이 뉘우친다는 말을 듣고, 왕은 작고 한 아버지와 그의 훌륭한 어머니 때문에 그를 용서하고 다시금 은혜를 베풀기로 하였다.

그러나 왕의 자비로운 얼굴은 그를 보는 순간 바뀌고 말았다. 자기가 헬레나에게 준 반지를 베르트람이 손가락에 끼고 있는 것을 발견했기 때문이다. 그리고 헬레나가 하늘의 모든 성인을 불러 증인으로 삼고는, 자기에게 큰 재앙이 떨어져서 왕에게 그것을 돌려보내지 않는 이상 결코 이 반지를 빼지 않겠다고 맹세한 것을 익히 기억했다. 그리고 베르트람은 어떻게 해서 그 반지를 얻게 되었느냐는 왕의 질문에, 어떤 여자가 창문으로 그걸 던져 주었다고 되지도 않는 이야기를 했고, 결혼식 이후로 헬레나를 본 적이 없다고 계속 주장했다.

왕은 베르트람이 아내를 싫어하는 것을 알기 때문에 그가 그녀를 죽이지 않았을까 염려했다. 그리고 그는 호위병에게 베르트람을 체포하라고 명령하면서 말했다. "나는 참담한 생각에 사로잡혀 있다. 헬레나의 목숨이 잔인하게 강탈당하지 않았을까 염려스럽구나."

이 순간 디아나와 그의 어머니가 들어와 왕에게 간청하며, 베르트람이 결혼의 엄숙한 약조를 했으니 폐하께서 국왕의 권세를 발휘하여 베르트람더러 디아나와 결혼시켜 달라고 했다. 베르트람은 왕의 진노가 두려워 그런 약조를 하지 않았다고 주장했다. 그러자 디아나는 자신의 말이 진실임을 입증하기 위하여 (헬레나가 준) 반지를 꺼내 보였다. 그리고 베르트람이 결혼하기로 맹세했을 때 반지를 준 보답으로 지금 베르트람이 끼고 있는 반지를 주었노라고 말했다. 왕은 이 말을 듣고 디아나도 체포하라고 호위병에게 명령했다. 그리고 그녀가 베르트람의 이야기와 다르게 이야기하자, 왕의 의심은 굳어져 갔다. 그리고 그들이 헬레나의 이 반지를 어떻게 얻었는지 고백하지 않으면 둘 다 사형에 처하겠다고 말했다. 디아나는 어머니가 그 반지를 판 보석 상인을 데려올 수 있도록 해 달라고 청원했고, 그 청원이 받아들여져 과부는 나가서 곧 헬레나를 데리고 돌아왔다.

큰 슬픔을 안고 침묵하면서 아들의 위태로운 처지를 지켜보며 아들이 자기 아내를 죽였다는 혐의가 진짜가 아닐까 두려워하던 착한 백작 부인은 딸처럼 사랑하던 헬레나가 여전히 살아 있는 것을 발견하고, 너무 기쁜 나머지 주체할 수 없었다. 그리고 왕은 헬레나를 보고 너무 기쁜 나머지 믿어지지 않는 듯 "내 눈에 보이는 이가 참으로 베르트람의 아내란 말이냐?" 하고 물었다.

헬레나는 자신이 인정받지 못한 아내임을 생각하고 남편을 보고 이렇게 대답했다.

"아닙니다, 폐하께서 보고 있는 것은 아내의 그림자일 뿐, 이름은 있어도 실체는 없습니다."

베르트람은 소리쳤다. "이름도 실체도 다 있소. 용서해 주시오."

헬레나가 말했다. "제가 이 처녀처럼 하고 있었을 때는 무척 친절하게 대해 주셨죠. 보세요, 여기 당신의 편지가 있어요." 그리고 헬레나는 전에 매우 애석한 마음으로 되뇌던 말을 즐거운 음성으로 남편에게 읽어 주었다: "내 손가락에서 이 반지를 얻게 되면, 남편이라 부르시오."

"이젠 이루어졌어요. 당신이 이 반지를 준 사람은 바로 나예요. 이제 당신을 두 번 얻었으니 저의 남편이 되어 주시겠어요?"

베르트람이 대답했다. "그대가 그날 밤에 이야기를 나누었던 그 여인이라는 것을 분명히 밝힐 수 있다면, 그대를 영원히 사랑하겠소."

그리고 그것을 밝히기란 어려운 일이 아니었다. 과부와 디아나가 헬레나와 더불어 이 사실을 증명해 주었기 때문이다. 그리고 왕은 자신의 병을 고쳐 주어 참으로 소중히 여기는 헬레나를 친구처럼 도와준 디아나에게 무척 고마워하며, 좋은 남편을 구해 주겠다고 약속했다. 헬레나의 이야기를 듣고, 왕은 공을 세운 아름다운 여인에게 남편을 구해 주는 것도 왕의 적절한 상이라는 생각이 들었다.

이제 헬레나는 하늘에 있는 행운의 별들이 아버지의 유산에 복을 내렸음을 발견했다. 이제 헬레나는 사랑하는 베르트람의 사랑받는 아내가 되었고, 고결한 여주인의 며느리가 되었고, 루지용의 백작 부인이 되었기 때문이다.

16. 실수 연발

시라쿠사와 에페수스가 서로 사이가 나빴던 때, 에페수스에 잔혹한 법이 만들어졌으니, 시라쿠사의 상인이 에페수스 시에서 발각되면 생명의 속전(贖錢)으로 천 마르크를 지불하지 않으면 사형에 처한다는 내용이었다.

그런데 시라쿠사의 늙은 상인 에게온이라는 사람이 에페수스 거리에서 눈에 띄어 에페수스 공작에게 끌려가 무거운 벌금을 내든지 아니면 사형을 당하게 되었다.

에게온은 벌금을 물 돈이 없었고, 공작은 그에게 사형 판결을 선포하기에 앞서, 그의 인생사를 진술하고 시라쿠사 상인이 들어서면 죽게 되는 에페수스 시에 무슨 이유로 감히 들어오게 되었는지를 말하라고 했다.

에게온은, 진절머리나는 슬픔에 죽어도 겁나지 않지만 불운한 인생사를 이야기하는 것보다 더 무거운 짐이 없다고 대답했다. 그리고 그는 자신의 내력을 다음과 같이 시작했다.

"저는 시라쿠사에서 태어나 상인으로 교육받았습니다. 한 여인과 결혼했는데, 참 행복하게 함께 살았지요. 그러나 저는 에피담눔으로 가야 했고 업무상 여섯 달 동안 그곳에서 붙들려 있었습니다. 그런데 그곳에서 좀 더 체류해야 되는 것을 알고는, 아내를 불렀습니다. 아내는 도착하자마자 쌍둥이를 낳았는데, 정말 둘은 판에 박은 듯 똑같이 생겨 구분을 할 수 없을 지경이었습니다. 제 아내가 쌍둥이를 낳았을 때, 같은 시각 아내가 머무르던 여관에서 한 가련한 여인도 쌍둥이를 낳았고 이 두 아이는 우리 집 아이들만큼 서로 빼다박았습니다. 이 아이들의 부모는 지지리 가난하였기에, 내가 두 아이를 돈주고 사서는 우리 집 아이들의 시종으로 키웠답니다.

"우리 집 아이들은 아주 잘생겼고, 아내는 두 아이를 여간 자랑스러워하지 않았습니다. 아내는 날이면 날마다 집으로 돌아가자고 졸라댔고, 나는 마지못해 그 뜻을 따랐죠. 그런데 험악한 때 우리는 배를 타고 말았습니다. 에피담눔에서 5km를 가지 못해서 무서운 폭풍이 일어났는데, 어찌나 심하게 불어 대던지 선원들은 배를 건질 기회를 찾지 못하고 자기네 생명을 구하려고 작은 배에 타고 떠났으며 우리만 배에 달랑 남아 매순간 폭풍의 맹위에 침몰당할 것 같았습니다.

아내는 쉬지 않고 울고 어린아이들은 영문도 모르고 제 어미가 우는 것을 보고 불쌍하게 징징대는 것을 보니, 제 목숨은 겁나지 않았지만 그들에게 미칠 공포가 제 마음에 가득했습니다. 머릿속에는 온통 그들의 안전을 도모하는 방책을 찾으려는 생각뿐이었습니다. 그래서 뱃사람들이 폭풍을 이기려고 마련해 두는 작은 예비용 돛대 끝에다 막내를 매어 두었죠. 다른 끝에는 쌍둥이 하인 중에 동생을 매어 두었습니다. 그러는 동시에 아내에게 다른 아이들도 다른 돛대에다 똑같이 매 두라고 지시했습니다. 그리고 우리도 아이들의 돛대에 몸을 묶었습니다. 아내는 큰 아이들을 돌보았고 저는 작은아이들을 돌보았으니, 우리 각자는 돛대에 매인 아이들 때문에 서로 떨어져 있었습니다. 그러나 그렇게 하지 않았으면 우리는 모두 물 속에 빠져 버렸을 것입니다. 배가 단단한 바위에 부딪혀 쪼개져 산산조각이 났던 것입니다. 우리는 가느다란 돛대에 매달려 물 위에 겨우 떠 있었는데, 저는 두 아이를 돌보느라 아내를 도울 수 없었고, 아내는 다른 두 아이와 함께 그만 딴 곳으로 가 버리고 말았습니다. 그래도 그들은 내 시야에서 사라지지 않았고, 마침 (아마도) 코린트에서 온 고기잡이배를 만나 무사히 구출되었습니다. 하지만 나는 사나운 파도와 싸우며 소중한 아들과 하인 아이를 살리느라 여념이 없었습니다. 결국 우리도 배를 만났고, 선원들은 나를 알아보고 친절히 환대하고 도와주었으며 무사히 우리를 시라쿠사에 내려 주었습니다. 그러나 그때로부터 저는 아내와 큰아이의 소식을 전혀 듣지 못했습니다.

이제 저의 유일한 걱정거리가 된 작은아이가 열여덟 살이 되었을 때 자기 어머니와 형에 관하여 캐묻기 시작했습니다. 역시 자기 형을 잃은 하인 녀석을 데리고 그들을 찾아 나서겠다고 어찌나 끈덕지게 조르는지 한두 번이 아니었습니다. 그래서 결국 마지못해 승낙해 주었지요. 저 또한 아내와 큰아이의 소식을 듣고 싶어 죽을 지경이었기 때문입니다. 하지만 그들을 찾으러 작은아이를 내보내는 일은 큰 모험이었습니다. 이제 아들이 떠난 지 7년이 되었습니다. 제가 아들을 찾으러 세상을 돌아다닌 지도 5년이 되었죠. 그리스 끝에도 가 보았고, 아시아 국경도 샅샅이 뒤졌고, 그러다가 고향으로 배를 타고 오다가 이곳 에페수스에 도착하게 되었습니다. 사람이 살 만한 곳이면 그냥 지나치기가 싫었기 때문입니다. 그러나 오늘 제 인생 이야기는 끝나고 마는군요. 아내와 아들녀석들이 살아 있는 것을 확인할 수만 있다면 죽어도 원이 없겠습니다. ”

여기서 불운한 에게온은 자신의 불행한 이야기를 끝냈다. 그리고 공작은, 아들을 잃은 사랑 때문에 이처럼 큰 위험을 마다하지 않은 이 불행한 아버지를 동정하며, 자신의 맹세와 위엄 때문에 법을 바꿀 수 없지만 만일 법을 어기는 게 아니라면 그를 너그러이 용서해 주고 싶다고 말했다. 법률의 엄격한 조항이 요구하는 바와 같이 그에게 즉각적인 사형 집행을 하지 않고, 하루의 말미를 줄 테니 그가 벌금을 지불할 만한 돈을 얻거나 빌릴 수 있으면 해 보라고 했다.

은전을 베푼 이 날이 에게온에게는 큰 호의가 되지 못하는 듯했다. 에게온은 에페수스에 아는 이가 전혀 없으므로 낯선 사람이 벌금 천 마르크를 빌려주거나 희사할 가능성은 거의 없었던 것이다. 도울 이도 없고, 곤궁에서 벗어날 가능성도 없는 에게온은 간수의 감호 아래 공작의 면전에서 물러 나왔다.

에게온은 에페수스에서 아는 사람이 전혀 없다고 생각했다. 그러나 그가 작은아들을 찾아 철저히 나라들을 살피는 통에 목숨을 잃을 뻔했던 그 시간에, 작은아들과 큰아들이 모두 에페수스에 있었다.

에게온의 아들들은 얼굴이나 품성이 똑같은데다 이름도 똑같이 안티폴루스였으며, 두 하인도 똑같이 드로미오였다. 에게온의 작은아들 즉 에게온이 에페수스까지 찾으러 다녔던 시라쿠사의 안티폴루스는 우연히 하인 드로미오와 함께 에게온이 도착한 그날 에페수스에 도착했다. 그리고 그는 시라쿠사의 상인이기 때문에 아버지와 똑같은 위험에 처했을 법 하지만, 다행히도 친구를 만나 시라쿠사의 어떤 늙은 상인이 위험에 처하였으니 에피담눔의 상인인 척 하라는 충고를 들었다. 이 안티폴루스는 기꺼이 그 충고를 따랐다. 그런데 자기 나라 사람이 위험에 빠졌다는 이야기를 듣고 마음이 아팠다. 하지만 그는 늙은 상인이 자기 아버지일 것이라곤 꿈에도 생각하지 않았다.

에게온의 장남(그의 동생 시라쿠사의 안티폴루스와 구별하기 위해 에페수스의 안티폴루스라고 부르지 않을 수 없다)은 20년 동안 에페수스에서 살았고, 부자가 되어 아버지의 생명을 구할 속전을 지불할 수 있는 형편이었다. 그러나 안티폴루스는 자기 아버지에 관하여 전혀 알지 못했다. 너무 어려서 어머니와 함께 선원들에 의해 바다에서 구출되었던 탓에 기억하는 것이라곤 그

〈안티폴루스와 드로미오〉, 1816, 코글란

렇게 목숨을 건진 것뿐이었다. 그러나 그는 아버지나 어머니에 대한 기억이

전혀 없었다. 이 안티폴루스와 그의 어머니와 하인 드로미오를 건져 올린 선

원들은 두 아이를 그 어머니에게서 빼앗아다가 팔아 버렸던 것이다. 불행한

부인에게는 큰 슬픔이었다.

안티폴루스와 드로미오는 선원들에 의해 메나폰 공작에게 팔렸다. 그는 유명한 전사(戰士)로서 에페수스 공작의 아저씨였는데, 조카 에페수스 공작을 방문할 때 이 아이들을 에페수스로 데려갔다.

에페수스의 공작은 어린 안티폴루스에게 호감을 가졌고, 안티폴루스가 자라자 자기네 군대의 장교로 삼았다. 그리고 안티폴루스는 에페수스 군대에 소속되어 여러 전쟁에서 용맹을 떨쳐 유명해졌다. 자신의 후원자 공작의 생명을 전쟁에서 건졌던 것이다. 공작은 그 공로를 인정하여 그 상으로 에페수스의 부유한 여인 아드리아나와 결혼시켰다. 아버지가 에페수스에 왔을 때 안티폴루스는 아드리아나와 함께 살고 있었고, 물론 하인 드로미오도 그의 시중을 들었다.

시라쿠사의 안티폴루스는 에피담눔에서 왔다고 말하라고 충고해 준 친구와 헤어지고, 드로미오에게 얼마간의 돈을 주면서 저녁 식사를 할 여관에 미리 보냈다. 그러는 동안 그는 에페수스 시를 돌아다니면서 구경하다가 사람들의 모습을 관찰하겠다고 했다.

드로미오는 유쾌한 친구였다. 안티폴루스가 따분하고 우울해하면, 이상한 유머와 재미있는 농담으로 기분을 풀어 주곤 했다. 그래서 안티폴루스는 주인과 하인 사이에 보기 드물 정도로, 드로미오에게 말을 자유롭게 하도록 허락했다.

시라쿠사의 안티폴루스는 드로미오를 보내고, 어머니와 형을 찾아다니던 외로운 시간을 생각하고 있었다. 찾아가는 곳마다 아무런 소식을 접할 수 없었던 것이다. 그리고 그는 구슬프게 혼잣말을 던졌다. "나는 대양(大洋) 속의 물방울과 같구나. 다른 물방울을 찾다가 넓은 바다에서 길을 잃을 뿐인 물방울 말이다. 어머니와 형을 찾으려 하였으나 나도 불행하게 스스로를 잃고 말겠구나.”

시라쿠사의 안티폴루스가 지친 여로에 아무 소용없던 일들에 관하여 생각에 잠겨 있을 때, 드로미오가 돌아온 것 같았다. 안티폴루스는 드로미오가 너무 빨리 돌아와 이상하게 생각하며, 돈을 어디 두고 왔느냐고 물었다. 그런데 이 드로미오는 자기 하인 드로미오가 아니라 에페수스의 안티폴루스와 함께 사는 쌍둥이 형이었다. 에게온이 이야기했던 것처럼 두 안티폴루스와 두 드로미오는 너무도 닮았던 것이다. 그러므로 안티폴루스는 자기 하인이 돌아왔다고 생각하고 왜 그렇게 빨리 돌아왔느냐고 물었던 게 당연했다.

드로미오가 대답했다. “아씨께서 저녁 식사하러 오시라고 하는뎁쇼. 닭고기는 타고 돼지는 꼬챙이에서 떨어지는데, 주인님이 집에 돌아오시지 않으니 고기가 다 식을 겁니다.”

“무슨 엉뚱한 농담이냐, 돈을 어디다 두고 왔느냐?” 하고 안티폴루스가 말했다.

드로미오는 아씨가 저녁 식사에 안티폴루스를 모시고 오란다고만 대답할 뿐이었다.

“무슨 아씨냐?” 하고 안티폴루스가 물었다.

“아니, 주인님의 부인 말입니다” 하고 드로미오가 대답했다.

안티폴루스는 아내가 없었기 때문에 드로미오에게 무척 화가 나서 “내가 너를 친근히 하며 가끔 잡담을 한다고, 네가 주제넘게 이렇게 방자하게 내게 농을 걸어? 지금은 장난할 기분이 아냐. 돈 어디 있느냐? 이곳에서 우리는 나그네 신센데, 감히 네가 그렇게 큰 돈을 직접 간수하지 않고 함부로 놔두고 다니느냐?”

드로미오는 주인이라고 생각되는 사람이 나그네 신사라고 말하는 것을 듣고, 안티폴루스가 농담하는 것으로 생각하고는 유쾌하게 이렇게 대답했다. “주인님, 제발 저녁 식사나 들면서 농담하십시오. 저는 아무것도 맡은 것이 없고, 주인님을 모시고 와서 아씨와 아씨 동생분과 식사하시도록 하라는 분부를 받았는뎁쇼."

그러자 안티폴루스는 더 이상 참을 수 없어 드로미오를 쳤고, 드로미오는 집으로 달려가, 주인이 저녁 식사하러 집에 오지 않을 뿐더러 자기에게는 아내가 없다는 말을 했다며 아씨에게 아뢰었다.

에페수스의 안티폴루스의 아내 아드리아나는 남편이 자기에게 아내가 없다고 했다는 말을 듣고 무척 화가 났다. 그녀는 질투심이 많은 여자로 남편이 자기 말고 다른 여인을 더 사랑한다는 뜻으로 그렇게 했다고 말했다. 그리고 그녀는 안절부절못하고, 남편에 대한 질투와 비난의 말을 거칠게 내뱉었다. 그리고 함께 살고 있는 동생 루치아나가 언니의 근거없는 의심을 떨쳐 보려 했지만 헛수고였다.

시라쿠사의 안티폴루스가 여관에 가 보니 드로미오가 돈을 안전하게 갖고 있는 것을 보고, 드로미오가 거침없이 농담한 것을 다시금 꾸짖으려 했다. 그런데 마침 아드리아나가 안티폴루스에게 왔고, 그녀는 그가 자기 남편임을 의심하지 않고 자기를 낯선 사람 보듯 쳐다본다고 비난하기 시작했다(물론 그가 그렇게 하는 것은 당연했으니, 이 화난 여인을 전에 본 적이 없었던 것이다). 그러자 그녀는, 결혼하기 전에는 그가 자기를 참으로 사랑했는데 이제 자기 말고 다른 여자를 사랑한다고 말했다. "여보, 이게 어떻게 된 일이에요? 내가 당신의 사랑을 잃어버리다니 대체 어떻게 된 일이에요?"

"부인, 나한테 하시는 말입니까?" 하고 놀란 안티폴루스는 말했다. 그는 자기가 그녀의 남편이 아니며 에페수스에 도착한 지 불과 두 시간밖에 되지 않았다고 말했지만, 허사였다. 그녀는 함께 집에 돌아가자고 고집을 부렸다. 결국 안티폴루스는 달아날 수 없어서 그녀와 함께 자기 형의 집으로 갔고, 아드리아나와 그녀의 동생과 더불어 식사했다. 아드리아나는 남편이라 불렀고 그녀의 동생은 형부라고 불렀으니, 안티폴루스는 깜짝 놀라 자신이 꿈속에서 그녀와 결혼했던지 아니면 지금 꿈꾸고 있는 게 분명하다고 생각했다. 그리고 그들을 따라온 드로미오도 못지않게 놀랐다. 왜냐하면 자기 형의 아내인 요리 담당 하녀가 자기보고 남편이라고 우겼기 때문이다.

시라쿠사의 안티폴루스가 형수와 식사하고 있는 동안, 그의 형 그러니까 진짜 남편이 자기 하인 드로미오와 함께 식사하러 집에 돌아왔다. 그러나 하인들은 문을 열어 주지 않으려 했다. 여주인이 외부 사람을 일체 들여보내지 말라고 명령했기 때문이다. 그리고 그들이 거듭 문을 두드리며 안티폴루스와 드로미오라고 말하자, 하녀들은 그들을 보고 웃으면서 안티폴루스는 아씨와 저녁 식사를 들고 있고 드로미오는 부엌에 있다고 말해 주었다. 그들은 문이 부서져라 두드렸으나 들어갈 수 없었다. 결국 안티폴루스는 매우 화가 났으며, 웬 신사가 자기 아내와 저녁 식사를 하고 있다는 말에 놀라며 이상한 느낌을 가졌다.

시라쿠사의 안티폴루스는 저녁 식사를 마치자, 부인이 계속 자기를 남편이라고 부르고, 드로미오도 요리 담당 하녀에게 그런 대우를 받는 것을 보고 무척 당황하여 벗어날 구실만 있으면 그 집을 빠져나가려 했다. 물론 그는 그녀의 동생 루치아나에게는 무척 호감을 가졌지만 질투심이 강한 아드리아나는 아주 싫었으며, 드로미오도 부엌에 있는 자기 아내를 아주 싫어했다. 그래서 주인과 하인은 할 수 있는 대로 처음 보는 아내들에게서 도망치려 했다.

시라쿠사의 안티폴루스가 집을 떠나려는 순간, 금세공인을 만났다. 그는 아드리아나처럼 안티폴루스를 잘못 알고 그의 이름을 부르며 금목걸이를 주었다. 그리고 안티폴루스가 자기 것이 아니라며 그것을 받지 않으려 하자, 금세공인은 그의 주문으로 만든 것이라고 대답했다. 그리고 그는 안티폴루스의

"그들은 문이 부서져라 두드렸으나 들어갈 수 없었다." — 노먼 M. 프라이스

손에 그것을 쥐여주고 가 버렸다. 안티폴루스는 하인 드로미오에게 배에다 물건을 싣도록 명령했다. 너무도 이상한 일을 당한 나머지 마법에 홀렸다고 생각하고는 그 곳에 더 이상 머무르지 않으려 했던 것이다.

금목걸이를 엉뚱한 안티폴루스에게 준 금세공인은 빚진 돈 때문에 곧 체포되었다. 그런데 금세공인이 금목걸이를 주었다고 생각한 안티폴루스가 마침 관리에게 체포되어 있는 금세공인이 있는 곳에 나타났다. 그리고 그는 안티폴루스를 보고 방금 갖다 준 금목걸이의 대금을 지불해 달라고 부탁했다. 자신이 갚지 못한 돈과 금목걸이 대금은 금액이 거의 똑같았던 것이다. 안티폴루스는 금목걸이를 받지 않았다고 했고 금세공인은 불과 몇 분 전에 주지 않았느냐고 항변하며, 오랫동안 쟁론을 벌였고 둘은 자기가 옳다고 생각했다. 안티폴루스는 금세공인이 금목걸이를 절대 주지 않았다고 믿었고, 형제가 꼭 닮았기 때문에 금세공인은 자기가 틀림없이 금목걸이를 그의 손에 쥐여주었다고 확신했다. 마침내 관리는 빚을 갚지 못하는 금세공인을 감옥에 보냈고, 금세공인은 관리에게, 금목걸이의 대금을 청구하기 위하여 안티폴루스를 체포하도록 했다. 그래서 그들의 쟁론이 끝나갈 무렵, 그들은 함께 감옥에 가게 되었다.

안티폴루스가 감옥에 가면서, 동생의 하인인 시라쿠사의 드로미오를 만났는데 그를 자기의 하인으로 오해하고 자기 아내 아드리아나에게 가서 자기가 돈을 갚지 못해 체포되었으니 돈을 보내 달라고 말하라고 했다. 드로미오는 자기 주인이 저녁 식사를 하고 방금 서둘러 탈출한 그 이상한 집에 자기를 다시 돌려보내는 것을 이상하게 생각했고, 게다가 배가 떠날 준비가 되었다고 말하러 왔지만 감히 대꾸할 엄두를 내지 못했다. 그도 그럴 것이, 안티폴루스가 자기와 농담하는 분위기가 전혀 아니었기 때문이다. 그러므로 그는 아드리아나의 집으로 돌아가야 한다며 혼자서 투덜대면서 떠났다. "그 마누라가 나를 남편이라고 우기는 곳으로 가야 하다니. 하지만 할 수 없어. 모름지기 하인은 주인의 명령을 따라야 하는 법이거든."

아드리아나가 그에게 돈을 주었다. 그런데 드로미오는 돌아가려다가 시라쿠사의 안티폴루스를 만났고, 그는 여전히 이상한 일들을 당하고 놀란 상태였다. 왜냐하면 에페수스에서 그의 형은 유명한 인물이라 거리에서 만나는 사람마다 오래 전부터 알고 있는 듯이 그에게 인사를 했던 것이다. 어떤 사람은 그에게 진 빚이라며 돈을 건넸고, 어떤 사람은 한 번 만나자고 초대했고, 어떤 사람은 전에 베풀어 준 친절에 감사를 표시했다. 모두가 그를 그의 형으로 오해한 것이다. 한 재단사는 그를 위하여 산 비단을 보여 주며 옷 치수를 재자고 우겼다.

안티폴루스는 자기가 마법사와 마녀의 나라에 있다고 생각하기 시작했다. 게다가 드로미오마저 어떻게 감옥으로 끌고 가는 관리에게서 벗어났느냐고 묻고 아드리아나가 빚을 갚으라고 주었다고 하며 돈지갑을 주므로, 어지러운 생각에서 벗어나는 데 아무런 도움이 되지 못했다. 체포당해 감옥으로 가고 있었다는 드로미오의 말이나, 그가 아드리아나에게서 가지고 온 돈을 보니 안티폴루스는 생각이 완전히 뒤엉켜 이렇게 말했다. "드로미오 녀석도 정신나간 게 틀림없어. 그리고 우리는 이곳에서 환상 속을 배회하고 있어." 그는 혼란스러운 생각으로 잔뜩 겁에 질려 이렇게 소리쳤다. "무슨 복된 능력이 우리를 이 이상한 곳에서 구출해 주었으면!"

그러자 또 낯선 사람이 그에게 왔다. 어떤 여인이 와서는 그를 안티폴루스라고 부르며, 그날 자기와 같이 식사한 일을 이야기하며 자기에게 주겠다고 약속한 금목걸이를 달라고 했다. 안티폴루스는 자제심을 완전히 잃어버리고, 그녀를 마녀라고 부르며 자기는 금목걸이를 주겠다고 약속한 적이 없고, 식사도 같이 한 적이 없으며, 그 순간 이전에 그녀를 본 적이 없다고 주장했다. 여자는 그가 자기와 함께 식사를 했고, 금목걸이를 주겠다고 약속했다고 우겼고, 더 나아가 자기가 그에게 값비싼 반지를 주었으니 만일에 그가 금목걸이를 주지 않겠다고 한다면 자기의 반지를 돌려 달라고 했다.

이런 일을 만난 안티폴루스는 극도로 흥분하여 그녀를 마법사와 마녀라고 불렀고, 그녀나 그녀의 반지에 대하여 전혀 알지 못한다고 주장하며 그녀에게서 달아났다. 그러자 그녀는 그의 말이나 사나운 표정에 놀랐다. 그녀에게는 그가 자신과 함께 식사한 것과 금목걸이를 선물하겠다는 약속을 받고 자신이 그에게 반지를 준 것만큼 확실한 일이 없었던 것이다. 그러나 이 여자는 다른 사람들과 똑같은 실수에 빠졌다. 왜냐하면 그를 그의 형으로 착각했기 때문이었다. 결혼한 안티폴루스야말로 그녀가 지금의 안티폴루스와 시비를 가렸던 모든 일을 행한 장본인이기 때문이다.

결혼한 안티폴루스는 자기 집에 들어갈 수 없게 되자(집 안의 사람들은 그가 이미 집 안에 있는 것으로 생각했다), 질투심 강한 아내가 늘 하던 괴팍한 짓이라고 믿고서, 자기더러 다른 여자를 찾아다닌다고 엉뚱하게 비난한 일이 많았던 것을 기억하며 무척 화가 나서 가 버렸다. 자기를 집에 들어가지 못하게 한 아내에게 복수하느라고 이 여자를 찾아가서 식사했다. 그리고 자기 아내는 그를 매우 기분 상하게 했지만, 이 여자는 그를 환대했다. 안티폴루스는 이 여자에게 금목걸이를 주겠다고 약속했다. 사실 그 금목걸이는 아내에게 주려고 했던 것이다. 이 금목걸이는 바로, 금세공인이 잘못 알고 그의 동생에게 준 것이었다. 이 여자는 멋진 금목걸이를 갖게 될 생각에 너무 좋아서, 결혼한 안티폴루스에게 반지를 주었던 것이다.

그녀가 그의 동생을 그 사람이라고 착각하고 그렇게 말하자, 그의 동생은 자기는 그런 일이 없으며 그녀를 알지 못한다고 말했으며, 아주 사납게 흥분하며 그녀를 떠났다. 그래서 그녀는 그가 정신 나간 게 틀림없다고 생각하기 시작했다. 그리고 곧 그는 아드리아나에게 가서 그의 남편이 미쳤다고 말해 주려고 결심했다. 그녀가 아드리아나에게 그 사실을 말할 때, 그가 간수(형 안티폴루스가 집에 가서 돈을 받아 빚을 갚도록 허락해 주었다)와 함께 돈을 가지러 왔다. 그런데 아드리아나는 드로미오에게 그것을 보냈고 드로미오는 그것을 다른 안티폴루스에게 갖다 주었던 것이다.

남편이 자기를 보고 집에 들어가지 못하게 했다며 비난하자, 아드리아나는 그녀가 자기 남편이 미친 게 틀림없다고 한 이야기를 믿었다. 그리고 그가 저녁 식사 내내 자기가 그녀의 남편이 아니며 그날 이전에 에페수스에 온 적이 없다고 강변한 것을 기억하고, 의심할 나위 없이 그가 미쳤다고 생각했다. 그래서 그는 간수에게 돈을 지불하고 그를 풀어 주었으며, 하인들에게 남편을 줄로 묶으라고 명령하고 그를 어두운 방에 옮겨다 놓고 의사를 불러 남편의 광증을 치료하려 했다. 안티폴루스는 그러는 동안 내내 이 엉뚱한 트집에 거세게 항의했다. 동생과 똑같이 닮았다는 이유 때문에 그런 일을 당한 것이다. 그러나 그가 분노하자, 그들로서는 그가 미쳤다는 심증을 굳힐 수밖에 없었다. 그리고 드로미오가 똑같은 이야기를 고집하므로, 그들은 드로미오도 묶어서 주인과 함께 방에 두었다.

아드리아나가 남편을 가두어 놓은 직후, 한 하인이 와서 안티폴루스와 드로미오가 감시자의 눈을 피해 달아났다고 말했다. 왜냐하면 이웃 거리에서 자유롭게 활보하고 있기 때문이었다. 이 말을 들은 아드리아나는 하인들을 대동하여 그들을 무사히 집으로 데리고 오려고 달려나갔다. 아드리아나의 동생도 언니와 함께 갔다. 그들은 이웃에 있는 수녀원 문에서 안티폴루스와 드로미오를 보았다. 그들은 쌍둥이 형제가 꼭 닮은 사실에 그만 그렇게 착각한 것이다.

시라쿠사의 안티폴루스는 형과 닮은 사실 때문에 여전히 당황스러운 일에 사로잡혔다. 금세공인이 그에게 준 금목걸이가 그의 목에 걸려 있었고, 금세공인은 그가 금목걸이를 받지 않았다고 주장하고 그 돈을 주지 않으려 한 것을 비난했다. 안티폴루스는 금세공인이 아침에 자기에게 공짜로 금목걸이를 주었으며 그 때로부터 금세공인을 만난 적이 없다고 항변하고 있었다.

그러자 이번에는 아드리아나가 그에게 와서 그를 보고 감시자를 피해 도망친 자기의 미친 남편이라고 주장했다. 그녀가 대동한 하인들이 안티폴루스와 드로미오를 거칠게 잡으려 했다. 그러나 그들은 수녀원으로 도망쳤고, 안티폴루스는 수녀원장에게 수녀원에 피할 수 있도록 해 달라고 부탁했다.

그러자 수녀원장은 이 소동의 원인을 혼자서 추측해 보았다. 그녀는 신중하고 덕망높은 여인이었으며, 자신이 본 것을 지혜롭게 판단하였다. 그래서 그녀는 수녀원으로 피신한 사람을 성급히 내주지 않으려 했다. 그래서 그녀는 남편이 미쳤다고 하는 이야기에 관하여 꼼꼼히 질문하며 이렇게 물었다. "남편이 이렇게 갑자기 이상해진 원인이 무엇이에요? 그가 바다에서 재산을 잃었어요? 아니면 친한 친구가 죽어 그의 마음이 어지러워졌어요?"

아드리아나는 그런 일이 일어나지 않았다고 대답했다. "어쩌면 그가 당신 말고 다른 여인에게 애정을 갖게 되었을지 모르겠군요. 그래서 그가 이 지경이 되었을지 모르죠." 아드리아나는, 그가 다른 여자를 사랑하기 때문에 그가 자주 집을 비웠다고 오래 전부터 생각했노라고 대답했다. 그런데 안티폴루스가 집을 비우게 된 것은 다른 여자를 사랑하기 때문이 아니라 아내가 질투심에 바가지를 긁기 때문이었다.

그러자 수녀원장은 (아드리아나의 바가지가 심한 탓이라고 짐작하고) 진상을 알기 위하여 이렇게 말했다. "남편을 잘 단속하셨어야죠."

"물론 그랬죠" 하고 아드리아나가 대답했다.

그러자 수녀원장이 말했다. "그래도 미흡했던 모양이군요."

아드리아나는 자기가 남편에게 그 점에 관하여 충분히 지적한 것을 수녀원장에게 분명히 알려 주려고 이렇게 대답했다. "그건 항상 저희 부부의 화제였어요. 잠자리에 들어도 그것을 거론하지 않고는 잠을 자게 내버려 두지 않았어요. 그리고 식사할 때도 그것을 거론하지 않고는 식사를 하지 못하게 했구요. 단둘만 있을 때는 그것 말고 다른 이야기는 하지 않았어요. 사람들과 함께 있을 때도 그 점을 늘 암시해 주었어요. 저 말고 다른 여자를 사랑하는 것이 얼마나 야비하고 나쁜 일인지를 그에게 항상 이야기했어요."

수녀원장은 질투심 강한 아드리아나에게서 이 모든 자백을 듣고는 말했다. "그래서 당신 남편이 미치게 되었군요. 질투심 강한 여자의 독설은 미친개의 이빨보다 더 치명적인 독이죠. 아마 당신의 욕설에 그는 잠을 제대로 잘 수 없었던 것 같군요. 그의 머리가 핑핑 도는 것도 이상한 일이 아니죠. 식사할 때마다 당신의 바가지를 양념으로 드셨으니, 불편한 식사가 제대로 소화가 될 턱이 없어요. 게다가 남편을 이런 흥분 상태에 빠지게 했어요. 당신은 당신의 바가지로 남편의 오락이 방해를 받았다고 말하는데, 사교와 오락을 즐기지 못하니 단조로운 우울증과 쓸쓸한 낙망밖에 뭐가 찾아올 수 있겠어요? 그러니 그 결과 당신의 질투심 어린 발작이 남편을 미치게 만든 것이죠."

루치아나는 언니를 두둔하며, 언니가 항상 남편을 부드럽게 질책했다고 말하려 했다. 그리고 언니에게 "왜 이런 비난을 잠자코 듣기만 해요?" 하고 말했다. 그러나 수녀원장이 그녀의 잘못을 분명하게 직시하게 했기 때문에, 그녀는 "수녀원장님의 말씀을 듣고 보니 다 내 탓이야" 하고 대답할 수밖에 없었다.

아드리아나는 자신의 행동이 부끄럽긴 하지만, 여전히 남편을 자기에게 넘겨 달라고 요구했다. 그러나 수녀원장은 아무도 수녀원에 들여보내지 않으려 했으며, 부드러운 회복 수단을 사용할 작정으로 이 불행한 남자를 질투심 넘치는 아내에게 넘겨주지 않으려 했으며, 수녀원 문을 닫으라고 명령했다.

너무 똑같이 닮았다는 이유로 쌍둥이 형제에게 아주 많은 착각이 벌어졌던 이 다사다난했던 하루, 늙은 에게온이 말미로 받은 하루가 다 지나가고 있었고 이제 해가 뉘엿뉘엿 지고 있었다. 해가 지면 돈을 갚을 수 없는 그는 죽을 운명이었다.

사형장은 수녀원 근방에 있었다. 그리고 수녀원장이 수녀원으로 들어간 직후 그는 그곳에 도착했다. 공작은 누가 돈을 갚아 주면 그를 용서해 주려고 친히 와 있었다.

아드리아나가 이 우울한 과정을 중단시켰다. 그녀는 공작에게 재판을 호소하면서, 수녀원장이 미친 남편을 자기에게 넘겨주지 않는다고 말했다. 그녀가 말하고 있는 동안, 진짜 남편과 그의 하인 드로미오가 공작 앞에 와서 자기가 미치지도 않았는데 자기 아내가 자기에게 미쳤다는 혐의를 씌워 감금했다며 재판을 요구했다. 그리고 줄을 끊고 감시자의 경계를 피해 도망쳐 나왔다고 말했다. 아드리아나는 수녀원에 있어야 할 남편이 있는 것을 보고 깜짝 놀라며 이상한 느낌을 가졌다.

에게온은 아들을 보자, 이 아들이 자기 어머니와 아들을 찾아 나선 아들로 판단했다. 그리고 그는 이 귀한 아들이 자기의 속전에 필요한 돈을 갚아 주리라고 확신했다. 그러므로 그는 아버지의 사랑을 담아서 안티폴루스에게 말을 건네며, 아울러 이제 석방될 것이라는 즐거운 소망을 피력했다. 그러나 에게온은 깜짝 놀라지 않을 수 없었다. 그의 아들은 자기를 전혀 모른다고 주장했던 것이다. 그도 그럴 것이 이 안티폴루스는 어린 시절 폭풍우로 헤어진 이래 아버지를 전혀 보지 못했던 것이다.

그러나 가련하고 나이 든 에게온은 아들에게 자기를 확인시키려고 애를 썼으나 실패했고, 그가 너무 슬픔이 크고 걱정이 많아 아주 이상하게 변한 나머지 자기를 알아보지 못하거나 아니면 비참한 몰골을 한 아버지를 아는 체하는 것을 부끄럽게 여기고 있다고 생각했다. 이런 혼란의 와중에 수녀원장과 다른 안티폴루스와 드로미오가 나왔고, 아드리아나는 두 명의 남편과 두 명의 드로미오가 자기 앞에 서 있는 것을 보고 어안이 벙벙했다.

그리고 그들 모두를 그토록 당황스럽게 만든 이 수수께끼 같은 착오가 말끔히 해결되었다. 공작은 두 명의 안티폴루스와 두 명의 드로미오가 너무도 똑같이 생긴 것을 보고, 즉시로 이 수수께끼를 올바로 짐작했다. 왜냐하면 에게온이 아침에 해준 이야기를 기억했기 때문이다. 그리고 이들이 에게온의 두 아들과 그 하인임에 틀림없다고 말했다.

그러나 이제 에게온의 이야기는 예기치 못한 또 하나의 기쁨으로 막을 내렸다. 덕망높은 수녀원장이 오래 전에 잃어버린 에게온의 아내이며, 두 안티폴루스의 어머니인 사실을 밝혔기 때문이다. 그가 아침에 사형 선고를 받은 다음 슬픔 가운데 한 이야기는 해가 지기 전에 행복한 결말을 맺었다.

어부들이 형 안티폴루스와 드로미오를 그녀에게 빼앗아가 버렸을 때, 그녀는 수녀원에 들어갔고 지혜롭고 덕망높은 행동으로 결국 이 수녀원의 수녀원장이 되었다. 그리고 불행한 나그네를 환대하는 자비를 행하는 중에 자기 아들을 보호하게 되었던 것이다.

오랫동안 헤어져 지내던 부모와 자식들은 크게 기뻐하고 애정 어린 인사를 나누는 통에, 에게온이 사형 선고를 받은 상태임을 잊고 있었다. 그러나 조금 안정을 되찾았을 때, 에페수스의 안티폴루스가 공작에게 아버지의 생명에 대한 속전을 지불하려고 했다. 그러나 공작은 너그러이 에게온을 용서해 주었고 돈을 받지 않았다. 그리고 공작은 수녀원장과 새로 찾은 남편과 아이들과 더불어 수녀원에 들어가서 역경이 복된 결말로 끝난 이 행복한 가족의 이야기를 한가롭게 들었다. 그리고 두 명의 드로미오의 소박한 즐거움도 결코 지나칠 수 없는 일이었다. 그들도 서로 기뻐하고 인사를 나누었고, 서로가 자기 형제

"모두를 당황스럽게 만든 이 착오가 말끔히 해결되었다." — 아르튀스 샤이너

더러 잘 생겼다고 칭찬했고 (거울로 보듯이) 형제에게서 자신의 모습이 잘 생겨 보이는 것에 흡족해했다.

아드리아나는 시어머니의 훌륭한 조언에 큰 유익을 얻어, 이후로 부당한 의심을 갖지 않았고 남편을 질투하지 않았다.

시라쿠사의 안티폴루스는 형의 아내의 동생인 아리따운 루치아나와 결혼했다. 그리고 선량한 노인 에게온은 아내와 아들과 더불어 에페수스에서 오랜 세월 같이 살았다. 이 혼란스러운 일이 풀렸다고 해서 그 후에 절대 착각을 일으키지 않게 된 것은 아니었다. 간혹 지난날의 이상한 일들을 기억나게 하는 우스꽝스러운 실수가 벌어지곤 했다. 그래서 이 안티폴루스와 드로미오를 저 안티폴루스와 드로미오로 착각하여 유쾌하고 한바탕 즐거운 착각 희극이 연출되었던 것이다.

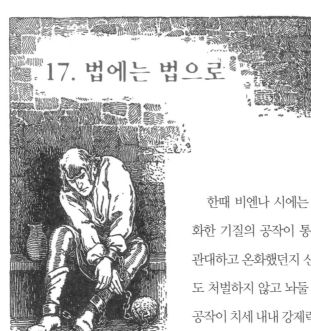

17. 법에는 법으로

한때 비엔나 시에는 매우 관대하고 온화한 기질의 공작이 통치했는데, 어찌나 관대하고 온화했던지 신민들이 법을 어겨도 처벌하지 않고 놔둘 정도였다. 특별히 공작이 치세 내내 강제력으로 실행한 적이 없어서 거의 모든 신민이 실제로 그런 것이 있는지도 모를 만한 법이 하나 있었다.

그것은 한 남자가 아내가 아닌 여자와 함께 살 경우 사형에 처하는 법이었다. 그리고 공작이 너그러운 탓에 이 법은 완전히 무시되었고, 결혼의 신성한 제도도 무시되었으며, 매일같이 젊은 딸을 둔 부모들은 비엔나에서 자기 딸들이 유혹에 빠져 부모의 보호에서 벗어나 독신 남자들의 여자가 되어 살고 있다는 고소를 공작에게 제기했다.

선량한 공작은 신민들 사이에 번져 가는 이 해악을 슬픈 마음으로 보고 있었다. 그러나 지금까지 관대한 태도를 취했는데 이제 와서 이 폐습을 막기 위해 갑자기 엄격하고 단호한 태도를 취할 경우 (지금까지 자기를 사랑했던) 백성들이 자신을 폭군으로 여기게 될 것이라고 생각했다.

그러므로 그는 공작의 자리를 잠시 비우기로 결심하고 다른 사람을 대리자로 삼아 전권을 행사하게 하여, 직접 평소와 다른 엄격한 태도로 백성들을 화나게 하지 않으면서 도의를 벗어난 연인들을 규제하는 법률을 시행하려 했다.

비엔나에서 엄격하고 엄정한 생활을 하여 성자라는 명성을 얻는 안젤로가 이 중요한 일을 맡을 적임자로 공작에 의해 선택되었다. 그리고 공작이 자신의 계획을 고문 에스칼루스 경에게 알려주자, 에스칼루스는 이렇게 말했다. "비엔나 사람으로서 그처럼 큰 명예를 경험할 만한 사람이 있다면, 그는 바로 안젤로 경입니다." 그러자 공작은 폴란드로 여행을 떠난다는 구실로 안젤로에게 자신의 부재중 대리자로 활동하도록 하고 비엔나를 벗어났다. 그러나 공작의 부재는 속임수에 불과했다. 왜냐하면 그는 성자처럼 보이는 안젤로의 행동을 몰래 감시하려는 의도로 몰래 비엔나로 돌아와 수도사 차림의 옷을 입고 지냈기 때문이다.

안젤로가 새로운 관직을 얻었을 바로 그때, 클라우디오라는 신사가 젊은 아가씨를 유혹하여 부모에게서 떠나게 만들었다. 그리고 신임 공작 대리자의 명령에 따라 클라우디오는 이 범행 때문에 체포되어 감옥에 갇혔고, 아주 오랫동안 무시당해 왔던 구법(舊法)에 따라 안젤로는 클라우디오를 교수형에 처하도록 선고했다. 젊은 클라우디오를 사면해 달라는 운동이 대대적으로 일어났고, 선량한 에스칼루스 경도 그를 위하여 중재했다. 그는 이렇게 말했다. "애석하지만, 제가 구출하고자 하는 이 신사에게는 덕망 높은 부친이 계시는데, 그를 봐서 젊은이의 범행을 용서해 주실 것을 부탁드립니다."

그러나 안젤로는 이렇게 대답했다. "우리는 법을 허수아비로 만들 순 없소. 언제까지나 같은 모양으로 놓아두면 마침내는 익어져서 나쁜 새들이 무서워하지도 않고 그 위에 내려앉기 마련이오. 클라우디오는 죽어야 하오."

클라우디오의 친구 루키오가 감옥에 갇힌 그를 찾아왔는데, 클라우디오가 그에게 이렇게 말했다. "루키오, 제발 이 부탁을 꼭 들어주게. 내 동생 이사벨에게 가 주게. 동생은 오늘 성 클레어 수녀원에 견습 인가를 받으러 가네. 동생에게 나의 절박한 처지를 알려 주고, 동생이 엄격한 공작 대리자에게 탄원해 달라고 부탁해 주게. 직접 안젤로 님에게 가라고 말해 주게. 거기에 큰 희망을 걸고 있네. 동생은 말솜씨가 훌륭하여 능히 설득할 수 있을 거야. 게다가 젊은 여인의 슬픔은 남자의 마음을 감동시키지 않겠나?"

클라우디오의 동생 이사벨은 오빠의 말대로 그날 수녀원에서 수련 수녀가 되었고, 수련 수녀로서 견습 기간을 마치고 수녀가 될 예정이었다. 그리고 수녀원의 규칙에 관하여 한 수녀에게 묻고 있는데, 루키오의 목소리가 들렸다. 그는 수녀원에 들어서면서 이렇게 말했다. "이곳에 평화가 있기를!"

이사벨은 "이 말씀을 하는 이가 누구일까요?" 하고 물었고, 수녀는 "남자의 목소리예요" 하고 대답했다. "이사벨, 그에게 가서 사정을 알아보세요. 나는 안 되니까 당신이 가세요. 면사포를 쓴 다음에는 수녀원장이 계실 때가 아니면 남자와 이야기해서는 안 된답니다. 그리고 이야기를 나눌 경우에는 얼굴을 보여서는 안 되며, 혹시 얼굴을 보인다면 말해서는 안 된답니다."

"수녀에게는 더 이상의 특권이 없나요?" 하고 이사벨이 물었다.

"이것으로 족하지 않나요?" 하고 수녀가 대답했다.

"그래요, 다만 성 클레어 수녀원에 더 엄격한 규정이 있었으면 했어요."

다시금 루키오의 소리가 들렸다. 그러자 수녀가 "또 부르고 있습니다. 어서 대답을 하세요" 하고 말했다.

그러자 이사벨은 루키오에게 가서 그의 인사에 화답하여 "평화와 번영이 있으시길! 누구세요?" 하고 말했다. 그러자 루키오가 경의를 표하면서 다가와서 말했다. "안녕하세요, 동정녀 맞죠. 두 뺨에 장밋빛이 도는 것을 보니 틀림없군요. 이 수녀원의 수련 수녀이며, 불행한 클라우디오라는 오빠를 둔 이사벨을 만나게 해 주세요."

"왜 불행한 오빠죠?" 하고 이사벨이 물었다. "왜냐하면 제가 그의 동생 이사벨이거든요."

"아리땁고 예의바른 아가씨, 오빠로부터 간절한 부탁을 받았습니다. 그는 감옥에 있습니다."

"큰일났군요! 무슨 죄 때문이죠?" 하고 이사벨이 물었다. 그러자 루키오는 클라우디오가 젊은 아가씨를 유혹한 죄로 감옥에 갇혔다고 말했다. "제 사촌 줄리엣 아닌가요?" 줄리엣과 이사벨은 친척이 아니지만, 학창시절의 우정을 기념하여 서로 사촌이라고 불렀다. 그리고 이사벨은 줄리엣이 클라우디오를 사랑하는 것을 알았기 때문에, 그녀가 그에 대한 사랑 때문에 이런 죄를 짓게 되었다며 걱정했다.

"그렇습니다" 하고 루키오가 대답했다. "그러면 오빠하고 줄리엣이 결혼 하면 되잖아요" 하고 이사벨이 말했다. 루키오는 클라우디오가 줄리엣과 결혼하기를 원하지만 공작 대리인이 사형 선고를 내렸다고 대답했다.

"당신의 아리따운 탄원으로 안젤로 님의 마음이 누그러진다면 모르는 일이죠. 이것이 당신과 당신의 가련한 오빠 사이에서 내가 맡은 용무요."

"어떡하지. 오빠에게 도움이 될 만한 능력이 내게 있을까요? 안젤로 님의 마음을 움직일 힘이 없는 것 같아요."

"우리의 의심이 우리의 반역자랍니다. 두려워서 시도하지 않는 바람에 얻을 수도 있는 유익을 잃어버리죠. 안젤로 님에게 가 보십시오! 처녀가 청원하며 무릎을 꿇고 울면, 남자는 신들처럼 뭐든지 베푼답니다."

"할 수 있는 데까지 해 보겠어요. 수녀원장님께 이 사실을 알려드린 다음 안젤로 님에게 가겠어요. 오빠에게 안부를 전해 주세요. 저녁 때에는 좋은 소식을 가지고 가겠어요."

이사벨은 궁전으로 급히 가서 안젤로 앞에 무릎을 꿇고 말했다. "각하께 슬픈 소청이 있어 왔으니, 제 말을 들어주십시오."

〈안젤로에게 자비를 호소하는 이사벨〉, 1793, 윌리엄 해밀턴 (1751-1801)

"네 소청이 무엇이냐?" 하고 안젤로는 말했다.

그러자 그녀는 오빠의 생명을 구하기 위하여 애간장을 끊는 듯한 말로 소청을 고했다. 그러나 안젤로는 이렇게 말했다. "아가씨, 어찌할 도리가 없소.

오빠는 선고를 받았고 따라서 죽어야 해.”

　“공정하지만 가혹한 법이로군요. 그럼 오빠는 죽은 목숨이군요. 부디 직무를 소중히 하십시오” 하고 이사벨은 말하고 자리를 떠나려 했다. 그러나 그녀와 함께 왔던 루키오가 말했다. “그렇게 하면 됩니까. 다시 한 번 애원해 보십시오. 무릎을 꿇고 각하의 소맷자락을 붙들고 늘어지셔야지. 당신은 너무 냉담해요. 바늘 하나가 필요해도 지금처럼 미지근한 말솜씨로는 안 되는 법이에요.”

　그러자 이사벨은 다시금 무릎을 꿇고 자비를 호소했다. 그러자 안젤로는 말했다. “오빠는 선고를 받았으니, 너무 늦었소.”

　이사벨이 말했다. “너무 늦었다고요? 아니에요. 말은 취소할 수 있어요. 제 말을 믿어 주세요, 각하. 위대한 인물에게 속한 예식이나 왕의 면류관이나 대리인의 검이나 장군의 지휘봉이나 재판관의 법복도, 자비의 절반에도 미치지 못하는 미덕이 됩니다.”

　“이제는 그만 돌아가도록 하시오!” 하고 안젤로가 말했다. 그러나 이사벨은 여전히 간청하며 말했다. “오빠가 각하이고 각하가 오빠라면, 각하가 오빠처럼 잘못을 했더라도 오빠는 당신처럼 그렇게 몰인정하지 않았을 것입니다. 만일 내가 각하의 권력을 갖고 있고 각하께서 이사벨이라면, 그러면 이렇게 되지 않았을 거예요. 재판관이 어떤 것이며, 죄인이 어떤 것인지를 각하에게 말씀드리고자 합니다.”

　“그만 됐소, 아가씨. 당신의 오빠를 정죄하는 것은 내가 아니라 법이야. 그가 내 친척 아니 내 동생 아니 내 아들이라고 해도, 마찬가지였을 거야. 내일 그는 죽어야 해” 하고 안젤로가 말했다.

　“내일이라고요? 그건 너무 급작스러워요. 오빠를 살려 주세요, 오빠를 살려 주세요. 오빠는 죽을 준비가 되지 못했어요. 식사를 준비해도, 때를 맞춰

"그녀의 말은 안젤로를 감동시켰다." — 노먼 M. 프라이스

짐승을 잡는 법입니다. 신에게 바치면서 천박한 우리의 음식보다 소홀히 다루어서는 안 되지 않겠습니까? 선하고 선하신 각하. 한 번 생각해 보세요. 오빠가 저지른 범죄를 많은 사람이 저질렀지만 그것으로 죽은 사람이 없질 않습니까? 그러면 각하는 이런 선고를 최초로 내린 사람이 될 것이며, 오빠는 그 선고를 받는 최초의 사람이 될 것입니다. 각하, 각하의 마음을 살펴보십시오. 마음의 문을 두드려 오빠의 잘못과 같은 것을 품고 있지 않은지 물어보십시오. 각하의 마음이 오빠처럼 본성적인 죄책을 고백한다면, 오빠의 생명을 죽이려는 생각을 내지 못하게 하십시오."

그녀의 마지막 말은 그 어떤 말보다 안젤로를 감동시켰다. 왜냐하면 이사벨의 아름다움을 보고 그의 마음에 죄책감이 일어났고, 안젤로는 클라우디오의 범죄와 같은 부끄러운 사랑에 대한 생각이 일어났기 때문이었다. 그리고 마음에 갈등이 일어나자 이사벨에게 등을 돌렸다. 그러나 이사벨이 뒤에서 그를 부르며 이렇게 말했다. "선하신 각하, 저 좀 보세요. 뇌물을 드리겠어요. 선하신 각하, 기다려 주세요."

"뭐라고 뇌물을 준다고!" 하며 안젤로는 자신에게 뇌물을 줄 생각을 했다는 데 놀라움을 금치 못했다. 이사벨은 말했다. "하느님이라도 기뻐하시고 함께 받아 주실 선물을 드리려 해요. 순금이나 사람의 기분 여하에 따라 가치가 커졌다 줄어졌다 하는 보석을 바치는 게 아니에요. 해가 뜨기 전에 하늘에 도달할 기도를, 영원한 것에 마음이 헌신된 자들의, 금식하는 동정녀의 기도를 바치고자 해요."

"내일 오라" 하고 안젤로는 말했다. 그리고 오빠의 사형 집행을 짧게나마 연기하고 다시금 알현할 기회를 얻고서, 이사벨은 마침내 그의 단호한 본성을 누를 것이라는 즐거운 희망을 안고 자리를 떠났다. 그녀는 자리를 떠나면서 이렇게 말했다. "각하의 명예가 안전하시기를! 하늘이 각하의 명예를 보호하시기를!"

안젤로는 그 말을 듣고 속으로 이렇게 말했다. '아멘, 그대와 그대의 덕으로부터 구해 주시기를.' 그런 다음 자신의 사악한 생각에 깜짝 놀라 이렇게 말했다. "대체 이게 뭔가? 대체 이게 뭐란 말인가? 내가 그녀를 사랑하는가? 그녀의 말을 다시 듣고 그녀의 눈을 구경하고 싶어하는 게 아닌가? 내가 무엇을 꿈꾸고 있는가? 인류의 교활한 원수가 성녀를 낚아채려고 성자를 미끼로 삼는군. 음란한 여자 때문에 내 마음이 흔들린 적이 없는데. 그러나 이 덕스러운 여자는 나를 완전히 정복하는군. 지금까지 색욕에 빠진 남자를 보면 냉소하고 이상하게 생각했는데."

그날 밤 안젤로는 마음의 죄악적인 갈등으로 자신이 엄한 선고를 내린 죄수보다 더 괴로워했다. 한편 클라우디오는 선량한 공작의 방문을 받았는데, 공작은 수도사의 옷을 입고 클라우디오에게 참회와 평화의 말씀을 전하면서 젊은이에게 하늘로 가는 길을 가르쳤다.

그러나 안젤로는 우유부단한 죄책감의 고통을 내내 느꼈다. 때로는 이사벨을 유혹하여 순결과 명예의 길에서 벗어나게 하고 싶었고, 때로는 의도적인 범죄에 대한 생각 때문에 후회와 두려움이 엄습했다. 그러나 결국 그의 사악한 생각이 승리를 거두고 말았다. 그리고 조금 전만 해도 뇌물을 준다는 말에도 깜짝 놀랐던 그가 아주 값비싼 뇌물로, 오빠의 생명이라는 귀한 선물로 이 아가씨를 유혹하려 했다. 그녀가 거절할 수 없을 정도로.

아침이 되어 이사벨이 왔을 때, 안젤로는 그녀와 단둘이서만 있기를 바랐다. 그래서 자신에게 온 그녀에게, 줄리엣이 클라우디오에게 했듯이 순결한 정절을 자기에게 바치고 범죄한다면 오빠의 생명을 살려 주겠다고 했다. 안젤로가 말했다. "이사벨, 내가 그대를 사랑하기 때문이오."

그러자 이사벨이 말했다. "오빠는 줄리엣을 무척 사랑했어요. 그러나 당신은 그것 때문에 오빠가 죽어야 한다고 말씀하셨어요."

"그러나 줄리엣이 밤에 부친의 집을 벗어나 클라우디오를 찾아갔듯이 그대가 밤에 몰래 나를 찾아온다면 클라우디오는 죽지 않을 거요."

이사벨은 그가 오빠에게 사형 선고를 내린 그런 범죄에 자신을 빠뜨리려고 한다는 말에 깜짝 놀라, 이렇게 말했다. "저 역시 오빠를 위해서라면 기꺼이 고통을 받겠습니다. 사형 선고를 받는다 해도, 아무리 지독한 채찍 자국이라도 루비로 여기고, 저승길도 간절히 기다리던 잠자리에 드는 것처럼 갈 것이지만 절대 이런 수치에는 굴복하지 않겠습니다."

그녀가 그렇게 말했을 때, 그가 자신의 덕을 시험하려고 이런 말을 할 뿐이기를 바랐다. 그러나 그는 "내 말을 믿어 주시오. 나의 명예를 걸고 진실로 요구하고 있는 것이오" 하고 말했다. 이사벨은 그가 그처럼 부끄러운 목적에 명예라는 말을 사용하는 것을 듣고 마음속에 사무치도록 분노하며 말했다. "명예 같지도 않은데 믿으라고요? 그렇게 사악한 목적을. 안젤로, 세상에 퍼뜨릴 테니 두고 보세요. 오빠의 사면장에 즉시 서명해 주세요. 아니면 당신이 어떤 사람인지를 온 세상에 큰 소리로 알리겠어요."

"이사벨, 누가 네 말을 믿을까?" 하고 안젤로가 말했다. "순결한 내 이름, 나의 금욕적인 생활, 네 말을 모조리 막아낼 나의 말이 네 고소를 제압할 것이다. 내 뜻에 따름으로써 네 오빠를 구해라. 아니면 내일 죽을 것이다. 네가 무엇이라고 말해도 나의 거짓된 뜻이 네 진실한 이야기를 능가할 것이다. 내일 내게 대답해라."

"누구에게 호소할까? 내가 말한들 누가 내 말을 믿어 줄까?" 하고, 이사벨은 오빠가 갇혀 있는 적막한 감옥으로 가면서 말했다. 이사벨이 도착했을 때, 그녀의 오빠는 공작과 경건한 대화를 나누고 있었다. 그는 물론 수도사의 옷을 입고 줄리엣도 이미 방문한 터였으며 범죄한 연인들에게 그들의 잘못을 올

바로 깨닫게 했다. 그리고 불행한 줄리엣은 눈물과 참된 참회의 심정으로 자신이 클라우디오보다 더 잘못이라고 고백했다. 왜냐하면 그의 수치스러운 유혹에 기꺼이 동의했기 때문이다.

이사벨은 클라우디오가 갇혀 있는 방에 들어서며 인사했다. "이곳에 평화가 있기를, 은혜와 선한 교제가 있기를!"

변장한 공작이 말했다. "게 뉘시오? 들어오시오. 고마운 기원을 해 주셨으니 기꺼이 환영을 받으시오."

"오빠 클라우디오와 한두 마디 이야기를 나누고 싶어요" 하고 이사벨이 말했다. 그러자 공작은 두 사람만 남겨 놓고 떠났고, 죄수들을 책임 맡은 간수에게 그들의 대화를 엿들을 수 있는 곳에 있게 해 달라고 했다.

"이사벨, 무슨 좋은 소식 있니?" 하고 클라우디오가 말했다. 이사벨은 내일 있을 사형을 준비하라고 말해 주었다. "무슨 방도가 없을까?" 하고 클라우디오가 말했다. "물론 있어요, 오빠. 그러나 오빠의 명예가 박탈당하고 벌거벗은 채로 남아도 좋다면 방도가 있어요" 하고 이사벨이 말했다.

"요점을 말해 줘."

"오빠, 오빠가 걱정돼요. 혹시 오빠가 살기를 바라고 영원한 명예보다 목숨을 부지하기 위해 6년, 7년의 부질없는 기간을 더 소중히 여기지 않을까 몸이 떨려요. 죽을 마음이 없죠? 죽는다고 생각하는 동안이 가장 두려운 법이에요. 우리의 발에 짓밟히는 가련한 벌레도 거인이 죽을 때만큼 큰 고통을 느끼죠."

"왜 나를 이렇게 모욕하는 거니? 미사여구의 상냥한 말에 결심할 사람으로 보이니? 내가 죽어야 한다면 신부를 맞듯이 어둠을 맞이하고 내 팔로 안으련다."

"그래야 오빠다우시죠. 아버지께서 무덤에서 하신 말씀이에요. 그래요.

〈클라우디오와 이사벨〉, 윌리엄 홀먼 헌트 (1827~1910)

오빠는 죽어야 해요. 하지만 오빠, 이것 좀 생각해 보세요. 겉으로는 성자인 척하는 공작 대리인은, 내가 순결한 정조를 자기에게 바치면 오빠의 생명을 살려 주겠다고 했어요. 차라리 내 목숨이라면, 바늘 하나 버리듯 오빠를 위하여 기꺼이 버릴 거예요."

"고맙다. 이사벨."

"내일, 죽을 준비를 하세요."

클라우디오가 말했다. "죽음은 두려운 것이다."

"그러나 부끄러운 생명은 가증스러운 것이에요" 하고 동생이 대답했다.

그러나 죽음에 대한 생각이 클라우디오의 평온하던 마음을 압도했다. 그리고 죄인이 죽을 때에야 알게 되는 그런 공포가 엄습하자, 그는 이렇게 소리쳤다. "이사벨, 나 좀 살려 다오. 오빠의 목숨을 건지기 위하여 죄를 짓는 것이라면 자연(自然)은 그것을 용서하여 미덕으로 해줄 것이다."

"오, 믿지 못할 비겁한 인간! 파렴치한 사람! 동생의 수치로 오빠의 목숨을 부지하시려고요? 이런, 이런, 이런! 오빠, 오빠를 명예를 아는 사람이며, 목숨이 스무 개가 되어 스무 번 참수형을 당해도 동생이 수치를 당하기 전에 기꺼이 그 모두를 내놓을 사람으로 생각했어요."

"아니, 내 말을 들어봐라. 이사벨" 하고 클라우디오는 말했다. 그러나 그가 동생의 수치를 힘입어 목숨을 부지하려고 자신의 연약함을 변호하는 말을 하려 했지만, 공작이 들어와 중단되고 말았다.

공작은 말했다. "클라우디오, 자네와 동생 간에 나눈 이야기를 내가 엿들었네. 안젤로 님이 그녀를 타락시킬 목적은 절대 아니었네. 그가 말한 것은 자네 여동생의 덕을 시험해 보려고 한 것일 따름일세. 자네 여동생은 명예의 진실을 품고 있어서, 안젤로 님이 가장 받고 싶어하는 품위 있는 거절의 의사를 그에게 보여 준 것일세. 그가 자네를 용서해 줄 소망은 없네. 그러니 기도하며 남은 시간을 보내게. 그리고 죽음을 준비하게."

그러자 클라우디오는 자신의 연약을 뉘우치고, 이렇게 말했다.

"동생에게 용서를 구해야겠습니다. 살고 싶은 마음이 없어요. 어서 목숨을 버리고 싶어요."

클라우디오는 자신의 잘못으로 수치감과 슬픔에 압도되어 퇴장했다.

이제 공작은 이사벨과 단둘이만 있게 되었고, "그대를 아리땁게 만든 손이 그대를 선하게 만드셨습니다" 하고 그녀의 덕스러운 결심을 칭송했다.

"선량한 공작님이 안젤로에게 감쪽같이 속고 있어요. 그분이 돌아오시면 그분께 말씀을 드리고 죄다 폭로할 텐데." 이사벨은 자신이 벼르던 대로 폭로하고 있는 줄을 전혀 알지 못했다.

공작이 대답했다. "그것도 좋지요. 허나 지금 같아서는 안젤로 님이 당신의 고소를 반박할 거요. 그러니 나의 조언에 귀를 기울여 주시오. 확신하지만 당신이 그 방법을 따르면, 학대받는 부인을 돕고 당신 오빠를 분노한 법에서 건지고, 당신의 지극히 덕스러운 인품에 누를 끼치지 않고 부재중인 공작님도 돌아와서 이 일을 알면 크게 기뻐하실 것이요."

이사벨은, 나쁜 일만 아니면 무엇이든 할 용의가 있노라고 말했다. "덕은 담대하고 결코 두려워하지 않는 법"이라고 공작이 말했다. 그런 다음 그는 이사벨에게 바다에 빠져 죽은 위대한 군인 프레드릭의 누이 마리아나에 대하여 들은 적이 있느냐고 물었다. "그 부인에 관한 이야기를 들은 적이 있어요. 평판이 자자하더군요."

공작이 말했다. "그 부인은 안젤로 님의 부인이오. 그러나 그녀의 결혼 지참금이 오빠가 운명한 배에 있었으니, 이 일이 가련한 부인의 마음을 얼마나 짓눌렀겠소. 동생을 아끼고 지극히 다정했던 참으로 고결하고 유명한 오빠를 잃은 데다가, 자신의 재산을 날려 군자 같은 남편의 사랑을 잃게 되었던 것이오. 안젤로 님은 덕망높은 부인에게 수치스러운 일을 발견한 척하고(물론 진짜 이유는 결혼 지참금을 잃은 것이었소) 눈물을 뿌리는 부인을 내버려 두고 위로의 말로 닦아 주지 않았소. 그의 부당한 몰인정은 부인의 사랑을 차갑게 만들 법한데, 격류를 막는 장애물처럼 부인의 사랑을 더욱 맹렬하게 만들었고, 마리아나는 도도한 강물처럼 첫사랑을 쏟아 변함없이 잔인한 남편을 사랑하고 있다오."

그런 다음 공작은 자신의 계획을 더욱 분명하게 밝혔다. 이사벨이 안젤로 경에게 가서 그가 바라는 대로 한밤중에 그를 찾겠다고 동의하는 척하고, 약속한 사면을 받아내는 것이었다. 그리고 마리아나가 대신에 약속한 날 가서 어둠 속에서 이사벨 대신 안젤로에게 자기의 몸을 맡기는 것이었다.

변장한 수사는 말했다. "이사벨, 두려워하지 말고 이 일을 행하시오. 안젤로 님은 그녀의 남편이며, 두 사람을 만나게 하는 것은 하등의 죄가 아니오."

이사벨은 이 계획에 흡족해하며 지시한 대로 일을 하러 떠났다. 그리고 공작은 마리아나에게 자기들의 계획을 알려 주러 갔다. 그는 이미 변장한 몸으로 이 불행한 부인을 찾아서, 신앙적인 교훈과 다정한 위로를 주었었다. 방문할 때마다 그는 그녀에게서 슬픈 처지에 관한 이야기를 들었다. 그러자 그녀는 그를 거룩한 사람으로 존경하고 그의 지시를 받아 이 일을 하겠다고 선뜻 동의했다.

이사벨이 안젤로를 만난 다음 공작과 만나기로 약속한 마리아나의 집에 가니, 공작이 이렇게 말했다. "잘 만났소. 어서 오시오. 공작 대리인과의 일은 어떻게 됐소?"

이사벨은 어떻게 문제를 해결했는지 이야기했다. "안젤로 님의 집에는 벽돌담으로 둘러싸인 정원이 있는데, 그 서쪽에 포도원이 있고 포도원 쪽으로 문이 있어요."

그러자 그녀는 안젤로에게 받은 열쇠를 공작과 마리아나에게 전달했다. 그리고 이렇게 말했다. "큰 열쇠는 포도원 문을 여는 것이고, 다른 열쇠는 포도원에서 정원으로 가는 작은 문을 여는 것이에요. 한밤중에 그를 찾겠다고 약속해 두었고, 오빠의 목숨을 보장한다는 확답을 받았어요. 장소에 관해서는 세심하게 설명해 주었어요. 속삭이는 목소리로 무척 켕기는 듯하지만 차근차근하게 두 번에 걸쳐 그 길을 말해 주었어요."

"마리아나가 알아두어야 할 두 사람 간에 달리 약속한 표시는 없나요?" 하고 공작이 물었다. "전혀 없어요. 그저 캄캄한 밤에 가면 그만이에요. 시간이 많지 않다고 일러두었어요. 왜냐하면 하녀가 나와 함께 갈 것이며 하녀는 내가 오빠 일로 들른 줄로 믿을 것이라고 생각하게 해 두었어요."

공작은 그녀의 사려깊은 일 처리를 칭찬했고, 그녀는 마리아나를 보며 이렇게 말했다. "안젤로 님에게는 별달리 해주실 말씀은 없고, 다만 떠날 때 부드럽고 낮은 목소리로 오빠의 일은 잊지 마세요라고 해주세요."

마리아나는 그날 밤 이사벨의 인도를 받아 약속된 장소로 갔고, 이사벨은 짐작했던 대로 이런 방책을 통하여 오빠의 생명과 자신의 정조를 보존하게 되어 기뻤다. 그러나 공작은 오빠의 목숨이 안전한 것으로 만족하지 않았다. 그래서 한밤중에 그는 다시 감옥으로 찾아갔고, 이는 클라우디오 때문이었다. 그렇지 않았더라면 클라우디오는 그날 밤에 참수당했을 것이다. 공작이 감옥에 들어온 바로 다음에 잔인한 공작 대리인에게서 명령이 떨어졌는데, 클라우디오를 참수하고 그의 목을 아침 5시까지 자기에게 가지고 오라는 것이었다.

그러나 공작은 간수를 설득해서 클라우디오의 사형 집행을 연기하고, 그날 아침 감옥에서 죽은 남자의 머리를 갖다 줌으로써 안젤로를 속이게 했다. 그리고 간수를 설득하여 이 일을 행하게 하려고, 공작은 공작이 친필로 쓰고 인장으로 날인한 편지를 간수에게 보여 주었다. 간수는 변장한 공작을 변장

그대로 수사로 보았기 때문이다. 간수는 그것을 보자, 이 수도사가 부재중인 공작으로부터 비밀 명령을 받았다고 판단하고, 따라서 클라우디오의 목숨을 살려 주기로 했다. 그리고 그는 죽은 남자의 머리를 잘라 안젤로에게 갖다 바쳤다.

그런 다음 공작은 자기 이름으로 안젤로에게 편지를 썼는데, 내용인즉, 갑작스러운 사고가 생겨서 여행을 중단하게 되었으며 내일 아침에 비엔나에 당도할 테니 도성 입구에서 만나 공작의 권한을 이양하라고 했다. 그리고 공작은 다음의 내용을 공포토록 했다. 만일 신민 가운데 누가 부당한 일의 시정을 원하면 자신이 처음으로 도성에 들어갈 때 거리에서 청원하라는 것이었다.

아침 일찍이 이사벨은 감옥에 갔고, 그녀가 오기를 기다렸던 공작은 몇 가지 은밀한 이유 때문에 클라우디오가 참수당한 것으로 그녀에게 알리는 것이 좋겠다고 생각했다. 그러므로 이사벨이 안젤로가 오빠의 사면장을 보냈느냐고 묻자, 공작은 "안젤로 님이 클라우디오를 이 세상에서 풀어놓아 주셨소. 그의 머리가 잘려 공작 대리인에게 보내졌소" 하고 말했다.

큰 슬픔에 빠진 이사벨은 통곡했다. "불행한 클라우디오, 비참한 이사벨, 무자비한 세상, 지극히 사악한 안젤로!" 수도사로 변장한 공작은 그녀에게 울음을 그치라고 했다. 그리고 그녀가 조금 진정하자, 그는 공작이 돌아올 것이라는 소식을 알려 주고, 어떤 식으로 안젤로에 대한 고소를 제기할 것인지를 말해 주었다. 그리고 그는 한동안 소송이 불리하게 돌아가더라도 두려워하지 말라고 했다. 이사벨에게 충분히 지시한 다음, 그는 마리아나에게 가서 어떤 식으로 처신할지 조언했다.

그런 다음, 공작은 수사의 옷을 벗어버리고 공작의 의관을 입고, 그의 도착을 축하하기 위하여 모인 충성스러운 신민들의 환호를 받으며 비엔나 시에 들어서서, 안젤로를 만나 정당한 방식으로 공작의 권한을 전달받았다. 그리고 이사벨이 시정을 요구하는 청원자로서 나와 이렇게 말했다.

"재판하여 주십시오. 공작 각하! 저는 클라우디오라는 사람의 동생인데, 그는 젊은 아가씨를 유혹한 죄로 참수형에 선고되었습니다. 저는 오빠의 사면을 위하여 안젤로 경에게 호소했습니다. 어떻게 애원하고 무릎을 꿇었는지, 안젤로 님이 어떻게 나를 내쫓았는지, 내가 어떻게 대답했는지는 긴 이야기여서 생략하고 부끄럽고 슬픈 결과만 여쭙겠습니다. 안젤로 님은 제가 부끄러운 정욕에 굴복하지 않으면 오빠를 방면해 주지 않겠다고 했습니다. 그래서 속으로 갈등이 심했지만, 동생으로서의 연민이 저의 순결을 눌러 버렸고 결국 저는 안젤로 님의 뜻을 따랐습니다. 그러나 다음 날 아침 일찍 안젤로 님은 약속을 저버리고 가련한 오빠의 목을 베라는 명령을 내렸습니다."

공작은 그녀의 이야기를 믿지 않는 체했다. 그리고 안젤로는 공정한 법 집행에 따라 이루어진 오빠의 죽음이 너무 슬퍼서 그녀가 정신을 잃었다고 말했다. 그러자 다른 소송인이 왔는데, 마리아나였다. 마리아나는 말했다. "귀하신 공작님, 빛이 하늘에서 내리고 진실이 입에서 나오듯이, 또 진실에 이치가 있고 미덕에 진실이 있듯이, 저는 이분의 아내입니다. 그리고 각하, 이사벨의 말은 틀렸습니다. 이사벨이 안젤로 님과 함께 있었다고 말하는 그날 밤에, 실은 제가 정원 집에서 안젤로 님과 함께 보냈습니다. 이것이 사실이므로 힐책이 없을 줄로 알고 이만 일어서겠습니다. 그렇지 않다면 여기에 대리석 석상이 될 것입니다."

그러자 이사벨은 로도윅 수도사에게 말한 것이 사실이라고 호소했다. 로도윅은 공작이 변장할 때 사용했던 이름이었다. 이사벨과 마리아나는 그의 지시를 따랐고, 공작은 이사벨의 무죄를 비엔나의 모든 시민 앞에서 널리 입증할 의도였었다. 그러나 안젤로는 그런 이유로 그들의 이야기가 달랐다는 것을 꿈에도 생각하지 못했고, 그들의 상반되는 증거를 들어 이사벨의 고소에서 자신을 지킬 수 있기를 바랐다. 그리고 그는 무죄한 자신의 명예가 손상된 듯한 표정을 지으며 말했다.

"지금까지 웃고만 있었습니다만, 각하, 여기서 저의 인내는 바닥났습니다. 그리고 이 가련하고 정신 나간 여인들이 유력한 자에게 매수당한 앞잡이에 불과하다는 판단이 듭니다. 실상을 규명할 수 있도록 허락해 주십시오."

"기꺼이 허락하겠소. 그리고 원하는 대로 처벌하시오. 에스칼루스 경은 안젤로 경과 함께 이 모함의 출처를 조사해 주시오. 그들을 선동한 수도사가 있다고 하니 그가 오면 훼손된 명예를 충분히 회복할 수 있도록 어떠한 응징이라도 하는 것이 좋겠소. 나는 잠시 자리를 뜰 것이니, 안젤로 경은 이 명예 훼손 사건을 완전히 재판할 때까지 자리를 뜨지 마시오."

그런 다음 공작은 자리를 떠났고, 안젤로는 자기 사건의 대리재판관이 되어 마음이 흡족했다. 그러나 공작이 자리를 비운 것은, 공작의 의관을 벗고 수사의 옷을 입기 위함이었다. 그리고 다시금 변장한 다음 그는 안젤로와 에스칼루스 앞에 모습을 드러냈다. 그리고 안젤로가 무고하게 기소된 것으로 생각한 선량한 에스칼루스는 이 수도사에게 말했다. "앞으로 나오시오. 그대가 이 여자들을 선동하여 안젤로 경을 비방했는가?"

그가 대답했다. "공작님이 어디 계신지요? 그분께 제 말씀을 드려야겠습니다." 그러자 에스칼루스가 말했다. "공작님이 우리에게 하명하셨으니, 우리에게 말하시오. 이실직고하시오."

수도사는 "단도직입적으로 말씀드리겠습니다" 하고 응수했다.

그리고 그는 이사벨이 고소한 사람의 손에 이사벨의 사건을 맡긴 공작을 비난했고, 자신이 그동안 비엔나에서 방관자로서 보아 온 많은 부패상을 아무 거리낌 없이 말했다. 에스칼루스가 국가를 모독하는 말을 하고 공작의 품행을 비난했으니 고문을 받아야 한다고 위협했다. 그리고 그를 감옥에 집어넣으라고 명령했다. 그 때 참석한 사람들의 눈이 동그래졌으며, 안젤로는 당혹감을 감출 수 없게 되었다. 수사가 변장한 옷을 벗었는데, 그는 다름 아닌 공작이었던 것이다.

공작은 먼저 이사벨에게 인사하고 이렇게 말했다. "이리 오라, 이사벨. 수도사로 여겼던 사람이 실은 네 영주로구나. 그러나 변한 것은 내 옷이지, 내 마음이 아니다. 나는 여전히 너를 보살피겠다."

"용서해 주세요. 종인 제가 영주님을 심부름시키고 수고를 끼쳐 드렸습니다."

공작은, 자신이 누구보다 이사벨에게 용서를 받아야 한다고 말했다. 그 이유는 오빠의 죽음을 막지 못했기 때문이라 했다. 그러나 그는 클라우디오가 살아 있다는 것을 아직 말해 주지 않으려 했다. 그 의도는 먼저 이사벨의 선한 마음을 좀 더 시험해 보기 위함이었다. 이제 안젤로는 공작이 자신의 나쁜 행실을 은밀히 지켜보고 있었음을 알고, 이렇게 말했다.

"각하, 각하께서 신과 같이 저의 행동을 굽어살피신 것을 알면서 감출 수 있다고 생각한다면 죄를 더하는 것밖에 무엇이겠습니까? 그러니 선량하신 영주님, 더 이상 저의 수치를 드러내지 마시고, 저의 자백을 심문으로 삼으시고, 즉시 선고를 내리사 사형에 처해 주시기만을 바랄 뿐입니다."

공작이 대답했다. "안젤로, 그대의 잘못은 명백하다. 나는 클라우디오를 죽음에 처한 그 단두대에서 그대를 사형시킬 것을 선고한다. 지체 없이 끌어내라. 그리고 마리아나, 그의 재산은 몰수되어야 하나, 더 좋은 남편을 맞을 수 있도록 과부가 되는 그대에게 상속되게 하겠다."

"영주님, 저는 다른 남자를, 더 좋은 남자를 원치 않습니다." 그리고 이사벨이 클라우디오의 목숨을 간청했을 때처럼 배은망덕한 남편의 아내는 무릎을 꿇고 안젤로의 목숨을 간청했다. "이사벨 양, 내 편이 되어 함께 청원해 주세요. 그러면 죽는 날까지 당신을 위하여 목숨을 바치고 보답하겠어요.”

공작이 말했다. “되지도 않는 말로 이사벨을 귀찮게 하는구나. 이사벨이 무릎을 꿇고 자비를 구한다면, 그 오빠의 영혼이 무덤에서 깨고 나와 격분하여 그녀를 데리고 갈 것이다.”

그래도 마리아나는 말했다. “이사벨 양, 무릎을 꿇지 않아도 되니 손이라도 들어 주세요. 말씀은 하지 않아도 돼. 제가 탄원하겠어요. 아무리 착한 사람이라도 과실은 있는 법이라 하지 않아요? 게다가 대개는 조금씩 나쁜 짓을 해야만 나중에 더 훌륭해질 수 있다고 합니다. 제 남편도 그렇습니다. 이사벨 양, 함께 무릎을 꿇어 주지 않겠어요?”

그러자 공작이 말했다. “클라우디오를 죽인 죄로 그는 죽는 거요.” 그러나 선량한 공작은 자비롭고 명예로운 행동을 하리라고 기대했던 이사벨이 자기 앞에 무릎을 꿇고 다음과 같이 말하자 크게 흡족했다.

“관대하신 영주님, 영주님이 원하신다면 선고받은 이 사람을 제 오빠로 봐주세요. 이분이 저를 보기 전까지는 직분에 충직했다는 생각도 들어요. 그러니 그를 죽이지 마세요. 제 오빠는 죽을 일을 해서 죽었으니 그건 정당한 일이에요.”

공작은 원수의 목숨을 구하는 이 고결한 청원자에게 최상의 보답으로, 감옥에서 자신의 운명이 어떻게 될지 의심하고 있던 클라우디오를 그녀 앞에 데려왔다. 그리고 공작은 이사벨에게 말했다. “당신의 손을 이리 주시오, 이사벨. 사랑 많은 당신 때문에 내가 클라우디오를 사면하겠소. 나의 사람이 되겠다고 말하시오. 그러면 그는 내 동생이 될 것이오.”

이때부터 안젤로 경은 자신의 목숨이 안전하다고 느꼈다. 그리고 공작은 그의 눈이 조금 밝아진 것을 보고 말했다. “안젤로, 아내를 사랑하시오. 그녀의 덕으로 그대 목숨을 건졌으니. 마리아나, 기뻐하시오. 안젤로, 이미 말했듯이, 나는 그대 아내의 덕을 잘 알고 있소."

안젤로는 짧은 기간 권좌에 앉아 있으면서, 자신의 마음이 얼마나 완악했던가를 기억했고, 자비가 얼마나 달콤한 것인지를 느꼈다.

공작은 클라우디오에게 줄리엣과 결혼할 것을 명령했고, 다시금 이사벨에게 자신의 마음을 받아 달라고 했다. 이사벨의 덕망높고 고결한 행동이 공작의 마음을 얻었던 것이다. 이사벨은 아직 수녀가 되지 않았기 때문에 얼마든지 결혼할 수 있었다. 그리고 공작이 소박한 수도사로 변장하여 베푼 우정 어린 일들 때문에, 이사벨은 감사와 기쁨으로 공작이 제안한 영광스러운 일을 받아들였다. 그리고 그녀가 비엔나의 공작 부인이 되었을 때, 덕망높은 이사벨의 훌륭한 모범은 그 도시의 젊은 아가씨를 완전히 바꾸어 놓았다. 그리하여 그 이후로 누구도 줄리엣처럼 범죄에 빠지지 않았다. 줄리엣은 개과천선한 클라우디오의 참회한 아내가 되었다. 그리고 자비를 사랑하는 공작은 오랫동안 사랑하는 이사벨과 더불어 세상에서 가장 행복한 남편이자 영주로서 다스렸다.

18. 아테네의 타이먼

아테네의 귀족 타이먼은 제왕 같이 많은 부(富)를 누렸는데, 어찌나 인심이 좋은지 끝이 보이지 않았다. 한없이 많아 보이는 그의 재산이라도 한계가 있는 법이지만 타이먼은 고하(高下)를 막론하고 모든 사람에게 물쓰듯 돈을 썼다. 가난뱅이도 그의 관대함을 맛보았으며, 대귀족들도 그의 도움을 받고 추종하는 자가 되기를 부끄러워하지 않았다. 그의 식탁에는 온갖 사치스러운 잔치꾼들이 몰려들었고, 그의 집은 아테네 사람 모두에게 개방되어 있었다. 재산이 많은데다 그의 성품이 관대하고 아낌없이 베푸는지라 모든 사람의 마음이 그의 사랑에 굴복되었다. 얼굴이 후원자의 기분을 되비추는 거울같이 빤질빤질한 아첨쟁이부터 사람들의 인격을 조롱하며 세상일에 무관심한 냉소주의자까지 타이먼 경의 자비로운 태도와 아낌없는 마음에는 맞서지 못하였다. 그들은 마음이 녹아 내리며, 타이먼의 대접을 받으러 왔다가 그에게 목례나 인사말만 들어도 최고로 부자가 된 듯이 돌아갔다.

시인이 세상에 널리 추천받기를 원하는 작품을 썼으면, 그것을 타이먼 경에게 헌정만 하면 되었다. 그러면 그 시는 후원자에게서 즉석으로 재정 지원을 받고 매일 그의 집과 식탁에 오르내릴 뿐만 아니라 판매가 보장되었다. 화가가 그림을 그려 팔려고 하면, 타이먼 경에게 가져가서 그림의 장점에 관하여 그의 의향을 묻는 척하기만 하면 되었다. 관대한 마음을 가진 타이먼 경을 설득하여 그 그림을 사게 하는 데는 아무것도 필요하지 않았다. 보석상이 값비싼 보석을 갖고 있거나 포목상이 값비싼 옷감을 갖고 있으면 타이먼 경의 집은 상설 즉석 시장이 되어 부르는 게 값으로 물건이나 보석을 처분할 수 있었고, 마음씨 좋은 타이먼 경은 그들이 예의를 차려 그렇게 값진 물건의 선매권을 제공한 듯이 여기고 그들에게 감사를 표하곤 했다. 그리하여 그의 집은 아무 쓸모도 없고 불편하고 겉만 번지르르한 필요없는 물건으로 넘쳐흘렀다.

타이먼 경 주위에는 게으른 방문객, 거짓말하는 시인, 화가, 사기치는 상인, 귀족, 귀부인, 궁핍한 조신, 재산을 기대하는 사람이 줄이어 점점 불편해졌다. 그들은 타이먼의 귀에 속삭이고 지겹게 아첨을 퍼부어 대며 신에게 바칠 만한 찬사를 그에게 바치고, 그가 타는 말 등자를 신성한 것으로 여기고, 그의 허락과 관대함을 통해서만 공기를 마시는 것처럼 행동했다.

매일같이 빌붙는 사람들 가운데 좋은 가문의 젊은이들이 있었는데, 그들은 (심한 사치벽에 어울리는 재산이 없었기에) 채권자에 의해 감옥에 갇혔다가 타이먼 경 덕에 구출된 자들이었다. 이 젊은 탕아들은, 마치 동병상련으로 그가 자기들같이 재산을 탕진하고 분방하게 생활하는 자들에게 사랑을 받아야 할 사람인 듯이 그에게 집착했다. 그들은 재산에서는 그를 따라갈 수 없었지만 자신의 소유가 아닌 것을 물쓰듯이 쓰고 마음껏 허비하는 것은 그를 쉽게 본받았다. 이런 탕아들 가운데 하나가 벤티디우스였다. 최근에 타이먼은 계약을 어기고 갚지 못한 그의 빚 5달란트를 갚아 주었다.

그러나 봇물 터지듯 밀려드는 이 무리들 중 가장 눈에 띄는 사람들은 타이먼에게 선물을 주는 사람들이었다. 타이먼이 자기들이 갖고 있는 개나 말이나 값싼 가구를 좋아하는 기색을 보이면 이들에게는 행운이었다. 무엇이 되었든지 높은 평가를 받은 물건이 있으면, 다음 날 아침 영락없이 타이먼 경의 환대에 감사하다는 찬사와 선물이 보잘것없다는 변명과 더불어 타이먼의 집으로 보내졌다. 선물로 보낸 개나 말이나 그 무엇이든지 틀림없이 타이먼의 관대한 답례를 받으며, 이 답례는 속이 뻔한 기증자들이 익히 알고 있듯이 스무 마리의 개나 말, 훨씬 값진 선물이 되곤 했다. 그들의 거짓된 선물은 단기에 고리로 많은 돈을 꾸어 주는 것과 같았다.

이리하여 루키우스 경은 은 장식 마구를 단 우윳빛처럼 흰 말 네 마리를 최근에 타이먼에게 선물로 보냈다. 그리하여 이 영민한 귀족은 기회를 봐서 타이먼에게 칭찬을 받고자 했다. 루쿨루스라는 귀족도 마찬가지로 타이먼이 잘생기고 빠르다고 감탄해한다는 말을 듣고 그레이하운드 개 한 쌍을 선물로 바치는 체했다. 태평스러운 타이먼은 선물을 주는 자들의 못된 마음을 전혀 의심하지 않고 이 선물들을 받았다. 그리고 선물을 주는 자들은 물론 값진 보답을 받았으니, 돈을 노리고 불순한 마음으로 기증한 선물의 20배에 달하는 다이아몬드나 보석을 받았다.

때때로 이들은 좀 더 노골적이고 추잡하고 속 뻔한 술책을 사용하여 돈을 노리곤 했다. 하지만 사람을 잘 믿는 타이먼은 너무 눈이 멀어서 그것을 보지 못했다. 그들은 타이먼이 갖고 있는 것이나 그가 산 최근의 물건을 감탄하고 칭찬하는 체했다. 그러면 물러터지고 인정 많은 타이먼 경은 틀림없이 칭찬한 물건을 선물로 주곤 했다. 세상에 조금 천박하고 속 뻔한 아첨만 하면 그만이었던 것이다. 이리하여 타이먼은 이런 비열한 귀족 가운데 한 사람에게 자기가 타고 다니던 적갈색 준마를 줘 버렸다. 그 말이 잘생기고 잘 달린다고 하는 말에 우쭐해졌기 때문이다. 그리고 타이먼은 자기가 갖고 싶어하지 않는 것을 칭찬하는 사람이 당연히 없다고 생각했다. 타이먼 경은 친구들의 애정을 자신의 애정과 저울질했고, 그리고 베푸는 것을 너무 좋아했기에 친구인 체하는 이들에게 나라라도 나누어줄 수 있었고, 그러기를 결코 싫어하지 않았다.

그러나 타이먼의 재산이 언제나 사악한 아첨꾼들만 부유하게 만든 것은 아니었다. 그는 고결하고 칭찬받을 만한 행위를 하곤 했다. 자신의 하인이 한때 부유한 아테네 사람의 딸을 사랑했는데 재산이나 지위로 보아 서로 어울리지 않는다는 이유로 그녀를 얻을 수 없게 되자, 타이먼 경은 자기 하인에게 아낌없이 아테네 달란트 셋을 주어, 젊은 아가씨의 아버지가 남편감에게 요구하는 금액을 충당해 주었다. 그러나 대체로 무뢰한이나 식객들이 그의 재산을 마음대로 썼고, 나쁜 친구들이 그렇게 했다. 사실 그는 그들이 그런 사람들인 줄 몰랐고 자기 주변에 몰려들므로 자기를 사랑하는 게 틀림없다고 생각했다. 그리고 그들은 미소를 짓고 그에게 아첨했기에, 자신의 행동이 모든 지혜롭고 선량한 사람들에게 인정을 받는다고 생각했다.

그리고 이 아첨꾼들과 가짜 친구들과 잔치를 벌일 때, 그들이 그의 재산을 갉아먹고, 그의 건강과 번영을 빈다며 최상급 포도주를 마셔 대어 그의 재산을 축내고 있었을 때, 그는 친구와 아첨꾼의 차이를 알아차리지 못했다. 그의 가려진 눈에는 서로의 재산을 마음대로 쓰는 형제 같은 사람들이 귀한 보배처럼 보였다(물론 모든 비용은 그의 재산에서 지불되었다). 그리고 (타이먼이 보기에) 참으로 형제간의 잔치 같은 구경거리에 사람들은 즐거워하며 몰려들곤 했다.

그러나 타이먼이 마치 황금의 신 플루토스를 자신의 청지기로 둔 사람처럼 온갖 친절을 베풀고 후하게 재산을 쓰는 동안, 사려없이 그리고 끝간데 없이 돈을 물쓰듯 하며 지출에 관하여 너무도 무관심하여 어떻게 재정 지출을 유지할 수 있는지 알아보지도 않고 끝없이 이어지는 술잔치를 중단하지 않는 동안, 그의 재산은 밑도 끝도 없는 낭비 앞에서 눈녹듯 사라지지 않을 수 없었다. 그러나 누가 그에게 그렇게 말해 주겠는가? 그의 아첨꾼들이? 그들은 그의 눈을 감기게 하는 데 관심있었다. 그의 정직한 청지기 플라비우스가 타이먼에게 형편을 알려 주려고 계산서를 보여 주며, 하인으로서 무례하다고 할 정도로 끈덕지게 간청하고 애원하고 눈물을 뿌리며 형편을 직시하라고 탄원했지만 허사였다.

타이먼은 그를 한사코 물리치고 다른 데로 화제를 옮기곤 했다. 왜냐하면 재산이 사라진다는 충고만큼 귀를 닫게 만드는 것은 없고, 그 형편을 인정하는 것만큼 하기 싫은 것이 없고, 진상만큼 믿기 어려운 것은 없고, 실패를 인정하는 것만큼 어려운 것이 없기 때문이다. 종종 이 정직하고 선량한 청지기는 타이먼의 큰 집의 방마다 주인의 돈으로 술마시고 떠드는 식객들이 가득 차 있을 때, 마루에 포도주가 엎질러져 눈물처럼 흐르고 방마다 불을 환하게 밝히고 음악과 잔치 소리가 울려퍼질 때, 혼자 외딴 방에 물러나 주인이 미친 듯이 베푸는 관대함을 보고 온갖 사람들이 그를 칭찬하게 만들었던 재산이 사라질 때 그 칭찬을 쏟아내는 숨결 또한 얼마나 빨리 사라질 것인지를 생각하며 통에서 흘러내리는 포도주마냥 주루룩 눈물을 흘렸다. 잔치를 벌이며 주고받는 칭찬이란 잔치와 더불어 사라질 것이며, 한줄기 겨울 소나기에 없어질 것이었다.

그러나 이제 타이먼이 더 이상 눈을 감고 이 충직한 청지기의 보고를 못 본 체할 수 없는 순간이 오고 말았다. 돈은 가지고 있어야 하는 법. 타이먼이 플라비우스에게 돈을 구하려고 토지를 좀 팔라고 명령하자, 플라비우스는 전에 몇 번이고 주인의 토지가 대부분 팔렸거나 저당 잡혀 있고, 현재 그의 재산을 다 모아도 그의 빚 절반도 갚을 수 없다는 것을 주인에게 알려 주려 했지만 허사였던 것을 털어놓았다. 이 보고에 충격을 받은 타이먼은 급히 이렇게 대답했다. "내 땅은 아테네에서 스파르타까지 있지 않은가?" 플라비우스가 대답했다. "주인님, 세상은 하나뿐이며 한계가 있는 법입니다. 온 세상을 말 한 마디에 주어 버린

다면 금방 사라지고 맙니다."

타이먼은 악한 심정으로 돈을 쓴 적이 없으며 재산을 지혜롭지 못하게 날렸다 해도 비열하게 쓰지 않고 친구들을 소중히 여기는 데 썼다고 자위했다. 그리고 그는 (울고 있는) 착한 청지기에게 결코 돈이 떨어질 리 없으며 고결한 친구들이 많이 있음을 확신하며 위로를 얻으라고 했다. 그리고 이 정신없는 귀족은 자기가 거저 베푼 것처럼 사람을 보내서 돈을 빌려 (자신의 재산을 맛본) 모든 사람의 재산을 이용하면 된다고 믿고 있었다. 그런 다음 이런 시도가 성공할 것이라고 확신하는 듯이 즐거운 표정을 지으며, 루키우스 경과 루쿨루스 경과 셈프로니우스 경에 심부름꾼들을 보냈다.

이들은 그가 과거에 여러 번 아낌없이 선물을 베풀었던 사람들이었다. 그리고 벤티디우스에게도 보냈는데 이 사람은 타이먼이 그의 빚을 갚아 주고 최근에 감옥에서 풀어 준 인물인데 부친의 사망으로 많은 재산을 상속받아 타이먼의 호의에 얼마든지 보답할 수 있게 되었다. 타이먼은 벤티디우스에게 다섯 달란트를 돌려 달라고 했고, 이 귀족들 각자에게 50달란트를 빌려 달라고 했다. 자기가 필요하다고 하면 그들이 감사하는 마음으로 50달란트의 500배라도 타이먼에게 빌려 줄 것처럼 보였다.

맨 먼저 찾아간 사람은 루쿨루스였다. 이 비열한 귀족은 지난밤에 은 대야와 은 물병에 관한 꿈을 꾸었는데, 타이먼의 하인이 왔다는 말을 듣자 그 야비한 마음으로 자신의 꿈이 분명히 들어맞는 것이며 타이먼이 자기에게 그 선물을 가져다주었다고 생각했다. 그러나 사실의 진상을 알게 되고 타이먼이 돈이 궁하다는 말을 들었을 때, 그의 희미하고 물 같은 우정이 모습을 드러냈다. 타이먼의 하인에게 여러 번 단언하면서, 오래 전에 주인의 파멸을 예견했으며 여러 번 저녁 식사를 통해 그에게 그 점을 말했고, 다시금 돈을 덜 쓰도록 충고하려고 저녁 식사에 갔지만 그가 충고나 경고를 받아들이지 않으려 했다고 말했다. 사실 그는 타이먼의 잔치에 늘 참석하는 사람이었고 그의 관대함을 크게 맛보았던 사람이다. 그러나 그가 그럴 목적으로 참석했고 선한 충고나 질책을 타이먼에게 하려고 왔다는 것은 비열하고 무익한 거짓말이었다. 그는 생긴 대로 하인에게 추잡한 뇌물을 주며 집으로 가서 주인에게 루쿨루스가 집에 없더라고 전해 달라고 했다.

루키우스 경을 찾아간 심부름꾼도 얻은 게 없었다. 타이먼의 음식으로 배불렸고 타이먼의 값비싼 선물을 주체할 수 없이 많이 받아 부자가 된 이 거짓말쟁이 귀족은 사정이 달라지고 그렇게 철철 넘치던 샘물이 갑자기 마른 것을 알고 처음에는 그것을 믿지 않으려 했다. 그러나 사실을 분명히 확인하자, 그는 타이먼을 도울 힘이 없음을 크게 애석해하는 체했다. 불행하게도 (물론 이는 비열한 거짓말이다) 전날에 큰 물건을 사는 바람에 현재 돈이 궁해서 사람 구실을 못하게 되었으며, 그렇게 착한 친구를 도울 능력이 없다고 했다. 그리고 그렇게 존귀한 신사에게 기쁨을 선사할 수 없는 것이 자신의 가장 큰 고통이라고 했다.

함께 식사를 나눈다고 친구라고 할 사람이 누군가? 모든 아첨꾼이 그런 부류이다. 모든 사람의 기억에 타이먼은 이 루키우스의 아버지와 같은 존재였고 돈주머니로 그의 돈을 늘 채워 주었다. 타이먼의 돈은 그의 하인들의 삯을 갚아 주었고, 루키우스가 오만하여 필요하게 된 멋진 집을 짓느라고 땀흘린 일꾼들의 품삯도 갚아 주었다. 하지만 배은망덕한 그는 참으로 극악무도한 인물이었다. 이 루키우스는 이제 타이먼의 은혜에 대한 보답으로 거지에게 동냥하는 것보다 적은 돈마저도 주지 않았다.

셈프로니우스와 돈을 밝히는 귀족들은 타이먼의 청을 듣고 하나같이 회피적인 대답을 주거나 노골적인 거부의 의사를 드러냈다. 타이먼의 속전으로 감옥에서 풀려나 이제 부자가 된 벤티디우스마저도 타이먼이 빌려 준 것도 아니고 곤경에 처한 그에게 관대하게 베푼 다섯 달란트의 돈을 꾸어 주지 않으려 했다.

　부자로 지낼 때 많은 사람에게 아첨을 받고 그들의 후원자가 되었던 타이먼은 가난해지자 그들에게 철저히 따돌림을 당했다. 전에 목청을 높여 그를 칭찬하며 그를 관대하고 너그럽고 후한 사람이라고 칭송하던 자들의 입이 이제는 전혀 부끄러워하지 않고 그 관대함을 어리석음으로, 너그러움을 헤픔으로 비난하였다. 타이먼의 어리석음은 그렇게 무익한 자들을 관대하게 베풀 자로 선택한 것밖에 없는데 말이다. 이제 타이먼의 궁궐 같은 집은 인적이 끊겼고, 버림받고 미움받은 곳, 사람들이 그냥 지나치는 곳이 되었다. 이전같이 지나가는 사람들마다 들어와서 타이먼의 포도주와 맛있는 음식을 맛보던 곳이 아니었다.

　이제 잔치와 소란스러운 손님들로 북적대지 않고, 도리어 거칠게 자신의 요구 사항을 강요하며, 채권과 이자와 담보를 요구하는 참을성 없고 시끄러운 빚쟁이와 고리대금업자들로 가득했다. 그들은 몰인정한 사람들로서, 마음을 고쳐먹거나 지불을 연기해 줄 태세를 전혀 보이지 않았다. 타이먼의 집은 곧 그의 감옥이 되어 타이먼은 그들 때문에 지나가거나 출입할 수 없었다. 어떤 사람은 50달란트의 빚을 갚으라고 요구했고, 어떤 사람은 5천 크라운의 어음을 가지고 왔다. 그가 자신의 피로 갚겠다고 말하더라도, 그 몸으로는 다 감당하지 못할 정도였다.

　타이먼이 이처럼 절망적이고 치유 불가능한 형편에 빠졌지만, 모든 사람의 눈은 지는 해가 비취는 새롭고 믿어지지 않는 광채에 갑자기 놀라게 되었다. 다시금 타이먼은 잔치를 연다고 알렸고, 늘 초대하던 손님과 귀족과 귀부인과 아테네의 유명한 상류층 사람들을 초대했다. 루키우스 경과 루쿨루스 경이 왔고, 벤티디우스, 셈프로니우스, 그리고 다른 사람들도 도착했다. 그들은 타이먼 경의 가난이 모두 꾸민 일이며 자신들의 사랑을 시험하기 위하여 위장한 것에 불과하다고 생각했다. 그 당시에 타이먼의 의도를 간파하지 못하고 그의 호의에 감사하는 알량한 신임을 얻지 못했다고 생각한 이 비참한 아첨꾼들보다 불쌍한 사람이 누구인가?

하지만 그들은 완전히 말라 버렸다고 생각한 그 고결한 관대함의 원천이 여전히 신선하고 철철 넘치는 것을 발견하고 누구보다 즐거워했다. 그들은 잔치에 참석하여 시치미를 떼고 더없이 부끄럽고 수치스럽다고 했다. 참으로 불행하게도 타이먼이 사람을 보냈을 때 존귀한 친구에게 감사할 방도가 당장에 없었다는 것이다. 그러나 타이먼은 자기는 다 잊어버렸으니 그렇게 사소한 생각을 품지 말라고 그들에게 부탁했다. 그리고 이 비열하고 아첨하는 귀족들은 역경을 만난 타이먼에게 돈을 주지 않았지만 다시금 형통한 그의 찬란한 잔치에 참석하기를 거절할 수 없었다. 이런 기질의 사람들은 지체 높은 인물의 많은 재산을 따르기를 제비가 여름을 쫓아가는 것보다 더하며, 이들이 정반대의 사정을 보자마자 몸을 움츠러들기를 제비가 겨울을 떠나기보다 더하기 때문이다. 그들은 그와 같은 여름 철새였다.

그러나 음악과 위풍당당함을 갖춘 잔칫상이 김을 모락모락 내며 준비되었다. 손님들은 파산한 타이먼이 어떻게 이처럼 값비싼 잔치를 준비할 수 있는 돈을 마련했는지 감탄했고, 어떤 이들은 눈에 보이는 이 장면이 진짜인지 자신의 눈을 의심했다. 신호가 있자 그릇의 뚜껑이 열렸다. 그리고 타이먼의 의중이 드러났다. 그들이 기대했던 다양한 음식과 당치 않는 진미 대신에, 지난날 관대하게 차려졌던 타이먼의 산해진미의 식탁에는 이제 타이먼의 가난에 걸맞는 음식이 마련되어 있었다. 그것은 약간의 연기와 미지근한 물이었으며 말로만 친구라고 하는 그들에게 적합한 잔치 식사였다. 사실 그들의 고백은 연기에 불과했고, 그들의 마음은 미지근하고 미끄러운 물과 같았다.

타이먼은 그런 음식에 놀란 손님들에게 "개들아, 덮개를 열고 핥아 먹어라"고 명령했다. 그들이 놀란 마음을 진정하기도 전에, 그들의 얼굴에 물을 뿌리며, 급히 도망하는 이들에게 접시를 던졌고, 귀족과 귀부인들이 모자를 급히 낚아채며 우왕좌왕하자, 타이먼이 그들을 쫓아가며 그들의 진면목을 꼬집으며 욕했다. "능글능글 웃음 짓는 기생충들, 친절한 척하는 파괴자들, 아양떠는 늑대들, 온순한 척하는 곰들, 돈만 아는 바보들, 잔치 식객들, 탕아들이여!"

그들은 그를 피하려고 야단법석을 떨었고, 들어올 때의 마음보다 곱절이나 간절히 떠나려고 했다. 어떤 사람들은 옷과 모자를 잃어버렸고, 어떤 사람은 허둥대는 통에 보석을 잃었지만, 모두들 미친 귀족의 면전에서 그의 가짜 잔치의 조롱거리에서 빠져나온 것을 다행으로 여겼다.

이는 타이먼이 베푼 마지막 잔치였고, 이로써 그는 아테네와 인간 사회에 작별을 고했다. 그후에 그는 숲으로 달아나 혐오스러운 도시와 모든 인간들에게 등을 돌리며, 가증스러운 도시의 성벽이 무너지고 집들이 그 주인 위에 무너지기를 바랐고, 온갖 전염병이 인간 세상에 창궐하고 전쟁과 잔혹무도함과 가난과 질병이 세상 거민을 괴롭히기를 바랐으며, 노소 고하를 막론하고 아테네인들에게 혼란이 닥치게 해 달라고 공정한 신들에게 기도했다. 그렇게 소원을 빌고 그는 숲으로 갔고, 거기서는 가장 사나운 짐승이라도 인간보다 친절하다는 것을 발견하게 될 것이라고 말했다. 그는 인간의 풍습을 버리려고 옷을 벗어 버렸고, 자기 같은 인간들에게서 떠나서 차라리 인간보다 덜 해롭고 친절한 들짐승들과 어울려 살기로 하고 거처할 동굴을 파고 짐승처럼 나무 뿌리를 먹고 물을 마시며 외롭게 살았다.

부자 타이먼 경, 인류의 기쁨이던 타이먼 경에서 헐벗은 타이먼, 인간을 미워하는 타이먼으로 바뀌었으니 얼마나 큰 변화인가! 그의 아부자들은 이제 어

〈황금덩어리를 찾은 타이먼〉, 1829, 요한 하인리히 람베르크 (1763-1840)

디 있는가? 그의 시중과 수행원은 어디 있는가? 저 황량한 공기가 시종이 되어 그의 셔츠를 따스하게 입혀 줄 것인가? 독수리보다 오래 살아남은 뻣뻣한 저 나무들이 그의 젊고 생기 발랄한 시동이 되어 그의 명령에 속히 심부름을 다녀오겠는가? 겨울철 얼음같이 차가운 시냇물이 간밤의 폭음으로 병든 그에게 따뜻한 국물과 죽을 공급하겠는가? 아니면 저 거친 숲에서 사는 피조물들이 그의 손을 핥으며 그에게 아첨하겠는가?

하루는 그가 땅을 파고 뿌리를 찾고 있는데, 삽에 묵직한 것이 부딪쳤다. 알아보니 그것은 황금덩어리였다. 어떤 구두쇠가 놀란 일을 만나 나중에 다시 찾아가려고 묻어 두었다가 그럴 기회를 만나지 못하고 아무에게도 숨긴 곳을 알리지 않은 채 죽어 버렸던 모양이다. 황금은 그 어머니 대지의 속에서 유익도 해도 끼치지 않고 마치 숨어 있다가 나오는 것처럼 타이먼의 삽에 우연히 부딪쳐 다시금 빛을 보았던 것이다.

타이먼이 이전의 마음을 그대로 품고 있었다면 친구들과 아첨꾼들을 매수하고도 남을 만한 보물이었다. 그러나 타이먼은 몹쓸 세상에 염증이 났고, 황금의 모습이 그의 눈에 독처럼 비쳤다. 그래서 그는 황금을 땅에 다시 묻으려 했다. 그러나 황금 때문에 인류에게 끝없는 재난이 일어났으며, 그 광채로 인간 세계에 강도질과 압제와 불의와 뇌물과 폭력과 살인이 얼마나 많이 일어났는지 떠올리고, 자신이 캐낸 이 금덩어리로 인류를 괴롭게 할 재난을 일으킬 생각에 즐거웠다.

그리고 마침 그 순간에 자신의 동굴 근처 숲을 지나고 있던 아테네 지휘관 알키비아데스의 소속 군인들이 지나갔다. 알키비아데스는 아테네 원로원 의원들에 염증을 느끼고 (아테네인들은 생각없고 배은망덕하여 자기네 사령관과 가장 훌륭한 친구들에게 미움을 사는 민족으로 유명했다) 전에는 원로원 의원들을 보호하기 위하여 지휘했던 그 개선 군대를 이끌고 그들과 전쟁을 벌이려 했다. 그들의 일을 썩 마음에 들어 했던 타이먼은 금을 지휘관에게 주며 개선 군대를 끌고 가서 아테네인들을 박살내고 모든 거주민을 불에 태우고 살육하고 죽여 달라고 요구했다.

노인은 모두 고리대금업자이므로 살려 두지 말고, 어린아이들은 겉보기엔 순진한 미소를 띠지만 자라나면 역적이 될 테니 살려 두지 말라고 했다. 아울러 동정심을 유발하는 모습이나 소리에 흔들리지 않도록 자신의 눈과 귀를 단단히 하고 처녀나 갓난아이나 어머니의 절규 때문에 도성의 대살육을 단념하지 말고 그들 모두를 제거하라고 했다. 그리고 알키비아데스가 정복하면 신들이 정복자인 그도 제거하시기를 기도했다. 타이먼은 아테네인과 모든 인간을 그만큼 철저히 미워했다.

타이먼이 고독하게 인간이 아닌 짐승 같은 생활을 영위하는 중에, 어느날 동굴 입구에 공손한 자세로 서 있는 한 사람의 모습에 깜짝 놀랐다. 그는 정직한 청지기 플라비우스였다. 주인에 대한 사랑과 뜨거운 애정 때문에 그는 주인의 비참한 거처까지 찾아와서 그를 섬기겠다고 했다. 그리고 주인의 모습을 보자마자 한때 고결했던 타이먼이 그렇게 비참한 형편에 처하여 태어날 때처럼 헐벗고 짐승들 가운데 한 마리 짐승의 몰골로 살며 서글픈 파멸과 쇠락의 기념물처럼 보이자, 착한 하인은 가슴이 찢어지는 듯하고 당황스럽고 두렵기도 하여 아무 말 없이 서 있었다. 그리고 마침내 할 말을 찾았을 때는 눈물로 목이 메었다.

타이먼은 그를 다시 알아보는 데 무척 힘이 들었다. (그가 사람들에게서 경험했던 것과 전혀 다르게) 최후의 순간까지 자기를 섬기겠다고 하는 사람이었기 때문이다. 그리고 타이먼은 그를 인간적인 모습으로 가장한 반역자이며 그의 눈물을 가짜로 의심했다. 그러나 선량한 하인은 여러 가지 표시로 자신의 충성이 진실됨을 확인하고 한때 친애하던 주인에게 대한 사랑과 열정적인 의무 때문에 그곳에 왔다는 것을 분명히 밝히자, 타이먼은 세상에 정직한 사람이 있다는 것을 인정하지 않을 수 없었다.

그러나 그는 인간의 모습을 한 이상 그의 하인의 얼굴을 혐오하지 않을 수 없었고, 하인의 입술에서 나오는 말을 역겨워하지 않을 수 없었다. 그리고 세상에서 유일하게 정직한 이 사람은 사람이라는 이유로, 보통 사람보다 온화하고 동정 어린 마음을 갖고 있었지만 인간의 혐오스러운 모습과 외형적인 특징을 갖고 있었기 때문에 그 자리를 떠나지 않을 수 없었다.

그러나 가엾은 청지기가 떠나자, 많은 방문객이 찾아와 타이먼의 야만스럽고 고독한 생활을 방해하기 시작했다. 아테네의 배은망덕한 귀족들이 고결한

"타이먼은 세상에 정직한 사람이 있다는 것을 인정하지 않을 수 없었다." — 아르튀스 샤이너

타이먼에게 저지른 불의를 비통하게 후회하는 날이 찾아왔기 때문이다. 왜냐하면 성난 멧돼지처럼 알키비아데스가 아테네의 성벽을 공격하고 맹렬한 포위 작전으로 아름다운 아테네를 잿더미로 만들어 버리겠다고 위협했던 것이다. 그러자 타이먼 경의 무용과 용맹한 행위에 대한 추억이 그들의 마음에 새삼스럽게 찾아들었다. 왜냐하면 타이먼은 과거 그들의 사령관이었고 용감하고 노련한 군인이었으며, 아테네 사람들 가운데 유일하게 당시 그들을 위협했던 군인들과 맞서 싸우고 알키비아데스 군대의 사나운 공격을 격퇴시킬 수 있는 사람이었기 때문이다.

이 긴급 상황에서 원로원 의원들의 파견단이 타이먼에게 간청하기 위하여 선발되었다. 타이먼이 곤경에 처했을 때는 나 몰라라 하더니 자기들이 곤경에 처하자 찾아갔던 것이다. 자기들은 아무것도 베푸는 것 없이 그의 호의를 당연히 받아야 할 줄로 여기고, 자기들의 무례하고 몰인정한 처사에 대해 타이먼의 친절을 기대하는 것 같았다.

이제 그들은 그에게 진정으로 간청하고 눈물을 뿌리며 탄원하며, 돌아와 아테네 시를 구해 달라고 했다. 얼마 전에 배은망덕하게 그를 내몰았던 그 도시 사람들은 그에게 부와 권력과 작위와 과거의 불의에 대한 보상과, 공적인 명예와 공적인 사랑을 약속했다. 그가 돌아와서 구해 주기만 한다면, 그들 자신과 생명과 재산이 그의 것이라고 했다. 그러나 벌거벗은 타이먼, 인간을 증오하는 타이먼은 더 이상 타이먼 경, 관대하던 귀족, 용맹의 꽃, 전쟁시의 수호자, 평화시의 광채가 아니었다. 알키비아데스가 동포들을 죽인다 해도, 타이먼은 개의치 않았다. 그가 아름다운 아테네를 약탈하고 늙은이와 유아를 살육해도, 타이먼은 즐거워할 것이었다. 그는 그들에게 그렇게 말했다. 그리고 아테네에서 가장 존경받는 노인의 목숨보다도 반란을 일으킨 부대에 있는 단도 하나가 더 소중하다고 단언했다.

눈물을 흘리며 낙망해하는 원로원 의원들에게 그가 해준 대답은 그것이 전부였다. 헤어질 때에야 그는 동포들에게 전하라고 명령하고 그들에게 슬픔과 걱정을 덜고 사나운 알키비아데스의 진노를 맛보지 않는 한 가지 길이 남아 있으니 그것을 가르쳐 주겠다고 했다. 왜냐하면 그는 아직도 친애하는 동포들에 대한 애정이 많이 남아 있기 때문이라는 것이었다. 이 말을 듣고 원로원 의원들은 조금 생기가 돌았고, 그들은 아테네 시에 대한 그의 사랑이 되살아나기를 소망했다. 그러자 타이먼은, 자기의 동굴 옆에 나무가 한 그루 자라고 있는데 거기에 신분의 고하를 막론하고 고통을 피하고자 하는 아테네의 모든 친구들을 초대할 테니 자기가 그 나무를 베기 전에 나무를 맛보라고 했다. 다시 말하면, 그들이 와서 스스로 목을 매고 그 방법으로 고통을 피하라는 뜻이었다.

이것이 타이먼이 베푼 모든 고결한 은혜 가운데 마지막으로 인간에게 보인 호의였다. 그리고 동포들이 그를 본 것도 그것이 마지막이었다. 왜냐하면 얼마 지나지 않아서 한 가련한 군인이 타이먼이 자주 다니던 숲에서 조금 떨어진 해변을 지나가다가 무덤을 보았는데 거기 비명에 이런 글이 새겨져 있었다. "이것은 인간을 증오하던 타이먼의 무덤이다." 그는 "사는 동안 살아 있는 모든 사람을 증오했으며 죽어가면서는 전염병이 남아 있는 모든 비겁한 자를 삼켜 버리기를 바랐다."

그가 타살되었는지, 아니면 인생에 대한 혐오와 인간에 대한 염증 때문에 스스로 목숨을 버리게 되었는지는 분명하지 않았다. 하지만 모든 사람은 비명의 적절한 글과 그의 일관된 결말에 찬탄해 마지않았다. 살아 있을 때와 마찬가지로 그는 죽어가면서도 인간을 증오했다. 그리고 그가 매장지로 해변을 택한 것에 의미가 있다고 생각하는 사람도 있었다. 위선적이고 속이는 인간의 덧없고 천박한 눈물을 비웃는 듯, 광활한 바다가 그의 무덤을 위해 영원토록 눈물을 흘려 줄 것이기 때문이다.

19. 로미오와 줄리엣

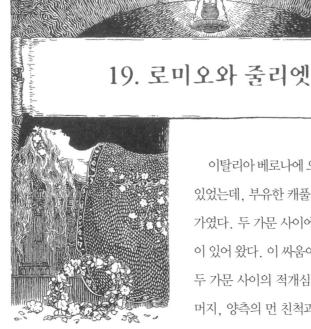

이탈리아 베로나에 으뜸가는 두 가문이 있었는데, 부유한 캐풀렛 가(家)와 몬터규 가였다. 두 가문 사이에는 오랫동안 싸움이 있어 왔다. 이 싸움이 절정에 도달했고 두 가문 사이의 적개심이 너무도 심한 나머지, 양측의 먼 친척과 하인들과 드나드는 사람들까지도 서로 아웅다웅했다. 몬터규 가의 하인이 캐풀렛 가의 하인을 만날 수 없었고, 캐풀렛 가의 사람이 우연히라도 몬터규 가의 사람을 만나면 사나운 말이 오가고 가끔 유혈 사태가 벌어지곤 할 정도였다. 그리고 그처럼 우발적인 만남으로 분규가 잦았고, 그래서 행복하고 고요하던 베로나의 거리들이 소란스러웠다.

나이 많은 캐풀렛 경이 한번은 성대한 저녁 식사를 마련하고, 아리따운 귀부인들과 귀족 손님들을 많이 초대했다. 베로나에서 찬탄의 대상이었던 모든 미인들이 참석했고, 몬터규 가의 사람만 아니면 환영받았다. 캐풀렛 가의 이 잔치에 나이 많은 몬터규 경의 아들 로미오와 그가 사랑하는 로잘린이 참석했다. 그리고 몬터규 가의 사람이 이런 모임에 모습을 보인다는 것이 위험천만한 일이었지만, 로미오의 친구 벤볼리오는 젊은 로미오를 부추겨 가면으로 변장하고 이 모임에 가서 로잘린도 보고, 로잘린을 베로나의 뛰어난 미녀들과 비교해 보자고 했다. 그들을 보면 자신의 백조가 까마귀 같다는 생각이 들 것이라고 로미오에게 말했다. 로미오는 벤볼리오의 말을 별로 신임하지 않았다. 그럼에도 로잘린에 대한 사랑 때문에 그는 가기로 했다. 로미오는 진실되고 열정적인 사랑 때문에 잠을 이루지 못했고, 사람들을 피해 혼자 있었는데, 로미오를 경멸하고 예의나 애정이라고는 눈곱만큼도 보이지 않으며 그의 사랑을 뿌리치는 로잘린을 사모하는 남자였던 것이다. 그리고 벤볼리오는 로미오에게 여러 숙녀들을 보여 줌으로써 친구의 맹목적인 사랑을 고쳐 주고자 했다. 그리하여 젊은 로미오는 벤볼리오와 그들의 친구 머큐시오와 더불어 가면을 쓰고 캐퓰렛 가의 잔치에 갔다. 나이 많은 캐퓰렛은 그들을 환영했고, 발가락이 아프지 않은 이상 숙녀들이 그들과 춤을 추게 될 것이라고 말해 주었다. 그리고 노인은 쾌활하고 즐거웠으며, 젊은 시절에 자기도 가면을 쓰고 아리따운 아가씨의 귀에 속삭이며 이야기하곤 했다고 말했다.

그리고 그들은 춤을 추게 되었다. 그런데 로미오는 갑자기 저쪽에서 춤을 추는 한 아가씨의 뛰어난 미모에 충격을 받았다. 그녀는 횃불에게 밝게 타는 법을 가르치는 것 같았고, 그녀의 미모는 밤에 흑인이 장식한 값진 보석처럼 보였다. 그 미모를 사용하자니 너무도 값지고 속세엔 너무도 아까웠다. (그의 말에 따르면) 까마귀들이 모여 있는 가운데 흰 비둘기 같고, 그의 미모와 탁월함은 너무도 훌륭하여 참석한 아가씨들 위에 빛났다. 그가 이런 찬사를 늘어놓는 동안 캐퓰렛 경의 조카인 티발트에게 들켰다. 그는 목소리로도 로미오를 알아보았다.

그리고 이 티발트는 사납고 열정적인 기질을 가진 사람이라서 몬터규 가의 사람이 가면을 쓰고 들어와 그들의 잔치에 돌아다니며 비꼬는 것을 견딜 수 없었다. 그리고 그는 저돌적으로 매우 화를 내었고, 젊은 로미오를 죽일 듯이 치려 했다. 그러나 그의 삼촌인 나이 많은 캐퓰렛 경은 손님들에 대한 예의에서, 그리고 로미오가 신사답게 처신했고 베로나의 모든 사람이 그를 덕 망높고 잘 배운 젊은이라고 칭찬하는 줄 알므로, 티발트가 그 시간에 사람에게 상처를 입히지 못하게 막았다. 티발트는 자신의 뜻을 꺾고 참을 수밖에 없어서 자제하고 있었지만, 이 야비한 몬터규의 놈을 침입죄로 단단히 혼을 내주겠다고 다짐했다.

춤이 끝나자 로미오는 아가씨들이 서 있는 곳을 살펴보았다. 그는 가면을 쓰면 조금 지나친 행동도 이해되므로, 매우 부드럽게 그녀의 손을 성전이라고 부르며 잡는 체했다. 만일 그가 그녀의 손을 잡아 더럽혔다면 자신은 부끄러운 순례자이니 속죄를 위하여 손에 입을 맞추겠다고 했다. 그러자 아가씨가 대답했다. "착한 순례자님, 당신의 기도를 들으니 너무 예의바르고 정중하세요. 성인들의 손을 순례자들이 만지지만 입맞추진 않아요."

"성인에게나 순례자에게도 입술이 있지 않습니까?" 하고 로미오가 말했다.

"하지만, 그들은 기도할 때나 입술을 쓰죠" 하고 아가씨가 말했다.

"그러면 나의 성인이시여, 내 기도를 들으시고 제가 낙심하지 않도록 허락하소서."

그들은 그런 암시 어린 말을 주고받으며 사랑에 빠졌는데, 그때 아가씨의 어머니가 그녀를 불러 데려갔다. 그리고 로미오는 어머니가 누구시냐고 물었고, 자신의 정신을 앗아가 버린 비할 데 없이 아름다운 아가씨가 몬터규 가의 불구대천의 원수인 캐풀렛 경의 딸이며 상속녀인 젊은 줄리엣임을 알았다. 그는 부지불식간에 원수에게 자신의 마음을 주어 버린 것이다. 그 때문에 그는 괴로웠다. 그러나 사랑을 포기할 수 없었다.

줄리엣은 자신과 이야기를 나누고 있었던 신사가 몬터규 가의 로미오임을 발견하고 마음의 갈피를 잡을 수 없었다. 갑자기 로미오에 대한 성급하고 경솔한 열정에 사로잡혔기 때문이었다. 그건 로미오도 마찬가지였다. 그리고 그녀에게는 원수를 사랑하지 않을 수 없고, 가장 미워하던 그 가문에 대하여 자신의 사랑이 피어올랐다는 사실이 놀라운 사랑의 탄생처럼 보였다.

한밤중이 되자 로미오는 친구들과 헤어졌다. 그리고 곧 로미오는 사라졌다. 로미오는 그가 그 마음을 두고 온 집에서 멀

〈줄리엣〉, 1898, 존 윌리엄 워터하우스

리 떠날 수 없어 줄리엣의 집 뒤편에 있는 과수원 담을 뛰어넘었다. 여기서 그는 새로운 사랑에 관하여 곰곰이 생각하고 있었는데 오래지 않아서 줄리엣이 창문으로 모습이 보였다. 창문으로 보이는 그녀의 탁월한 미모는 동편 태양의 햇살처럼 쏟아지는 듯했다. 과수원을 희미한 빛으로 비추는 달은 이 새로운 태양의 뛰어난 광채에 병이 나서 창백해진 듯이 보였다. 그리고 그녀가 손으로 뺨을 괴고 있으니, 로미오는 그 손에 장갑이 되어 그녀의 뺨을 만질 수

〈캐풀렛 가의 정원에서 로미오와 줄리엣〉, 샤를르 들로 (1841~1895)

있기를 간절히 바랐다. 그녀는 내내 혼자 있다고 생각하며 깊은 한숨을 내쉬며 소리쳤다. "아아!"

로미오는 그녀의 말에 매료당하여 부드럽게 그리고 그녀에게 들리지 않게 말했다. "다시 말해 주오. 빛나는 천사여! 오늘 밤 내 머리 위로 보이는 그대는 사람들이 고개를 돌리고 뚫어지게 쳐다보는 날개달린 하늘의 천사와 같구려."

줄리엣은 자신의 말이 들리는 줄 모르고 그날 밤의 사건으로 생긴 사랑에 마음이 부풀어 올라 연인의 이름을 부르고 말았다. (물론 로미오가 없다고 생각했다). "로미오 님, 로미오 님! 하필이면 로미오 님이신가요? 나를 위하여 그대의 부친을 부인하고, 그대의 이름을 포기하세요. 그대가 그렇게 하지 않으면 저를 사랑한다고 맹세라도 해주세요. 저는 더 이상 캐퓰렛 가의 사람이 되지 않을 거예요."

로미오는 그 말에 용기를 얻어 말을 하려 했지만, 좀 더 듣고 싶은 마음이 생겼다. 그리고 줄리엣은 혼자서 열정적인 이야기를 계속하면서 여전히 로미오에게 로미오가 몬터규 사람인 것을 원망하고, 그가 다른 이름을 가질 것을 소원했다. 그렇지 않으면 그는 미운 이름을 버리고 몸에 붙어 있는 것도 아닌 그 이름 대신에 자신을 몽땅 가지라고 했다. 이 사랑의 말에 로미오는 더 이상 참을 수 없었다. 마치 그녀의 말이 꿈에서가 아니라 자신에게 개인적으로 전하는 것인 양 그 대화에 끼어들어서, 그녀에게 자기를 사랑이라고 불러 달라고 했다. 그렇지 않으면 그녀가 좋아하는 다른 이름으로 불러 달라고 했다. 왜냐하면 로미오라는 이름이 그녀가 싫어하는 것이라면 그는 더 이상 로미오가 아니었기 때문이다.

줄리엣은 정원에서 들리는 남자의 목소리를 듣고 놀랐으나 처음에는 밤과 어둠을 타서 자신의 비밀을 우연히 알게 된 그가 누구인지 알지 못했다. 그러나 로미오가 다시 이야기했을 때, 그녀의 귀는 로미오의 말을 백 마디도 듣지 못했지만, 연인의 귀는 사랑하는 이의 말을 잘 알아들으므로 즉시 그가 젊은 로미오인 줄 알았다. 그리고 그녀는, 과수원 담을 넘어와서 모습을 드러내면 위험하다고 그에게 말했다. 왜냐하면 그녀의 친척이 그를 발견하는 날이면 그가 몬터규 사람이므로 죽일 것이기 때문이었다.

로미오가 말했다. "슬프구려. 당신의 눈이 그들의 스무 자루 칼보다 더 무섭소. 당신만 나를 정답게 보아 준다면 그들의 적의는 두렵지 않소. 그대의 사랑 없이 혐오스러운 삶을 연장하느니 차라리 그들의 증오에 내 목숨이 끊어지는 것이 낫소."

"어떻게 이곳에 오셨어요? 누가 가르쳐 주던가요?"

그러자 로미오가 대답했다. "사랑에 이끌려 왔소. 나는 항해사는 아니지만 그대가 먼 바다에 씻기는 넓은 해안처럼 나에게서 멀리 떨어져 있어도 그대 같은 보배라면 당연히 찾아가리다."

줄리엣의 뺨이 붉은 색으로 물들었지만, 밤중이라 로미오는 보지 못했다. 그때 줄리엣은 로미오에 대한 자신의 사랑을 곰곰이 생각했지만 알릴 의도는 아니었다. 줄리엣은 자신의 말을 무르고 싶었지만 그것은 불가능했다. 처음에 그녀는 사려깊은 숙녀들의 관습을 따라 연인과 조금 거리를 유지하면서 난색을 표하고 심술궂게 대하여 구애자를 매몰차게 퇴짜놓으려 했다. 지독하게 사랑하지만, 멀찌감치 떨어져서 관심없는 척하여 쉽지 않은 일처럼 보이게 하려 했다. 그래서 연인들이 너무 쉽게 얻는다고 생각하지 못하게 하려 했다. 왜냐하면 얻기 힘들어야 물건의 값이 높아지는 법이기 때문이다.

그러나 그녀의 경우에는 거부하거나 연기하거나, 관습처럼 구애를 질질 끄는 방법을 택할 여지가 없었다. 로미오가 거기 있으리라고 생각도 못했는데 그가 직접 그녀의 사랑 고백을 들었던 것이다. 그래서 줄리엣은 자신의 경우가 독특하다는 것을 구실로 솔직하게 그가 앞서 들었던 말이 진실됨을 확언했고, 그리운 몬터규라는 이름을 그에게 붙이면서(사랑은 시큼한 이름을 달콤하게 만들 수 있다), 경솔하거나 경박한 사람이라고 비난하지 말도록 그에게 부탁했다. 대신에 너무도 기이하게 그녀의 생각이 들통나게 만든 그날 밤의 탓도 있다고 했다. 그리고 그녀는 자신의 태도가 여성의 관행에 비추어 볼 때 그다지 사려깊지 못하지만, 시치미떼며 일부러 얌전한 척하는 많은 여인들보다 더욱 진실하다고 덧붙여 말했다.

로미오는 하늘을 증인으로 삼고서 그처럼 정숙한 아가씨를 불명예스럽게 볼 생각은 추호도 없다고 다짐하기 시작했다. 그러자 그녀는 그의 말을 막고 맹세하지 말아 달라고 부탁했다. 로미오를 만난 것은 기쁘지만 밤에 사랑의 맹세를 주고받는 것은 좋아하지 않았던 것이다. 그것은 너무도 무모하고 너무도 경솔하고 너무도 갑작스러운 것이었기 때문이다. 그러나 로미오가 그날 밤에 자기와 사랑의 맹세를 교환하자고 재촉하자, 줄리엣은 그가 요구하기 전에 이미 맹세했다고 말했다. 다시 말하면, 그가 자기의 고백을 엿들었다는 뜻이었다. 그러나 그녀는 자신의 말을 취소하고 싶었다. 왜냐하면 다시금 사랑을 맹세하는 기쁨을 얻고, 바다처럼 무한정한 관대함과 깊은 자신의 사랑을 표시하기 위함이었다.

그녀는 유모의 부르는 목소리를 듣고 이 사랑의 만남으로부터 물러났다. 유모는 줄리엣과 함께 잠을 자는 사람인데, 잘 시간이 되었다고 생각하고 불렀던 것이다. 그러나 줄리엣은 급히 되돌아와서 로미오에게 서너 마디의 말을 전했다. 그 내용은, 그의 사랑이 참으로 지조 바른 것이며 그의 목적이 결혼이라면 내일 한 사람을 로미오에게 보내어 결혼 날짜를 정하고자 한다는 것이었다. 그러면 그녀는 그에게 자신의 모든 운명을 맡기고 그를 자신의 주인으로 모시고 세상 어디라도 따라가겠다고 했다.

그들이 이렇게 약조하는 동안, 유모가 다시 줄리엣을 불렀고 줄리엣은 방으로 돌아갔다가 다시 왔다. 왜냐하면 소녀가 새를 비단실에 매어 놓고 손에서 조금 뛰게 하고는 다시 비단실을 잡아당기며 새를 놓아주지 않으려는 것처

〈줄리엣과 유모〉, 1860, 존 로댐 스펜서 스탠호프(1829-1908)

럼 로미오가 떠나는 것이 싫었기 때문이었다. 그리고 로미오도 그녀처럼 떠
나기가 싫었다. 연인에게 가장 달콤한 음악은 밤중에 나누는 서로의 목소리
이기 때문이다. 그러나 마침내 그들은 헤어졌고 그날 밤 서로의 달콤한 수면
과 휴식을 빌었다.

그들이 헤어질 때 날이 밝아 오고 있었고, 마음에 연인과 그날 만남에 대한
생각으로 가득 차서 잠을 청할 수 없었던 로미오는 집으로 가지 않고 바로 옆에
있는 수도원으로 들어가 로렌스 신부를 찾았다. 선량한 신부는 이미 아침기도
를 드리고 있었지만, 젊은 로미오가 아침 일찍 나다니는 것을 보고 그가 밤에

〈로미오와 줄리엣〉, 1884, 프랭크 딕시 (1853~1928)

잠자지 않고 젊은날의 상사병으로 지샜다고 정확하게 추측했다. 그러나 그 대
상은 엉뚱한 사람이었다. 그 신부는 로미오가 로잘린에 대한 사랑 때문에 잠
을 이루지 못했다고 생각했다. 로미오가 줄리엣에 대한 사랑을 밝히고 그날

결혼식을 집전해 달라고 신부에게 도움을 청했을 때, 이 거룩한 사람은 로미오의 연인이 갑작스럽게 바뀐 데 놀라서 눈이 동그래지고 손을 높이 들었다. 왜냐하면 그는 로잘린에 대한 로미오의 사랑 이야기 하며 로잘린의 경멸에 관한 로미오의 많은 하소연을 혼자서 죄다 알고 있었기 때문이다.

그래서 그는 젊은이들의 사랑이 그 마음에 있지 않고 그 눈에 있다고 말했다. 그러나 로미오가 자기를 사랑하지 않는 로잘린에게 푹 빠져 있는 자신을 책망한 적이 많았으며, 게다가 줄리엣도 자기를 사랑하고 자기도 줄리엣을 사랑한다고 대답하자, 신부는 그의 변명에 상당히 수긍했다. 그리고 젊은 줄리엣과 로미오의 혼사가 혹시 캐퓰렛 가와 몬터규 가의 오랜 반목을 해소하는 수단이 될 수도 있겠다고 생각했다. 사실 두 가문의 반목을 이 신부만큼 한탄한 사람이 없었다. 그는 두 가문의 친구였으며 싸움을 말리려고 중재한 적도 많았으나 헛수고였다. 이런 점 때문만 아니라 도무지 청을 뿌리칠 수 없을 만큼 젊은 로미오를 사랑하기 때문에도 마음이 동하여 나이 많은 신부는 결혼식을 집전해 주겠다고 승낙했다.

이제 로미오는 정말 기뻤고, 약속대로 심부름꾼을 보내어서 로미오의 의도를 안 줄리엣은 로렌스 신부의 방에 일찌감치 가지 않을 수 없었다. 그곳에서 그들은 신성한 결혼식을 올렸다. 착한 신부는 하늘이 이 결혼식에 행운을 가져다줄 것을 기도했고, 젊은 몬터규와 젊은 캐퓰렛의 결합으로 두 가문의 오랜 싸움과 불화가 종식되기를 기도했다.

결혼식이 끝나자, 줄리엣은 급히 집으로 돌아갔다. 그리고 애타게 밤이 오기를 기다렸다. 밤이 되면 지난밤처럼 로미오가 과수원에 와서 그녀를 만나기로 했던 것이다. 그리고 성대한 축제 전야에 아침에 입을 옷을 입고 조바심을 내는 아이처럼 줄리엣은 그 사이의 시간이 너무도 지루하게 느껴졌다.

그날 정오 때 로미오의 친구들인 벤볼리오와 머큐시오는 베로나의 거리를

〈로미오와 줄리엣의 결혼〉, 1830, 프란체스코 하예즈

배회하다가 충동적인 티발트를 앞장세운 캐풀렛 가문의 일당과 마주쳤다. 화난 티발트는 나이 많은 캐풀렛 경의 잔치에서 로미오와 대결하려 했던 그 인물이었다. 그는 머큐시오를 발견하고 퉁명스럽게 그가 로미오와 어울려 다니는 것을 비난했다. 티발트만큼이나 성질이 불같고 혈기가 왕성한 머큐시오는 매우 신랄하게 그 비난에 응수했다. 그리고 벤볼리오가 그들의 화를 누그러뜨리려고 온갖 말을 해주었으나, 싸움이 시작되고 말았다.

그때 로미오가 그 길로 지나가니까, 사나운 티발트는 화살을 머큐시오에게서 로미오에게로 돌리고 악당이라는 수치스러운 이름을 그에게 불렀다. 로미오는 누구보다 이 티발트와 싸움을 하지 않으려 했다. 왜냐하면 그가 줄리엣의 친척이었고 줄리엣이 아주 좋아하는 사람이었기 때문이다. 게다가 이 젊은 몬터규 사람은 천성적으로 지혜롭고 온화하여 가문의 싸움에 사사건건 개입하지 않았으며, 사랑하는 아내의 성인 캐풀렛이라는 이름은 화를 돋우는 표어가 아니라 분노를 완화하는 주문이 되었다. 그래서 그는 마치 몬터규 사람인 자신이 캐풀렛이라는 말을 내뱉을 때 은밀히 기쁨을 누리는 듯이 티발트에게 캐풀렛 사람이라며 부드럽게 인사하며 그를 설득하려고 무진 애를 썼다.

그러나 몬터규 사람이라면 지옥의 사자처럼 미워했던 티발트는 로미오의 설득하는 말을 듣지 않으려 했고 도리어 칼을 뺐다. 그리고 티발트와 평화롭게 지내려는 로미오의 속마음을 알지 못했던 머큐시오는 로미오의 인내를 수치스러운 굴복으로 여기고 경멸스러운 말로 티발트를 자극하여 자기와 싸움을 벌이자고 했다. 그러자 티발트와 머큐시오가 싸움을 벌였고 결국 머큐시오가 치명상을 입고 쓰러졌다. 그동안 로미오와 벤볼리오는 싸움꾼들의 싸움을 말리려고 애를 쓰고 있었지만 헛수고였다. 머큐시오가 죽자 로미오는 더이상 성질을 참지 못했고, 티발트가 자기에게 퍼부은 악당이라는 말을 조롱하듯 그에게 사용했다. 그리고 둘은 싸움을 벌였고, 결국 티발트가 로미오에게 죽임을 당했다.

정오에 베로나 한복판에서 벌어진 이 죽음의 싸움에 관한 소식이 퍼지자 많은 시민이 그곳으로 속히 몰려들었고, 늙은 캐풀렛 경과 몬터규 경도 부인들을 대동하고 왔다. 곧 티발트가 죽인 머큐시오와 인척이며 몬터규 가와 캐풀렛 가의 싸움으로 자주 혼란에 빠지는 정부의 평화를 유지해 오던 영주가 도착했다. 그는 가해자에게 가장 엄한 벌을 시행하려고 작정한 터였다. 이 소동의 목격자였던 벤볼리오는 영주의 명령을 받아 자초지종을 이야기해야 했다. 그는 로미오에게 해를 끼치지 않으려고 할 수 있는 대로 진실을 이야기하면서도 친구들의 편을 들고 그들을 변명해 주었다.

친척 티발트를 잃고 너무도 슬퍼서 복수심이 머리 끝까지 치솟은 캐풀렛 부인은 살인자를 엄격히 다스리고 벤볼리오의 설명을 귀담아 듣지 말 것을 영주에게 촉구했다. 벤볼리오는 로미오의 친구이며 몬터규 사람이므로 편파적으로 이야기하기 때문이라는 것이다. 그래서 그녀는 로미오를 고소했지만, 그가 사위 곧 줄리엣의 남편인 것을 알지 못했다.

한편 몬터규 부인이 자식의 생명을 위하여 탄원하면서 로미오가 티발트의 생명을 앗아갔을 때 형벌받을 만한 짓을 하지 않았다고 상당히 공정하게 주장했다. 왜냐하면 티발트의 생명은 이미 머큐시오를 죽임으로써 법률에 따라 상실되어야 하기 때문이라는 것이다. 영주는 여인들의 간절한 요구에 미동하지 않고 사실의 철저한 조사를 통하여 선고를 내렸고, 그 선고에 따라 로미오는 베로나에서 추방되었다.

비보를 접한 줄리엣은 불과 몇 시간 전에 신부였는데 이제 이 명령으로 영원히 이혼당한 듯이 느껴졌다. 이 소식이 그녀에게 당도했을 때, 줄리엣은 처음에 로미오에게 화가 났다. 그는 자신의 사랑하는 사촌을 죽인 사람이었다. 그녀는 로미오를 아름다운 독재자, 천사 같은 마귀, 굶주린 비둘기, 늑대의 본성을 가진 어린양, 얼굴은 화려하지만 마음은 뱀 같은 사람, 그 밖에 상반적인 내용을 담은 이름으로 불렀다. 이는 그녀의 마음에서 사랑과 분개가 갈등을 일으키고 있다는 표시였다. 그러나 결국 사랑이 승리를 거두었고, 로미오가 사촌을 죽인 데 대해 흘렸던 그녀의 눈물은 티발트가 죽이려 하던 남편이 살아 있는 것에 대한 기쁨의 눈물로 바뀌었다. 그러자 새로이 눈물이 쏟아졌다. 그리고 그것은 전적으로 로미오의 추방에 대한 슬픔의 눈물이었다. 그 말은 여러 명의 티발트가 죽었다는 말보다 그녀에게 더욱 두려운 것이었다.

로미오는 소동 후에 로렌스 신부의 독방으로 피신했다. 그 곳에서 그는 처음으로 영주의 판결을 알게 되었고, 그것은 그에게 죽음보다 두려운 것처럼 보였다. 그에게는 베로나 성벽 바깥에 세상이 없고, 줄리엣을 떠난 삶이 없는 듯이 보였다. 천국은 줄리엣이 사는 곳이었으며, 그 외의 곳은 연옥과 고문과 지옥이었다. 선량한 신부는 그의 슬픔을 달래려고 위로해 주려 했다. 그러나 극도로 흥분한 젊은이는 아무 말도 듣지 않으려 했고, 미친 사람처럼 머리카락을 뜯고, 자기 무덤을 만들어 달라고 하며 바닥을 굴렀다. 보기 흉한 처지에서 로미오는 사랑하는 아내에게서 전갈을 받고 조금 힘을 얻었다.

그런 후에 신부는 그의 남자답지 못한 연약함에 관하여 충고할 기회를 잡았다. 그가 티발트를 죽였지만, 저러다가 자기 자신과, 자신만 바라보고 사는 사랑하는 아내를 죽이지 않겠는가? 그는, 사람의 고결한 겉모습은 용기가 없으면 밀랍의 모습에 불과하다고 말했다. 법률은 그에게 관대하여, 그가 사람을 죽였지만 영주는 그에게 추방을 선고했다. 티발트가 그를 죽이려 했지만 그가 티발트를 죽였다. 얼마나 다행인가. 줄리엣은 살아 있고, 모든 소망을 뛰어넘어 그의 사랑하는 아내가 되었다. 이 점에서 그는 누구보다 행복했다.

신부가 일깨워 보여 준 이 모든 복을, 로미오는 부루퉁하고 토라진 아이처럼 아무것도 아닌 듯이 여겼다. 그리고 신부는 로미오에게 주의하라고 했다. 왜냐하면 그렇게 절망하는 사람은 비참하게 죽기 때문이라는 것이다. 그런 다음 신부는 로미오가 조금 안정되자 그날 밤에 몰래 줄리엣과 작별하고 만투아로 곧장 가서 거기서 그들의 결혼을 공포할 만한 적기를 발견하여 두 가문이 화해하는 즐거운 기회가 될 때까지 기다리라고 충고했다. 그런 다음, 신부는 영주가 그를 용서할 마음이 생길 것이며, 슬픔을 안고 떠날 때보다 스무 배나 기쁨을 안고 돌아오게 될 것으로 확신한다고 했다.

로미오는 신부의 이 지혜로운 충고에 확신을 품고, 줄리엣에게 가서 그날 밤을 함께 지내고 날이 밝으면 만투아로 가려고 했다. 선량한 신부는 이따금 만투아의 로미오에게 편지를 보내서 고향의 소식을 알려 주기로 약속했다.

〈로미오와 줄리엣의 이별〉, 1864, 안젤름 포이어바흐

그날 밤 로미오는 전날 밤 아내의 사랑 고백을 엿들은 과수원으로 해서 사
랑하는 아내의 침실로 몰래 들어가서 둘이 함께 지냈다. 순수한 기쁨과 황홀
의 밤이었다. 그러나 밤의 즐거움과 이 연인이 사귀며 느낀 기쁨은 이별의 기

약과 전날의 치명적인 사건으로 줄어들었다. 달갑지 않은 여명은 너무도 속히 임했고, 줄리엣은 종달새의 아침 노래를 듣고 그것이 밤에 노래하는 나이팅게일이라고 믿으려 했다. 그러나 노래하는 것은 어김없는 종달새였다. 그리고 그녀에게는 그것이 조화롭지 못하고 듣기 싫은 노래처럼 들렸다. 동쪽에서 비치는 아침 햇살은 이 연인들이 헤어져야 할 때라는 것을 너무도 분명하게 보여 주었다.

로미오는 매일 매시간 만투아에서 그녀에게 편지하겠다고 약속하고 무거운 마음으로 아내와 작별했다. 그리고 그가 그녀의 침실 창문에서 내려와서 땅에 섰을 때, 줄리엣은 불길한 육감으로 로미오를 무덤 바닥에 누운 죽은 사람처럼 느꼈다. 로미오의 마음도 비슷하게 공포를 느꼈다. 그러나 이제 그는 급히 떠나지 않을 수 없었다. 왜냐하면 그가 아침에 베로나 성벽 안에서 발각되면 죽임을 당하기 때문이었다.

그러나 이것은 불행한 연인의 비극의 시작이었다. 로미오가 떠나고 며칠 되지 못해서, 나이 많은 캐퓰렛 경은 줄리엣에게 배필을 소개했다. 그는 딸이 이미 결혼한 줄을 꿈에도 생각지 않고 딸을 위하여 남편감을 골라 주었는데, 그는 용감하고 젊고 고상한 신사인 패리스 백작이었다. 줄리엣이 로미오를 만나지 않았다면 그녀에게 어울리는 배필이었다.

두려운 줄리엣은 아버지의 제안에 당황하며 슬픔에 잠겼다. 그녀는 자기가 어려 결혼할 때가 되지 않았으며, 최근에 티발트가 죽어 기쁜 얼굴로 남편을 맞을 마음이 되지 않으며 그의 장례식이 채 끝나기도 전에 캐퓰렛 가문이 결혼식을 거행하는 것이 참으로 예의에 벗어난다고 주장했다. 그녀는 배필감을 싫어하는 온갖 이유를 갖다 댔다.

그러나 진짜 이유는 자신이 이미 결혼했기 때문이었다. 그러나 캐퓰렛 경은 딸의 변명에 전혀 귀기울이지 않았고, 단호한 태도로 딸에게 시집갈 준비

"곤경에 빠진 줄리엣은 친절한 신부에게 찾아갔다"
— 월터 파젯

를 하라고 명령했다. 왜냐하면 다음 목요일에 패리스에게 시집가도록 되어 있기 때문이었다. 그리고 베로나에서 가장 도도한 아가씨라도 즐겁게 받아들일 만한 젊고 돈많은 귀족 남편을 구해 주었기 때문에, 캐풀렛 경은 자기가 보기에 수줍어서 거부하며 행운을 박차는 딸의 태도를 참을 수 없었다.

곤경에 빠진 줄리엣은 괴로울 때 언제나 자신의 조언자가 되어 준 친절한 신부에게 찾아갔다. 그리고 그 신부는 목숨을 건 해결책을 따를 결심이 섰느냐고 물었고, 그녀는 남편이 엄연히 살아 있는데 패리스에게 시집가느니 산 채로 무덤에 들어가겠다고 대답했다.

신부는 그녀를 집으로 돌려보내고 즐거운 모습을 지으며 아버지의 뜻대로 결혼 전야인 다음 날 밤에 패리스에게 시집가겠다고 하고, 그런 다음 자신이 준 약병을 마시라고 했다. 그 약을 먹으면 마흔두 시간 동안 차갑고 죽은 사람처럼 된다. 그리고 신랑이 아침에 그녀를 데리러 오면, 죽은 사람 같은 그녀를 발견하게 될 것이다. 그러면 그녀는 베로나의 관습대로 아무것도 덮지 않고 관대에 실려 가문의 납골당에 안치될 것이다. 그녀가 나약한 두려움을 던지고 이 두려운 방법을 감행할 수 있다면, 약물을 마시고 마흔두 시간이 지난

후에 잠에서 깨듯 틀림없이 일어날 것이다. 그리고 그녀가 깨어나기 전에 신부는 그녀의 남편에게 동향을 알려 주어 그가 밤에 들어와 그녀를 데리고 만투아로 가게 될 것이다. 사랑, 그리고 패리스에게 시집가게 된다는 두려움에 그녀는 두려운 모험을 감행할 용기를 얻었다. 그리고 그녀는 신부의 지시를 따르기로 하고 그의 약병을 받아 들었다.

그녀는 수도원에서 돌아와 젊은 패리스 백작과 만났고, 적당히 시치미를 떼며 그의 신부가 되겠다고 약속했다. 이는 캐풀렛 경과 그의 아내에게 즐거운 소식이었다. 노인에게 젊음을 안겨다 주는 것 같았다. 그리고 백작을 거부하며 그를 너무도 싫어했던 줄리엣은 다시금 그의 사랑하는 사람이 되었고, 순종할 것을 약속했다. 집 안은 곧 있을 결혼식 준비로 온통 야단법석이었다. 베로나에서 일찍이 없었던 성대한 잔치를 준비하느라 돈을 전혀 아끼지 않았다.

수요일 밤, 줄리엣은 물약을 다 마셔 버렸다. 그녀는 신부가 자신을 로미오와 결혼시켰다는 세인들의 비난을 피하기 위하여 자기에게 독약을 주지 않았을까 걱정했다. 그러나 그는 당시에 거룩한 인물로 평판이 자자했다. 또한 로미오가 그녀를 찾으러 올 시간 이전에 깨지 않을까 걱정했고, 또 죽은 캐풀렛 가문 사람들의 뼈로 가득 차 있고 티발트가 피투성이가 되어 수의를 입고 썩어 가고 있는 납골묘의 공포로 정신이 나가지 않을까 두려워했다. 다시금 그녀는 죽은 시체를 둔 곳에 출몰하는 귀신들에 관한 이야기를 떠올렸다. 그러나 로미오에 대한 사랑과 패리스에 대한 혐오가 되살아났고, 그녀는 물약을 필사적으로 삼키며 정신을 잃어버렸다.

젊은 패리스 백작이 신부를 깨우려고 음악을 연주하며 아침 일찍 왔을 때, 그녀의 방은 살아 있는 줄리엣이 아니라 생명 없는 시체의 두려운 모습을 보여 주었다. 그의 소망은 산산조각 나고 말았다. 온 집은 당혹감으로 넘쳐흘렀다.

가련한 패리스 백작은 두 사람이 손을 맞잡기도 전에 가장 혐오스러운 죽음이 자신을 속여 빼앗아 가 버린 신부를 보고 슬퍼했다. 그러나 더욱 슬픈 것은 눈에 넣어도 아프지 않고 위안을 주던 하나밖에 없는 불쌍한 자식을 잔인한 죽음으로 잃어버린 나이 많은 캐퓰렛 경과 부인의 곡소리였다.

이 사려깊은 부모는 전도양양하고 조건 좋은 배필을 구해 딸이 더 나아지는 것을 보려는 순간에 그 일을 당한 것이다. 그러니 잔치를 위해 정해진 모든 일은 성격이 바뀌어 검은 장례식을 위한 행사가 되었다. 결혼식 음식은 서글픈 장례식 식사로 대접되었고, 결혼식 노래는 음울한 장송곡으로 바뀌었으며, 활기찬 악기들은 우울한 종으로 바뀌었고, 신부의 길에 뿌릴 꽃들은 이제 그녀의 시체에다 뿌려졌다. 그리고 그녀의 결혼식을 집전할 신부 대신 그녀를 장례지낼 신부가 필요했다. 그리고 그녀는 산 자의 즐거운 소망을 부풀게 하려고 교회로 옮겨가는 게 아니라 망자의 쓸쓸한 수효를 늘이기 위하여 그리로 옮겨갔다.

나쁜 소식은 항상 기쁜 소식보다 빨리 달리는 법이다. 로렌스 신부가 이것이 가짜 장례식이며, 죽음의 그림자와 흉내에 불과하며, 로미오의 사랑하는 아내가 무시무시한 방에서 로미오의 도착으로 풀려날 것을 기대하며 잠시 무덤에 누워 있게 될 것임을 알려 주려고 보낸 심부름꾼이 도착하기 전에, 줄리엣의 죽음에 관한 끔찍한 이야기가 만투아의 로미오에게 전해졌다. 그 일이 있기 바로 직전에 로미오는 매우 즐겁고 마음이 쾌활했다. 그는 그날 밤에 자신이 죽고(죽은 사람에게 생각할 짬을 주는 이상한 꿈이었다) 아내가 와서 자신이 죽은 것을 보고 자기의 입술에 입맞추어 생명을 불어넣자 자신이 살아나 황제가 되는 꿈을 꾸었다. 그런데 심부름꾼 하나가 베로나에서 오자, 그는 자신의 꿈이 이미 보여 준 희소식을 확인해 주는 것이라고 확신했다.

그러나 기분 좋은 꿈과 정반대되는 일이 일어나서 진짜로 죽은 것은 자신의 아내이며 자신이 입맞춤으로 되살릴 수 없는 것으로 드러났을 때, 그는 말을 대기하도록 명령했다. 왜냐하면 그날 밤에 베로나로 떠나 무덤에 누운 아내를 보기로 결심했기 때문이다. 그리고 자포자기한 사람들의 생각에 나쁜 영향력이 신속히 효력을 미치듯이, 그는 최근 만투아에서 만난 가련한 약종상을 떠올렸다. 그리고 굶주린 것처럼 보이는 그 사람의 거지 같은 용모와 더러운 선반에 텅빈 상자들이 진열된 비참한 그의 가게 모습과 그 밖의 지극히 비참한 몰골들을 생각하고 이렇게 말했다(아마 자신의 참담한 삶이 그처럼 가망 없는 결말을 맞을 것이라고 염려했다).

"만투아 법률에 따르면 독을 파는 것이 사형에 해당하지만 독이 필요한 사람이 있다면, 저 가난뱅이 영감이 팔겠지."

이런 생각이 떠오르자 그는 약종상을 찾아 나섰다. 그리고 일부러 망설이는 척하다가 그에게 황금을 주었고, 가난한 그는 황금을 뿌리칠 수 없어서 독을 팔았다. 그리고 만일 독을 마시면 20명을 당해 낼 수 있는 장사라도 금방 죽을 것이라고 말했다.

로미오는 무덤에 누운 사랑하는 아내를 보기 위하여 독약을 갖고 베로나로 떠났다. 즉 아내의 모습을 본 다음 독약을 마시고 아내 옆에 눕기 위함이었다. 그는 한밤중에 베로나에 도착하여 교회뜰을 찾았다. 이 뜰 중앙에 캐퓰렛 가문의 유구한 무덤이 있었다. 그는 횃불과 삽과 꼬인 철사를 준비하여 무덤 문을 부수고 들어갔다. 그때 "야비한 몬터규 놈!"이라 부르며, 불법적인 일을 그만두라고 명령하는 목소리에 하던 일을 중단하고 말았다. 그것은 한밤중에 자신의 신부가 될 뻔한 여인의 무덤 위에 꽃을 뿌리러 줄리엣의 무덤을 찾아온 젊은 패리스 백작이었다.

그는 로미오가 죽은 자와 무슨 관계가 있는지 알지 못했지만, 그가 (짐작을 통해서) 몬터규 사람, 모든 캐퓰렛 가문의 철천지 원수라는 것을 알았다. 그리고 그는 로미오가 죽은 시체에 야비하게 모욕을 주려고 야밤에 왔다고 판단했다. 그러므로 화난 목소리로 로미오에게 중단하라고 명령했다. 그리고 베로나의 법에 따라 베로나의 성벽 안에서 발각되면 죽임을 당하도록 되어 있는 죄수이므로 그를 붙잡으려 했다. 로미오는 패리스 백작더러 자신을 떠나라고 촉구했고, 거기 누워 있는 티발트처럼 자신의 화를 촉발하지 않게 하라고, 혹은 그를 어쩔 수 없이 죽이게 하여 자기 머리에 다른 죄가 임하지 않게 하라고 경고했다. 그러나 백작은 조소하며 그의 경고를 거부했고, 그를 중죄인처럼 여기고 잡으려 했다. 그러자 로미오가 그것을 뿌리쳤고 둘은 서로 결투했다. 결국 패리스 백작이 넘어졌다.

로미오가 횃불을 사용하여 자신이 죽인 사람이 누구인지 보았더니 그가 패리스 백작 곧 (만투아에서 오면서 알게 되었듯이) 줄리엣과 결혼할 사람임을 발견했다. 그러자 그는 죽은 젊은이를 손에 붙들고 저승길의 동무로 삼고 승리의 무덤에 그를 매장시켜 주겠다고 말했다. 자신이 지금 열어 놓은 줄리엣의 무덤을 두고 한 말이었다. 그리고 그곳에는 자기의 아내가 누워 있었다. 죽음이 찾아왔어도 어느 부분 어느 모양 하나 바꿀 수 없는 비할 데 없는 미인처럼 누워 있었다. 어쩌면 죽음의 신이 연모하고, 야위고 혐오스러운 괴물이 그녀를 거기 두고 즐기는 것 같았다. 왜냐하면 그녀는 무감각하게 만드는 물약을 마시고 잠들었으므로 윤기가 흘렀고 활짝 핀 꽃송이 같았기 때문이다.

그리고 그녀 옆에는 피범벅된 수의를 입고 티발트가 누워 있었다. 로미오는 그를 보고 생명 없는 시체에게 용서를 빌었다. 그리고 줄리엣 때문에 그를 사촌이라고 부르고, 곧 그의 원수인 자기를 죽임으로써 호의를 표시하겠다고 말했다. 로미오는 아내의 입술에 입맞추고 작별을 고했다. 그는 약종상에게서 산 독약을 삼키며 자신의 지친 몸에서 고통의 짐을 털어 내었다. 독약의 효과는 줄리엣이 삼켰던 물약과는 달리 치명적이었다. 줄리엣의 물약은 조금 후에 효력이 사라져서 그녀를 깨어나게 하여, 로미오가 시간을 지키지 않았다거나 너무 일찍 왔다고 불평하게 할 것이었다.

이제 신부의 약속대로 그녀가 깨어날 시간이 다가왔다. 그리고 신부는 만투아에 보낸 편지가 불행히도 심부름꾼의 감금으로 로미오에게 전달되지 않은 것을 알고 곡괭이와 등불을 들고 줄리엣을 꺼내 주려고 왔다. 그러나 그가 와서 보니, 캐풀렛의 납골묘에 이미 불이 밝혀져 있고 근처에 칼과 피가 있으며, 로미오와 패리스 백작이 숨쉬지 않고 납골묘 옆에 누워 있었다.

신부가 어떻게 이 처참한 사건이 일어났는지 추측해 보기도 전에, 줄리엣이 혼수 상태에서 깨어나 자기 옆에 신부가 있는 것을 보고 자신이 있는 곳과 자신이 거기 있게 된 경위를 기억했다. 그리고 로미오에 관하여 물었다. 그러나 신부는 소음을 듣고, 그녀더러 죽음의 장소에서, 부자연스러운 잠에서 벗어나라고 말했다. 왜냐하면 자기보다 더 큰 권세가 자기들의 의도를 좌절시켜 버렸기 때문이다. 그리고 그는 사람들이 오는 소리를 듣고 놀라 도피했다. 그러나 줄리엣은 연인의 손에 쥐어져 있는 잔을 보고, 그가 독약을 마시고 죽은 것으로 짐작하고 남은 독을 마시려 했다. 그리고 독약이 로미오의 입술에 남아 있는지 알아보려고 아직 따스한 입술에 입맞추었다. 그리고 사람들이 다가오는 소리가 점점 가까워지자 그녀는 갖고 있던 단검을 뽑아 자신을 찌르고 로미오의 옆에서 죽었다.

이 시간에 경비대가 이 장소로 왔다. 주인과 로미오의 싸움을 목격했던 패리스 백작의 시종이 놀라 그들에게 신고했고, 사람들이 어설프게 소문을 들은 대로 베로나 거리를 오르내리며 혼잡스럽게, 패리스! 로미오! 줄리엣! 하며 외쳐댔고, 그 소동으로 몬터규 경과 캐풀렛 경이 침대에서 일어나 영주와 더불어 소란의 진상을 알아보러 나섰다. 신부는 교회 묘지에서 나오며 이상하게 떨며 한숨쉬며 울고 있다가 경비대에게 발각되었다. 많은 사람들이 캐

〈줄리엣의 죽음〉, 1793, 매튜 윌리엄 피터스

풀렛 납골묘에 모였고, 신부는 영주의 명령을 받아 이 이상하고 참혹한 사건에 관하여 아는 바를 전해야 했다.

거기 나이 많은 몬터규 경과 캐풀렛 경의 면전에서 신부는 그들의 자녀들의 운명적인 사랑 이야기와, 두 가문의 오랜 싸움을 끝낼 소망으로 그들의 결혼식을 자신이 집례한 것과, 죽어 있는 로미오가 어떻게 줄리엣의 남편이 된 것과, 거기 죽어 있는 줄리엣이 로미오의 신실한 아내인 것과, 그가 그들의 결혼을 알릴 만한 적절한 기회를 찾기 전에 줄리엣의 다른 배필이 나타나자 줄리엣이 중혼의 범죄를 저지르지 않기 위해 잠자는 물약을 삼켜서 모든 사람이 죽은 줄로만 생각하게 된 것과, 그런 동안 그가 로미오에게 편지를 써서 그에게 이리 와서 물약의 약효가 그치면 아내를 데리고 가라고 한 것과, 심부름꾼이 불행히도 편지를 로미오에게 전달하지 못한 것을 말했다. 신부는 더 이상 이야기를 할 수 없었으며, 자신이 줄리엣을 죽음의 장소에서 구출하려고 왔다가 패리스 백작과 로미오가 죽어 있는 것을 본 것 말고는 더 이상 알지 못했다.

남은 이야기는 패리스와 로미오가 싸우는 것을 보았던 시종의 설명과 로미오와 함께 베로나에서 와서 이 신실한 연인 로미오에게서 편지를 받아 그의 죽음에 관한 소식을 로미오의 아버지에게 전달하도록 되어 있던 하인의 설명에 의하여 채워졌다. 로미오의 편지에는, 선량한 신부의 말을 보충하면서, 그가

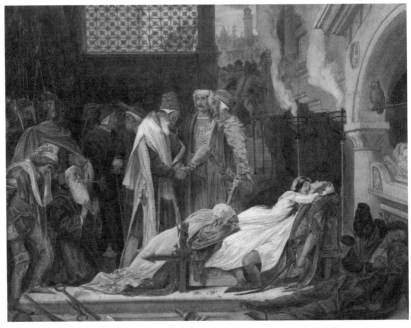

〈로미오와 줄리엣의 죽음 그리고 몬터규와 캐퓰렛의 화해〉, 1855, 프레더릭 레이턴(1830-1896)

줄리엣과 결혼한 것을 고백하고, 부모들의 용서를 간구하고, 가난한 약종상의 독약을 산 것을 시인하고, 무덤으로 들어가 죽어서 줄리엣과 함께 눕고자 한 내용이 담겨 있었다.

이 모든 이야기를 통하여, 신부는 매우 인위적이고 교묘하긴 했지만 좋은 의도와 달리 엉뚱하게 벌어진 이 복잡한 살육에 개입되었다는 혐의를 벗게 되었다.

그리고 영주는 나이 많은 몬터규 경과 캐퓰렛 경을 보며, 그들의 잔인하고 비이성적인 적대감을 꾸짖고, 하늘이 그런 잘못에 큰 벌을 내려 그들의 자녀들의 사랑을 통하여 그들의 비정상적인 증오를 처벌하려 했음을 보여 주었다.

그러자 나이 많은 귀족들은 더 이상 적대감을 품지 않고 자녀들의 무덤에다 자신들의 오랜 다툼을 묻어 버리기로 합의했다. 그리고 캐풀렛 경은 젊은 캐풀렛 사람과 젊은 몬터규 사람의 결혼을 들어 사돈이라고 부르며 몬터규 경에게 악수를 청했다. 마치 두 가문의 결합을 시인하는 듯했다. 그리고 몬터규 경의 손을 (화해의 표시로) 자기 딸에게 보내 오는 채단으로 삼겠으며 그것으로 충분하다고 말했다.

그러나 몬터규 경은 더 이상을 드리겠다고 말했다. 왜냐하면 그는 줄리엣의 순금상을 만들어 베로나가 세상에 알려지는 동안 참되고 정숙한 줄리엣의 상이 값어치나 솜씨에서 천하 제일로 칭송 받게 할 생각이었기 때문이다. 그러자 캐풀렛 경이 자기도 로미오의 상을 세우겠다고 말했다. 그래서 가련한 노(老)귀족들은 너무도 늦게 서로에게 질세라 예의를 다하려 했다.

지난날 그들의 분노와 적대감이 너무도 심했던 까닭에, 그들의 싸움과 반목의 가련한 희생물이었던 그 자녀들의 두려운 죽음이 아니고서는 귀족 가문의 뿌리깊은 미움과 질투를 제거할 길이 없었던 것이다.

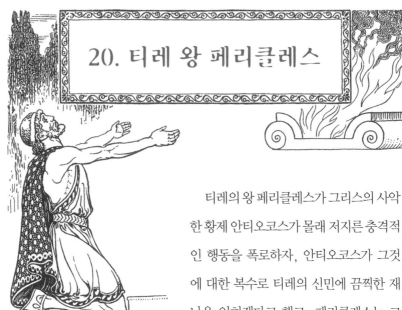

20. 티레 왕 페리클레스

티레의 왕 페리클레스가 그리스의 사악
한 황제 안티오코스가 몰래 저지른 충격적
인 행동을 폭로하자, 안티오코스가 그것
에 대한 복수로 티레의 신민에 끔찍한 재
난을 입히겠다고 했고, 페리클레스는 그
것을 피하려고 스스로 자기 나라를 떠나
망명객이 되었다. 사실 높은 사람들의 은
밀한 죄를 꼬치꼬치 캐는 것은 대개 위험천만한 일이다. 페리클레스는 유능
하고 정직한 장관 헬리카누스에게 국가 통치를 맡기고, 강력한 안티오코스의
분노가 가라앉을 때까지 자리를 비우겠다고 생각하고 배를 타고 티레를 벗어
났다.

왕이 맨 처음 닿은 곳은 타르수스였다. 당시에 타르수스가 심한 기근에 시
달리고 있다는 말을 들은 페리클레스는 구호품으로 식량을 가지고 갔다. 도
착하자마자 그는 타르수스 시가 극심한 재난에 빠진 것을 발견했다. 그리고
페리클레스가 기대하지 않던 구호품을 가지고 하늘의 사자처럼 오니까, 타르
수스의 총독 클레온은 감지덕지 그를 환영했다. 페리클레스는 이곳에서 잠시
지내다가 자신의 충직한 장관에게서 타르수스에 머무는 것이 안전하지 않다
는 경고의 서한을 받고 떠나야 했다. 안티오코스가 그의 체류를 알고 밀사를

급파하여 그의 생명을 노리기 때문이었다. 이 편지를 받자마자 페리클레스는 구호 식량을 받은 온 백성의 축복과 기도를 받으며 다시금 바다로 떠났다.

멀리 항해하지 않아 그의 배가 무서운 폭풍우를 만나는 바람에, 승선한 모든 사람이 죽고 페리클레스만 파도에 밀려 헐벗은 채로 이름 모르는 섬에 닿았고, 거기서 배회하다가 가난한 어부들을 만났다. 어부들은 그를 집으로 초대하여 옷가지와 음식을 주었다. 어부들은 페리클레스에게 자기 나라의 이름이 펜타폴리스이며, 자기들의 왕이 시모니데스라고 했다. 왕은 평화롭게 나라를 잘 다스려 흔히 착한 시모니데스라고 불렸다. 또한 페리클레스는 그들로부터, 시모니데스에게 아리따운 젊은 딸이 있으며, 다음 날이 그녀의 생일이라 궁전에서 큰 경기가 열리며 모든 지역에서 많은 왕들과 기사들이 아리따운 공주 타이사의 사랑을 얻고자 무술을 겨룬다는 것을 알았다.

이 이야기를 들은 페리클레스가 훌륭한 갑옷을 잃어버려 용감한 기사들 틈에 끼어 실력을 발휘할 수 없는 것을 혼자서 탄식했는데, 어떤 어부가 어망으로 바다에서 건진 갑옷 한 벌을 갖다주었다. 알고 보니 페리클레스가 잃어버린 것이었다. 페리클레스는 자신의 갑옷을 보고 말했다. "행운의 신이여, 감사드립니다. 온갖 시련 뒤에 자신을 회복할 만한 것을 주시는군요. 이 갑옷은 돌아가신 선친께서 내게 하사하신 것이어서 평소에 끔찍이 여기던 것입니다. 그래서 어디를 가더라도 가지고 다녔는데 그만 거친 바다에서 잃어버렸으나 이제 다시 내게 돌아왔으니 감사를 드립니다. 선친의 선물을 다시 가졌으니 파선도 불행으로 생각되지 않습니다."

다음 날 페리클레스는 용맹한 아버지의 갑옷을 입고 시모니데스의 왕궁에 모습을 드러냈다. 그는 무술 경기에서 놀라운 솜씨를 뽐내었으며, 타이사의 사랑을 얻기 위하여 모인 모든 용감한 기사와 용맹한 왕들을 쉽게 물리쳤다. 용감한 전사들이 공주의 사랑을 얻기 위하여 궁전 경기에서 싸울 때 한 사람이 나머지 모든 사람을 무찌르면, 공주는 모든 존경을 승리자에게 바쳤다. 그래서 타이사도 역시 관행을 따랐다. 그녀는 페리클레스가 무찌른 모든 왕과 기사들을 그 자리에서 버리고 특별한 호의와 존경을 그에게 표시했으며 그를 그날의 행복을 차지한 왕으로 여기고 승리의 월계관을 그에게 씌워 주었다. 그리고 페리클레스는 그녀를 처음 본 순간부터 이 아름다운 공주를 열렬히 사랑하는 연인이 되었다.

착한 시모니데스 왕은 페리클레스의 용맹과 고결한 성품을 진심으로 인정하였으므로, 기품 있는 나그네의 지위를 알지 못했지만 그를 향한 딸의 사랑이 분명한 것을 보고 그를 사위로 맞이하기를 부끄러워하지 않았다. 사실 페리클레스는 참으로 뛰어난 신사이며 온갖 탁월한 재주를 연마한 인물이었으나 안티오코스를 두려워하여 자신이 티레의 일개 신사라고만 했던 것이다.

페리클레스는 여러 달 지나지 않아서 타이사와 결혼했고, 자기의 원수 안티오코스가 죽었다는 정보를 접했다. 그래서 그가 오랫동안 떠나 있는 것을 참지 못했던 티레의 신민들은 반란을 일으켜 공석인 왕위에 헬리카누스를 대신 앉히는 일을 의논했다. 이 소식은 바로 헬리카누스가 전해 왔다. 그는 왕의 충직한 신하였기에 왕위에 오르라는 제안을 받아들이지 않고 사람을 보내 페리클레스에게 그들의 의도를 알려서 그가 본국에 돌아와 합법적인 권리를 다시 찾도록 했다.

정체 불명의 기사인 사위가 유명한 티레 왕이라는 사실을 발견하고 시모니데스는 너무도 놀라고 기뻐했다. 하지만 그는 페리클레스가 일개 신사가 아닌 것이 애석했다. 왜냐하면 감탄할 만한 사위와 사랑하는 딸과 이제 헤어져야 했기 때문이다. 그는 그들을 바다의 위험에 내맡기는 것이 두려웠다. 타이사에게 아이가 있었기 때문이다. 그리고 페리클레스는 아내가 해산할 때까지 아버지께 있기를 바랐지만, 가련한 부인이 너무나도 남편을 따라가고 싶어하자 마침내 두 사람은 그렇게 하라고 승낙했다. 그녀가 아기를 낳기 전에 티레에 도착하기만을 바랐다.

바다는 불행한 페리클레스에게 호의적인 자연 세력이 아니었다. 그들이 티레에 도착하기 훨씬 전에 또다시 무서운 폭풍우가 일어났다. 타이사는 폭풍우를 보고 겁에 질려 그만 병들었고, 잠시 후에 그녀의 유모 리코리다가 어린아이를 팔에 안고 페리클레스에게 데려와서는 그의 아내가 아기를 낳자마자 죽었다는 슬픈 소식을 전했다. 그녀는 아기를 아버지에게 내밀며 말했다. "이런 곳에 계시기엔 너무 어린 분입니다. 돌아가신 왕비님의 아기입니다."

아내가 죽었다는 말을 들었을 때 페리클레스가 겪은 두려운 고통은 형언할 수 없었다. 겨우 말을 할 수 있게 되자, 그는 이렇게 말했다. "신들이여, 왜 우리에게 좋은 선물들을 좋아하게 해놓고는 빼앗아 가십니까?"

"참으십시오, 전하. 돌아가신 왕비님이 남기신 것은 이 어린 공주님뿐입니다. 공주님을 봐서라도 마음을 더욱 굳게 잡수십시오. 이 소중한 아기를 위해서라도 참으십시오."

페리클레스는 갓난아기를 팔에 안고 그에게 말했다. "네 인생이 평탄하기를 바란다. 너보다 비통하게 태어난 아기는 없으니 말이다. 네 앞길이 평탄하고 순조롭게 되기를 바란다. 왕의 자식으로 태어나 너만큼 험한 꼴을 만난 아기는 없으니 말이다. 앞으로 행복하기를 바란다. 불과 공기와 물과 흙과 하늘이 태에서 나오는 너를 알리느라 미친 듯이 날뛰었으니 말이다. 처음에 네가 잃은 것(아기 어머니의 죽음을 뜻한다)이 네가 찾아온 이 땅에서 발견하게 될 모든 기쁨으로도 갚을 수 없을 만큼 크구나."

폭풍우는 여전히 미친 듯이 맹위를 떨쳤고, 선원들은 시신이 배에 있으면 폭풍우가 절대 그치지 않을 것이라는 미신을 믿었기에 페리클레스에게 왕비를 바다로 던져야 한다고 요구하며 이렇게 말했다. "전하, 용기를 내십시오.

전하? 하느님이 전하를 건져 주시기를."

슬픔에 잠긴 왕이 대답했다. "용기는 얼마든지 있다. 나는 폭풍우 따윈 두렵지 않다. 그리고 폭풍우가 내게 상처를 입힐 만큼 입혔다. 하지만 졸지에 뱃사람이 된 이 가련한 아기를 생각하니 폭풍우가 그쳤으면 한다."

"전하, 왕비님을 배 밖으로 던지셔야 합니다. 파도가 거세며 바람이 강한데, 죽은 사람을 배에서 치우지 않으면 폭풍우가 잠잠해지지 않을 것입니다."

페리클레스는 이 미신이 얼마나 허약하고 근거 없는 것인지 잘 알았지만, 순순히 그 말을 따르며 말했다. "너희들의 생각이 그렇다면, 왕비를 배 밖으로 던져 버려라. 세상에서 가장 비참한 왕비를!"

그러자 이 불행한 왕은 죽은 아내의 모습을 마지막으로 보았다. 타이사를 바라보며 그는 이렇게 말했다. "여보, 끔찍한 해산을 치렀구려. 빛도 불도 없고, 무정한 자연도 그대를 완전히 잊어버렸소. 그대를 무덤에 안치할 여유도 없어 겨우 관에 넣어 바다에 던져 버리오. 조개 껍데기와 더불어 누운 그대의 시신을 묘비 대신에 출렁이는 물결이 덮어 주겠지. 리코리다, 네스토에게 향료와 잉크와 종이 그리고 내 작은 상자와 보석을 가져오라고 하시오. 그리고 니칸도에게는 윤기나는 관을 가져 오라 하시오. 아기를 베개에 누이고 속히 가도록 하시오. 그러는 동안 나는 타이사에게 작별의 인사를 해야겠소."

그들은 페리클레스에게 큰 상자를 가지고 왔고, 페리클레스는 그 안에 왕비를 공단 수의로 싸서 누이고, 향기로운 향료를 뿌리고 그 옆에 값진 보석을 두고, 그녀가 누구인지를 알리면서 다행히 누가 아내의 시체가 담긴 상자를 발견하면 땅에 묻어 달라고 부탁하는 글을 남겼다. 그런 다음 그는 손수 그 관을 바다에 던졌다. 폭풍우가 그치자, 페리클레스는 선원들에게 타르수스로 가자고 명령하고 이렇게 말했다. "우리가 티레에 도착할 때까지 아이가 견딜 수 없을 테니 타르수스에 두어 잘 자라게 해야겠어."

"그는 손수 그 관을 바다에 던졌다." — 노먼 M. 프라이스

타이사를 바다에 던진 폭풍우 몰아치는 밤이 지나고 아직 이른 아침에 에페수스의 훌륭한 신사이며 솜씨 좋은 의사인 세리몬이 바닷가에 서 있는데, 하인들이 상자를 갖고 왔다. 그들은 그것이 파도에 밀려 육지에 닿은 것이라고 했다. "이 해변에 상자를 밀고 온 파도만큼 큰 파도는 일찍이 본 적이 없습니다" 하고 하인 하나가 말했다.

세리몬은 이 상자를 집으로 옮기라고 지시하고, 옮겨다가 열어 보니 놀랍게도 거기에는 젊고 사랑스러운 여인의 시신이 놓여 있었다. 그리고 향기 좋은 향료와 값진 보석 상자를 보고서 그는 기이하게 장사된 이 사람은 상당히 유력한 인물이라고 결론지었다. 그래서 좀 더 살펴보니 종이가 발견되었는데, 그것을 읽고 세리몬은 자기 앞에 죽어 누워 있는 시체는 왕비였으며 티레의 왕 페리클레스의 아내임을 알았다. 사건이 참으로 이상하다고 생각하고 또 이 아름다운 여인을 잃은 남편을 측은히 여기면서 "페리클레스, 만일 당신이 살아 계신다면 비통하여 가슴이 찢어지셨겠구려" 하고 말했다.

그런 다음 타이사의 얼굴을 찬찬히 뜯어보고, 그는 그녀의 얼굴에 화색이 돌며 죽은 사람 같지 않은 것을 발견하고 "당신을 바다에 던져 버리다니 그 사람들, 성미 한 번 급했군요" 하고 말했다. 참으로 그녀가 죽은 것 같지 않았기 때문이다. 그는 불을 밝히라고 지시하고 강심제를 먹이고 부드러운 음악을 연주하여, 혹시 그녀가 소생할 경우 놀라지 않도록 했다. 그리고 그녀를 보고 의아해하며 주위에 모인 사람들에게 말했다.

"신사분들, 좀 물러나 주시면 좋겠소이다. 이 왕비님은 살아나실 거요. 왕비님은 정신을 잃으신 지 다섯 시간이 되지 않으셨소. 자, 왕비님이 다시 숨을 쉬기 시작하시오. 살아 계신단 말이오. 눈꺼풀이 움직이는 걸 보시오. 이 아름다운 분이 살아나셔서 그 운명에 관하여 이야기하시면 우리의 눈시울이 뜨거울 것이오."

"상자는 파도에 밀려 에페수스에 닿았다." — 찰스 폴카르드

타이사는 결코 죽지 않았다. 그러나 갓난아기가 태어난 직후 깊은 졸도 상태에 떨어지는 바람에, 그 모습을 본 사람들이 그녀를 죽은 줄로 여겼던 것이다. 그래서 이제 이 친절한 신사의 치료를 받아 그녀는 다시금 소생하여 빛을 보았다. 그리고 눈을 떠서 물었다. "제가 지금 어디 있는 거죠? 제 남편은 어디 계세요? 여기가 어디죠?"

세리몬은 찬찬히 일어난 일을 알려 주었다. 그리고 충분히 기운을 차려 시력을 회복했다고 판단하고 그녀의 남편이 쓴 글과 보석을 보여 주었다. 그러자 그녀는 편지를 보고 "이건 남편의 글씨로군요. 배를 타고 바다로 나간 기억이 분명히 있어요. 하지만 아기를 낳았는지, 거룩한 신들을 두고 맹세하지만 정확하게 말할 수 없어요. 그러나 다시는 남편을 뵐 수 없으니 신녀(神女)의 옷을 입고 다시는 기쁨을 누리지 않겠어요."

"부인, 말씀하시는 대로 하고 싶으시면, 디아나 신전이 여기서 과히 멀지 않습니다. 거기서 신녀로 계실 수 있을 겁니다. 게다가 원하신다면 제 조카를 딸려 보내겠습니다."

타이사는 이 제안을 감사하게 받았다. 그리고 그녀가 완전히 회복되자, 세리몬은 그녀를 디아나 신전에 보냈고, 거기서 그녀는 여신의 여사제 혹은 신녀가 되었다. 그리고 남편을 잃어버린 슬픔 속에, 그리고 가장 경건한 수련 생활을 하며 나날을 보냈다.

페리클레스는 바다에서 태어났다고 해서 어린 딸을 마리나라고 이름짓고 타르수스로 데리고 갔다. 타르수스의 총독 클레온과 그의 아내 디오니시아에게 맡겼다. 기근으로 고생하던 시절 그들에게 선을 베풀었으니 엄마 잃은 이 어린 딸을 그들이 잘 대해 주리라고 생각했던 것이다. 클레온은 페리클레스왕이 큰 해를 입었다는 말을 듣고, "아름다우신 왕비님! 하늘이 기뻐하셨다면 왕비님을 보는 축복을 누렸을 텐데!" 하고 말했다.

페리클레스는 말했다. "우리야 위의 권세에 따를 수밖에 없잖습니까? 제가 타이사가 누워 있는 바다처럼 격노하며 으르렁거린다 해도 결말은 똑같았을 것입니다. 여기 내 아기를 당신에게 맡겨야겠습니다. 아이를 맡길 테니 공주답게 잘 키워 주시기를 바랍니다." 그리고 클레온의 아내

"제가 지금 어디 있는 거죠? 제 남편은 어디 계세요?"
— 조지 소퍼

디오니시아를 보고 "부인, 부디 제 아이를 맡아 키워 주시기 바랍니다" 하고 말했다. 그러자 디오니시아는 "제게도 아이가 있지만 따님도 똑같이 소중하게 키우겠습니다" 하고 대답했다.

클레온도 똑같이 약속하며 "페리클레스 전하, 기근을 만난 저희 백성을 당신의 곡식으로 먹여 살려 주신 은혜를 기억하며 백성들이 매일 기도합니다. 저 또한 이 아이를 볼 때마다 그 일을 생각하겠습니다. 제가 만일 따님을 소홀히 대한다면 전하의 도움을 입은 나의 모든 백성이 저를 가만두지 않을 것입니다. 견책 당할 일이 있다면 신들이 대대로 나와 내 후손에게 복수하실 것입니다."

페리클레스는 아이가 보살핌을 잘 받을 것이라고 확신하고 클레온과 그의 아내 디오니시아에게 맡겼으며, 또한 유모 리코리다를 곁에 남겼다. 그가 떠나자 어린 마리나는 아무것도 몰랐으나, 리코리다는 왕과 작별할 때 구슬프게 울었다. "리코리다, 울지 마시오. 눈물을 절대 흘리지 마시오. 그대의 나이 어린 여주인을 보살피시오. 이후로는 마리나를 섬기고 의지해야 할 터이니."

페리클레스는 티레에 안전하게 도착하여 다시금 평온하고 안정되게 왕위를 찾았지만, 그가 죽은 줄로 생각했던 불쌍한 왕비는 에페수스에 남아 있었다. 그녀의 어린아이 마리나는 클레온에게 높은 신분에 어울리게 양육 받았다. 클레온은 마리나를 아주 세심하게 교육시켰는데, 마리나가 열네 살이 되자 당시 가장 박식한 사람들도 그녀만큼 학문에 조예가 깊지 못할 정도였다. 마리나는 천사처럼 노래를 잘 불렀고, 여신처럼 춤을 잘 추었으며, 자수 솜씨가 어찌나 출중하던지 새나 열매나 꽃을 원래 모습 그대로 만드는 듯한데 마리나의 수놓은 꽃이 진짜 장미꽃과 다르지 않아 보였다.

그러나 마리나가 교육을 통하여 이 모든 덕목을 갖추자, 클레온의 아내 디오니시아는 모든 사람의 찬사를 한 몸에 받는 마리나를 크게 질투하게 되었다. 자기 딸은 미련하여 마리나만한 재주에 도달할 수 없었기 때문이다. 모든 사람의 찬사가 마리나에게 쏟아지는 반면, 같은 나이를 먹은 자기 딸이 마리나와 똑같은 교육을 받았어도 똑같은 결과를 내지 못하므로 상대적으로 무시를 당하는 것을 본 디오니시아는 마리나를 아주 없애 버릴 계획을 꾸몄다. 어리석게도, 마리나가 보이지 않으면 시원찮은 자기 딸이 사람들의 존경을 받을 줄로 생각했던 것이다.

이 일을 위하여 디오니시아는 마리나를 죽일 사람을 고용했다. 마침 충직한 유모 리코리다가 세상을 떠나자 자신의 사악한 계획을 실행하기에 적절한 때였다. 마리나가 리코리다의 죽음을 슬퍼하고 있을 때 디오니시아는 마리나의 살해를 명령한 사람과 의논하고 있었다. 디오니시아가 이 나쁜 일을 시키려고 고용한 레오니네는 매우 사악한 사람이었지만 선뜻 그 일을 저지를 자신이 생기지 않았다. 마리나가 모든 사람에게 사랑을 받았던 까닭이다.

그는 "마리나는 훌륭한 아이입니다" 하고 말했다. 그러자 무자비한 디오니시아는 "그러면 신들이 마리나를 차지하는 게 나아. 마리나가 자기 유모 리코리다의 죽음을 슬퍼하며 울면서 여기 온다. 내 말대로 할 결심이 섰나?"

레오니네는 디오니시아의 말을 거역하는 것이 겁나서 "결심이 섰습니다" 하고 대답했다.

그러자 그 짧은 한 마디에 비할 데 없이 훌륭한 마리나는 때도 되지 않았는데 죽을 운명이었다. 이제 마리나가 꽃바구니를 들고 다가왔다. 그녀는 착한 리코리다의 무덤에 매일 꽃을 뿌려 줄 생각이라고 말했다. 자줏빛 오랑캐꽃과 금잔화가 여름 내내 그녀의 무덤에 융단처럼 덮일 것이라 했다. "아, 슬픈 내 신세! 폭풍우치며 어머니가 돌아가시는 날에 태어난 불쌍하고 불행한 소녀로다. 이 세상은 끊임없이 몰아치는 폭풍처럼 나를 친구들에게서 속히 떼어 놓는 듯하구나."

디오니시아는 시치미를 떼며 말했다. "웬일로 홀로 슬퍼 울지, 마리나? 어째서 내 딸과 함께 없는 거지? 리코리다 때문에 슬퍼하지 마라. 내가 유모가 되어 줄 테니. 예쁜 얼굴이 이 부질없는 슬픔으로 반쪽이 되어 버렸네. 자, 꽃을 이리 줘. 바다 공기에 시들어 버릴 테니. 그리고 레오니네와 함께 산책하도록 해. 공기가 상쾌하니 힘이 날 거야. 자, 레오니네, 마리나의 손을 잡고 함께 산책하도록 해."

"아니에요, 부인, 부인의 하인을 제가 빼앗을 수 있나요?" 하고 마리나가 말했다.

사실 레오니네는 디오니시아의 시종이었다. 이 교활한 여자는 마리나가 레오니네와 둘이서 함께 있도록 구실을 만들려고 이렇게 말했다. "나는 아가씨의 아버지이신 전하를 존경하며 너를 사랑해. 매일 우리는 전하께서 여기 오실까 하고 기다리는데, 그분이 오셔서 슬픔으로 너의 예쁜 얼굴이 상한 것을 보시면 우리가 너를 잘 돌보지 않았다고 생각하실 거야. 그러니 가서 산책하고 다시금 기운을 차리거라. 모든 사람들의 마음을 빼앗아 버린 그 뛰어난 용모를 잘 돌봐야지."

마리나는 그렇게 끈덕진 청을 받고는 "그렇게 하겠어요. 하지만 별로 가고 싶진 않아요" 하고 말했다.

디오니시아가 떠나면서 레오니네에게 말했다. "내가 한 말을 기억해!"

이는 무서운 말이었다. 마리나를 죽일 것을 기억해야 한다는 뜻이 담겨 있었던 것이다.

마리나는 자기가 태어난 바다를 바라보며 말했다.

"바람이 서쪽으로 부느냐?"

"남서쪽입니다."

"내가 태어날 때 북풍이 불었지" 하고 그녀는 말했다.

그런 다음 폭풍우, 아버지의 모든 슬픔, 어머니의 죽음에 관한 생각이 그녀의 마음에 물밀듯 닥쳐왔다. 그래서 그녀는 말했다. "리코리다가 말했듯이 아버님은 절대 두려워하지 않으시고 '용기를 내라, 선원들아' 하고 뱃사람들에게 말씀하시고는, 밧줄에 손바닥이 벗겨지시는데도 돛대를 쥐고, 갑판을 쪼개 버릴 듯한 바다와 싸우셨대."

"그게 언제죠?"

"내가 태어날 때야. 바다와 파도가 그보다 드센 적이 없었대."

그리고나서 마리나는 폭풍과 뱃사람들의 행동과 갑판장의 호각 소리와 선장의 고함소리를 자세히 설명하고, "그래서 배는 온통 북새통이었대" 하고 말했다. 리코리다가 불행한 출생에 관하여 마리나에게 너무도 자주 이야기해 주었기 때문에, 마리나의 머릿속에 이런 일들이 늘 자리잡고 있는 듯했다. 그러나 이때 레오니네가 갑자기 마리나에게 기도를 드리라고 했다.

"무슨 뜻이지?" 겁이 난 마리나는 그 이유를 알 수 없었다.

"잠시 기도를 드리시고자 하면 허락하겠습니다. 그러나 질질 끌지 마세요. 신들은 말귀가 밝으니까요. 그리고 일을 빨리 해치우겠다고 맹세했구요" 하고 레오니네가 말했다.

"나를 죽이려고? 왜지?" 하고 마리나가 물었다.

"주인 마님의 뜻이니까요."

"왜 부인께서 나를 죽이려 하시지? 아무리 생각해 봐도, 내 평생에 부인을 해롭게 한 일이 없고, 나쁜 말도 하지 않았으며, 누구에게도 해코지 한 일이 없는데. 내 말을 믿어 줘. 쥐 한 마리도 죽이지 않았고, 파리 한 마리도 해치지 않았어. 한 번 본의 아니게 벌레를 밟았지만 그것 때문에 마음이 아팠어. 내가 뭘 잘못한 거지?"

그러자 살인자는 대답했다. "내 임무는 살인의 이유를 대는 게 아니라 실행하는 것입니다."

그리고 그가 그녀를 죽이려고 했을 때였다. 그 순간 해적들이 상륙하여 마리나를 붙잡아 그녀를 배로 데려 갔다.

해적들은 마리나를 미틸레네로 데려가 노예로 팔았다. 거기서 마리나는 비록 비천한 처지에 놓였으나 미모와 덕행으로 곧 미틸레네 전역에 유명해졌다. 그리고 그녀를 산 사람은 마리나가 벌어다 준 돈으로 부자가 되었다. 그녀는 음악과 춤과 뛰어난 자수를 가르쳤고 학생들에게 받은 돈을 주인에게 바쳤다. 그리고 그녀가 학문이 높고 매우 근면하다는 평판이 미틸레네의 총독인 젊은 귀족 리시마쿠스의 귀에 들어갔고, 리시마쿠스는 마리나가 살고 있는 집을

〈노래하는 마리나〉, 1825, 토머스 스토서드

친히 방문하여 온 시민이 극찬하는 아가씨를 보러 왔다. 그녀와 대화를 나눈 리시마쿠스는 더없이 기뻤다. 사람들의 찬탄을 받는 아가씨에 대하여 들은 바가 많았지만 그렇게 사려깊고 덕망높고 착하리라고는 예상하지 못했다.

그리고 그는 마리나와 헤어지면서, 마리나가 앞으로도 인내하며 근면하고 덕스러운 길로 행하기를 바라며, 다시 자기에게 소식이 있으면 좋은 일일 것이라고 말해 주었다. 리시마쿠스는 마리나를, 아름답고 덕이 높을 뿐만 아니라 분별력 있고 좋은 교육을 받았고 탁월한 자질을 갖고 있다고 생각하고, 비천한 처지에 있어도 그녀와 결혼하기를 바랐으며, 출신이 훌륭하기를 소망했다. 그러나 사람들이 가문에 관하여 물었을 때 그녀는 앉아서 울기만 했다.

한편 타르수스에서 레오니네는 디오니시아의 진노가 겁이 나서 마리나를 죽였다고 말했다. 그러자 사악한 여인은 그녀가 죽었다는 말을 공포하고 그녀를 위하여 가짜로 장례식을 치르고 위엄 어린 비석을 세웠다. 그리고 페리클레스가 장관 헬리카누스를 대동하고 딸을 보고 데려올 생각으로 티레에서 타르수스로 길을 떠난 직후, 클레온과 그의 아내에게 어린것을 맡기고 떠나온 다음에 한 번도 보지 못하였으므로 죽은 왕비의 사랑스런 아이를 볼 생각에 얼마나 기뻤던가!

그런데 마리나가 죽었다는 말을 듣고 그녀의 비석을 보고, 세상에 둘째가라면 서러울 정도로 불쌍한 이 아버지는 얼마나 비참했던가! 자신의 마지막 소망이며 죽은 타이사의 유일한 혈육인 딸이 죽은 나라의 풍경을 차마 볼 수 없어서, 그는 배를 타고 급히 타르수스를 떠났다. 배를 탄 날로부터 음울하고 무거운 우울증이 그를 사로잡았다. 그는 결코 말하지 않았고 주변의 모든 일에 완전히 무감각한 듯이 보였다.

배는 타르수스에서 티레로 항해하면서 마리나가 사는 미틸레네를 지나게 되었다. 그곳 총독인 리시마쿠스는 왕의 배가 해변에 닿은 것을 보고 누가 배에 탔는지 궁금하여 거룻배로 그 배의 옆으로 다가가서 알고 싶은 내용을 알아냈다. 헬리카누스가 그를 아주 정중하게 영접하여 그 배가 티레에서 온 것이며 페리클레스 왕을 모시고 있다고 알려 주며 말했다.

"그분은 지난 석 달 동안 누구하고도 말씀을 나누시지 않고 음식을 폐하고 근심만 하십니다. 그분이 병든 이유를 모두 되풀이하자면 지루하시겠고, 중요한 원인을 말씀드리면 사랑하던 공주님과 왕비님을 잃으셨기 때문입니다."

리시마쿠스는 이 괴로워하는 왕을 뵙기를 청했고, 페리클레스를 보자 그가 한때 훌륭한 인물이었음을 알아보고 그에게 말했다. "전하, 오신 것을 환영합니다. 신들께서 전하를 보호하시기를 바랍니다. 전하, 환영합니다."

그러나 리시마쿠스가 말을 걸었어도 헛수고였다. 페리클레스는 한 마디도 대답하지 않았고 낯선 사람이 다가온 것을 알아채지 못한 눈치였다. 그러자 리시마쿠스는 그를 보고 비할 데 없이 훌륭한 마리나 생각이 났다. 혹시 그녀가 달콤한 말로 침묵에 빠진 왕에게 무슨 대답을 이끌어 낼 수 있을지 모르겠다고 생각한 것이다.

그리고 마리나가 아버지가 슬픔에 빠져 미동하지 않고 앉아 있는 배에 들어섰을 때, 선원들은 그녀가 공주인 것을 알고 있는 듯이 그녀를 환대했다. 그리고 그들은 "참으로 훌륭한 여인이로다" 하고 소리쳤다. 리시마쿠스는 그들의 칭찬을 듣고 흡족해하며 말했다.

"만일 그녀가 귀족 출신임을 확신한다면 주저하지 않고 아내로 삼을 것이며 내게는 더할 나위 없는 축복일 것이오." 그러자 그는 비천해 보이는 아가씨를 마치 자기가 원하는 높은 가문의 여인인 듯이 아리땁고 아름다운 마리나라고 부르며 정중하게 그녀에게 말을 건넸고, 배에 슬픔과 비탄으로 침묵에 빠진 위대한 왕이 계심을 말했다. 그리고 마리나가 건강과 행복을 건네줄 힘을 갖고 있다는 듯이, 리시마쿠스는 손님으로 온 왕의 우울증을 고쳐 달라고 부탁했다. 그러자 마리나는 말했다. "총독님, 최선을 다해서 전하의 회복을 돕겠습니다. 다만 저와 하녀만 전하께 갈 수 있게 해주십시오."

왕가의 자손으로 이제 노예가 된 사실을 말하기가 부끄러워 미틸레네에서 자신의 출생에 관한 이야기를 아주 조심스럽게 숨겼던 마리나는 먼저 페리클레스에게 자신의 험난한 인생 역정에 관하여 이야기하기 시작했다. 그녀는 자기 앞에 있는 사람이 부왕(父王)인 것을 알기라도 하는 듯 자신의 슬픔에 관한 이야기만 했다. 그러나 그녀가 그렇게 한 이유는, 불행한 사람의 관심을 끌려면 그의 불행만큼 처참한 불행에 관하여 이야기해야 한다는 것을 알았기 때문이었다. 그녀의 달콤한 목소리에 축 처진 왕은 깨어났다. 오랫동안 한 곳으로만 응시하던 흐릿한 눈을 들었다. 어머니를 빼다박은 마리나를 본 왕은 죽은 왕비의 모습을 보는 것 같았다.

오랫동안 침묵을 지켜 왔던 왕은 다시금 입을 열었다. "사랑하는 아내는 이 처녀처럼 생겼었지. 그리고 내 딸도 그런 모습이었으리. 왕비의 반듯한 이마,

지팡이같이 꼿꼿한 자세, 맑은 목소리, 보석 같은 눈. 너는 어디서 사느냐? 네 부모에 관하여 이야기해 보거라. 네가 풍상을 겪었다고 말했고, 네 슬픔이나 내 슬픔이 진배없을 것이라고 생각한다고 한 것 같은데."

"말씀드린 대로 그러하며, 사실이 그렇다고 생각되어 그렇게 말씀드린 것입니다."

그러자 페리클레스를 대답했다. "네 이야기를 들려다오. 만일 네가 내 고생의 천분지 일이라도 알고 있다고 생각되면, 너는 남자처럼 슬픔을 당한 것이고 나는 소녀처럼 고생한 것이니라. 하지만 너는 왕의 무덤을 바라보며 어떤 재난에도 미소를 짓는 인내의 여신처럼 보이는구나. 네 이름이 뭐지? 네 이야기를 들려다오. 자, 내 옆에 앉아서."

페리클레스는 그녀가 자기 이름을 마리나라고 하자 깜짝 놀랐다. 왜냐하면 그건 흔한 이름이 아니었으며 자기가 바다에서 태어난 자식을 위하여 만든 이름이었기 때문이다. "나를 놀리는구나. 너는 화난 신이 온 세상에 나를 웃음거리로 만들려고 보낸 사람이로구나."

"참으소서, 전하. 그렇지 않으면 여기서 중단해야겠습니다."

"아니다. 참도록 하겠다. 네가 자신을 마리나로 불러서 나를 얼마나 놀라게 하는지 모른다."

"그 이름은 권세 있는 왕이신 제 아버님이 붙여 주신 이름이에요."

"뭐, 왕의 딸이라고. 그리고 마리나라고? 너는 사람이냐? 요정이 아니더냐? 계속 이야기하라. 너는 어디서 태어났으며 왜 마리나라는 이름을 갖게 되었느냐?"

마리나가 대답했다. "저는 바다에서 태어났기 때문에 마리나라는 이름을 갖게 되었어요. 제 어머니는 공주이셨는데 제가 태어나자마자 돌아가셨어요. 착한 유모 리코리다가 눈물을 흘리며 자주 이야기해 주었지요. 나의 아버님이

신 왕께서는 저를 타르수스에 남겨 놓으셨는데, 그만 클레온의 잔인한 아내가 저를 죽이려 했어요. 그런데 해적들이 와서 저를 구해다가 이곳 미틸레네에 데리고 왔어요. 그런데 전하, 왜 우십니까? 혹시 저를 거짓말쟁이로 생각하는 게 아니신지요? 그러나 저는 페리클레스 왕의 딸이에요. 선왕(善王) 페리클레스께서 살아 계신다면 말이죠."

그러자 페리클레스는 갑작스런 기쁨에 겁이 나서 그리고 이것이 사실인지 믿어지지 않아서 시종들을 큰 소리로 불렀다. 시종들은 모처럼 사랑하는 왕의 음성을 듣고 기뻐하였다. 왕은 헬리카누스에게 말했다.

"오, 헬리카누스, 나를 쳐 다오. 상처가 나서 고통을 느끼게 해 다오. 그렇지 않으면 내게 급히 몰려오는 이 기쁨의 바다가 나를 저 세상으로 데리고 가겠구나. 자, 이리 오라. 바다에서 태어나고, 타르수스에서 묻히고, 다시 바다에서 찾은 내 딸아! 헬리카누스, 무릎을 꿇고 거룩한 신들에게 감사하거라! 이 애가 마리나야. 내 딸아, 네게 복을 빈다. 새 옷을 가지고 오너라, 헬리카누스! 마리나는 야만적인 디오니시아에게 죽을 뻔했지만 타르수스에서 죽지 않았어. 마리나가 네게 모든 것을 이야기해 줄 것이다. 무릎을 꿇고 공주님이라고 불러라. 그런데 이게 누구인가?"(페리클레스는 처음으로 리시마쿠스를 보았던 것이다).

헬리카누스가 말했다. "전하, 이분은 미틸레네 총독이신데, 전하의 우울증에 관하여 들으시고 찾아뵈러 오셨습니다."

"환영하오. 내 옷을 가져오너라. 하늘이여, 내 딸에게 복을 내려 주소서. 그런데 저게 무슨 음악이냐?"

순간 친절한 신이 보낸 음악인지 아니면 너무 기뻐서 착각한 것인지 페리클레스는 아름다운 음악을 듣고 있는 듯했다.

"전하, 제게는 전혀 들리지 않습니다" 하고 헬리카누스가 대답했다.

"아무것도 들리지 않는다구? 저건 천상의 음악이로다."

아무런 음악이 들리지 않자, 리시마쿠스는 갑작스러운 기쁨에 왕이 이성을 잃었다고 판단하고 말했다. "전하의 뜻을 거스르는 것이 옳지 않소. 말씀대로 라고 하시오." 그러자 그들은 음악이 들린다고 말했다.

그리고 왕이 졸음이 온다고 하소연하자, 리시마쿠스는 침상에서 쉴 것을 권하고 머리에 베개를 넣어 주었다. 그러자 그는 지극한 기쁨에 압도되어 곧 장 곯아떨어졌고, 마리나는 잠자는 부친의 침상 곁에서 조용히 지켜보았다.

페리클레스는 잠에 떨어져서 꿈을 꾸었는데 그 꿈에서 깨어나자 에페수스 로 갈 결심을 했다. 꿈에서 에페수스의 여신 디아나가 그에게 나타나 에페수 스 신전으로 가서 그의 생애와 불행에 관한 이야기를 제단 앞에서 하라고 명 령했던 것이다. 그리고 여신은 은빛 활을 걸고, 그가 명령대로 행하면 보기 드 문 복을 얻게 될 것이라고 맹세했다. 잠에서 깨어나서 기적적으로 원기를 회 복한 페리클레스는 자기의 꿈을 말하고, 여신의 명령을 따르기로 결심했다 고 말했다.

그러자 리시마쿠스는 페리클레스를 초대하여 해안으로 와서 미틸레네에 서 받아 마땅한 환대를 받고 기운을 차리라고 권했다. 페리클레스는 정중한 제안을 받아들이고 하루나 이틀 머물기로 했다. 그동안 어떤 잔치가 벌어지 고 즐거운 일이 있었으며, 사랑하는 마리나의 부왕을 환영하기 위하여 미틸 레네의 총독이 얼마나 값진 연극과 구경거리를 마련했을는지 충분히 짐작할 수 있다. 총독은 마리나가 비천한 처지에 있었어도 매우 존경했었다. 페리클 레스는 리시마쿠스의 구혼을 싫어하지 않았다. 그가 비천한 처지의 딸을 얼 마나 존중했는지를 알며, 마리나가 그의 제안을 싫어하지 않는 눈치였던 것이 다. 다만 승낙하기에 앞서 함께 에페수스의 디아나 신전에 가자고 말했다. 그 리고 여신은 순풍으로 그들의 항해를 도왔고, 몇 주일 후에 그들은 에페수스에 안전하게 도착했다.

　페리클레스와 일행이 신전에 들어섰을 때 신전 제단 옆에는 페리클레스의 아내 타이사를 구해 준 세리몬이 서 있었다(이제는 노인이 되었다). 그리고 타이사는 이제 신전 여사제가 되어 제단 앞에 서 있었다. 오랜 세월 슬픔 속에서 보낸 탓에 페리클레스의 모습이 많이 변했지만, 타이사는 남편의 모습을 알아본 듯했다. 그리고 남편이 제단에 다가와서 이야기하기 시작했을 때, 그녀는 그의 목소리를 듣고 놀라움과 기쁨으로 그의 말을 들었다. 페리클레스는 제단 앞에서 이렇게 이야기했다.

　"디아나 여신이여! 당신의 명령을 실행하기 위하여 여기 티레의 왕이 왔습니다. 저는 두려움에 나라를 떠나 펜타폴리스에서 아리따운 타이사와 결혼했습니다. 그녀는 바다 한가운데 해산하는 중에 죽었지만, 마리나라는 여자아이를 낳았습니다. 마리나는 타르수스에서 디오니시아에게 양육 받았는데, 14살 되던 해에 디오니시아가 마리나를 죽이려 했으나 딸은 여신의 가호를 받아 미틸레네로 오게 되었습니다. 그런데 제가 항해하다 미틸레네 해안으로 갔다가, 여신의 가호로 딸아이가 배에 오게 되었고 딸아이의 똑똑한 기억력 덕택에 내 딸이라는 것이 밝혀졌습니다."

　타이사는 남편의 말을 듣고 어쩔 줄 몰라 "당신은, 당신은 페리클레스 왕이시군요" 하고 외치고는 쓰러졌다.

　"이 여인이 무슨 말을 하는가? 여인이 죽었다! 도와주시오" 하고 페리클레스는 소리쳤다.

　세리몬이 "전하께서 디아나 제단에서 하신 말씀이 사실이라면 이분은 왕비님이십니다" 하고 말했다.

　"신사분, 그럴 리가 없소. 이 두 손으로 아내를 배 밖으로 던져 버렸소" 하고 페리클레스가 말했다.

그러자 세리몬은 어느 폭풍우가 거세던 이른 아침에 이 여인이 에페수스 해안에 밀려 온 것과, 큰 상자를 열어 보니 거기 귀한 보석과 편지가 있는 것을 발견한 것과, 다행히 그녀를 살려서 디아나 신전에서 지내게 한 것을 이야기했다.

그러자 타이사는 기절에서 깨어나 말했다. "당신은 페리클레스가 아니신가요? 그분처럼 말씀하시고 그분처럼 생기셨어요. 폭풍우와 출산과 죽음을 말씀하시지 않았습니까?"

그는 놀라며 말했다. "죽은 타이사의 음성이로다."

"내가 그 타이사예요. 죽어서 물에 빠뜨렸다고 생각하시는 그 타이사."

"참되신 디아나 여신이여!" 하고 페리클레스는 경건해지고 경이감에 놀라며 말했다.

"이제 당신을 더 잘 알겠어요. 당신의 손가락에 있는 반지는, 우리가 눈물을 흘리며 펜타폴리스에서 헤어질 때 제 부왕께서 당신에게 주신 것이에요."

"신들이여, 이제 충분합니다. 친절하시게도 지난날의 비참함을 장난처럼 만들어 주셨습니다. 자, 이리 오시오, 타이사. 이번에는 이 팔에 안기시오."

그리고 마리나가 말했다. "제 심장도 어머님 품에 가고 싶어 뛰고 있어요."

그러자 페리클레스는 딸을 그 어머니에게 보이며 말했다. "여기 누가 무릎을 꿇고 있는지 보시오. 당신의 살 중의 살이요, 바다에서 얻은 딸이오. 바다에서 얻었다고 해서 마리나라 불렀소."

"복되도다, 내 딸아!" 하고 타이사가 말했다. 그리고 그녀는 기쁨에 어쩔 줄 모르고 딸을 껴안았고, 페리클레스는 제단 앞에 무릎을 꿇고 이야기했다.

"순결한 디아나여, 당신의 예지를 송축합니다. 이를 위하여 밤마다 당신에게 봉헌하겠습니다."

그리고 그 자리에서 페리클레스는 타이사의 동의를 얻어 엄숙하게 딸 마리나를 리시마쿠스와 결혼시켰다.

　페리클레스와 왕비와 딸에게서 우리는 재난을 만났으나 하늘의 인도로 결국 위험과 역경을 이겨낸 덕의 유명한 모범을 보았다. (하늘은 이를 통하여 인내와 지조를 가르치려 했던 것이다.) 헬리카누스에게서는 진실과 신의와 충성심의 뛰어난 모범을 목격했다. 그는 왕위에 오를 수 있었지만 다른 사람들의 잘못을 이용하여 위대해지기보다 합법적인 소유자에게 사실을 알려주었다. 타이사를 다시 살린 훌륭한 세리몬에게서는 지식을 가지고 인간에게 유익을 베푸는 착한 마음이 신들의 본성에 가깝다는 것을 배운다.

　마지막으로, 클레온의 사악한 아내 디오니시아는 행실에 어울리는 최후를 맞았다. 타르수스의 주민들이 마리나를 죽이려 했던 그녀의 잔인한 짓을 알고 일제히 일어나 은인의 딸을 위해 복수하려고 클레온의 궁전에 불을 질러 클레온과 그의 아내 그리고 온 식구가 불타 죽었다. 신들은 더러운 살인이 마음에서 꾸며져 실행되지 않았어도 극악한 만큼 마땅히 형벌을 받는 것을 흡족히 여기는 것 같았다.

현대지성 클래식 4

명화와 함께 읽는 셰익스피어 20

1판 1쇄 발행 2016년 1월 6일
1판 8쇄 발행 2023년 5월 1일

발행인 박명곤 **CEO** 박지성 **CFO** 김영은
기획편집 채대광, 김준원, 박일귀, 이승미, 이은빈, 이지은, 성도원
디자인 구경표, 임지선
마케팅 임우열, 김은지, 이호, 최고은
펴낸곳 (주)현대지성
출판등록 제406-2014-000124호
전화 070-7791-2136 **팩스** 0303-3444-2136
주소 서울시 강서구 마곡중앙6로 40, 장흥빌딩 10층
홈페이지 www.hdjisung.com **이메일** main@hdjisung.com
제작처 영신사

© 현대지성 2016

"Inspiring Contents"
현대지성은 여러분의 의견 하나하나를 소중히 받고 있습니다.
원고 투고, 오탈자 제보, 제휴 제안은 main@hdjisung.com으로 보내 주세요.

현대지성 홈페이지

현대지성 클래식 살펴보기